U0948175

LIAN XI SHENG
练习生

LIAN XI SHENG
练习生
萝卜兔子
LUOBO TUZI
著
2
完结篇
北京联合出版公司
Beijing United Publishing Co.,Ltd.

图书在版编目（CIP）数据

练习生．2，完结篇 / 萝卜兔子著．-- 北京 ：北京联合出版公司，2023.5

ISBN 978-7-5596-6783-0

Ⅰ．①练… Ⅱ．①萝… Ⅲ．①长篇小说－中国－当代 Ⅳ．① I247.5

中国国家版本馆 CIP 数据核字（2023）第 048533 号

练习生 2：完结篇

作　　者：萝卜兔子
出 品 人：赵红仕
策 划 人：余　言　一　航
出版统筹：康天毅
责任编辑：高霁月
封面设计：小茜设计 Miniqian Designstudio/QQ3100946811

北京联合出版公司出版
（北京市西城区德外大街 83 号楼 9 层 100088）
北京联合天畅文化传播公司发行
北京盛通印刷股份有限公司印刷　新华书店经销
字数 391 千字　710 毫米 ×1000 毫米　1/16　19 印张
2023 年 5 月第 1 版　2023 年 5 月第 1 次印刷
ISBN 978-7-5596-6783-0
定价：49.80 元

C O N T E N T S // 目录

目录 CONTENTS

第一章　野心

从看到某人推开隔间门出来，走到水池前洗手，全程没看任何人一眼开始，江湛第一次确定，柏天衡生气是因为姚玉非。等那句“没人追，送花也没我的份。打球、包夜倒是有我”出来，江湛更加确定，柏天衡是被姚玉非台上那几句似是而非的话惹恼了。

而等江湛否认“我那时候心里只有学习”，柏天衡意味深长地反问“是吗”，江湛更是百分之百地确认，面前这位大评委气得够呛。敏锐、快速地发现这些真相的时候，江湛想起了六七年前——

以前柏天衡也总因为姚玉非的事不高兴。

比如江湛给姚玉非充饭卡，柏天衡就冷哼。比如他们一起逛商场买鞋，营业员推销，说买三双打 7.5 折，柏天衡说没必要，就一人一双，买两双，江湛却自己拿了两双，说给姚玉非带一双，柏天衡听完了，臭着脸问他：“没见你给宋佑带一双。”

江湛给姚玉非挑鞋，一边挑一边随口道：“宋少爷不缺鞋，他装鞋的衣帽间比我的房间都大。”

柏天衡依旧冷哼。总之，和姚玉非有关的事，柏天衡通通看不爽。

江湛一直以为柏天衡是不喜欢姚玉非的性格，看他不顺眼，所以才处处挑刺，冷脸，不痛快。那时候他没少为此和柏天衡闹不愉快，还问过柏天衡：“小姚招你惹你了？”

柏天衡每次都说：“不是他，是你，是你招我惹我了。”

江湛那时候还觉得柏天衡莫名其妙，而此时此刻，江湛的反射弧才终于回到了正轨。

柏天衡是不喜欢姚玉非吗？不。以柏天衡的性格，不喜欢谁，连多看一眼的必要都没有，怎么可能还挂在嘴边时时冷嘲热讽？看不惯，还要多看几眼，看了几眼，自己还不痛快。柏天衡是这种人？不是。

那又是什么让他这么反常？

其实柏天衡不是在针对姚玉非本人。他会看姚玉非不爽，全是因为那时候的姚玉非一直在江湛身边。

柏天衡讨厌的，是黏在江湛身边的姚玉非。

那句“不是他，是你，是你招我惹我了”，也不是气话，而是他的真心话。

江湛从来没像这一刻似的，反应这么快，脑子转得这么灵光。可有些事，他还是不太确定。那些过往实在隔了太久，江湛回忆起来，会觉得细节还不够清晰，不足以拨云见日，看清真相。

他还想再确定一点。可就在这个时候，柏天衡摘下自己的手链，给江湛戴上了。不只是手链，还有那枚戒指——银白色，中间有一圈黑纹。

江湛什么也没表现出来，就像柏天衡也什么都没表现出来一样。

同样的不动声色。

江湛的所有感受都是最近才被激发的。可他原本就不是过于内敛的人，刚刚还在候场间跟着前面四组兴奋，情绪早被调动起来了，加上他在柏天衡面前总是更容易展露自己最真实的一面，所以有柏天衡在的时候，他总习惯性同步调，搭上相同的节奏。

所有的一切，造就了江湛之后一系列的反应——

“给我吧。

“我敢要，你敢给吗？”

江湛看着柏天衡，他依旧不太确定一些事，但他很有贼胆。

论起不按常理出牌，他们两个高中那会儿就是半斤八两，彼此彼此。

但江湛显然低估了柏天衡。有些男人不仅不按常理出牌，还特别不要脸。

柏天衡把尾戒从口袋里拿了出来，捏在指尖，抬眼看着江湛，口气幽深地说：“叫声哥，就给你。”

江湛没憋住，回了句：“要点脸好吗。”

柏天衡耐心道：“乖，叫叫看。”

江湛反问道：“不叫就不给？”

柏天衡看着江湛，眯起眼说：“你叫一声，我再给你一样东西。”

江湛顿了下道：“什么？”

柏天衡道：“叫了，就知道了。”

江湛以前就疑惑过，明明和别人在一起时，起哄的人都是他，为什么到了柏天衡这里，好像自己总是被牵着走的那个。

柏天衡好像永远会在不自觉间强过他些许。这会儿也是，先开口的明明是江湛，可柏天衡不仅没有不好意思，反而还要在口头上占他一个小便宜。

江湛决定不被他左右，摆手道：“柏老师再见。”

刚抬步，准备离开卫生间，柏天衡突然走向他。

江湛一顿，奇怪他要做什么，还没反应过来，柏天衡就伸手在他脑后揉了一下。

江湛整个人一下子定住了。

柏天衡侧过头，说道："忘了吗，你早就叫过了。你要什么，都给你。"

柏天衡仿佛根本没察觉到江湛的反应，顺势将戒指放到他的手里。

"你要，就给你，但是别戴。"柏天衡考量问题周全，嘱咐道，"第一次比赛，你要让别人记住你，而不是你手里的戒指。"

江湛掌心攥着那枚戒指，一直在出汗，或许是太紧张的缘故，他纤长的睫毛微颤，眼尾泛红。

柏天衡看着他，心里估摸了一下比赛时间，问："还想要点别的吗？"

江湛顿了顿，如梦初醒地答道："不想。"

柏天衡得寸进尺，笑着说："没关系，尽管提，我都能给。"

江湛瞪了他一眼说："走了，比赛要开始了！"

等回到候场间，蒋大舟他们还奇怪："你怎么了？紧张吗，怎么又是一头汗？"

江湛神色如常，沉着地摆摆手道："没事。"

彭星一直没吭声，只用眼睛默默地瞄着他湛哥，见江湛一副如常的样子，觉得他湛哥和柏老师之间应该没什么事。但他还是不放心，凑过去问："湛哥，你和柏老师没吵架吧？"

江湛侧头看他，反问道："吵架？"

彭星道："哦，我就是……就是觉得当时气氛不对，随便问问，哈哈，随便问问。"

江湛道："没事，没吵架。"

彭星道："那就好。"

比赛马上就要重新开始，祁宴和几个舞者商量："跳完舞，我站最边上，对吧？离柏老师最远的那个最边上。"

蒋大舟一脸奇怪地说："不是早就商量好了吗，你是最边上啊。"

彭星拍拍祁宴道："你是有多怕柏老师啊？不用再问了，就是你站最边上，离柏老师最远。"

祁宴道："嗯嗯，我就是再确认一遍。"

有关台上的站位问题，是有讲究的。一般舞蹈的领舞人会站在台中间，其他舞者则根据舞蹈队形来确定自己的舞台位置，有主有次，有中间，有旁边。

江湛他们组有七个人，江湛是领舞人，自然出现在舞台中间位置。祁宴本来就站在最边上，因为主动提议必须离柏天衡最远，台上的位置就是柏天衡在一侧，他就在另外一侧，以此类推，其他人的位置也早就定好了。

祁宴又问了一遍所在位置，大家就又回复了一遍，反正就那么站，没有变动。

江湛突然开口说：“我也想站最边上。”

众人皆愣了一下。

蒋大舟有些莫名其妙地说：“不是，你好好地当领舞人不好吗？得到的关注更多啊。”

江湛没掩饰，光明磊落道：“我想站柏老师旁边。”

因为江湛实在太磊落了，也因为不久前几个男生都在走廊里亲眼见证了柏天衡鼓励江湛，于是，有人说：“站柏老师旁边不那么紧张，是吧？”

江湛没说是，也没说不是，只问道：“可以吗？调整一下。”

其他人道：“可以啊，你觉得行就行。”

他是想从中间换到边上，又不是想从边上换到中间，他自己愿意，谁也不会拒绝。

不久后，比赛再次开始。

柏天衡重登舞台。这一次，他的舞台造型里既没有了手链，也没有了尾戒。

副舞台上，远远看着他的姚玉非默默地在心里笑了出来。果然，又被气到了。如果他没猜错，暂停比赛、中场休息的这短短一刻钟里，还发生了一些不太愉快的争吵吧。就像以前那样。

周六，舞蹈呈现的晚上。

观众们纷纷表示：

“呜呜呜，秦弈舞蹈难度这么低，很快就要被淘汰了吧？”

“好可惜啊，刚发现他，还挺喜欢的，想挽留都来不及了。”

“嗷嗷嗷，小飞！小飞！我‘哥哥’上场了，终于上场了！”

“我‘哥哥’还是那么帅！”

第一组比赛结束后，第二组、第三组、第四组比赛继续。不同的乐曲、舞蹈风格，不同的舞美灯光、服装造型，同样都在燃烧着这个舞台。

现场气氛紧张，竞争激烈，每一个舞者都想在这个舞台上留下最好的表演。观众、支持者们也在极舞的赛场中，支持着自己喜欢的舞者。

有关注舞蹈本身的，关注舞者、老师的，甚至还有关注造型服装、舞美的，所有展示在赛场里的内容，都可能会被关注。

而就在第五组开场，柏天衡出场的时候，有细心的观众很快发现了一件事——

“咦？戒指没了？”

“尾戒呢？”

“摘了吗？”

“十字架手链呢？是不是哪里出现了问题？”

“想多了吧，正常配饰更换罢了。”

“可是上一场他下台的时候还有戒指和手链，再上台就没有了。”

“下台摘了？”

“怎么回事？”

赛场里，比赛还在继续。

第五组，比赛曲目是一首轻缓的情歌，舞者们的水平全是 C 或者 C 之下，好在曲目经过精心改编，外加造型、舞美的先天优势，第五组的表演反而强过之前的第四组。

虽然舞者们综合水平不高，但其中一位舞者超凡的发挥，不负众望拿到了最高分，以至于其他男舞者们虽然表现得不温不火，也拿到了一个还算不错的分数。

童刃言总结这组道：“其实团队就是这样，没有特别优秀的成员也没有关系，整体的配合、演绎，给观众的感受，才是第一，这是一个舞蹈团队必须具备的素质。”

掌声中，第五组下台。

童刃言摩拳擦掌道：“来了来了，这组现在才上场，真是把我给等急了。”

单郝道：“这组很有意思，实力很强，颜值也非常高哦。”

画面中的一切，从赛场舞台变成赛前的日常训练。

七个男生坐在一起，开始做最后的讨论。

歌曲的某个部分，楚闵提议由 D 班的一个男生来演绎，彭星觉得蒋大舟更合适，提议让蒋大舟来，蒋大舟和 D 班的那个男生都表示无所谓。

楚闵坚持自己的想法，说了理由；彭星也坚持自己的想法，也说了理由。

两人争论了几句，有些不愉快，气氛都变了。

观众区大家也纷纷表达了自己的想法——

“蒋大舟擅长这部分，让他来诠释很正常啊。”

“D 班男生展现部分本来就少，楚闵让他来展示，也是想让他多表现吧。”

画面再度转换，不只是分配问题，关于舞蹈部分，大家的意见也非常不统一。

光祁宴和江湛两个人的站位就变了很多次，彭星和楚闵有关舞蹈的想法也各不相同。

负责教他们舞蹈的老师也很无语，问他们：“你们的意见能统一一下吗？一会儿这样，一会儿那样，时间也不多，这样下去是在浪费所有人的时间。”

好不容易将位置确定了，练舞的时候，摩擦依旧不断——

蒋大舟和祁宴排练时，两人不小心撞了一下，蒋大舟笑了出来，整段舞被打断。彭星直接就火了，口气很冲地说了两句，蒋大舟为此差点儿和他吵起来，气氛一下子掉到冰点。

“蒋大舟太讨厌了吧，练舞练得好好的，他笑什么？难怪彭星要发火。”

“彭星到底有什么可生气的，练舞的时候撞到太正常了吧。”

“彭星在干什么，自己给自己加戏做队长吗？”

“呜呜呜，楚闵也不高兴了，不要生气啊宝宝。”

“彭星和蒋大舟别吵架呀，吓得祁宴都不敢吭声了。”

“江湛怎么回事？他这个状态不对吧。”

每组展示部分加训练室内容都有时间限制，一件事里，这么多人，分到每个舞者可能只有一个展示，或者短短几秒。

差点吵起来的这一幕，重点画面都在彭星和蒋大舟身上，其他人都是一带而过。而哪怕只是这几幕，团队内的气氛如何也可见一斑。后期给这组配的音乐、字幕都很不友好，传达给观众的感受就是大家配合不够默契，舞者之间气氛也不够好。

画面再次切换，七个人继续跳舞。跳着跳着，江湛突然重重一滑，摔到地上，膝盖跪在地板上，发出“咚”的一声。这动静把其他舞者都吓了一跳，大家赶忙围过来。

“湛湛踩到什么了？舞台这么滑吗？”

“摔得好重啊，声音那么大。”

“都红了，开始肿了吧，天啊！”

医护人员很快过来给江湛处理，舞者们都围在旁边，面露担心。

医护人员道：“还好，没伤到骨头，就是撞得太厉害，都肿了。”

彭星问道：“还能跳吗？”

楚闵道：“先别跳了，他的腿都这么肿了，镇定喷雾刚喷上去，消肿的膏药也没发挥作用，还是休息一下吧。”

这之后，其他人继续跳舞，江湛支着腿靠墙坐在一旁。

楚闵回头说：“阿湛，你帮我们看看动作吧。”

江湛道：“也行。”

“楚闵这还高冷？江湛摔伤，他是第一个冲上去的人好吗！”

“江湛的膝盖看起来好严重啊，没事吧？”

“彭星有点冷漠了，江湛的膝盖肿成这样，他第一个关心的竟然是能不能继续跳？”

“等等，这是不是柏天衡开四个小时车赶回来的那次？

画面再一切，忽然就出现了柏天衡的身影。他从寝室大厅门外走进来，神情镇定。

“寝室熄灯了吗？”他走向电梯间，按下电梯键说，“嗯，我上去看看。”

画面再一次转换，来到了江湛寝室。寝室里没有其他人，江湛支着腿坐在下铺的床上，柏天衡坐在床边。因为固定在墙上的机位在柏天衡身后，所以只能拍到柏天衡的背影和江湛的一部分侧脸。

柏天衡显然是特意回来看江湛的，从两人你一言，我一语的对话中便能知道。

柏天衡一句“我开四个小时回来，再累都不妨碍我编派你的体质”，彻底证实了网上的“四个小时”。

就在柏天衡起身准备走的时候，因为江湛的一句揶揄，柏天衡在他膝盖上轻轻压了一下。两人为此互损了几句。

江湛最后道：“你良心被狗吃了，是吧？”

柏天衡道：“是啊，小狗。”

画面再一次转换，回到舞台。

七个男生在台上站成一排，镜头在他们七人的面孔上一一扫过。

《Living》这组的服装和之前几组不同，大胆采用了色调鲜明的亮黄色。这种黄色穿得好，非常衬人，穿得不好，就会显得艳俗土气。

显然，这组七个人里，身上有大面积黄色的，全是帅哥。彭星个子高，气质硬朗，带妆就很有型，黄色上身，妥妥的型男。祁宴本身五官精致，肤色又白，别说亮黄色，荧光黄都能穿出洋气。

至于江湛，他穿着一件长外套，比其他舞者身上加起来的黄都要多，大长腿和堪称衣服架子的身型将外套撑得非常完美。他没有染发，还是黑发，额上的一点刘海微卷，搭配干净的舞台造型和服装，整个人透出的气质格外清爽。

镜头切到他的时候，他刚好展颜看着台下微笑，微笑绽开的刹那，观众席发出尖叫声。

而等《Living》在台上被演绎，七个各具特色的男生也在明快的节奏韵律和舞蹈中，将整个演播厅的气氛带嗨了。这种嗨，不只是歌曲和舞蹈本身嗨，也是整个组合演绎的方式很嗨。

比如楚闵强悍的领舞实力，比如彭星型男风格的舞台台风，蒋大舟的展示，D 班两个男生的默契配合，祁宴远超水准的颜值，以及江湛格外鲜明的个人风格和带动全组的外放的演绎。

他们不仅跳出了彩排时导演、柏老师所强调的情绪，甚至远超要求。跳到一半，全场跟着嗨，副舞台的戎贝贝和童刃言更是直接站了起来，跟着节奏舞动。

舞台配合是个奇妙的东西，有人带，有人放开，那么全组都会更放开，就像化学实验里会用到催化剂，只要一点点，就能催化反应。

江湛不是领舞，台风不是最好的，但肉眼可见，他是演绎这首舞曲时最放得开的。明明是第一次正式上舞台，却神奇地一点也不怯场，动作收放自如，神情从容爽朗，表情半点也不刻意，让人觉得他不是因为跳舞才嗨，而是本身就嗨。

副舞台的单郝早看出来了，还露出疑惑的神情，看着主舞台，好笑地自言自语道：

“江湛在嗨什么？咖啡喝多了？”

旁边站着跟着嗨的童刃言也道：“他的状态太好了。”

戎贝贝跟着音乐律动，接话道：“是啊，完全不像第一次正式上舞台。”

观众们也都感同身受。

“舞台表现太突出、太棒了吧！”

“这是第一次上舞台？”

“实力太猛了！这舞就是要嗨，情绪要调动起来，他全部超额完成。”

“江湛散发出的魅力太可怕了，今晚又迷倒不少观众吧。”

江湛在第一次正式舞台上，展现的不仅是充分调动的情绪，还有完美的舞曲演绎。

他本身就帅，气质也好，造型、服装为他添彩，关键是，他非常适合镜头，只要是他的主镜头，切到他，他的表现都是无缺陷、极致完美的。如此一来，综合以上所有优势，《Living》这场的可看性非常强，这段的观看数据也达到一个小巅峰。

舞曲结束，七个人重新站成一排。从最边上的祁宴开始，他第一个发言，江湛最后一个。

本来彭星、楚闵他们已经占尽风头，可是轮到江湛发言时，他才拿起话筒，台下又是一阵尖叫。因为尖叫声音太大，江湛被打断，话筒举起又放下。过了一会儿，他重新举起话筒，想要开口，结果又迎来一阵尖叫。

副舞台的童刃言好笑地说：“你们还让不让江湛发言了？”

台下突然传来一声清晰尖锐的叫喊：“不让！”

台上、台下哄笑。镜头切回主舞台，柏天衡控场道：“不让他发言，分数不够怎么办？”

台下至少有七八个人整齐地喊出一嗓子：“有你！”

镜头迅速切给副舞台上的戎贝贝，只见她惊得直瞪眼，眼珠子恨不得蹦出来的那种。

“哈哈哈，贝贝，你干什么？”

“贝贝真的好可爱！”

镜头再回到主舞台时，正逢江湛默默转头与柏天衡对视。

柏天衡看着江湛的眸光里带着笑，用半开玩笑的口气道：“听到了吗，有我。”

江湛看着柏天衡，举起话筒道：“你算了吧，你连个打分牌都没有。”

现场又是一阵大笑。

“名场面！绝对的名场面！柏天衡出道以来，第一次在舞台上被怼！”

江湛简单地说了几句，给自己打气。

不久后，分数统计出来，江湛拿到高分，顺利成为他们组的第一名。视频里、镜头前，全是欣慰和鼓舞，没人知道的画面外，是姚玉非的冷脸。戎贝贝奇怪地看了姚玉非一眼，因为正在比赛，没说什么。

姚玉非飞快敛去神情，调整面部表情，却克制不住心底涌出的冷意。为什么和他想的完全不同？不是把戒指、手链都摘了吗，他们没有翻脸？还是说，在舞台上都是装的？可姚玉非无法骗自己，江湛从上台到表演，状态实在太好了。

姚玉非再一次见识了天之骄子的优秀。再对比他自己不露声色的小动作，心底涌出的那些肮脏的念头，姚玉非只觉得有一道巴掌从主舞台飞过来，甩在他的脸上。同时，他也清醒地明白过来，无论江湛什么样，他和江湛的差距都一如当年。

姚玉非默默地将指尖掐进掌心。

这一段，视频里是没有的，就算当时有镜头拍下了姚玉非异样的神情，也不会剪辑到正片里。这是第一次比赛正片，时长是三个多小时，只有台上台下的精华内容。而《极限舞台》第三期播出之后，全网对极舞的议论达到一个新巅峰。

舞者们的个人信息、舞台的表现、台下训练的内容、舞者之间的关系等，全是热议的话题。其中，带江湛和柏天衡名字的话题，永远能在热议话题中排进前五。

周六晚上，江湛的第一次舞台表现及实力再一次让网友们震惊。

“理性讨论——江湛的第一次舞台表现，是不是说明他实力真的强？”

回帖相当热烈——

“讨论啥啊？不用讨论了，肉眼可见地有实力。”

“就是很强啊，你们去看一下他的舞，踩点特别精准，情绪也特别到位。”

“已经有人剪出江湛跳《Living》的视频片段了，江湛在极舞的成长速度太快了。”

当夜凌晨三点多，一条关键词“# 柏天衡 江湛 #”的消息上了头条。

把“# 柏天衡 江湛 #”送上头条的，是个八卦博主。

那条头条内容整理了柏天衡和江湛在极舞期间的部分素材，剪辑成了一条两分多钟的短视频。视频里，配乐是节奏舒缓的《那些年》，主角是江湛、柏天衡。在“又回到最初的起点，记忆中你青涩的脸”的音乐声中，视频开始。一开始的两个镜头，分别是柏天衡和江湛的机场照，接着便是《极限舞台》宣布柏天衡成为大老师的微博，以及江湛微博在《极限舞台》官博下面集合报到的回复。再接着，腰上贴着名帖的江湛从通道走出来，站上了极舞的初评舞台，他自我介绍“我叫江湛”，紧接着，柏天衡站上初评舞台，舞者们惊讶地看向舞台，画面切过江湛诧异的眼神……

短视频的内容全部是剪辑的素材，有照片，有视频，而所有内容整合在一起，在这短短三分钟里，就像讲了一个小故事。

故事里，多年未见的江湛和柏天衡先后回国，回国没多久，他们一个成了《极限舞台》的大老师，一个成了优秀的舞者，舞台上，两人才正式重逢。

重逢的第一面，柏天衡站在舞台上，报出了江湛的名字，江湛站在阶梯座位席上，面露诧异。再次面对面，柏天衡向江湛递出逆转卡，左手上的那枚尾戒熠熠发光。

接着，便是极舞期间的各种镜头。有柏天衡一大早迎着初升的太阳骑车赶去寝室大楼，有江湛一脸阳光地从寝室大楼里走出来。有柏天衡从车里出来，绕过车头，有江湛走下阶梯来到副驾驶座。有江湛戴着口罩、眼尾微红、状态不太好的模样，有柏天衡深更半夜从大厅外走进来，面色沉着地说“我上去看看”。有江湛摔肿膝盖，支着腿屈膝而坐，有柏天衡坐在江湛寝室的床边。

有柏天衡那条发的“早上揉了一只小狗，很可爱”的微博，有柏天衡从床边站起来说“是啊，小狗”。有江湛低头，边写边说“16吧，那件看你穿得最多”“我还记得你有几条护肘，我最喜欢那条红色的”。

有一张旧照上，两人一起打球，柏天衡身穿16号球服，站在一旁，看着江湛跳投，江湛的手腕上，红色护肘明艳鲜亮。有柏天衡站在舞台上，举着话筒，主持当天的比赛，灯光下，他手腕上的十字架手链和尾戒夺目亮眼。

有江湛随音乐舞蹈，大开大合的一个动作中，露出手腕上的十字架手链，画面倏地定格，外套前襟的链子上，是那枚铂金色的带黑纹的尾戒。有柏天衡抬手给江湛擦汗，有江湛玩笑地说“你算了吧，你连个打分牌都没有”。

有乐曲结尾的“好想告诉你，告诉你我没有忘记”中，柏天衡看着镜头说“2516天”。

视频结尾，出现黑底白字的三行话——那些年是高中三年和2516天！

这视频一出来，关注、留言、转发噌噌噌地直涨，涨到大半夜直接冲到头条。

这是怎么回事？这哪儿来的剪辑视频？这博主是什么情况？过度消费两人之间的友谊！这种头条挂上去，江湛比赛不参加了，还是柏天衡事业不要了？

就在大家不知所措时，热度在凌晨降了下来，这个博主的发布内容直接从头条榜消失，大家才不约而同地松了口气。

同一时间，跟着柏天衡在剧组拍戏的居家谢也松口气：呼，成了。大半个晚上都没睡的居家谢心里还挺高兴的：他终于干了一个经纪人该干的正经活儿。

高兴了没两秒，他瞬间翻脸，转头朝着不远处靠在沙发上的人怒喝：“你做事能不能谨慎点，你也不怕江湛比赛没结束就被拉进黑名单！”

这么大的平台上，真出点什么状况，比赛被整顿、重新开赛，都不是没有可能。他走回去，在沙发上坐下，语重心长又急切地劝道：“你就当是为了江湛，多想想，可以吗？”

片刻后，居家谢又分析道：“他这么早就和你同框，你这边其实无所谓，反正你不走流量这条路线，以后该怎么样就怎么样。他怎么办？比赛这才三周啊。

“不和你同框，他是江湛；和你同框，他是柏天衡的同学。你自己掂量掂量，是不是差别很大？”

差别自然很大。

柏天衡不是没想到这些，他不仅想到了，比赛那天他还劝过江湛——戒指他可以给，但是别戴。也明说了，第一次上舞台，要让别人将目光落在自己的舞蹈和实力上，而不是别的什么。

结果柏天衡严重错估了江湛的胆大程度。很明显，舞台上玩火的那个，不是他，是江湛。

居家谢指责的这些，柏天衡全部笑纳，心甘情愿地替江湛背上这口黑锅：“嗯，是太冲动了。”

居家谢故作惊叹道：“真难得啊，柏总还知道承认自己做错了。”

柏天衡吐了口气，吐了口气道：“没控制住。”

居家谢揶揄地说：“你怎么不再大胆一点？”

柏天衡回视居家谢，眼神平静，张口欲言。

柏天衡比他先开口：“你这个提议听起来不错。”

居家谢一脸惨不忍睹地抬手扶额。他就知道，他老板不做人的时候，什么都做得出。他只能再次好言相劝道：“想想江湛，多为他考虑考虑，好吗？他现在参加的是比赛，那么多人关注他，那么多双眼睛盯着他，他的一举一动都在公众视野里，你就让他好好地参加比赛，行吗？”

柏天衡没有和居家谢争辩，很明显，他此刻心情非常好。

居家谢看他唇角一直微微上扬，叹了口气，也没再说什么。

算了，人家是老同学，他瞎操什么闲心。

凌晨四点多，居家谢搞定一切，回自己房间睡觉。

回廊的灯熄灭，大门“咔嗒”一声轻轻合上。只亮了一盏地灯的酒店套房客厅里，柏天衡依旧没睡，人靠在沙发里，手机屏幕的光安静地映着他的面孔。

他在看江湛的舞蹈。看江湛一个人随音乐舞动，嗨翻全场。看江湛手腕上露出的手链，看他衣服前襟那根随着跳动而摇晃的金属链子，辨认上面的尾戒。一个几分钟的舞蹈片段，他看了一遍又一遍。

许久之后，他退出视频，点开微信，找到江湛。两人的聊天页面还停留在刚加微信的时候，柏天衡给江湛发的那句“你长得很像我以前认识的一个人”。

现在是凌晨，离清晨到来还有几个小时。

柏天衡知道江湛还在睡觉，舞者们明天才给放一天假，手机交由老师们保管。可他忍不住，最终还是给江湛发了一条消息：“在干什么？”

他很想做点什么，可发完一条消息，他又兀自哼笑着摇摇头。太傻了！大半夜，江湛在睡觉，手机也不在，他问这四个字有什么意义，还不如再开四个小时回去。但这次不能，因为明天有戏，他走不了。

柏天衡心想算了，正要起身回卧室休息，手机屏幕上闪过一条三秒钟的语音。他一愣，点开语音，江湛的声音从手机里传来："开车啊。"

柏天衡一下子从沙发上站起来，差点以为自己听错了。他回复语音："在哪儿？你手机怎么在身上？不是周日才放假？"

江湛很快回复他："是啊，现在不就是周日吗。先不说了，我还没下高速，还有一个小时才到影视城。"

柏天衡攥着手机，转身快步往外走。

高速上，隐隐泛白的天际下，一辆黑色宝马正驶向距离影视城最近的高速路口。

江湛一个晚上没睡，但精神还不错，边听歌边开车，频频加速，原本四个多小时的车程，不用四个小时就要到了。

其实原本没计划这么早出来——周日才放假，他本来是打算早上吃个早饭，先回舅舅那里拿车，再出发去影视城。结果举办方大晚上喊他下楼开会，散会的时候快12点了，江湛看周日也到了，心念一动，就跟老师打了个招呼，大半夜出来了。

至于开什么会？事情还得从几个小时前的周六晚上说起。但其实也不用赘述，用齐萌的话总结起来就是：江舞者和柏老师的那点事。

于是，周六当夜，在江湛被认出戴着柏天衡的戒指上台后，举办方为了这二位，第N次临时开小会——柏天衡不在，去剧组拍戏了，他们便请了江湛独自前来。

会议的主要目的，是就戒指为什么会出现在江湛身上，做一个小小的"探讨"。

举办方先肯定了一件事："那个戒指，应该不是做服装的时候缝上去的。"

"也不是自己跑上去的。"

"也不是变魔术变上去的。"

江湛："……"

大家齐齐严肃地看着江湛。江湛回视众人说："呃，我是要……坦白从宽？"

老师安抚似的解释道："是这样，我们其实也不是要打探学生的隐私，可你知道，我们一直拿你和柏老师当同学，结果突然有一天……我们其实就是想问问……"

江湛神色清明道："问什么？"

老师被这份坦率惊得一哽，没再说下去。江湛懂了，他点点头。众人看着他。

江湛道："我们就是老同学。"

众人道："嗯？"

江湛诚恳道：“真的。”

话音落下，整个会议室里的人齐齐地松了口气。松完气，气氛又尴尬了。

这种隐私，本来也不是老师该管的，也就是江湛好说话，换了柏天衡，谁敢去问，谁又敢这么直截了当地问。大家意识到江湛和柏天衡之间的互动的确可以引发讨论，剪辑的时候也颇费了一番“心思”。既然是比赛，谁不想办火，谁不想有好的成绩？

引发热度和关注，大家自然乐见其成——可这毕竟是一场比赛！

他和柏天衡的关系他们当然得问清楚。比赛内容播出已经三期，江湛的实力、人气和热度都在那里，又有“柏天衡的老同学”这个“光环”加持，前途一片光明。

因此大家都很重视他，有他本人的因素在里面，也有柏天衡的关系在里面。大家既然把江湛叫下来开会，就不会只是问戒指这么简单。齐萌向江湛提了一嘴，说得还算委婉：“柏老师是你的优势之一。”

江湛听懂了，笑了笑，没说什么，但内心多少有些抵触，因为他从不需要靠别人。

一位老师坦率道：“我们不是教你走捷径，只是觉得，你现在可以发挥出你的优势，对你的发展有好处。”

“没错。如果把比赛当工作看的话，你现在的目标就是努力让自己的排位更靠前。”

“为了排名，当然得吸引更多的观众，有了观众和话题度，你的分数才会更好看。”

江湛心里很清楚，这场比赛大家各有私心，不过这也不妨碍合作。

有人问江湛：“你参加这个比赛的目标是什么？或者我说得更直接一点，你在这个比赛里的野心，有多大？”

江湛这才开口，说得非常直接：“我想成为领舞者。”

想要靠自己的努力成为领舞者。这句话江湛没有特意说出来，这种事他自己坚守就好。

众人都惊讶他的直接，这个问题他们前后问过许多舞者，男生们普遍回答得比较委婉，就算是极有野心的那几个人，也不会这么直接，上来就说“我要成为领舞者”。

而江湛说他要成为领舞者的时候，太沉着了。他的自信、沉稳和敛起的张扬，全在眸光和神情里。他或许拿不到，但他发言时，现场竟没人敢反驳他。

最后，提问者语重心长地道：“那你真的需要好好努力。”

江湛笑笑，神情轻松地说：“我知道。谢谢。”

会议结束后，齐萌特意留下来和江湛聊了一会儿。齐萌其实有点担心，怕江湛会觉得比赛在利用他。

江湛道：“这是比赛，我当然能理解。”

可能是本身太过感性的原因，齐萌感慨道：“你真的很不错了，换了别的人，有这样的自身条件和机会，还有老同学的外挂，难说会不会主动往柏老师身上贴。”

江湛失笑道：“主动贴？”

齐萌道：“差不多吧，反正有机会，大家都不会放弃。”

江湛说了句实话：“如果倒贴就能贴上柏天衡，那柏天衡就不是柏天衡了。”

江湛心里明白，他和柏天衡都有自己的坚守和骄傲。

“也是。”齐萌想了想，点头道，“反正，你加油吧，我和你舅舅打电话聊起你，都特别看好你。”

提起舅舅，江湛问齐萌：“现在几点了？”

齐萌看看腕表说：“快十二点了，怎么了？”

他以为江湛想用电脑修图，劝他说：“太晚了，明天吧，反正明天也放假了，你能回去慢慢修。”

江湛道：“马上十二点了，明天就是周日，我能提前几个小时走吗？”

齐萌道：“啊？”

江湛继续问道：“可以吗？”

齐萌想了想说：“反正回寝室也是睡觉，提前走倒是没什么关系，不过你大半夜就要走，急着回去有事吗？”

江湛道：“是有点事，路程有点远，所以想早点走。”

齐萌点了点头道：“行吧，反正你只要保证私人行程没有商业活动，别乱跑，按时回来，就行了。”

于是，晚上十二点左右，江湛连宿舍都没回，直接从齐萌那边拿了手机，悄无声息地离开了寝室楼。趁着没有太晚，他先去了趟舅舅韦光阔那里拿车。

韦光阔打开门，穿着睡衣站在玄关口，把车钥匙递到江湛面前，眯着眼睛，伸着脖子，跟探测器似的瞄着江湛。

江湛问道：“怎么了？”

韦光阔抬眼，皱着眉说：“网上怎么回事？！”

江湛笑起来，问道：“韦教授，你知道得是不是太多了？”

韦光阔一腿扫过去说：“我为什么不知道？我是没手机，没网，还是瞎了？”

江湛没废话，直接伸手说：“车钥匙。”

韦光阔开始耳提面命：“你给我多长长心。现在我倒是不担心你的比赛，大不了淘汰了，回来啃我的老。但是人际交往方面……算了，我也不多说了，反正你自己多注意！”

江湛终于拿到了钥匙，转身推门离开，嘴里说道：“知道了，我走了。”

韦光阔合上门，走回卧室，才突然想起一件事：等等，这大半夜的，他准备去哪儿？

江湛直接导航上高速，开往影视城。和打了一夜掌上游戏的那个晚上一样，他头脑清醒，精力充沛，好像重回少年时代，拥有无限精力。

上了高速后，他用车载音频系统连接手机，播放了那首《Living》。听了无数遍的前奏响起的时候，舞台仿佛重回眼前。舞台上的气氛、跳舞时的情绪、沸腾的血液，都跟着回到身体里。

就在登台的前几分钟，他从外套的内衬口袋里，摸出了那只尾戒，解开前襟装饰用的一条细链子，将尾戒挂了上去。

于是就这样，套着铂金戒指的素白纤长的手，把在方向盘上近四个小时。

当天空露出鱼肚皮的时候，影视城终于到了。

江湛放慢了速度，边开车边用手机给柏天衡发了一条语音："我下高速了，酒店地址给我。"

突然，后方有车闪了几下灯光。江湛扫了眼后视镜，点开柏天衡的语音："靠边，在你后面。"

第二章　靠自己

江湛找了可以停车的路边，缓缓停下，身后的车一直跟着他。

清晨，一切都很安静。

江湛停好车，手搁在方向盘上，看向窗外空旷的马路和绿化带。他开了近四个小时，却不觉得累，只觉得心底被填得很满。

揿下车窗，柏天衡躬身站在窗外，看着他，神情幽深，语气不紧不慢地说："周三疯完了，今天继续？"

江湛偏头看他，抿着笑，眸光清亮，没说话。

柏天衡在高速路口外面等了一个小时，本来预备了不少话，才说完一句，余光瞥见江湛随意搁在方向盘上的左手，倏地定住了。就算原本有千言万语，这会儿一个字都没有了。

柏天衡神情不变，半句废话都没有，直接对江湛道："我是下午的戏，你还能补会儿觉，没给你订房间，睡我那里。"

江湛点点头，语气如常道："行啊。"

柏天衡转身回自己车，给居家谢打了一个电话，告知对方江湛来剧组了。

还在睡梦中的居家谢顿时清醒。

从高速路口开到影视城容易，想进酒店大门却有点难度。因为影视城内有各个剧组扎根，这边的几家大酒店也时常有记者蹲守，各组艺人开工上班的时间全然不同，谁也说不准酒店门口的人在蹲谁，也说不准他们几点开始蹲。

柏天衡出来的时候是凌晨，时间早，酒店门口尚未有粉丝，这会儿带江湛回去，车开了没几分钟，居家谢就打电话提醒他："门口已经有粉丝了。你们运气特别棒，刚好遇到白寒大清早上工。"

柏天衡边开车边打电话："人走了？"

“刚才帮你问过了，他等会儿就下楼。”居家谢建议道，“白寒的那群粉丝一般蹲完酒店还要跟着去剧组。你们把车停远点，在车里等，等人都走了，你们再进。”

冷静地出谋划策完毕，居家谢非常不冷静地说：“我的工资条里，有负责帮老板偷鸡摸狗的报酬吗？”

柏天衡淡定道：“以前没有，现在有了。”

居家谢一边痛心疾首，一边又开始为老板考虑：“你们开了两辆车，是吧？停好了坐在车里等，千万别下车坐同一辆！千万别！这里全是粉丝和狗仔记者，别自以为不会被拍到，你根本不知道他们的镜头在哪里！”说完他又叹道：“这边的酒店就不能挖个地下停车库吗？！”

居大经纪人简直操碎了心。操完自己家的心，还得操别人家的心——他一直在微信里问白寒那边的工作人员，白寒有没有下楼，有没有上工。

白寒身边的工作人员一直回：“没有，马上，快了。”

居家谢挂掉柏天衡的电话，又问了两遍后，等来了一个语音回复。语音里不是别人，是白寒本人。

白寒道：“蟹老板！大清早的，这才几点？五点都没到吧？你不管柏天衡，跑来管我？”

居家谢听完语音，白寒那边又发来一条：“啧，不对啊，你催我上工是想把门口的粉丝引走吧？有人要来这里，是不是？”

居家谢听完第二条语音，眼皮子开始跳。第三条语音跟着又来了。

白寒几乎是对着手机喊出来的：“不会是江湛要来吧？”

居家谢心道：你一个扎根剧组一月有余的男艺人，怎么也这么八卦？

居家谢淡定地回道：“没有的事，你别乱想。”

白寒拿了自己的手机微信，发过来一条语音，那口气不再是一惊一乍，而是一种他什么都明白了的了悟。不但了悟，还非常配合。

白寒道：“我现在就下楼，争取把粉丝和狗仔都引走。”

白寒道：“哎呀，我懂的，这种事我又不是第一次干了。”

白寒道：“再说了，以前柏天衡不也帮我打过掩护吗？大家都这么熟了，有什么不好明说的。”

白寒道：“不过真的是江湛吗？不会是女朋友吧？”

白寒道：“其实是女朋友才对吧。”

白寒道：“哈哈哈，反正不管男的女的，也不管是不是江湛，等回头有空，一起吃个饭啊。”

白寒道：“你要是不帮我说，我就自己去找柏天衡。”

居家谢：心累。

白寒和柏天衡早就认识，真论起来，两人也是校友，是同一所影视学院毕业的师兄弟。他不如柏天衡的人气高，但也是正儿八经科班出身且有流量基础的一线男艺人。

本来《极限舞台》接触的大导师一直是白寒，都快要官宣了，可惜白寒这边有戏，档期冲突了，也调整不来，就没谈成。知道极舞和柏天衡签了的时候，白寒还给柏天衡发过微信，揶揄道："幸亏我没接，我要是接了，你回国还不知道猴年马月呢。"

柏天衡不客气地回道："你接了，这位置也是我的。"

白寒那时候还奇怪，柏天衡对这个比赛这么看重？后来他在剧组边拍戏边拿小号逛论坛，翻帖子，看八卦，才恍然！

但其实白寒也就看个热闹。如果江湛真的来了，那他还真要避一避，毕竟影视城这边的狗仔太凶残了，真被拍到，那俩人就更说不清了。

白寒：我果然是个好人。

"白好人"去上工了，坐电梯下楼，没一会儿，他就把酒店门口的一堆人全带跑了。

清晨的酒店门口恢复寂静，不多时，两辆车一前一后缓缓开进酒店停车场。

又过了一会儿，两道身影一起低调地走进酒店大堂。

江湛戴了帽子和口罩，单手插兜，垂眸敛神。他本来没想做"贼"，还以为凌晨这个点不会有人蹲守，来了才知道，这边是不分白天晚上的。他这么全副武装，倒也不是觉得自己多红，只是纯粹了解狗仔。

幸好刚刚在酒店门口蹲点的那批人全都走了。

进大堂的时候，江湛低声问柏天衡："刚刚上工的是谁？"

柏天衡道："一个好人。"

江湛："？"

柏天衡也戴着口罩，神情和声音都敛在口罩下："他做好事没留名，你就叫他'好人'吧。"

江湛好笑道："你认识吧？熟人吗？"

柏天衡道："嗯。"

两人说着，进了电梯。

进电梯后就不用戴口罩了，江湛把口罩摘了，帽子没摘。他精神不错，人有点懒，靠着电梯。柏天衡站在一旁，没顾上摘口罩。

两人又是如常地对话——

柏天衡问道："四个小时？"

江湛道："那是你。我开不用四个小时。"

楼层很快到了，江湛走出电梯，四处看了看，好奇地问道："这是剧组安排的酒店？"

柏天衡道："嗯。这边。"

江湛问道："以你的咖位，是住套间吗？"

柏天衡道："差不多，看剧组安排，现在这些都会谈到合同里。"

江湛点点头。

两人穿过电梯间和长廊，没一会儿，江湛跟着柏天衡在某间房间门口停下。柏天衡刷卡，示意身后的江湛跟着他进门。两人进去，柏天衡径直往客厅走，取了一瓶茶几上的水，递给江湛，口气如常地问道："要睡一会儿吗？"

江湛接过水，拧开瓶盖，仰头喝了一口说："可以啊。"说着他四处看看，随即问道："你这套房有几张床？"

柏天衡道："一张。"

江湛点点头，拧上瓶盖，理所当然道："那我要睡床。"

江湛喝完水，又四处看了看，看到柏天衡放在茶几上的一集剧本，便好奇地问道："你这次是主演，台词多吗？"

柏天衡敛神，把剧本拿起来，递给他说："不多。"

江湛翻了几页，看到有些台词被标注了几行注释，是柏天衡的字迹。他问道："背台词难吗？"

柏天衡道："不难。"

江湛又问："拍戏难吗？"

柏天衡道："不难。"

江湛翻了几页剧本，没细看，翻完把剧本放回茶几上："那有什么是难的？"

柏天衡道："都不难。"

江湛点点头。柏天衡有意不主动开启新话题，江湛聊了几句演戏相关，不再说了。他转移了话题问道："卧室在哪儿？"

柏天衡指了指卧室的方向。

江湛走过去说："我去看看。"

柏天衡道："嗯。"

江湛转身的时候，柏天衡从裤兜里摸出手机，把音量调成静音，调完扔在沙发上。抬脚跟着去卧室的时候，柏天衡的口罩依旧没摘，神情始终敛着，目光沉得彻底。

江湛转头回眸，看见柏天衡进门，还反手将背后的门合上了。

门锁"咔嗒"一声。

江湛原本想问什么，却被柏天衡关门的样子和这声"咔嗒"止住了声音。

天还未亮透，卧室的纱帘合着，遮光帘拉开了一半，屋内原本就没有开灯，房门关上，室内更暗了。

一半明，一半昏暗。江湛刚好站在亮的那半边。柏天衡站在门口，人在昏暗中。他戴着口罩，江湛甚至看不见他有什么神情，而他的目光里也淡得没有任何内容。

江湛洗漱完，穿着浴衣出来时，柏天衡已经摘了口罩，正坐在沙发上看剧本。见他出来，柏天衡抬眸瞄了一眼说：“睡一会儿？饿吗？现在可以点餐了，吃完再睡。”

江湛困意上身，他头发上还滴着水，趴到床边，脸埋在枕头里，吐了口气：“不吃了，睡一会儿。”要不然再开四个小时回去，他肯定撑不住。

柏天衡放下剧本，发现江湛已经趴在枕头上睡着了。柏天衡好笑地摇头，把被子给江湛盖上，关了卧室的灯。

窗外，清晨来临。

江湛安静地睡着，柏天衡没看剧本，也没补觉，而是抬头看着卧室床上熟睡的身影。

江湛这一觉睡得沉，起来的时候，已经中午十一点多了。

柏天衡叫餐到房间，一直在等江湛，见他醒了，示意他过来吃饭。江湛坐下，转了转脖子，脸上还残留着几分困倦。

柏天衡问他：“吃完跟我去剧组吗？”

江湛还在转脖子说：“我休假期间不能有商业活动，去了不知道违不违反合约。”

柏天衡道：“不违反，可以去。”

江湛彻底醒了，想了想说：“不能去吧？剧组那么多人，如果我被拍到，估计又是腥风血雨。”

柏天衡看他，哼笑道：“你还知道腥风血雨？知道还把戒指带上台？”

江湛睡了一觉，精神充足，他一脸正气道：“同学关系怕什么？”

柏天衡心服口服，一时都没想到词反驳，同时他也意识到，江湛这是缓过来了，又能光明正大地和他斗嘴了。柏天衡品味“同学关系”这四个字，不得不承认，江湛光明磊落起来，比他有过之而无不及。

柏天衡问江湛：“既然不怕，也没什么可怕的，剧组有什么不能去的？”

江湛挑了挑眉道：“也是。”

柏天衡问道：“去吗？”

江湛回道：“去呗。”

这也就是居家谢不在，居大经纪人如果在，绝对会震惊于这二位的胆大包天。

吃完饭，换回衣服，江湛神情如常地把戒指还给了柏天衡。

居家谢大清早忙完之后，忧愁地补了一个觉，中午醒来吃了个午饭，吃完午饭，在酒店房间给自己泡了一杯大红袍。他边喝边忧愁地看着窗外，心里暗想：已经很久了老板怎么样了？要不要过去看看？不行，万一……发个微信？可……

居家谢放下茶杯，忧愁地拿起手机，在对话框里编辑消息。谁知还没点发送，聊天页面上忽然冒出一条新消息。

柏天衡：我下午准备带江湛去剧组逛逛。

居家谢：“……”

都把他之前的叮嘱当成耳边风了是吧？！白寒的好事也白做了是吧？！居家谢连大红袍都不喝了，起身就往柏天衡那边跑，一路上都在心里组织措辞，无论如何，就算劝不了柏天衡，也先把江湛劝下。反正能劝一个算一个，现在这个时候，可不能再被人拍到这俩人私下有来往了！

结果到了柏天衡的房间，见到江湛，居家谢准备好的说辞全进了垃圾桶——实在太帅了！跟着柏天衡这种臭脸的男艺人久了，看到江湛，看他对着自己礼貌地打招呼、微笑，居家谢就觉得如沐春风般舒心。不等居家谢劝说，江湛已经和柏天衡商量起了待会儿怎么下楼。

江湛道：“为了安全起见，我就不能跟你同行了。”

柏天衡道：“随你。”

江湛意外道：“哇，我还以为你又要‘光明磊落’呢。”

柏天衡道：“我是无所谓的，也可以光明磊落地直接带你下楼，在大家眼皮子底下带你上车。”

江湛道：“算了算了，公开吧。”

柏天衡道：“可以。戒指拿走？”

江湛道：“不了不了，哥哥你才配佩戴这个戒指，我不配。”

柏天衡道：“没完了，是吧？”

江湛笑得肩膀直颤，柏天衡明显被他拱出火气了。

居家谢在旁边看得直愣神：这两人关系这么好的吗？尾戒怎么又回来了？这两人到底在搞什么？居家谢满脑袋问号，困惑不解。唯一不困惑的，也唯一庆幸的，就是江湛没有坚持跟柏天衡一起下楼，主动回避。柏天衡也随他，到了时间就上工去了，留下居家谢和江湛共处一室。

江湛之前在四方大厦见过居家谢两次，但都只是匆匆一面，打过招呼，没说过什么话。这会儿单独相处，或许因为和柏天衡很熟的关系，双方倒也没觉得拘谨。

居家谢还专程回自己房间，给江湛也泡了一杯大红袍。两人在柏天衡的套房客厅，边喝茶边闲聊，聊的基本是比赛的事。

到了时间，居家谢估计楼下应该没什么粉丝了，便带江湛下楼。坐电梯的时候，江湛戴上了帽子和口罩。

居家谢禁不住在旁边叹了口气说：“我带的那位，要是有你一半的懂事，我就不用天天瞎操心了。”

江湛笑着说：“是吗？”

居家谢再次叹道：“凌晨你在高速上，没看到头条吧？”

江湛转头问道：“什么头条？”

居家谢道：“有人剪了你们俩的视频，直接上头条了。我看情况不对，赶紧找人帮忙撤掉了。”

他说着说着，还是语重心长地劝道：“其实有些事，太明面真的不好，尽量低调点。

“再说直白点，你那老同学——柏天衡，他皮糙肉厚，走的路线又和你不同，禁得住，但你真的不一样。你才刚刚踏入这一行，这么下去，时间长了，太毁以后的事业路线了。

“当然，我不是要管太多，只是诚心地给个建议——这一期之后，你们尽量少同框。热度这种东西，谁都控制不住，小心再被有心人拿出来做文章……

“以前也不是没有这种案例。白寒，你知道吧？当年特别火，结果后来他差点被拉进黑名单。”说着说着，电梯到了一楼。

居家谢觉得自己说得够多了，再多就讨人嫌了，也相信江湛多少能听进去一些。结果刚出电梯，他就听见身边的男生道：“不一样。”

居家谢一愣，回过头。

江湛戴着帽子和口罩，整张脸几乎被盖住了，他的视线从帽檐下探出，声音闷在口罩里：“白寒靠搭档红，我不需要。”

居家谢没反应过来，愣了一下。

江湛道：“我靠我自己就能红。”

后来从酒店大堂一路到停车场，再到上车，居家谢都在消化那句“我不需要”。居大经纪人或许是在娱乐圈待久了，这几年又看到了好几个靠搭档火起来的明星，下意识地就觉得江湛的话不可思议。还有人拒绝合作的？

居家谢对此表示怀疑。他觉得江湛可能是在逞能，要么就是不了解这个行业的规则，所以说了这么一句大话。可开车回去的路上，居家谢再回想江湛第一次上舞台时的表现，又觉得那似乎不是什么大话了。也许，江湛真的会凭自己的实力，在极舞舞台上成为领舞者，成为这个夏天备受瞩目的人。

“江湛这次的表现特别好，口碑一直好评。”

“《Living》超棒，绝对能在第一次赛季里排前三，我觉得排第一都行。”

“对，真要选一个，也该是《Living》。”

“不是‘该’，《Living》就是！等着吧，这才一个晚上，等过两天就要吸引大批粉丝了。”

“我再去刷两遍《Living》，全组七个男生我全部都喜欢。”

如果说第一次比赛之前，观众对柏江的了解远多过江湛本人，那第一次赛后，随着他在《Living》的精彩呈现，江湛的实力和舞台表现得到了认可。

网上那些事是能掩盖他在舞台上的光芒，还是能掩盖他本身的实力？江湛，就是江湛！在喜欢他的粉丝眼里，他不是一个幻象，是初舞台上有颜有实力的名校学霸，是每天第一个从寝室大楼出来，笑着面对镜头的大男生，是摔肿膝盖也在坚持跳舞的普通舞者，是舞台上用实力证明自己的舞者。

他是江湛。喜欢他的人，从不觉得他需要靠别人才能红，需要蹭老同学的热度才能在极舞脱颖而出。毕竟在没有极舞、没有柏天衡的二十多年中，江湛依旧那么优秀。优秀到，被人恶意曲解他是个靠老同学博眼球的失败者时，都有人站出来，贴出A大内部学生论坛里公布的江湛大学四年的成绩单、绩点、各项表现。

同时公开表示：不好意思，我们A大××级金融系全体校友都是他的忠实粉丝，别问为什么这么嚣张，问就是江湛当年红遍A大，人缘太好。

黑子：这么厉害啊？戴戒指上台的不是江湛自己？

ID为“A大校友代表”的匿名人士表示：别人我们管不着，戒指我们管不着，柏天衡我们更管不着，我们就管江湛。

这句话在匿名论坛出现没几个小时，星光视频《极限舞台》的排行页面里，早上还是第十三名的江湛，现在成为了第六名。

这件事在微博获得了一致的好评——

“还刷什么手机，摸什么鱼？学习啊！奋斗啊！刷题啊！考上名校，才有优秀的同学和校友！优秀的同学还能助你喜欢的偶像圆梦！”

所以，在江湛逛了一圈剧组离开后，居家谢刷着手机，再次忧虑了起来。他溜到等着拍戏的柏天衡旁边，问道：“江湛人缘很好吗？”

柏天衡边看剧本边说：“还行，怎么了？”

居家谢审视着柏天衡，越看越忧虑地说：“我刚刚找人借了个学号和密码，去A大学生论坛逛了一圈。你知道江湛母校——A大的那些学生是怎么议论柏江的吗？”

柏天衡不怎么在意，低头继续看剧本。

居家谢道：“名校生们现在怀疑，是你一年多没回娱乐圈，迅速过气，需要拉老同学来撑场子。”

柏天衡扬眉道：“切入点新奇。”

居家谢一脸惨不忍睹地说：“关键是，我明明是你的经纪人，我竟然还觉得很有道理。”

柏天衡缓缓抬头。

居家谢道：“真的，逻辑特别通顺——自从有了老同学的帮助后，你对外的公共形象都变得更温和了，一年前你还频频黑脸，黑料不断，三天两头上头条，现在给人的感觉却不同了，你完全就是个对老同学有情有义的老好人。

“你就说吧，你是不是故意走这条路在洗白？”

柏天衡道：“把账号还回去吧，就你的智商，以后别再逛名校论坛了。”

江湛离开后，柏天衡这边还没收工，白寒却从自己的剧组溜达了过来。他像影视城这边所有的代拍黄牛一样，八卦雷达顶在脑袋上，凑到柏天衡身边问个没完。

“人呢？

“不是说来了吗？

“已经走了？

“我给你打掩护，你连面都不让我见？

“都是逛剧组，你这边可以逛，我那边不也能逛？

“逛我那边还能光明正大点儿。

“再说了，你不是主演，这边剧组也不是你的主场，你带着逛也不觉得虚得慌。

“我不一样，我毕竟是主演。

“看什么？有问题吗？还是我说错了？”

白寒那张嘴，啰唆得柏天衡有些头疼。他一个人念叨就算了，柏天衡他们剧组的男一号——知名演员傅泉舟，居然也跟着念叨。

傅泉舟道：“是啊，所以后来柏老师和导演讨论剧情的时候，就只能由我带着江湛逛了。”

白寒的眼睛一下子亮了，激动地问道：“江湛帅吗？是不是比镜头里还帅？”

傅泉舟四十好几的男人，也跟着不正经道：“帅，帅哭我了，真人特别好看，那张脸真的是老天赏饭吃。

“性格也好，很会说话，看上去对剧组拍戏什么的挺感兴趣的。连导演都说了，他脸好，骨架也好，适合镜头。”

白寒道：“你微信加了吗？”

傅泉舟道：“加了啊，你要吗？”

白寒道：“要要要，把名片推送给我。”

傅泉舟摸出手机道：“你等等啊，我来看看。”

柏天衡：“……”

居家谢：“……”

柏天衡一点脾气都没有，由着两人在自己面前絮絮叨叨。

居家谢看了看白寒他们，又观察了一下柏天衡，想了想，在柏天衡转身的时候跟在后面道："听到白寒刚刚说什么了？"

柏天衡瞄了他一眼。

居家谢道："这戏你不是主演，这里不是你的主场。"

柏天衡懒懒地道："所以？"

居家谢揣摩着用词，一字一句道："如果你是主演的话，带江湛来剧组，会和今天不太一样吧？"

柏天衡止步，侧头看居家谢。居家谢看这表情就知道柏天衡听进去了，立刻跟着道："现在不是你最好的时候，换了以前，你刚满贯三金、浑身都是代言的那会儿，才是真的人生巅峰。谁不喜欢那个时候的柏天衡？"

柏天衡一直听着，等居家谢说完了，他问道："当个经纪人，三十六计都用起来了？"

居家谢拿出死猪不怕开水烫的架势说："你就说吧，我刚刚说的话有没有道理。"

柏天衡没答，继续往前。居家谢追上去，继续道："就江湛那张脸和舞台实力，不当舞者当偶像，也能红出天际，以后他在圈里混开了，性格又那么好，什么一线明星、大佬、投资人会不喜欢他？到时候……"

柏天衡转身，看着居家谢。

居家谢被他的表情唬住了，有些结巴道："我……我……我说得难道不对吗？"

柏天衡道："对。"

居家谢道："既然对，你……你这么看我干吗？"

柏天衡好笑地问道："你是A大论坛逛多了，智商都被碾压没了？"

居家谢："？"

柏天衡道："我回国之后，是没好好录节目，还是没接剧本看？你想接的商务，我都没当面拒掉。你前段时间'被休假'，最近有休息过？论工作，最近是你的活儿多，还是我的活儿多？"

居家谢："……"

柏天衡说完转身。

居家谢反应了几秒，飞快地跟上，满眼惊喜道："这么说，你准备全面复工了？"

柏天衡反问道："我什么时候没有复工了？"

居家谢兴奋地攥了攥拳说："还是江湛有用！我以后什么菩萨都不拜了，专拜文曲星！"

柏天衡轻哧地摇摇头。

居家谢总结道："同学的力量真大！"

柏天衡无语道："正常一点。"

"哦哦，正常一点。"居家谢恢复神情，飞快地正常起来，"××× 家要换代言人了，前几天商务问询，接吗？"

同一时间，江湛抵达第一个高速服务区。

他戴着帽子、口罩，在星巴克排队买了杯咖啡，等咖啡的时候，他把之前没看完的《极限舞台》拿出来继续看。很巧，刚好看到举办方展示照片——是举办方问柏天衡要的一张两人打篮球的旧照。

江湛把视频暂停，把旧照截屏、放大，仔细看了下，认出照片背景是以前常去的室外篮球场，但什么时候拍的，他没印象了——以前打球的次数实在太多了。不过柏天衡有这种旧照，他还挺意外的。他接着看视频，没多久，是柏天衡的问答访谈。

字幕君：你们多久没见过了？

忽然，身后星巴克的营业员喊了声："1931 号，江先生。"

江湛收起手机，起身走到吧台拿咖啡："谢谢。"

他取走咖啡，转身离开。

刚刚坐在他斜后方不远处的两个女孩捂着嘴巴，兴奋得直颤。

"是江湛！是他是他！"

"我的天啊！竟然会在服务区遇到他！"

"你拍到了吗？你刚刚拍清楚了？"

"拍到了，拍到了！特别清楚！"

"哇！太帅了！可惜他把口罩拉下去再戴上的那段没拍到。"

"没拍到有什么关系，我们看到真人了！"

"太帅了。"

"对对对。"

"有一米八吗？"

"有啊，绝对有！"

这一切，江湛都不知道。他不知道自己在服务区的星巴克被拍了，更不知道，柏天衡回答的那句多久没见，不是六年多，也不是近七年，而是 2516 天。

江湛只是又开了四个小时回去了。回去之后，他先回了趟老房子，在 QQ 上联系了王泡泡，飞快又高效地修了一些图。他一边修图，一边看王泡泡在 QQ 上和他吐槽。

王泡泡："那些八卦博主真是气死人了！视频就是不肯删，投诉他都不行！"

王泡泡："不删就算了，也没人纠缠他，他竟然戏多到在评论区回复，说有种让柏天衡或者江湛来告他。"

王泡泡：“然后这边本来准备花钱让他删掉视频，结果这人开口问我们要五十万。”

王泡泡：“五十万！我们有这钱还找她干什么？”

王泡泡：“要是湛湛因此被拉进黑名单，我绝对和他没完！”

江湛修着图，中途回复了她一句：“淡定。”

王泡泡：“淡定不了！太讨厌了！我现在不但讨厌那个八卦博主，我还讨厌我自己。”

王泡泡：“当初就是我把老同学这个话题带起来的！我抽什么风！现在好了，那博主最近没什么血吸，都跑来吸我的血了，我都要气死了！”

王泡泡：“而且我跟你说啊，我现在其实已经有点喜欢江湛了。”

王泡泡：“敌敌畏有句话说得对，这么优秀的男人，自己留着不好吗！”

江湛百忙之中抽空又回复了一条。

P 图：“你现在算什么粉？”

王泡泡：“他们两人的粉吧。不过看湛湛之后的这个势头，我觉得到了后面，我可能会彻底沦陷。”

王泡泡：“真的，《Living》演出结束之后，好多人都成了湛湛的老婆粉。”

江湛修完图看到“老婆粉”三个字，对着电脑屏幕呛了一下。

他诚恳地建议：“老婆粉就算了。”

王泡泡：“也是，这么优秀的男人我不配。”

P 图：“还是当事业粉吧。”

王泡泡：“那必须的。”

等江湛把最新的一部分图修完，压缩打包发给王泡泡后，王泡泡激动得连声尖叫。

王泡泡：“P 就是 P！”

王泡泡：“现在才开始，等后面素材多了，绝对会火！”

P 图：“我下了。”

王泡泡：“嗯？都没聊几句，又要下了吗？P 你最近三次元很忙吗？”

P 图：“有点。”

王泡泡：“那好吧，希望你三次元一切顺利。”

P 图：“借你吉言。”

江湛关掉聊天界面，本来要合上电脑，突然想到打篮球的旧照，顿了下，鼠标挪动，点开了 D 盘的相册文件夹。他高中时有段时间挺喜欢拍照片的，旧照很多，打篮球的也有，但柏天衡给举办方的那张，他完全没印象了。翻了翻，两人单独打球的照片，他好像根本没有？

江湛又从头翻了一遍，突然一顿，点开一张照片。

那张正是极舞里出现的，江湛跳投、柏天衡看着他的照片，唯一不同的是，极舞里的那张照片里只有两个人，江湛这边的原图里却是三个人。

被截掉的那个人，是宋佑。

江湛看看就要笑，心里想到：柏天衡截掉宋佑真是截得理所当然。而看着这张三人同框的照片，再看看照片里的宋佑，江湛唇边的笑意缓缓消失。他跟宋佑，很多年没有联系，也没再见过了。

当初闹得那么不愉快，他有很大责任，而宋佑当时只是好意……

算了。江湛不是个会为过往伤神的人，过去的都已经过去了。等比赛结束，看看能不能再联系上。

他并不知道，这个时候的宋佑，正在为他头疼：这个头条是怎么回事？诳他不懂娱乐圈是吧？再这么闹下去，江湛还参加个屁的比赛，直接拉进黑名单吧！

第三章　天之骄子

连宋佑都开始头疼这些，可见柏江这段时间吸引了多少关注。被人喜欢没什么，但被有心人利用，引起不必要的话题和热度，才是最麻烦的。

白寒就是前车之鉴。

好在柏天衡接下来一直有戏要拍，江湛也投入了更紧张的训练和备赛中，两人别说同框了，连私下见面都没有。不仅如此，柏天衡的微博关注了新品牌的官博、两位新人导演，江湛不再是最新关注人。连微博头像都恢复了，还重新戴起了尾戒。

柏天衡在剧组拍戏，再没被应援前线拍到大清早骑车去寝室楼吃早饭的镜头，江湛也不再一个人去四方大厦，每天都跟其他舞者走在一起。

这一切给人的感觉，就好像极舞舞台上，什么都没有发生。

甚至有自称娱乐圈内部人士的匿名ID在论坛留言——柏江两人的关系确实很好。但是极舞过后，两边看势头不太好，有意疏远了。

更要命的是，极舞正片里，什么2516天，什么舞台擦汗，全部剪辑没了。

网络风向大起大落。不久前的闹剧，如今就“只是同学”。偏偏这些说法还合情合理。尤其柏天衡连着多天一直在剧组拍戏，最新的几期打分和点评环节都是童刃言代班完成的，甚至一直到周六比赛，柏天衡都没在极舞这边露过面。

这样一来，让原本造谣的人，无异于天崩地裂。何况大家关注他们，本意就是为了看热闹，于是很多人见苗头不对，立刻转身就跑，可不想经历虐心虐身的过程。

而当初造谣有多疯狂，现在辟谣来得就有多快。论坛里议论起这场闹剧，都不免感慨。

粉丝群里，大家倒是都很淡定，毕竟见多了娱乐圈的大风大浪。

王泡泡本来就有意转做江湛的粉丝，发生这种事之后，她便顺理成章地转做江湛的事业粉。她还有始有终地在微博发了一段道别。

@与P同行王泡泡：相逢三周，柏江开心过，今日道别，愿一切都好。心随所愿，大展宏图。

之后，江湛个人的表现越发突出，观众们也更全面地了解他，认识他的实力。

网友们每天拍到的路人照，360度无死角地印证江湛的魅力。

比如，之前楚闵、彭星的关系僵得不行，但极舞后，楚闵、彭星已经能一起吃饭，甚至你来我往地开点玩笑了，而这全是因为江湛不嫌麻烦地带着两人一起，给两人制造融洽的相处气氛，磨掉了两人处不来的棱角。

比如，每次淘汰，无论谁淘汰，都要去和江湛抱一下，落泪道别。

比如，江湛收到粉丝送的篮球和球服，特意穿着拍了一张投篮的视频发在微博。

比如，江湛染发了，栗色短发造型第一次亮相的时候，还笑着对粉丝说：因为洋气。

比如，江湛给极舞拍宣传片的时候，做了一个戴耳饰的特别勾人的造型，疯狂吸粉。

再比如，江湛在极舞登上第六位次的时候，童刃言玩笑着说："听说你这个名次，A大校友贡献了不少。你有什么想对你那些同级、同专业的校友说的？"

江湛对着话筒，面朝镜头："聚餐吗？我请客。"

童刃言嗔怪道："请客就完了？"

江湛回道："结了婚的份子钱、生了孩子的红包钱，我都会补的。"

童刃言不放过他，继续问道："没结婚、没生孩子的那些怎么办？"

江湛道："没结婚、没生孩子的，如果是男生，应该都是以前混在一起打游戏、做课题的吧？"

童刃言道："你别告诉我你回头给他们包个网吧。"

江湛道："没有没有，我回头问问有没有好的美容院，带大家去文个发际线。"

比如，江湛随手玩一个打乱颜色的三阶魔方，唰唰唰十秒内结束。

江湛的颜值、气质、情商、智商、人缘，都在被大众一点点挖掘、认可。

没人不喜欢这种高智商、高情商还长得好看的大男孩。尤其是江湛十秒玩三阶魔方的花絮视频出来后，疯狂吸粉。学霸魅力无可阻挡，碾压一切。

这期间，柏天衡正式全面复工，官方日程一直在增加，不仅接了好几个商务，见了几个导演，还出席了某时尚杂志承办的某品牌的高奢晚宴。

晚宴上的合照被人发出来之后，粉丝都特别惊喜，说柏天衡的状态完全恢复了。

时间一晃，极舞经历第二次淘汰，舞者人数只剩下52人，待定8人，总共60人。

近一半人都不在了，寝室楼也空了很多。而在第二次淘汰完毕之后，剩余的52位舞者要由老师们重新评级分组。

江湛寝室的四个人都还在，也都还是A，连寝室都不用换，还是他们四个。

费海他们寝室，就只剩下费海和楚闵，楚闵评上 A，换了宿舍；费海还是 B，和彭星以及另外两个男生住一个寝室；蒋大舟评级 C；祁宴 D。

第二次比赛的组队和曲目都确定完毕。

周五，举办极舞运动会。一般这种偶像运动会，再怎么样也要提前练习一下，至少要熟悉场地和项目。结果因为第二次比赛，舞者们根本没有多余的时间，分好各个舞者的运动项目后，当天才让各舞者跟着请来的教练练了一下。

老师们还轻松地鼓励大家："没关系，这部分内容不是特别重要。大家随便跑跑，随便跳跳，比赛第二，友谊第一。加油！"

舞者们：信了你的邪。

一个传说中内容不会特别重要的偶像运动会，短跑、接力跑、跳高、跳远、射箭、羽毛球、乒乓球，一个不少，每个人至少要参加四个项目。

舞者们：至少四个！在老师眼里，我们可能是铁做的。

但男生普遍喜欢运动，到了场地，大家都热身练了起来。

江湛被分到了射箭、短跑、跳高、接力跑这四个项目，老师知道他会打篮球，还特意问他，要不要专门给他安排一场篮球赛。

江湛诚恳地在镜头前表示："你们敢给我安排，我就敢不上场。"要累死他吗？！

老师：要是安排柏老师和你一起打呢？

江湛知道是忽悠他的，柏天衡最近忙得要命，估计第二次比赛前都不会回来了。江湛不理会这套路："不上，他来我也不上。"

就在舞者们练习的时候，场馆观众席处，现场观众正在陆续入场。

王泡泡带着敌敌畏，敌敌畏牵着王泡泡，两个女孩一起找到了自己的位置。坐下后，她们便开始左顾右盼，看运动场地，看周围的座席。因为手机必须上交，不许带电子设备进现场，也不许拉横幅、手幅，因此观众席除了人就是人。准确一点来说，除了女生，就是女生。

敌敌畏还和王泡泡嘀咕道："不知道江湛分到什么项目了。"

王泡泡问："有篮球吗？"

敌敌畏看了一眼室内运动场地道："不知道啊，就算是篮球场地，他也可能不打篮球，而是参加其他的项目。"

王泡泡道："也是。"

正聊着，身后传来几个女生叽叽喳喳的讨论。

"柏天衡今天会来吗？"

"醒醒！姑娘！别做梦了！"

王泡泡和敌敌畏对视一眼，两人齐齐转头。身后的两个姑娘也齐齐回视她们。四人开始对暗号——

“前柏江粉？”

“江湛的粉丝吗？”

“是是是。”

“我们也是。”

四人一认亲，周围几个女生跟着认亲。

“我们也是。”

“你们是什么粉？”

“事业粉。”

“我也是。不过她不是。”

“嗯，我是颜值粉。”

“你多大？”

“十八。”

粉丝一旦相认，那是比亲闺密还亲，趁着比赛还没开始，大家一起聊起了共同的话题。

“湛湛那个十秒魔方视频你们看了吗？”

“看了看了。”

“太苏了有没有！”

“有有有有！”

“我就是看了那个视频才入坑的，太苏了！智商超级高，脑子好用，记忆力也好！”

“还有染发那天的路透。”

“对！那个也超级帅！真的超级洋气！”

“我觉得他哪天要是挑染个奶奶灰，肯定也特别苏！”

“P神不是P了一张奶奶灰的图吗？那张我一直用作屏保，也超级苏！”

“还有穿粉丝送的球服投篮的那个视频，真的太帅了！”

“超级羡慕那个粉丝！”

江湛的粉丝们在这边激动地聊着，旁边有几个女生则一直处于漠不关心、眼睛都不瞥一眼的高冷状。几个女孩一看这架势，就猜到他们是谁的粉丝了。

“柏天衡家的？”

“嗯，估计是。”

“柏天衡今天来吗？”

“好像没听说今天有老师来啊。”

“问问？”

“问问。”

王泡泡咳了一声，大着胆子看向身边：“这位穿白衣服的小姐姐……”

白衣服小姐姐扭过头。

王泡泡：“你是柏天衡家的粉丝？”

白衣服小姐姐：“嗯。”

王泡泡：“我们想问问，今天柏老师会来吗？”

白衣服小姐姐：“听说会，不确定。”

“哦。”王泡泡说着比了个 OK，“了解了，谢谢。”

在现场粉丝全部落座的半个小时后，舞者们入场。

观众席传来各种尖叫，王泡泡太久不在一线应援，重拾各项应援技能，别家粉丝喊，她也带着身边几个小姐妹一起狂喊：“江湛！江湛！江湛！”

这声音够尖够亮，赛场内，穿着白色运动服的江湛闻声看过来。

敌敌畏抓着王泡泡的胳膊说：“看我们了！他看我们了！”

赛场上，江湛听到声音，看了一眼观众席，回过头，听见身旁的丛宇不停吐槽：“我体育超烂好吗？为什么还要找现场观众，这不是当场揭我的老底吗？”

丛宇说着看了看江湛说：“不用讨论了，哥，你肯定文武双全。”

江湛说：“那是以前。”

费海说：“哥你宝刀未老。”

江湛说：“你也知道我‘老’。”

丛宇说：“啊！我的脸啊，我偶像的光环，今天都要丢光了。”

费海说：“想开点，100 米跑 20 秒不丢脸的。”

丛宇问：“这还不丢脸，什么叫丢脸？”

费海说：“等会儿扔铅球，我让你看看，什么叫作距离为负！射箭，什么叫作凭实力脱靶！”

丛宇：“……”

费海也是豁出去了说：“偶像光环？不存在的！”说完，他突然看着前面某个方向，倒抽了口气。丛宇跟着看过去，睁大眼睛。

“柏柏柏……柏天衡！”丛宇和费海同时伸手拍江湛。

江湛有点不信，还以为两人和自己开玩笑，转头一看，便见柏天衡穿着一身便装，从赛场安全通道走了进来。柏天衡一出来，吓了所有人一跳。

观众席又开始狂喊：“柏天衡！柏天衡！柏天衡！”

一众候场等待检录的舞者纷纷看过去。

柏天衡朝观众席看过去，抬了抬手，打了个招呼。收回视线，他的目光不动声色地扫视赛场，准确地看见了某道身影。但他没急着过去，而是和身边的工作人员说了几句话。

江湛当然看到了柏天衡，但他也没动。

两人默契地没有同框，可虐死了观众席上的不少粉丝，你们两个还是老同学啊！迎上去啊，打招呼啊，说话啊，聊天啊，笑啊！

结果两人一个在场馆这头，一个在场馆另外一头，一个在和工作人员说话，一个不知道是在发呆还是在放空。总之，两人就在同一个场合，竟然没有同框。

场馆内渐渐静了。这时，费海朝着柏天衡的方向抬手："柏老师！湛哥在这儿！"

声音刚好卡在场馆内突然安静的那个点上，又脆又亮，馆内所有人都听得一清二楚。

众人："……"

柏天衡、江湛都是一愣，目光穿过人群，对视上。一秒，两秒，三秒……第四秒，观众席传出一阵尖叫："啊啊啊啊啊！"

满场尖叫中，江湛和柏天衡相互看着对方。前者抿唇笑起来，后者叹息地摇摇头。

江湛瞄了身边的费海一眼说："脱靶？你这是十环，太精准了。"

费海："啊？"

"没什么。"江湛抬步往柏天衡的方向走去。

"柏老师？"工作人员不明所以。

柏天衡摇摇头，示意没什么，同样没多言，往江湛的方向走去。两人在尖叫声中，在旁人的注视中，走向了彼此。迎面走近，两人抬手握拳，拳头轻轻撞了一下。

江湛笑看柏天衡，开玩笑道："这算被迫搭档吗？"

柏天衡看着江湛，眼神带着笑意，眸光有些沉地说："11 天。"

江湛一顿，柏天衡笑了笑。

不远处的费海看着江湛和柏天衡，突然叫了出来，要多突兀有多突兀。

从宇伸手捂他的嘴说："疯了吧你！"说着把费海拖走了。

那边江湛有点无语地说："你也知道 11 天。"11 天，热度都已经降下来了。

柏天衡闻言侧头，看着江湛笑了笑。

江湛在周围有舞者打量，现场有观众注视的环境中，也抿着嘴笑。

在极舞比赛这么久，除了每天早上吃饭的时候，其余时间江湛都要戴着领夹麦，跳舞都要戴。难得运动会不戴，难得柏天衡今天在，反正也没人听得到，他想着调侃两句也无妨。

江湛那点被老师们抓来开运动会的郁闷一扫而空。运动会还没开始，舞者们还在场馆内热身，江湛便和柏天衡站在一起聊了一会儿。江湛问："你今天没别的行程了？"

柏天衡道："有，路过，就待一会儿。"

江湛又问："'一会儿'是多久？"

柏天衡道："一两个小时。"

江湛问："这么赶？"

柏天衡看江湛，那意思不言而喻：是啊，赶也来了。

江湛回视柏天衡，明白了。

柏天衡和江湛都不想太过高调，怕引来不必要的关注和麻烦，想自己能做到更好，也想未来更平坦。他出道这么久，从未像现在这样，那么迫切地想要接好的剧本，拍好的影视剧，做更好的事业。他今天本来有行程，知道极舞要举办运动会后，他便特意买了更早的高铁票赶回来，等会儿还要去赶飞机。

运动会开始没多久，他就得走了。但一个小时，也够了。他问江湛："分的什么项目？"

江湛道："太惨了，真的，射箭、短跑、跳高、接力跑，今天运动会结束，我腿得废了。"

柏天衡道："别谦虚，都是你擅长的。"

江湛道："是啊，我擅长，然后每一项都不如你。"

他高中时候的滑铁卢，全是从柏天衡这边开始的。

打球打不过，打游戏打不过，所有与体育相关的，没一个玩得过柏天衡，他当年真是要气死。一晃多年，他都从学校毕业了，打球都蹭不到场地了，也不会像学生时代那样乱跑乱动了，没想到参加比赛，竟然还有运动会。

不过也有值得庆幸的地方——

江湛道："还好，今天柏老师不参加，我不用再当'万年老二'了。"

"万年老二"的滋味，别人不懂，柏天衡最清楚。

当年高一运动会，两人碰巧撞了几个项目，江湛自认为体育不错，拿个第一轻轻松松，结果每场都有人比他强，他每场都是第二。

那个比他强的，就是柏天衡。

柏天衡没想到江湛至今还记仇，幽幽道："这么输不起。"

江湛十指交握，扭动腕关节，认真道："今天不会输了。"

柏天衡抬手卷袖子，转头往工作人员那边看："短跑是吧？"

江湛看他也要参加的样子，立刻道："哥！哥！"

柏天衡回头说："以前还不服气，现在知道怕了？"

江湛回道："柏老师，您歇着吧，真的，就一个小时，您就看着吧，别亲自下场了。"

柏天衡对那两声"哥"非常受用，点了点头说："难得你不和我抬杠。"

江湛说了句大实话："因为现场有观众。"

有观众，谁输了都不好看，两人都是要面子的。

这边两人熟稔地聊着，旁边其他舞者也没去插话打扰。彭星还问祁宴："你昨天不是说你要给湛哥戴运动发带，帮他挡挡头发上的汗吗？"

祁宴摇头摇成了拨浪鼓："不了不了。"

彭星反应过来说："因为柏老师在旁边？没事，别怕，我帮你拿给湛哥。喂？"

祁宴又跑了。

彭星："你到底跑什么！"

20分钟后，极舞运动会正式开始。一开场就是跳远和跳高两个项目同时进行。江湛去跳高那边检录，检录完，就在旁边等着。

教练和现场工作人员把横杆架到一米二的高度，围观的男生和等着跳高的男生顿时全都发出"唉"的一声哀号。

江湛站在人群前排，哭笑不得地看他们："满分100的前提下，一米二这个高度在高中体育得分标准里，对应的是25分。"

众人："……"

一同参加跳高的魏小飞问："哥，100分对应多高？"

江湛想了想说："当年那会儿好像是一米八以上，现在是多少就不知道了。"

男生们又发出哀号："死了死了死了。"

等横杆摆好，其他男生往后，退出场地，参赛选手按顺序一个个跳。同一高度，每人三次起跳机会，如果三次没跳过，对应高度则视为没有成绩。如果这是高中体育考试，在场能及格的估计没几个，好在这不是正规的运动会，对起跳和越杆方式都不做要求。

直白点，只要能从杆子上飞过去，随便怎么跳。这么一来，一米二就是个很轻松的高度，翻都能翻过去。大家也的确都是翻过去的——跳起来，一个跃身，鲤鱼钻洞，翻过横杆，滚落在软垫上。

其他男生们鼓掌："厉害！特别棒！超强！"

江湛站在一旁都要笑傻了。

柏天衡在比赛刚开始的时候被人叫走，这会儿回来了，一到跳高项目这边，就看到个舞者打滚翻过横杆。他露出一脸见鬼的表情，走到江湛旁边问："还能这么跳？"

江湛回头看他，笑成了一只抖动的筛子道："体育老师气死在屏幕前。"

与此同时，裁判刚好喊道："江湛！"

江湛回头，举起手。周围一圈男生立刻特别给面子地鼓掌："湛哥！湛哥！湛哥！"

江湛连起跑都没有，直接走到横杆前，学着之前的几个舞者，翻过横杆，垫子上一滚。男生们继续鼓掌："完美！满分！"

柏天衡："……"

体育老师的确要气死在屏幕前。这种胳膊、脑袋、躯干先过杆，再靠跳跃翻过横杆的方式，跳个一米二、一米三、一米四，一点问题都没有。可过了一米四，再这么跳，就算胳膊和脑袋很容易过杆，身体也会碰到横杆，除非跳跃能力优秀，身体足够轻盈。

比如魏小飞。人家软垫都不用，直接起跑，靠着强悍的弹跳力，直接从横杆上"飞"了过去。

男生们："哇！"

现场观众："'哥哥'你超棒！"

魏小飞红着脸，走回起跑点。

轮到江湛，江湛依旧一个鲤鱼钻洞，轻巧地跃身翻过去。

男生们："哇！"

现场观众："'哥哥'你超棒！"

江湛从软垫上翻身下来，走回起跑点。

横杆的高度每次增加五厘米，每加一次，一群男生哀号一回，等增加到一米六五，已经有参赛舞者彻底跳不过去了。

柏天衡在一旁幽幽地说了一句江湛之前说过的类似的话："一米六五，在高中体育得分标准里，对应的是刚刚及格。"

某男生在旁边脱口而出："和湛哥同一个参考标准，同一个体育老师。"

其他男生道："同一个操场。"

"同一根横杆。"

"同一个软垫。"

"还有相同的围观同学。"

柏天衡："？"

江湛："……"

一群男生哈哈大笑。我们胆子变大了！我们都能揶揄柏天衡了！我们才是最棒的！

江湛知道他们是闹着玩儿的，于是也没生气，快轮到他的时候，他原地跳了几下道："看哥给你们跳一个。"

柏天衡问："还翻？"

江湛回头看他道："也不知道老陈看不看得到。"

老陈就是他们高中的体育老师，教了江湛三年，也教了柏天衡三年。

江湛道："要是看到，估计得吐血。"

说完，刚好上一个舞者跳完走回来，裁判刚示意下一个选手起跳，江湛便在所有人都没反应过来的时候突然冲刺跑出去，横杆前单腿起跳、引臂，轻盈一跳，腾空而起，背部贴着横杆上方，像一只轻盈的豹子一样跃了过去，轻轻地落在垫子上。

观众席：“！”

男生们：“湛哥！不愧是湛哥！”

江湛跑回来，匀了口气问：“怎么样？老陈应该不用吐血了吧？”

柏天衡评价他的跳高姿势：“很标准。”

江湛出了一头汗，从脚边地上的包里抽出毛巾，边擦边道：“感觉身体重了，不像以前那么容易跳，看来还是年纪大了，不如十几岁的时候。”

柏天衡站在起跑处看着江湛，眸光深且亮。他从来没说过，也从来没告诉过任何人，当年，他第一次见到江湛就是在体育课上。

那时候的场景和现在很像，也是在室内体育馆，也是有一群男生围着。江湛排在几个男生后面，等到他跳的时候，轻轻地一跃，后背贴着横杆，身体反弓，脖子仰起。

柏天衡当时就在不远处，刚好看到江湛。男生跃起时轻盈得像一只燕子，腾空后身体反弓、仰头，露出修长白皙的脖子。他那天没把人记住，也没太记得脸，光记住那仰起的脖子了。

极舞的运动会只是为了给比赛内容增加素材，不是真正的运动会，因此现场既没有解说，也没有配备直播大屏，项目种类少，参赛人数少，连机位都隔得远，更没有让舞者佩戴领夹麦克风。

这种情况下，极舞的运动会真就是一场普通运动会。男生们各凭本事，在赛场内拼出风采。这边江湛以标准的背越式“飞”过横杆，那边观众席还没反应过来，围观跳高的男生们发出整齐的“哇”声。

“湛哥练过吧？”

“都说了高中时的规则，肯定是在高中的时候学过啊。”

“太厉害了吧。”

江湛擦着汗，听到这群人的夸奖，再次哭笑不得地说：“刚刚柏老师都说了，一米六五对应的分数是刚刚及格。”

跳个一米六五，厉害什么呀？！

他自己不觉得多厉害，但是当他后面的几个男生都没跳过去，对比就出来了。

魏小飞和几个参加跳高的男生全凑过来，特意请教江湛背越式要怎么跳。

江湛给他们拆解跳高动作和细节，教他们怎么翻过去。

“头要仰起来，别仰太多，一般都是头先过杆，记得后脑勺别碰到杆子。

“从背到胯的部位，要弓起来。

“心里对杆的高度要有个概念，不能上半身过去了，腿却过不去。”

跳高和跳舞不同，不是把动作拆解了再多练几遍就能完成的。男生里面弹跳力好、领悟力强的，像魏小飞这样，上手就能跳，至于其他男生，用背越式还不如用刚刚的翻滚式轻便。

江湛看他们用背越式跳得那么笨拙，笑着说："管他呢，黑猫白猫，抓到老鼠就是好猫，随便跳吧。"

而随着横杆高度的继续上升，跳不过去的男生越来越多了。跳高项目总共是十二个男生参加，到一米七五的高度时，只有一只手数得过来的人可以跳了。跳还跳得不轻松，一般都要把三次机会跳满，才有可能跳过去一次。

江湛太久没跳了，自己心里其实没什么把握，但可能是底子还在，从小到大跑跳又多，一米七五竟也一次跳过。

这次现场观众比围观舞者的反应快，江湛刚一跳过去，观众席全在喊："江湛！湛湛！"江湛从垫子上翻身下来，边走回去边笑。

不远处，好几个机位对准了他。镜头里，男生穿一身宽松的白色运动服，面孔干净帅气，倒映着场馆灯光的双眸微微发亮，头发湿答答的，神情明亮爽朗，完全就是大学里英俊帅气、体育还好的校草学长。事实上，光是他身上展露出的朝气，就足够吸引眼球。

不仅如此，江湛还有非常好的临场心态。一米七五的高度跳过去之后，他开始跳一米八。第一次跳，他身体碰到了杆子，没有成绩。即使没跳过去，他也没什么叹息或者气馁的表情，从垫子上下来后，他很认真地用目光重新丈量了一米八的高度，跑回出发点，原地跳了两下，重做调整。

第二次跳，还是没跳过。本来都已经有三分之二的身体过去了，可惜小腿的腿肚压倒了杆子。观众席和围观的男生们都发出可惜的叹声，江湛从垫子上翻身起来，却是露出领悟了什么的了然，神情轻松地跑回出发点。

第三次跳，江湛换了更近的杆下起跳点，起跳速度也更快，一个跃身弓背，直接翻过横杆。

"哇啊——"周围全是惊叹和大叫。

江湛从垫子上下来，边走边和路过的男生抬臂击掌，整个跳高场地的气氛都被带到了高点。男生们都在喊："湛哥！湛哥！湛哥！湛哥！"

观众席被带了波节奏，跟着喊："江湛！江湛！江湛！江湛！"

从头至尾，柏天衡都站在出发点旁的裁判席边上看着。没有任何惊讶，也不需要觉得惊奇，这本来就是理所当然的事。江湛，天之骄子，万众瞩目，向来如此。

柏天衡仿佛重回三中，他静静地站在一旁，看着江湛继续被万众瞩目，继续做天之骄子。

一个小时眨眼过去，居家谢从场地边跑过来，低声提醒道："差不多了，该去赶飞机了。”

柏天衡道：“嗯，走吧。”

居家谢奇怪地问：“你不跟江湛道别？”

柏天衡往江湛那边看了一眼说：“不用了，他跳得正开心，不打断他了。”

居家谢反而愣了一下说：“哦，好，走吧。”

两人一起往场馆通道口走去。目标这么明显，现场观众自然看到了，但大家都不知道柏天衡只能留一个小时，以为他暂时离开是有什么事，等会儿还会回来。然而从休息室换了双鞋出来的祁宴刚好在通道口遇见两人。

祁宴主动打招呼：“柏老师。”柏天衡点点头，擦肩而过。

祁宴本来没多想，走进场馆里，见跳高那边围满了人，突然想到什么，扭头往身后的通道口看去。他想到什么，立刻往跳高那边跑，跑近了，见江湛被几个男生围着。

祁宴挤过去，叫了一声：“哥。”

江湛侧头道：“嗯，怎么了？”

祁宴眨了眨眼说：“柏老师走了啊。”

江湛一愣，扭头看附近，这才发现柏天衡人已经不在了。他问祁宴：“什么时候走的？”

祁宴道：“就刚刚，我看他好像是和经纪人一起走的。”

江湛立刻拍了下魏小飞道：“帮我和裁判说下，剩下的几个高度，待会儿我一起跳。”

魏小飞道：“再高我们都跳不过去了，跳不过去怎么升杆？”

江湛给他出主意：“那就多磨蹭一会儿，又没规定跳一次用时多久。”

江湛说完从人堆里挤出来，边拿毛巾胡乱擦着汗，边往通道口跑去，留下一群扎堆的男生面面相觑。

“这是要……拖延时间？”

“是吧？”

“怎么拖？”

“磨蹭吧。”

“怎么磨蹭？”

“上个厕所？或者要求换个垫子什么的？”

“干吗呢！打掩护懂不懂！会不会！这还用教吗？”一个男生说着，捂住肚子，朝裁判那边举手示意，“裁判叔叔！我肚子疼！等会儿再跳，行吗？”

这又不是正式比赛，也没规定要多严格，裁判看看男生，不疑有他：“快点去吧。”

魏小飞也捂住肚子道：“哎呀，我肚子也疼，比赛暂停一下，可以吗？”

裁判道：“去吧去吧。”

镜头后的导演组也不知道一群男生围着在干吗，就看到江湛先跑了，然后几个男生接二连三地全跑了。工作人员跑过去询问，裁判道："他们要上厕所。"

工作人员看了看升到一米八五高度的横杆问："哦，那还跳吗？"

裁判道："跳啊，有个人刚刚跳过一米八了，肯定还要升杆继续跳的。"

那位跳过一米八的，在体育场馆的走廊里追上了柏天衡。

居家谢听到动静先回头，看到是江湛追上来，顿时愣了。这两人怎么回事？一个一声不吭地默默离开，一个发现人没了立刻追上来？你们拍《猫和老鼠》呢？

柏天衡也很意外，问江湛："跳完了？"

江湛匀了口气说："还没。怎么走了也不说一声。"

柏天衡不紧不慢地回道："怕打断你跳高的兴致。"

江湛两手松松地叉在腰上，好笑道："就算打断了，后面是接不上还是怎么了？"

柏天衡看着江湛，没说话。

以前也是这样，两人有时候打球或者一起做什么，柏天衡十次里会有那么一两次悄悄离开。因为江湛做喜欢的事时，兴致都是很高涨的，身边也总有很多人，大家一起玩乐笑闹。

柏天衡偶尔有事得提前走，怕影响他的心情或者打断他的兴致，便会和他身边的人说一声，然后离开。江湛有时候会在第二天问他："你昨天怎么突然就走了？"

柏天衡每次都说："有事。"

江湛没那么八卦，听说"有事"，就点点头，不再多问。但也有时候，即便到了第二天，江湛也没有问。可能是不在意，可能是忘了问，也可能是人太多，他根本没发现少了一个人。

今天江湛追出来，柏天衡着实觉得意外。印象里，这应该是第一次。

没有人知道，江湛其实很讨厌柏天衡这个说都不说就直接走人的毛病。以前每次问，柏天衡都说有事，江湛也就懒得再问了，反正每次都是这个回答。次数多了，一群人一起玩的时候，江湛都会特别留神，柏天衡一动，他就想这人是不是又要提前走。

好在十次里，柏天衡也就一两次会中途离开，江湛被临场放了几次鸽子，都总结出经验了。后来，他一发现柏天衡走了，就觉得没劲。好几次柏天衡前脚走，江湛就扫兴地跟身边人摆手道："没意思，不玩儿了。"

身边人道："别啊，干吗啊？"

江湛也不知道因为什么，就有点不高兴地说："柏天衡走了，你们没发现吗？"

身边人道："他走就走啊，我们玩我们的。"

江湛道："不玩了，没劲，散了，我回去看书了。"

此时此刻，江湛又有点觉得没劲。他想，都这么多年了，柏天衡这个不打招呼就走的毛病怎么还没改过来。何况这次都说了只能留一个小时，到了时间要走，说一声不就行了？他难不成还会拦着人不让走？

就在柏天衡和江湛各怀心思、默默对视的时候，一旁的居家谢心道：我仿佛、可能、大概、应该、也许、确实，是个多余的。

多余的经纪人现场提议："走廊里说话不方便吧？万一被人撞上……不如……"

柏天衡扫了他一眼道："你转过去。"

居家谢道："啊？"

柏天衡道："转身。"

"哦。"居家谢默默转过去。走廊里恢复了寂静无声。

柏天衡神情未变，走近江湛，从他肩膀上拿过毛巾，摊开，盖在了江湛脑袋上。江湛被毛巾盖住，疑惑地抬眸。

柏天衡没说什么，用毛巾撸他脑袋。然后……他道："嘬嘬嘬。"

逗狗呢？江湛抿着唇，从牙缝里挤出了两个字："滚吧。"

柏天衡轻笑着，款款点头，像个绅士一般："遵命。"滚之前又不忘贴心地问了声，"还要吗？顺毛我擅长。"

江湛道："滚。"

背对着两个人站在不远处的居家谢没听到什么特别的动静，也不知道发生了什么："柏老师不就给湛哥擦个汗吗，怎么就被骂滚了？"

几个男生借口肚子疼，从赛场进通道，刚好在走廊拐角处撞见了擦汗那一幕。偷偷瞄一眼，是柏天衡正在给江湛擦汗，再偷偷听一耳朵，天啦，湛哥怎么还骂上了？

几个男生怕听墙根被发现，赶紧又反身回了赛场内。回去的路上，大伙儿还在嘀咕那个"滚"是什么意思。怎么就"滚"了？

魏小飞想了想，天真地说道："可能是柏老师擦汗太用力了？"

几个男生恍然大悟：有道理。

大家回到赛场后，比赛继续。裁判道："可以跳了吗？一米八五。"

到了一米八五，基本没人跳得过去了，魏小飞试跳两次都跳不过去，第三次就直接放弃。轮到江湛，他什么都没说，表情也淡，大家估计他得试跳一两次才能跳过去，结果第一次跳，他就跟跃龙门的那条鱼似的，直接就跃过去了。

男生们、现场观众："哇啊！"

江湛走回起跑点，有男生给他捏肩膀："湛哥！湛哥你看我们再跳个两米怎么样！"

江湛心想：以他现在的状态，搞不好还真能跳两米。

连举办方都特意搬了两个机位到跳高的场地旁边，还有摄像师专门对着江湛拍。江湛看到凑过来的摄像老师，想到什么，把毛巾盖回头顶，挡住镜头。

摄像老师：“？”

江湛借口道：“我调整下状态。”

摄像老师道：“OK。”

没多久，因为江湛拿下一米八五，杆子顺利抬高到一米九。一米九，比人都高了。全场发出惊呼，所有人的视线都集中在江湛身上。

其他舞者都不跳了，反正跳也跳不过，连跳远那边的人都凑了过来，围观江湛跳一米九。滑稽的是，江湛做热身，在原地蹦了两下的时候，脑袋上还盖着毛巾。大家看不到他的脸和表情，就只看到一条垂下来的毛巾。

费海问：“这是……为了集中注意力？”

从宇道：“肯定是啊。”

甄朝夕道：“顺便吸汗吧。”

从宇问：“不会要顶着条毛巾跳吧？”

费海道：“怎么可能，毛巾会碰到杆子的。”

话音刚落，就见江湛抬手，把脑袋上的毛巾拉好，绕着脸围了一圈，打了个结。

所有人：“？”

工作人员在角落里压着声音提醒道：“别挡脸，拿掉，别挡脸。”

江湛假装自己什么都没听到，裹着脑袋，起步冲刺跳跃，飞身翻过了横杆。

众人：“！”

观众席：“江湛！江湛！江湛！”

男生们：“湛哥！湛哥！湛哥！”

工作人员赶紧飞奔过去，对正从垫子上爬起来的江湛道：“不要裹脸啊。这段后期回头还要给你P脸吗？”

提到P脸，江湛想起之前柏天衡也挡过脸，后来P的那张脸还是他给弄上去的。

江湛想想就要笑，玩笑着对工作人员道：“不给后期增加工作量，回头这段要P脸的话，我自己P。”

工作人员道：“不是，你P什么脸？你又不是没脸，露一下不就行了？把毛巾拿掉啊。”

江湛义正词严道：“没毛巾我跳不过去。”

工作人员道：“看着真的太傻了。”

江湛无所谓傻不傻：“能跳过去就行了。”

男生们已经开始起哄：“一九五！一九五！一九五！”

现场观众也跟着喊：“一九五！一九五！一九五！”

王泡泡和敌敌畏已经兴奋得快晕过去了。今天这运动会来得太值了！不但看到了同框，还亲眼见证了江湛碾压全场的风采！那腿，那弹跳力，那身轻如燕的跳跃和彪悍的体能，那哪里是偶像、舞者，那简直就是男神！男神啊！

王泡泡抓着敌敌畏，敌敌畏抓着王泡泡，两个女生激动得手都恨不得掐肿了。

王泡泡："是我男神没错！"

敌敌畏："这股入得太值了！"

周围的江湛的粉丝们全在兴奋尖叫。

"我的天啊！江湛太厉害了吧！既是学霸，长得又帅，体育还这么好，以前和他同校、同班的高中女生太幸福了吧！"

"我恨！我为什么不早出生几年，和'哥哥'做同学！"

"我不要再当什么事业粉了，我要转学长粉！"

还有个江湛的粉丝激动到不能自已的时候，逮住了一个柏天衡的粉丝，强烈安利道："小姐姐！你们看到了吗！就这种随便放在哪个学校都能当顶级校草的男人，你们真的不入股试试吗？"

柏天衡的粉丝："……"

江湛的粉丝："你入股试试，保证不亏哦！"

赛场里，江湛走回起跑点，看了看横杆的高度，一米九五，他高中的时候跳过，但发挥不稳定，有时候跳得过去，有时候跳不过去，于他来说是个坎儿。而这个高度，柏天衡是能跳过去的，轻轻松松、十拿九稳。

江湛盯着横杆，屏蔽耳边的加油声和嘈杂声，集中注意力，脑海里出现了记忆中柏天衡翻身跃杆的身影。那一瞬间，江湛终于想起，他第一次见柏天衡，不是在网吧，而是在三中的室内体育馆。

当时刚开学，两个班第一次一起上体育课。

女生们练跳远，男生练跳高，一米九五，是大部分男生跳不过去的高度，江湛也一样。他试了好几次，有时候能勉强擦杆过去，有时候根本越不过去。戴着棒球帽、脖子上挂个口哨的体育老师站在一旁看着，认可了江湛的实力，夸了句"很不错了"，转头又道："3 班倒是有个男生能跳。柏天衡呢？把柏天衡叫过来。"

没一会儿，来了个男生，没穿运动服，脚上穿着的还是一双板鞋。

体育老师皱皱眉问："能跳吗？"

男生耸了耸肩膀道："为什么不能？"说完，走到起跑点。

大家都以为他会准备一下再跑，可没有——男生起步节奏慢，后续爆发力强，到杆前直接弓身一跃，翻过了一九五的横杆。1 班的男生都惊了，围观的女生都在叫。

江湛和宋佑他们几个男生站在不远处看着，看那男生这么轻松地跳过一九五，也跟着震惊了。

江湛感慨地开始拍巴掌，夸奖道：“厉害。”

宋佑用胳膊肘搭着他的肩膀，轻嗤道：“都抢你风头了，你还夸？”

江湛根本不在意这些，把宋佑的胳膊拍开说：“抢就抢了。他这么厉害，谁不欢迎。”

宋佑和他有一搭没一搭地说着：“你也欢迎？”

江湛笑，搭了胳膊肘在宋佑肩膀上：“欢迎啊。能跳一九五的男生，谁不欢迎。”

毛巾的遮盖下，江湛抿了抿唇，舌尖在唇角扫过，突然冲了出去。他不是柏天衡，跳一九五做不到那么有把握。可他此刻有满心沸腾的热血和胜负欲，想要攀高，想要做到最好，想要把不可能变成可能。

这种从心底深处油然而生的、近乎本能的积极的念头，实在太久违了。久违到江湛都觉得有点陌生。因为他心里明白，过去那几年他过得实在不太好，他早不是从前的自己了。他心底有一些束缚，调动积极性的时候总是不够彻底。

但此刻，他好像完全恢复了。他在杆前跃起，身形在半空后仰的时候，场馆的灯光映在他坚定的瞳眸中。他能感觉到这一跃比之前都要轻，也能感觉到心底深处多年封锁的某些隐秘，不再像从前那样讳莫如深、无法释怀了。

“小湛，妈妈走了，你要好好过下去，好好生活。”

“找个喜欢的人吧，妈妈不会再管着你了。”

“做从前那个开心自由的男孩吧。”

心底深处的某种束缚，突然一下子松动了。江湛在全场惊雷似的大喊、呼喝中，跃过了一九五，把不可能变成了可能。翻到垫子上的时候，江湛闭眼，拿毛巾飞快地擦了下眼睛。他还没从垫子上翻身起来，突然一群男生冲了过来，一个叠一个地趴到他身上。

“你怎么那么强？！”

“湛哥就是湛哥！”

江湛差点被他们压死，心绪也被拉回了现实。他趴在垫子上，努力地撑着一口气，哭笑不得道：“起来！都起来！我要被你们压扁了！”

男生们嘻嘻哈哈。

“就不起来！”

“压死你！谁让你能跳一九五。”

“你有本事把我们踹开啊。”

驶往机场的车上，居家谢在琢磨一个问题。

“你要走的时候为什么不先打个招呼？这不是你的风格吧？

“你什么时候开始喜欢这种‘我不说，我就要等着你自己发现’的套路了？

“这是你的什么策略？”

柏天衡无语道：“你是《十万个为什么》？”

居家谢道：“我就是因为不懂才问的呀。”

柏天衡收回视线说：“没有那么多为什么。”

如果一定要有个答案，那应该只是习惯。习惯了默默地注视，习惯了他被人围着，习惯了让他继续做他的天之骄子。习惯了，江湛永远是江湛。

第四章　再次同框

周五的运动会录制完毕，周六，极舞第五期准点放送。

这一期主要播放了第二轮淘汰后，52 位正式舞者和 8 位待定组舞者的第二次比赛分组，以及训练、生活日常。

到这一期，舞者间的竞争变得激烈起来，第五期播放当周的前十一人的排行情况一直在不停变动，尤其是第九、第十、第十一的人选，在五六天的时间里上上下下，每天都会不同。

而随着极舞的播出，以及花絮的放送、前线的路透，观众和粉丝对各个舞者也有了更多的了解。舞者们在大家眼中，不再只是一个贴着名帖、登上初舞台的陌生面孔，他们在粉丝眼里有血有肉，有性格有脾气，立体饱满。

比如丛宇，原本大家对他的印象是嘻哈风，看了几期极舞和花絮才知道，原来粉丝眼中的“酷宇”私下里没那么酷，还有点二，有点跳脱，最喜欢打闹玩笑。

比如祁宴，镜头前是花瓶，私下里特别乖，很听话，还特别注重保养，练舞时护肘、护膝从不离身。

比如魏小飞，粉丝眼里年纪很小的弟弟，大家都以为他是跟着哥哥们行动的那个，结果他不但能担事儿，懂统筹，总结能力强，还能带着哥哥们跳舞。

比如甄朝夕，在大家眼里是个演员，却有极强的舞台风格，可以在主任形象和爱豆形象之间来回切换。

比如彭星，带妆是个有型到爆的型男，私下里有点二，酷爱表情包，会主动要求粉丝给自己做表情包。

比如费海，实力强，粉丝多，极舞播出才两期，他就已经排到了前十一。而第一次比赛，粉丝送来的花篮别的什么都没写，就写了四个字：少吃点糖。

比如蒋大舟，为人有点憨，知名“江湛小跟班”，深度掌机迷。在粉丝的路透里，他不是在玩掌机就是拿着掌机。

……

再比如江湛，完全打破了观众对学霸、理工科男生固有的印象，有颜有梗情商高，不染发是校草，染了发是洋气，镜头感一天比一天好，魔方还玩得溜，关键是，在柏江引人关注的前提下，他还能迅速脱颖而出，让人眼前一亮。

而周六晚上第五期节目放送，第二次比赛的分组情况备受关注。

这次分组不再是抽签方式，而是自选颜色——总共八种颜色卡，正式的52位舞者各凭喜好选择颜色，同颜色的即为一组。舞者们选择完毕后，剩下的八位待定组舞者再分别进行选择，分到八个组中。

八个组，有四组是七人，有四组是八人，哪个组的舞者多出来了，就根据排名重选。对于颜色的选择，大家自然都很谨慎。考虑曲风、舞风可能会对应的颜色之后，江湛选择了黑色。

最终和他同组的分别是甄朝夕、费海、徐焙焙、程晨、何未桐和黎昼。其中黎昼待定。而不出预料，黑色对应的是一首经过改编后，风格偏暗黑系的英文歌——《Tomorrow》。

放送的视频里，这首歌的舞曲样片一出来，许多舞者就下意识看向了江湛他们组的徐焙焙。

徐焙焙自己也露出紧张的神情，全程正色看样片，根本不敢去看同组的其他舞者。

别组当时就有人低声议论——

“这个风格……徐焙焙不适合吧？”

“可他自己选了黑色，他应该知道黑色可能会对应的曲目风格。”

“想要找突破吗？”

“他不太突破得了吧……”

“别这么说。”

连视频弹幕上都在说，徐焙焙根本不适合这首歌，他的形象太暖萌了，就该选粉色或者天蓝色，那两首的风格就很适合他。

画面一切，是徐焙焙的问答访谈。

字幕君：为什么选择了黑色？

戴着圆眼镜、素颜也很可爱的徐焙焙苦笑了一下：“因为我知道自己给人的印象就是那种有点萌、有点可爱的男生，我也想过要不要选其他颜色，比如粉色、蓝色，但我最后还是想试试和自己气质不同的曲目。”

字幕君：有信心吗？

徐焙焙连连摇头：“看到样片的时候，我心里就发虚了。”

怎么个虚法，练舞的时候有多虚，第五期是没有展现的，得等到第六期比赛才会放送。而分组后的现实情况却是——徐焙焙跳得非常好。

他戴上眼镜，一头卷毛，形象可爱；而摘了眼镜，用黑发箍把头发箍起来，对着镜子跳舞的时候，他的神情完全符合《Tomorrow》的风格。抛开他本身的气质形象，练舞的时候，根本没人把徐焙焙和可爱软萌联系在一起。此外，他本身也格外铁直。

费海见他箍头箍，耳朵后面夹出深深的两道印子，对他说道："你不能换个隐形刘海贴吗？"

徐焙焙眨了眨眼说："那是什么？"

舞蹈老师为了让大家更准确地进入状态，练舞的时候特别提议：你们可以画个黑色的口红，在自己身上找找那种暗黑系的状态。

徐焙焙第一个拒绝道："我在台下一般不带妆。"

舞蹈老师把口红拿出来，徐焙焙一脸拒绝，转头就跑。去四方大厦试穿舞台造型服装时，徐焙焙那身造型看起来像条裙子，他也是一脸吃不消的忍耐表情。大家这才意识到，徐焙焙的萌系可爱都是观众的错觉，他本人的铁直，简直和江湛有的一拼。

这两位铁直，某次还在晚饭时间，发生过这么一段对话。

徐焙焙道："我太讨厌化妆了，什么半永久，我这辈子都不想拥有。"

江湛道："发际线也不可能去纹。"

徐焙焙道："我到现在都分辨不出黑色眼线和棕色眼线的区别，看起来完全一样。"

江湛道："没错，大地色系的眼影看起来也完全一样。"

徐焙焙道："口红也都一样。"

江湛道："还有腮红。"

徐焙焙道："你知道什么是 CC 霜吗？他们跟我说和粉底差不多，结果又告诉我，不是粉底。然后拿给我看，明明就是粉底啊。"

江湛道："有个粉饼一样的东西，他们说是气垫。我问什么是气垫，他们说气垫类似粉底，用了的确就是粉底的效果。结果我说那就是扁的粉底，他们又说那是气垫。"

徐焙焙问："液体腮红，你见过吗？"

江湛反问："腮红还有液体的？"

徐焙焙道："上次化妆前，化妆老师还拿两根棉线在我脸上刮了一圈，说是把绒毛除掉，粉底更服帖。"

江湛问："举办方送你面膜了吗？一天一片？"

徐焙焙道："送了，还强制要求每次敷满 15 分钟。"

江湛问："你敷了啊？"

徐焙焙道："偶尔。"

江湛道："我也是，我明明都已经在用精华了。"

这段直男对护肤品和化妆品怨念的对话，差点没把旁边吃饭的同组舞者、摄像老师给笑死。

录制第二次比赛分组到第五期极舞放送期间，舞者们全在练曲、练舞。从前不熟悉的、没合作过的，大家一起努力，共同练习，渐渐也熟了。

程晨是很酷的男孩，台前幕后都酷，行李箱里有无数副墨镜，每天不重样。

何未桐没什么特别的个人风格，实力和人气不高也不低，会和大家说笑，但也保持一定的距离。

黎昼是待定组舞者，人气不高，知道自己第二次比赛之后一定会被淘汰，就抱着最后一次上台的心态在练习，很努力，很认真。

七人里，江湛和费海、甄朝夕很熟，和剩下几个都是第一次组队合作。

组队之后，徐焙焙、黎昼和江湛走得很近；程晨酷酷的，和谁相处都一样；何未桐或许是性格的原因，和江湛一直保持格外客气的距离。

江湛虽说性格外向，一直备受瞩目，习惯性做领头羊，但也不是跟每个人都处得来，也从不强求别人一定要跟着他的节奏。大家目标一致，都是为了第二次比赛，并不需要额外拉关系。他跟所有舞者都正常相处，熟悉的就开玩笑多聊，不熟的就客套寒暄，大部分时间是在练舞。

周五的运动会对江湛来说，是特别的一天。

这一天，他跳过了一米九五，在极舞期间的种种经历，以及重燃的积极的精神状态，终于让他开始走出过去那段阴影。这一天，江湛再一次觉得，生活和过去不同了。

领舞者的目标明明还在原本的高度，可江湛就是觉得，那个高度没有那么遥不可及了。

周六晚上十一点半，极舞放送完毕之后，举办方特意安排人，给每个舞者报备了截至当天十点，他们各自的名次。

江湛在寝室里拿到写着名次的信封，打开卡片，是一个"5"。他又进了一名。

而第五只是晚上十点前的排名，十点后，随着第五期比赛的放送，江湛的排名在凌晨三点直接杀到了第三。

这不仅是江湛的粉丝、路人粉、传说中的A大校友共同努力的结果，也是江湛自己的努力和实力。他那段在练习室十秒玩魔方的视频传开后，吸粉无数，自己幕后精修的路透照也颇受好评。

运动会上的表现，更是把江湛本人和体育好的学霸男神人设完美地契合，再度吸粉。

江湛的粉丝和其他爱豆粉丝还不太一样，别人的粉丝可以做老婆粉、妈妈粉、事业粉等等；江湛的粉丝，那就好像围观了校园里长得帅、学习好、性格好、运动技能满分的学长。

就问女孩们，谁上学的时候没听说过、议论过、围观过学校里的校草？这种各项技能点都近乎满分的校草，能迷倒全校女生！

老婆粉？不存在的。喜欢江湛的女孩，从这一刻开始，全部是学妹粉！看学长打球，在路上、图书馆、食堂、学校附近偶遇学长，听说学长参加了辩论赛，听说学长加入了某个社团，听说学长去哪个实验楼上课，和舍友一起疯狂讨论学长。

学妹粉：我可以我可以，我们都可以！

江湛不单单是她们的偶像，还是学生时代自己对男神的憧憬。而这些憧憬，如今不再是幻想，而是一个真实的人——江湛。

与此同时，A 大学生会更新了一条微博视频。是多年前 A 大的开学典礼，江湛作为金融系的学生代表，上台做开学致辞。视频里，江湛穿白衣黑裤，手持演讲稿，体态端正地走上典礼台。他在演讲台后站定，放下手里的演讲稿，抬眸往台下看了一眼，视频里顿时传来清晰的倒抽气声。

江湛抬手把话筒的高度调到合适的位置，定气凝神地抬眸，开始半脱稿致辞。

那时的江湛还未满二十，脸上尚带着几分少年人的稚气，却是全然的风发自信，他的眸光格外亮，气场很稳，半脱稿致辞，语速和致辞内容不出半分差错。

简单地致辞完毕，他在掌声中收起演讲稿，对着台下的学生、老师鞠躬，对着侧旁舞台上的教授、领导鞠躬，再自信饱满地走下舞台。走下舞台后，镜头依旧对着他——江湛在持续不断的掌声中低头垂眸笑了一下，好像是刚刚的致辞有些紧张，致辞结束，总算松口气。再抬眸，他看向镜头。近距离的拍摄中，江湛俊逸的五官毫无遮挡，帅气溢满整个屏幕，而他的神情中，是名校学子的蓬勃朝气。

@A 大学生会：@ 极限舞台——江湛，你与少年，未来可期。

接着 A 大图书馆、A 大校友会、A 大论坛、A 大研究生会的官博纷纷转发。

无论同级不同级，无论是不是同一个专业的 A 大学子，纷纷在那条微博下留言。

“学生会竟然把这段致辞的视频翻出来了！当年我就坐在台下，真的，学长太帅了！到现在我都记得学长一上台，台下全是倒抽气的场面。”

“同在台下，不同专业。学长从我旁边走过去，我都看傻了！当年他真的是红遍全校，连最远的研究生校区都知道他。”

“追他的人真的一大把好吗？不瞒诸位，我写过情书的，就是没敢送……”

“情书谁没送过？为了看他，我还找人问过他们班的课表，悄悄溜过去上过几节课。”

“看我！看我！同班在这里！江湛能作为学生代表上台致辞，不仅是因为他帅好吗？！他真的超聪明，又努力，我们专业的老师上课讲课超纲是惯例，我当年学专业课学得一头大，而他次次都考第一好吗？！”

“同级，隔壁班。我知道你们关心什么。是校草没错，是男神没错，没恋爱，没女友，如果有，没错，就是我（并不是）。”

“我是隔壁学校的。江湛当年超有名，我们食堂阿姨都知道他。”

…………

就这样，在极舞刚刚播出，相关话题还没露头的时候，这条致辞视频直接空降头条。

有人说这是江湛运气好，上了A大，长得又帅，还能致辞，才能有这样艳压其他舞者的风头。

这条酸溜溜的评论马上遭受了路人的反驳：“长得帅，是爹妈给的基因好；考上A大，说明聪明又努力；能做新生代表上台致辞，一定有过人之处。哪点不是靠他自己？不靠他自己，靠只有键盘的网友？这届网友还讲不讲道理了？”

对这些，江湛一无所知。举办方没有告诉他这些，但上上下下的工作人员都看到了那条头条。

极舞工作群里，大家热火朝天地聊着，所有人都觉得江湛简直完美到无可挑剔。就算最后领舞者位置不是他的，他也绝对能红。大家纷纷夸齐萌会推人，眼光好。

接着又聊起，以江湛现在这个势头，公司那边怎么还没动静，不是早该弄个经纪人过来谈合约，早早把人签下了吗？

有知道内情的人道：“我们公司拿不下这个人的。哪怕赛后，也拿不下人的。”

众人：……

有人问：“大哥大姐们，怎么回事？柏老师就最近消失了一段时间而已，大家怎么能把他忘了？”

另一个人回复：“江湛被柏天衡公司签了？”

其他已经领悟的人回复：“他的意思是，柏老师罩着人，谁都动不了的。除非江湛自己要签哪家，否则谁都别想凑过来。”

群里静了一阵，突然又有人道：“我们是不是又要开小会了？@导演。”

另外一人回：“别@导演了，导演头都要秃了。”

就像举办方的工作人员议论的那样，江湛的势头太猛了，盯上他的人很多，他也挡了很多人的路。他至今还能没有任何阻碍地在极舞这边训练，一方面是举办方下了决心屏蔽乱七八糟的事，另一方面则是柏天衡那边的力保。

最开始，星光视频看江湛条件那么好，就想让旗下的经纪公司把人签下来。但是江湛不愿意，而且被柏天衡亲自挡掉了。所以，星光没敢动人。

再后来，就是各种蠢蠢欲动的经纪公司、娱乐公司。大家的想法都很一致：试试呢，万一就行了呢，不行就算了，试试又没损失。依旧是被柏天衡那边挡下的。

柏天衡不需要放话，有他出面，各家自己领悟。无论领悟到什么程度，都不可能动那个人。

周日看到那条头条上的致辞视频的时候，兰印辉还在公司对姚玉非道："还真是不得不说，你这老同学挺厉害的。"又道，"我当初想把人踢走，做得对吧？现在看看，你看看，这势头多猛！"

兰印辉冷哼道："他要是早几年出道，还有你们这些爱豆什么事。红的只会是他！等着吧，娱乐圈新人换旧人，等他红了，你就能顺理成章地过气了。"他平时对姚玉非就有所不满，难得逮到这个机会，自然狠狠地嘲讽，"你要不要现在去攀攀老同学的关系？我看花絮里，祁宴整天跟着他，还挺招他喜欢的，说不定江湛就喜欢你们这样的做跟班呢。"

姚玉非被说得脸色铁青，差点当场翻脸。

兰印辉看他神情，以为他要生气了，结果姚玉非突然笑了。兰印辉顿了顿问："怎么？"

姚玉非讽刺地笑道："跟班？你是在嘲笑我，还是说真的？"

兰印辉当然只是为了嘲讽，谁会让自己手里的艺人去做舞者的跟班。但姚玉非这个神色和语气，兰印辉一看就觉得不对。他想了想，琢磨了一下，试探着问："你们闹翻的时候，是不是发生了什么？"

姚玉非神情冰冷。

兰印辉的神情也淡下来，不再说那些有的没的了。他还特意站起来合上了玻璃窗的百叶帘，锁上了办公室大门，走回来，挨着办公桌桌沿，居高临下地看着姚玉非。

姚玉非沉默着，心里却被刚刚经纪人的一番话彻底惹恼了。其实从第一次比赛，他特意戴上那块手表，又在副舞台上说了那些似是而非的话开始，他的心态就急转而下。他实在太嫉妒江湛了。从前嫉妒江湛的一切，如今嫉妒江湛能这么迅速出名，又有那么多的助力。凭什么？到底凭什么？！

姚玉非本来不想在经纪人面前多说什么，他嫉妒江湛不假，但和经纪人的关系也没好到什么都能说。但他真的太嫉妒了。都毕业这么多年了，江湛竟然还能有A大的光环，还能凭一个开学典礼致辞上头条？！

姚玉非嫉妒得发疯。他终于没控制住，抬起微红的眼睛，一字一句道："跟班？谁稀罕。"

周一，某间小会议室。

老师和几个工作人员看着面前的何未桐，均是一脸不敢相信："你要换组？"

何未桐神情坚定道："是的。"

老师瞪着眼睛道："周三就要进行第二次比赛，你在这里和我开什么国际玩笑？"

何未桐绷着后槽牙，沉默着，耳畔是昨天晚上姚玉非在安全通道里和他说的一番话。

“是不喜欢《Tomorrow》的风格吗？”姚玉非的声音轻轻的，带着鼓励，“没关系，不喜欢就换好了。”

何未桐还在犹豫。

姚玉非用宽慰的口吻继续道：“我理解的，不是每个舞者都能适应各种不同的舞台风格，也不是一开始就能发现不合适，你练着练着觉得不行，这很正常。”

姚玉非道：“想换吗？没关系，去和举办方说吧。大家未必能理解你，可能还会觉得你打乱了这组的进度，可你为自己考虑的想法并没有错。来参加比赛的，谁不是为了自己？”

何未桐问：“真的可以吗？”

姚玉非笑了笑说：“可以啊，如果你都不为自己想，谁还会为你想？”

何未桐白着脸看老师，心一横，说出了姚玉非教他的话：“如果坚持不给我换组，我只能主动退赛了。”

老师脱口而出：“你放什么屁？”

这么大的比赛活动，何未桐如果突然退出，观众会怎么想？算不算活动事故？这个事故又要由谁承担？会给比赛带来多大的负面影响？！这小孩儿是哪家推荐的？这么不计后果？！

老师气得头晕目眩。何未桐坚持道：“换到哪组都行，这组的风格真的不适合我。”

这边何未桐刚提议要换组，那边齐萌听到消息，就悄悄溜去训练室，避开镜头，把江湛叫到角落里。

齐萌问：“何未桐最近练得怎么样？”

江湛闭掉麦，不明所以道：“还行。”

齐萌皱眉道：“他刚刚去找老师要求换组了，今天是周一，周三就要比赛了，他真的疯了，拿退赛要挟老师。”

江湛愣了一下问：“换组？”

齐萌道：“是，所以我才来问问你。”

江湛脑海里飞速回忆着何未桐平时在训练室和大家一起练舞的细节，神情冷静，同时在想，如果何未桐退组，他们组的比赛怎么办。《Tomorrow》的舞曲具有故事性，每个人在舞蹈里都有相应的角色，少一个人都不行。

何未桐突然要退出，也太匪夷所思了。

何未桐被冷处理了。他在换组问题上太过坚持，一定要换组，老师便通知了他的负责人。负责人匆匆忙忙过来，都快被这祖宗整哭了，好说歹说，就是劝不住。

实在没办法，负责人只能和老师打了个招呼，先把人带走，看别的同事或者老板能不能说动他。

上了车，负责人恨不得当场捶死何未桐。

负责人：换组？要我命吧你！

负责人上了车就开始念叨：“周三开始比赛，你现在要求换组，你以为只是老师不让你换？是哪个组会要你的问题，好吧？！你愿意连夜换曲目、重新练舞，可哪个组愿意配合你？大家都练了这么多天了，吃饱了撑的为了你一个人重新换队形、换位置？你动脑子想想好吗？！”

负责人快要气死了：“你自己也争口气可以吗！好不容易有现在的成绩，等极舞结束，你也能有点认识度了，光靠着那点认识度你都比公司里其他舞者强了，你作什么不好要作死，你清醒一点好吗！”

何未桐低头，不吭声。

负责人道：“说话！”

车厢里气氛凝重，司机开着车，大气不出。负责人吼了一嗓子后，何未桐才低声道：“我就是觉得《Tomorrow》的曲风和我不搭。”

负责人一顿，以为自己听错了，问道：“你说什么？”不等何未桐再吭声，负责人瞪着眼珠子坐起来说，“你有病吧，曲风不搭你不早提？都快比赛了，你现在才说？”

何未桐要说什么，被负责人打断：“行了，你别和我说了，等会儿到了公司，你和老板说去吧。”他顿了顿，提醒道，“我还就直接告诉你，新老板和之前那个老板可不一样，之前老板只给楚闵砸钱，别人他舍不得，但现在的老板是给楚闵砸钱了，也给你砸钱了。你信不信，他能给你砸钱，也能把他桌角的文房四宝砸你脑袋上！”

负责人这点还真说错了，外星人娱乐公司的老板办公室，摆在办公室桌角的那套文房四宝，宋佑还真舍不得砸。大师开过光的，很灵的，又是价值八位数的古董，拿来砸人？开什么玩笑？

所以，宋佑选择了拿起他摆在书架一角的棒球棍。他背对何未桐，握着棒身，像在擦拭一件心爱之物似的，用视线描摹手里的棒球棍，以漫不经心口吻道：“你要换组，也行，你现在只要告诉我，你想换到哪组，你能换到哪组，换组之后，你之前训练日常怎么处理，以及比赛之后，你还能不能继续留在赛场。”

何未桐：“……”

“来，告诉我。只要你说得出来，我举手举脚支持你换组。说不出来……”宋佑背对何未桐，举了举手里的棒球棍，“我就捶你一顿，把你捶进医院，回头让裁判告诉观众，你因病退赛，说不定还能让你博点同情，吸一波粉丝。”

何未桐：“……”

宋佑道：“说！”

何未桐瑟缩成了一只小鸡。

宋佑把棒球棍“咚”的一声摆回原位。转身，他一脸轻蔑地看着何未桐，说了一句：“职业道德，业务能力，懂不懂？”

何未桐低声道：“我只想……换个组。”

宋佑道：“滚。”

宋少爷真的觉得，自己现在做老板的形象太温柔了，这要换了自己家本来的产业和公司，他遇上何未桐这种人，得给人扒掉一层皮。是觉得自己有点能耐了，就能提要求了？

不但把赛场老师得罪得透透的，公司形象还要跟着受损，以后公司再送其他舞者去大平台比赛，谁还敢要？除此之外，还可能会影响楚闵他们几个，顺便得罪同组的其他舞者，再顺便得罪其他舞者所在的公司。

总而言之，何未桐现在就是颗搅了一锅粥的老鼠屎，把周围的人都给恶心了个透。

宋佑：当什么舞者，比什么赛，直接送去非洲挖煤吧！

以上，来自宋老板理性的思考。

情感上，宋佑心里很不舒服。他把何未桐支出去后，坐回办公桌后，仰头靠在椅子里，想着江湛这么多天的舞都白练了。明明是从小顺风顺水的人，却在二十岁之后，经历了那么多。

宋佑至今都记得，江母在治病期间，因为不堪忍受治疗过程的痛苦，疯癫发狂的时候对江湛声嘶力竭骂出来的那些话。还有江湛一个人坐在医院外小花园的长椅上，沉默着独自消化的样子。宋佑光想想都觉得心梗，没让自己再想下去。

他坐起来，拿起桌子上的手机，下意识地翻到柏天衡的号码，正要拨出去，突然一顿。怎么回事？怎么江湛一有事，他就想给柏天衡打电话？这是什么时候养成的习惯？

宋佑把手机扔回去，一脸高冷地翻了个白眼，手指在椅子扶手上点了点，想到什么，重新拿起手机，点开了一个 QQ 群。

极舞编外小组。

白灼西兰花：@群主，最近有啥活动吗？我闲得慌。

宋佑面无表情地发完消息，做了个自我唾弃的呕吐表情，又摇头叹息地嘀咕了一句：“本少爷上辈子，一定是个可爱的女孩子。”

在群里发完消息，宋佑又点开微信，给外星人娱乐这边的首席执行官发消息：“把小何的事情处理干净。”

“好的，老板，您放心。”

何未桐不在，负责人也没说现在该怎么办，江湛他们组剩下的六个人被迫无所事事。

按照旁人的想法，遇到这种事，怎么也得焦虑一下，结果竟然完全没有。既然不用练舞，江湛、甄朝夕和费海三人带头，拉着剩下的三人悄悄溜回食堂，找阿姨借了电磁炉，从食堂冰箱里翻出点肉和蔬菜，开始在食堂吃火锅。

用甄朝夕的话来说，反正练不了，怎么过不是过？无所事事是半天，吃火锅也是半天，那当然是选择吃。吃还吃得挺开心的，完全不像受到影响的样子，更没聊起何未桐。

大家反而在聊比赛之前的人生经历，或者是畅想比赛结束了，以后大家还能不能聚到一起。

费海道："能啊，肯定能，就算再忙，聚一聚的时间还是有的。"

徐焙焙道："那聚餐我们不吃火锅了，包个酒店的自助餐厅，我们去吃自助吧，把大家都叫上。"

程晨道："那必须是海鲜自助。"

黎昼问："把童老师他们都叫上？"

甄朝夕道："还有柏老师。"

一提柏天衡，几个人的视线就往江湛那边瞄。江湛在涮羊肉，氤氲的热气后面，他连眼睛都不抬，就知道几个人在看自己。他特自觉地回道："知道了，柏老师我负责来喊。"

费海埋头在碗里，嘴唇咧得老大。甄朝夕给他夹了一筷子土豆："吃你的。"

其他人异口同声："吃你的！"

江湛笑着看费海道："你还真是……"

费海吃着土豆，故意装傻："啊？吃啊，我在吃啊。"

大家说说笑笑，吃完了这顿火锅。吃到中途，还有摄像老师扛着摄像头进来拍了一会儿。

大家纷纷抗议："哎，摄像老师你累不累，别拍了，吃个火锅满脸油有什么好拍的。"

又举起碗里的肉和蔬菜："来，要拍就拍这个，别拍人。人有什么好拍的，拍个食堂版的《舌尖上的中国》呗！"

吃完火锅，大家把东西收拾干净，回了四方大厦。

很快，老师就把六个人叫过去，通知了最终的处理办法：何未桐不参加第二次比赛。

大家都没吭声，只有脑袋上架着墨镜的程晨骂了一句脏话。老师就当没听见，毕竟骂得对。

老师接着道："他不上台参加比赛的理由，我们已经编好了，就说他跳舞时旧疾复发，紧急住院，参加不了。"

众人依旧不吭声。

老师道："这样的话，到时候需要你们配合一下，传达出他突然发病，你们很关心他就行了。"

程晨酷酷地打断道："我们不关心。"

老师接着道："反正就是演，演你们会吧？"

程晨道："不会。"

甄朝夕道："不懂。"

费海道："演不来。"

徐焙焙道："不想演。"

黎昼道："不会演。"

老师默默地看向江湛。

江湛笑了笑说："给演出费吗？"

老师道："没有。"

江湛点头道："好的，不演。"

老师："……"

很明显，何未桐得罪了全组，成了众矢之的。甚至根本没人在意何未桐要求换组的理由。大家只关心一件事：今天周一，明天周二，后天周三，周三比赛。

《Tomorrow》的舞曲有剧情，如果少一个人，那么整支舞蹈都需要重新排练。只剩两个晚上加一个白天，还要配合何未桐那边演戏？他们又不是脑子有坑。

老师脑子也没坑。大家既然都不愿意，这事就算了，回头拍个何未桐躺在担架车上进电梯、进医院的三秒镜头，就得了。

对这种公然影响整个比赛进程的舞者，没人会想给他好果子吃。这也就是比赛还在进行，方方面面得顾全大局，等比赛结束，不说拉进黑名单，星光视频以后的比赛他都别想参加了。

这次也幸好外星人娱乐那边格外积极地配合，姿态放得很低，各种赔礼道歉，否则他们公司的其他舞者都要受到影响。

举办方道："行，那就这样。舞蹈老师已经在重新排舞了，你们也赶紧去练习室吧。"

程晨戴上墨镜说："舞蹈老师心里肯定在骂脏话。"

举办方憋不住笑了，指着程晨道："行了行了，别戏精了，你们还要比赛呢，没时间在一个傻子身上浪费时间，都去训练吧。"

当天晚上，负责《Tomorrow》的两位舞蹈老师，以及江湛全组六人，全体熬夜，凌晨一点多还没回寝室楼。江湛、甄朝夕都不在，魏小飞、丛宇和跑来他们寝室的彭星、蒋大舟、祁宴，一起在背地里把何未桐骂了个狗血淋头。

丛宇道："神经病吧，换组，换个头的组，谁要和这种人一组。"

魏小飞道："何未桐为了换组，好像还特意去找过他们公司的其他几个人。"

彭星道："楚闵当时就朝他翻白眼了，我第一次觉得我们闵闵翻白眼翻得那么好看。"

祁宴道："听说今天晚上要展示何未桐躺着进医院的镜头？"

蒋大舟开始捞袖子道："刚好啊，来，打完了推进ICU。"

大家普遍对何未桐的做法表示不理解。换组，换到哪组？大家跟着你一个人重新排舞重新练？脸怎么能那么大？

于是，大晚上的，当工作人员推了担架车从电梯里出来，安排好剧本，准备“演”这段的时候，走廊里全是嘘声。

何未桐白着脸坐在寝室里，几个舍友都没搭理他。这和冷暴力无关，纯粹是大家都看不惯，也都不能理解他的做法。

等何未桐躺上担架车出现在走廊里，从宇带头，彭星、蒋大舟配合，又是一波更大的嘘声。何未桐脸色白得就跟真的病了似的。结果就这一段把人从寝室推到电梯的镜头，拍了不止三遍。

何未桐不得不听一遍又一遍的嘘声，听到后来，他也不敢吭声，就躺在担架车上掉眼泪。

摄像老师边拍边在心里认可，哭比不哭好，这效果不错。等拍完了，工作人员才给何未桐递了张纸巾：“别哭了，你哭什么？想想江湛他们，跳到凌晨三四点都不一定回得来，要哭也该是他们哭。”

何未桐闻言，眼泪掉得更凶。

工作人员把纸巾整包给他：“别委屈了，你委屈，别人不委屈？没人欠你的。”

四方大厦，江湛他们排舞、练舞一直没停过。前半夜大家都没睡，后半夜舞蹈老师把重新排好的舞蹈敲定离开后，才有人陆陆续续躺在角落里，补了会儿觉。没睡的人继续跳。

江湛是六人里精力最旺盛的，一直没怎么睡，凌晨四点的时候，他才坐在墙边，低头眯了一会儿。他睁开眼睛时，发现程晨醒了，在旁边看着他。

其他四人都睡了，训练室里的灯关了，窗帘拉着，窗帘缝隙里透出一点蒙蒙的亮光。

程晨压着声音问道：“你坐着都能睡？”

江湛放下腿，懒懒地靠着墙，笑着低声道：“你戴墨镜不是也照样吃火锅。”

那能一样吗？程晨对江湛竖起大拇指：强！你真的太强了！精力最好，体力最好，坐着能睡，眯一会儿就醒，睡眠质量还那么高。强人果然处处都强。

江湛笑笑，担下了程晨这份夸。但其实，他坐着能睡着，不过是过去多年里不得不养成的习惯而已。

医院的走廊里，可没有陪护用的床。如果他一整夜撑着不睡，第二天又怎么照顾病床上的母亲？江湛有很长一段时间没想起过去那些事了，突然想起才意识到，原来那段时间养成的习惯并没有消失，很自然地延续到后面的生活。谁能想到，坐着能睡着这个技能，参加个比赛还能用上。

江湛感慨地淡笑了下。

程晨问：“怎么了？”

江湛摇头道："没什么。"

早上五点多，大家都醒了，眯着眼睛四顾，全是一脸神游的茫然。江湛拍拍手，用音响放了《Tomorrow》的音乐："来来来，跳一段，都清醒一下。"

程晨爬起来，大喊一声，其他人也纷纷起身。

江湛走到自己的站位上："今天早饭我请。"

众人："谢谢哥！"

江湛憋着笑，旁边戴上墨镜的程晨忽然侧头，嗯？不对啊。

程晨道："我们食堂不是免费的吗？"

其他几人都瞪眼看过来。

"是啊。"

"不用钱啊。"

江湛笑着说："逗你们的，这下都醒了？"

众人："哎！"

黎昼拍脸，徐焙焙抓头发，费海揉眼睛，甄朝夕伸了个懒腰。

程晨戴上墨镜，继续耍酷道："吓我一跳，还以为能出去吃早饭呢。"

配乐中，大家都很快清醒了。

江湛拍手道："来吧，跳一段，跳完回去吃早饭。加油！"

众人："加油！"

他们跳舞的时候，摄像老师和工作人员上班了。摄像老师踩着他如常的魔鬼步伐飘进练习室，在墙根角落里坐下，架好镜头。

镜头里，是清晨五点多的练习室，和大家犹带着倦意的面孔。

跳完，六个人收包回寝室楼。路上，江湛打了从昨天晚上十点到今天的第一个哈欠。

费海跟体育解说似的在旁边现场播报："他打了！他打了！他打了！他终于打了八个小时里第一个哈欠！他打了！"

程晨道："这是多么令人激动的时刻！"

甄朝夕道："多么振奋人心、具有非凡意义的一个哈欠！"

徐焙焙道："让我们拭目以待。"

黎昼道："相信接下来的八个小时，一定还会有第二个、第三个、第四个哈欠！"

江湛："……"

其他五个男生笑成一片："哈哈哈哈哈。"

六人说说笑笑，往寝室楼走去。

刚到寝室楼附近，隔着段距离，他们就看到寝室楼前陆陆续续来了不少观众。女生们有的在吃早饭，有的坐在带来的小板凳上聊天，还有的在整理自己带来的礼物。

徐焙焙反应最快，立刻开始扒拉整理脑袋上的卷毛。

费海揉眼角说：“早知道我刚刚在大厦那边洗个脸了。”

程晨最淡定。他把自己身后的包解下来，拉开拉链，在包里摸了半天，摸出五副眼镜。

众人：程爸爸！

戴上墨镜，大家都舒坦了，也是第一次觉得程晨的墨镜这么顺眼。

程晨高冷地哼了一下：“你们当我为什么总戴墨镜。”素颜怎么在镜头里露脸，怎么见粉丝，怎么当偶像。墨镜是什么？是遮丑的布。墨镜才是爸爸。

于是不久后，还没正式开始，观众们在大清早五点半，等来了六个戴着墨镜的舞者。

女孩们飞快地辨认出六人分别是谁，走到了栏杆前。举起手机、相机对着六个人拍。

“江湛！”

“小海！”

“甄主任！”

“徐萌萌！”

“黎昼！黎昼！”

“程晨！”

难得过来拍前线的王泡泡都惊了，一边拍一边在心里狂喊道：我们学长戴墨镜了！戴墨镜了！戴墨镜都那么帅！第一次有墨镜路透啊！好苏好苏好苏！

旁边几个女生用嗓子喊：“学长！学长！江湛学长！看我们！看我们！”

江湛果然看了过去，神情微愣。之前喊什么的都有，江湛、阿湛、湛湛，怎么还有喊学长的了？他一看过去，几个女生又开始叫。

王泡泡趁机拍正脸。江湛走了过去，靠近后，摘掉墨镜，认真地看着几个女生，低声问：“学妹？A 大的吗？”

几个女生挤作一团，一个比一个脸红。

有胆子大的人回复江湛：“我们不是，她是，她是！”

说着把一个女生拽到最前面说：“她是，她是。”

女生整个脸都红透了，捂着嘴巴，回视江湛：“我……我那个，我计算机系的。”

江湛还不知道自己现在有了一波学妹粉，以为喊他学长的就是 A 大的学妹，结果过来一问，果然有 A 大的。江湛便隔着围栏跟这位校友学妹聊了几句。

江湛问：“新生吗？”

女生道：“我大二。”

江湛点了点头说：“我以前选修过你们系欧阳教授的课。”

女生始终捂着嘴巴，闻言兴奋道：“前几天上课，欧阳老师还提到你了。”

江湛意外道："老师还记得我吗？那下次上课，还请帮我带声好。"

女生道："欧阳老师课上说，你还欠他一顿午饭。"

江湛一顿，突然想起似乎是有这么回事。他笑了笑说："那我下次回学校，把这顿饭补回来。"

这期间，周围的女孩子有的捂嘴，有的举着手机在拍，包括旁边近距离看傻的王泡泡在内，全在心里疯狂大喊：啊！今天我们都是土拨鼠！

而就在江湛走过去问是不是学妹的时候，一辆银灰色的保姆车开了进来。

江湛说他下次回学校的时候，保姆车靠粉丝这边的车门敞开，柏天衡走了下来。

粉丝们："啊——"今天我们都是双份量的土拨鼠！

江湛还没回头，柏天衡走近，见江湛在和女生说什么，以为发生了什么，走到旁边问道："怎么了？"

江湛回头看柏天衡，两人对视。距离他们不足半米的粉丝们："啊啊啊！"今天到底是怎样的运气！柏天衡和江湛都见到了！

这两人如常地站在粉丝面前，还聊上了。

江湛问："这么早？"

柏天衡道："工作结束就回来了，比赛不是周三吗。"

江湛点点头道："哦。"

柏天衡问："早饭吃了？"

江湛道："还没，刚准备上楼。"

柏天衡低头看了看手表说："食堂没这么早，走吧，出去吃。"突然看到江湛手里的墨镜，柏天衡问道，"怎么戴墨镜了。"

江湛示意自己眼睑下面的一点阴影："熬夜了。"

柏天衡哼笑道："偶像包袱？"

江湛点头道："偶像包袱。"

柏天衡抬手在江湛肩膀上碰了下说："走吧，去吃早饭。"

近距离站在两人面前的女孩们："！"

全程扛着大炮，边录视频边憋红了一张脸的王泡泡："！"

之后，在大家的注视下，江湛和A大学妹点了点头，结束了闲聊，跟柏天衡一起转身。两人说着什么，走到另外几个舞者面前，没多久，大家一起上了柏天衡的车。

其他舞者上车的时候，女孩们没什么特别大的动静，最多喊了下名字。等江湛一只脚踏上车，围栏后顿时响起一片尖叫。

这叫声把车门旁站着的柏天衡给当场逗笑了。柏天衡一笑，女孩们叫得更凶。

更搞笑的是，女孩们这么一叫，立刻把极舞的摄像老师惊动了。

几位摄像老师一出来，女生们立刻指着柏天衡的车：“拍！拍！拍！快拍！”

摄像老师没搞懂什么情况，不管三七二十一，立刻在车门关上前，把镜头对准车内。

镜头里，柏天衡淡定地坐着，江湛无语地抬手扶额，后排的几个男生全部笑倒。

江湛哭笑不得地对离自己最近的那位摄像老师说：“哥，你知道现在是什么素材吗？你就乱拍。”

摄像老师露出一个茫然的表情，副驾驶座上的居家谢提醒他：“别被粉丝忽悠了。”

摄像老师这才反应过来，粉丝是让他们拍柏天衡和江湛的同框。

几位摄像老师立刻撤开镜头，保姆车的车门跟着合上。

现场的女孩们朝着摄像老师大喊：“叔叔！叔叔！跟上去拍给我们看看好吗？就看一眼！就一眼！”

摄像老师顿时愣住：刚刚你们喊哥哥，现在你们喊叔叔？

摄像老师当然不会给女孩们看官方拍摄的素材，也是刚刚下来跑得太急，才会被她们忽悠了。片刻后，几个摄像老师又扛着机器回了大楼里。

大楼外，一群人还在兴奋地讨论。

“江湛好帅！”

“柏天衡好有型！”

王泡泡更是捧着手机，抖着她激动的双手在群里疯狂报告——

“江湛！”

“柏天衡！”

“刚刚就在我面前！我面前！”

“我拍到了！我全部拍到了！”

车里，江湛没吭声。

上次运动会，柏天衡不打招呼就走，他其实有点不高兴，外加“擦汗”的那一下，逗小动物似的，江湛想想就不开心。刚刚在外面，柏天衡突然出现，他没反应过来，外加有那么多外人在，他也不好当场翻脸。这会儿上了车，江湛回过神，翻脸了。他一直坐着，没吭声。

居家谢转头朝他笑笑，打了个招呼，他也朝居家谢笑着点头回应。其他的，没有了。

后排的几个男生都没察觉异常，还探身往前，讨论去哪儿吃。

“早茶的话，我知道附近有家店，老板是广东人，做得挺地道的。”

“要不去吃面？”

“我想吃蟹粉小笼。”

“哎，柏老师和湛哥想吃什么？”

江湛道："随便。"

柏天衡听这口气就知道不对。他转头看了江湛一眼。江湛没看他，微微侧头朝窗，表情平淡，目光落在窗外。

几个男生坐在后排，还在讨论。居家谢坐在副驾驶座，敏锐地察觉出不对，往后排那两位身上瞄了一眼，见柏天衡一直看着江湛，江湛根本不看柏天衡。居家谢回过头，憋着笑心里想：嗬，柏总，你也有今天。

居家谢替几位舞者统一了目的地："去你们柏老师的公寓酒店吧，那边的早餐厅六点就营业了，过去坐一会儿就能吃上了。"

几个男生："好啊。"

江湛终于转头看向柏天衡。柏天衡一直在看他，见他回头，扬了扬眉峰。

江湛一脸淡然道："哦，原来那边六点就有早饭了。"真是难为某人，一开始还和他说，酒店早餐厅开门太晚，只能来寝室楼吃。

柏天衡被戳破，唇角抿着笑意："嗯，六点。"

江湛无声地动了动嘴唇：骗子。

六点不到，公寓酒店那边的早餐厅已经开门了。

柏天衡、江湛他们一行人最早到，厅里除了服务员，没别人，犹如包场。

服务员要给他们拼张八人长桌，被居家谢婉拒了："没事，就分桌吃吧。"

几个舞者也道："不用麻烦了，随便坐了吃吃。"

说是随便坐，等真正坐的时候，费海、甄朝夕、程晨、黎昼、徐焙焙十分自觉地坐了一张长桌，居家谢独自在旁边靠窗的两人位坐下，大家默契又自觉，把共进早餐的天时地利留给了江湛和柏天衡。

江湛取完自助早餐回来，发现费海那边坐不下了，居家谢桌上摆满了，只好坐到邻桌的四人餐桌旁。他刚坐下，柏天衡就坐到了对面。江湛连眼皮子都没抬地说："别坐我这边。"

柏天衡把餐盘放下，碗筷没动，靠着椅背道："还在生气？"

江湛垂眸喝粥："听不懂人话？走开。"

柏天衡挑了挑眉峰，拿起筷子。

隔壁两桌：翻脸了？什么时候的事？刚刚不还好好的吗？

江湛和柏天衡已经兀自上演了一出"翻脸"现场——

江湛看都不看柏天衡，自顾自吃早饭。柏天衡也吃着早饭，时不时抬眸看江湛一眼。

邻桌的程晨他们立刻收回目光，相互对视几眼，无声地靠眼神交流着。

程晨：怎么就翻脸了？

甄朝夕：不知道啊。

费海：湛哥好像刚刚在车上就没怎么说话。

徐焙焙：是不是发生什么了？

黎昼：不会吧，上车之前不还好好的吗？

程晨：好像是江湛在不高兴？

甄朝夕：看出来了。柏老师气场都没平时那么强了。

这边几个男生无声地讨论着，隔壁桌，翻脸继续“上演”。

柏天衡主动找了个话题问：“昨天跳到几点？”

江湛道：“你管不着。”

柏天衡又问：“有补会儿觉吗？”

江湛道：“和你无关。”

柏天衡问：“什么和我有关？”

江湛道：“都和你无关。”

柏天衡点点头，不再多言，继续吃早饭。

舞者们：这翻脸翻得很彻底啊。他们湛哥这么不高兴，柏老师到底干吗了？

从头到尾，只有独自吃早饭的居家谢最淡定。难得看到自家老板被甩脸色的居家谢有点开心。不，很开心，比年终拿了七位数的奖金还要开心。

那边，江湛不高兴归不高兴，倒也气定神闲。没办法，以前和柏天衡翻脸翻习惯了。两人时不时你翻翻脸、我翻翻脸，翻脸的原因还五花八门，这要是拿文字记录一下，直接就能翻出一本20万字的随笔。所以翻脸归翻脸，吃饭什么的，完全不影响。不但不影响吃饭，还不影响聊正经话题。

柏天衡问：“听说你们组有人退出，舞蹈重排了？”

江湛道：“嗯。”

柏天衡又问：“退出的是谁？”

江湛道：“何未桐。”

柏天衡点点头，他对这个舞者有点印象。他问：“新舞蹈练得怎么样，赶得上比赛？”

江湛道：“可以。”

聊完正经话题，继续翻脸，一直翻到早饭吃完，江湛起身去卫生间。

柏天衡最近要拍戏，饮食方面很注意控制，没吃什么。江湛起身去卫生间的时候，他拿纸巾擦了擦嘴。邻桌几个男生见江湛走远了，纷纷转头。

柏天衡回眸，男生们瞪眼看。

柏天衡好笑道：“想说什么？”

甄朝夕问：“呃……江湛，是不是生气了？”

柏天衡道：“嗯，是吧。”

程晨大胆地问道："你惹他了？"

柏天衡勾了勾唇角说："差不多。"

几个男生一脸八卦，异口同声道："你干什么了？"

柏天衡哼笑，看着几人说："管这么宽？"

舞者们迫于老师威压，纷纷回头，假装只是随口问问。

柏天衡嘘了口气，抬手拉了拉领口，似是在自言自语地叹息："没办法，哄吧。"

等江湛从卫生间回来，众人又拿眼睛瞄他。他一抬眸就捕捉到好几双视线，直接转头问柏天衡："趁我不在，你又干什么了？"

柏天衡默默抬手摊开，又举起手，示意自己很无辜："我什么都没做。"

柏天衡放下手，极有耐心地说："我就是和他们说，我楼上公寓新到了一个模型。"说着，转头看向几个舞者。

甄朝夕立刻接话道："然后我们说，我们都想上去看看。"

柏天衡跟着道："就是这样。"

江湛没吭声，默了片刻，缓缓问："什么模型？"

柏天衡几不可见地弯了弯唇角说："航母。上去看看吗？"

江湛一面心动，一面无语道："十次有五六次都用这招。"用这招主动示好，然后和好。

柏天衡诚恳道："因为有用。"

江湛问："没别的套路？"

柏天衡道："有用的方法，不拘用几次，只要有用就行。还气吗？"

江湛更气了。他吐了口气，摇摇头，无语地看了眼柏天衡，转头对甄朝夕他们道："你们上去看吧。"说完转身就走。

几个舞者都没敢吭声，柏天衡一顿，这才意识到，江湛今天的火气，和过去都不一样，不是玩个模型、打个游戏、打个篮球就能和好的。

以前上学的时候，柏天衡可从来没有逗狗似的戏弄江湛。

江湛在运动会那天没当场发作，是因为没反应过来，事后又要跳高，没有细想。等运动会结束，当天晚上躺在床上，他一直翻来覆去地睡不着。他理了很多思绪，也胡思乱想了很多，最后所有的想法都在脑海里盘根错节地纠缠，捋也捋不清。只有一点他很明确：这次翻脸，可不是一个航母模型可以和好的。

见江湛转身就走，柏天衡就知道这次拿模型哄没用。

居家谢见他不动，立刻过来催他："你不跟上去吗，你干吗？"

柏天衡摇摇头。他太了解江湛了。

江湛是个骄傲在骨子里的人，他真有情绪的时候，并不需要人哄的，哄也哄不好，因为他有自己的思路和节奏。柏天衡深知，他现在要做的，就是等。而这一等就是一整天。

从白天到晚上，再到深夜。

白天，柏天衡在舞者这边指导了一番，晚上又去了趟寝室楼，问了一些关于何未桐比赛的事。

十一点，舞者们陆陆续续回宿舍了，柏天衡去了四方大厦的练习室。其他组都回去了，只有江湛他们组还在跳。《Tomorrow》放了一遍又一遍，六个男生跳了一次又一次。

柏天衡在他们全神贯注跳舞的时候进了训练室，在摄像老师常坐的避开固定机位镜头的角落里坐下了。

六个男生跳完才发现他：“柏老师？你怎么来了？”

柏天衡穿的不是白天录制素材时的衣服，而是私服便装，也没有戴领夹麦，素颜，懒懒地坐在角落里。没有摄像老师，只有固定机位的几个镜头在墙上，训练室几个舞者也把麦都摘了。

一起吃过早饭，此刻又有他们湛哥在，几个男生都大着胆子和柏天衡开玩笑道：“来请我们吃夜宵？”

柏天衡懒懒地说：“我请没问题，但我估计你们不会吃，也不会有时间吃。”

江湛拿毛巾擦着汗，低着头，没说话。几个男生见他不理柏天衡，对视一眼，不好多问。柏天衡也没主动去叫江湛。大家休息了几分钟，就去继续跳了。

柏天衡在角落里坐着，偶尔看看他们跳舞，偶尔刷会儿手机，大部分时候是把目光静静地落在江湛身上。他想，他有很多耐心。

这一等，就到了凌晨一点半。一点半的时候，摄像老师和两个工作人员过来，特意拍录制之前熬夜跳舞的这段素材。

工作人员进来，见柏天衡竟然在，十分意外：“柏老师？”

柏天衡摇摇头，示意自己没什么，让他们忙。

这段赛前练习没多久，到了两点，大家都准备撤了，毕竟白天还要带妆彩排、正式比赛，不可能熬一整夜。

几人收拾包，准备离开。全程工作人员都在，摄像老师的镜头都对着他们。柏天衡也始终在。拎包要走的时候，几个男生见江湛还是不理柏天衡，都特意磨蹭着偷瞄两人。

费海用眼神示意甄朝夕：去给两人搭个线？给个台阶？

甄朝夕摇摇头，认为不行。

费海又看向旁边的程晨，程晨早把墨镜戴上了，假装自己是个瞎子。

至于徐焙焙和黎昼，已经困得哈欠连天，根本顾不上别的了。

费海一咬牙：行，我上就我上！

他还没开口，江湛包一甩，目不斜视地从他面前走了过去。

费海道：“呃……”

江湛人已经走到了柏天衡面前，柏天衡靠着墙，还没起来。

两人一站一坐。柏天衡见江湛终于有了搭理他的迹象，抬头看过去。江湛心底突然就静了，比黄昏的暮色都要静。静谧的心底，烧起一簇火苗。这些火苗将他心里的那些急躁一下子烧成了灰。

江湛站在那里，突然就想，他之前到底在烦躁什么？他到底在烦什么？是因为柏天衡那不告而别的老毛病？抑或是，还有些别的？他在和柏天衡的对视里，突然想明白了。不告而别、逗他玩儿，柏天衡不是第一次，以前上学的时候次数更多，他顶多是有点不高兴，从未因此翻脸，更没当面翻过脸。

那是为什么？

江湛心底有个声音：因为过去几年的经历，让他变得不像从前那么有安全感。平常没有显露，但在运动会之后，他不再刻意回避过去那段经历，他放下那些骨子里的骄傲，试图一点点消化那段过往的时候，过去那段经历带给他的挫折、伤害乃至安全感的缺乏，都在影响他。

江湛在短短几秒内想明白，眉头蹙了蹙。他一蹙眉，柏天衡跟着站了起来。

江湛一顿，以为他要做什么，警惕地看过去，脱口道："你干吗？"

柏天衡觉得，这句话应该由他来问，看着他皱眉是什么意思？

柏天衡问："你干什么？"

江湛眨了眨眼说："我没干什么。"

柏天衡皱眉道："什么叫你没干什么？"不干什么为什么要看着他蹙眉？

江湛顺着这话说："我是没干什么。"

柏天衡旁若无人道："不干什么你刚刚什么表情？"

江湛反应过来说："我没什么表情。"

柏天衡问："什么叫'没什么表情'？"

江湛道："没什么表情就是没什么表情。"

柏天衡道："你明明有表情。"

众人：怎么又翻脸了？

柏天衡也是有火气的，耐心再足，他因为日程加上赶路回来，也已经有两天没怎么睡了，陪到现在，没和好就算了，"皱眉"是怎么回事？

两人斗了几句嘴，柏天衡的耐心彻底耗尽。他觉得太疲惫，也并不想在人前和江湛再吵起来，闭眼匀了口气，他抬手捶了下额头。

"行，今天就到这里吧。"他说完转身，率先离开。

柏天衡一走，江湛半天没反应过来。反应过来的时候，只有低骂一声作为回应。

其他的舞者："……"你还骂？！我们才要骂好吗？！大晚上不睡，尽看你们两个翻脸了！困死了好吗？！

几个男生困得迷迷糊糊的，回寝室的路上都在想：好困啊，好累啊。柏老师？柏老师今天来过训练室吗？没有吧？肯定没有。有就是做梦。

次日，候场厅。上妆和彩排正在同步进行。

江湛他们组因为情况特殊，第一个彩排，舞蹈过了几遍，老师看他们问题不大之后，才放他们去化妆。

去化妆间的路上，程晨、徐焙焙他们几个还在用眼神交流。

“昨天晚上柏老师和湛哥是不是又翻脸了？”

“有吗？”

“有吧？”

几个人的眼神飞来飞去，江湛想当看不到都难。他拍拍手，示意几人看他：“别想乱七八糟的，都和你们无关，别分心。等会儿带妆彩排再走几遍就要正式比赛了，都专心一点。”

男生们纷纷应下，反而是一向酷酷地戴个墨镜、什么都不放在眼里的程晨有意无意地在江湛耳边提了几句——

“你昨天皱眉的那个表情不对吧？”

“翻脸归翻脸，人柏老师好歹在旁边陪了那么久，算是主动示好了，还一直陪到凌晨，你皱个眉算怎么回事。”

“换我就得以为你不领情，不稀罕别人陪你到半夜。”

江湛听了程晨的话问道：“你都知道了？”

程晨笑了笑说：“我又不瞎。你怎么样，我是没看出来，人柏老师昨天可是很有诚意地在示好，还一直陪到半夜。”他顿了顿，又道，“后来柏老师翻脸生气，肯定也不是演戏。”

的确不是演戏。江湛没说什么，去后台化妆，坐在镜子前任由化妆师弄造型的时候，他发了会儿呆。昨天他皱眉，当然不是冲着柏天衡，只是因为他发现了自己身上的问题。结果就是这么巧，被柏天衡看到，还理解错了。这误会有点大。

而想到柏天衡坐在练习教室的地上，静静地等着，一直等到凌晨，江湛的神思就开始飘。飘着飘着，他突然抬头看向镜子里，问化妆师：“柏老师的化妆间在哪边？”

化妆师道：“出门往左，再一直往前。他那间门口有贴纸。我先给你弄好头发，马上就好，妆容等你回来再弄。”

十分钟后，江湛敲开了柏天衡化妆间的门。看到是他，居家谢说：“你们聊，我就在门口。”

门合上，只有两个人的化妆间静得出奇。

柏天衡没有故意不理江湛，但也没说话。他把视线从手机上抬起，从镜子里看向身后的江湛，而后拿起咖啡喝了一口，又低头去看手机。

江湛走过去，像从前翻脸和好的流程那样，主动道：“在看什么？”

柏天衡窝在椅子里，没抬头，口气懒懒地说：“一个模型拼搭教程。”

江湛从邻座的化妆位拉了把椅子，挨在柏天衡的座位旁边，坐下后凑过去，看着手机道：“什么模型？”

柏天衡保持姿势，始终看着手机说：“一个你不想看的模型。”

江湛反应很快，把胳膊搭在了椅子扶手上道：“哦，那个航母。”

柏天衡突然噤声。

以前就是这样，两人翻脸后要和好，总要有一个主动，不是他就是江湛。但不同的是，从前翻脸后主动求和，江湛并不会如此刻意。但今天……

柏天衡没再看手里的视频，余光默默地看了眼身旁的人。

江湛却像是看不清模型拼搭视频似的，又凑近些许。

柏天衡偏过头，看向身旁的江湛……

江湛忽然坐直，离远了一些，没抬眸，还看着视频：“其实不用这么细致地分解，这样拼太慢了。”

柏天衡顿住，看着他。江湛抬眼回眸，故作不解道：“怎么了？”

柏天衡看着他，江湛静静地回视。

两人挨得很近，均是不动声色。

过了一会儿，柏天衡眯了眯眼，幽幽地说道：“目的达到了？”翻完脸，准备主动和好？

江湛笑笑，一脸听不懂的神情说：“柏老师，你说什么呢？”

柏天衡也笑道：“养成习惯了？一比赛就玩火？”

江湛惊讶，继续装模作样道：“有吗？没吧，我就是没什么事，过来看看柏老师。”

柏天衡问：“看完了？”

江湛回道：“嗯，你在看模型拼搭视频，嗯，我知道了。”

柏天衡继续看着他。

江湛耸肩道：“那没什么事了，我走了。”片刻后，他又突然说，“你下次能不能吭一声再走？你说你有事要走，我会不让你走还是怎么样？”

柏天衡一愣，反应过来，江湛是在表达自己的不满。他也终于知道，原来之前江湛不高兴还有这个原因。

可他一直以为，天之骄子如江湛，被人众星拱月似的围着的江湛，根本不会察觉少了谁。比起少一个人，他的兴致、他的风发恣意，才是更重要的。

柏天衡默了默说："好，下次我会说的。"

江湛吐槽道："这已经不是第一次了好吗？以前高中你就是这样，很多次。"

柏天衡静静地看着他说："我以为你不会注意。"

江湛换上惯常撑他的口吻道："我没瞎。你这样很扫兴。"

柏天衡始终看着他，继续道："以前发现我突然走了，你会不高兴？"

江湛用理所当然的口吻说："我难道应该高兴？当然会不高兴。"

柏天衡心道：可我以为，你玩得兴致高昂，根本不会发现，更不会在意。

江湛又道："还有凌晨那会儿，我皱眉不是冲着你。你陪我熬夜，主动示好，我心里其实都明白的。"

柏天衡的眸光在自己都没有察觉的时候，变得平静。

江湛恢复了爽朗的模样："好了，都说开了，等会儿就要比赛了，我去化妆了。"

第五章　喜提头条

第六期《极限舞台》，第二次比赛。

更大的舞台，更炫的舞美，现场伴奏，近千名观众。

周六晚上八点二十，比赛准时放送。

这一场足足有四个半小时，除了八组舞者的比赛现场，还包括分组之后的日常训练、生活，以及上周五举行的极舞运动会。

比赛刚播出，光是亮相的全新的舞台、舞美就足够吸引眼球。负责在比赛舞台主持的柏天衡，更是一反之前不出挑、不出错的舞台造型，潮牌穿了，发型做了，连发色都变了，新染的一头栗色显得格外朝气，素来以荷尔蒙爆棚著称的气质里，也因为装束而增添了几分令人眼前一亮的青春气息。

这样的柏天衡甫一在舞台上露面，就引得台上台下连连尖叫。

正对主舞台的副舞台上，四位老师都吓了一跳。

童刃言开玩笑般说："柏老师，你这么穿真的特别显小。"

单郝有些哭笑不得地说："我真的差点忘了，柏老师和我们不是同岁，他本来就年轻。"

第六期便在柏天衡的全新亮相中拉开了序幕。和第一场比赛不同，这次比赛有固定好的上台顺序，不仅如此，八组舞者还被分成了AB两组进行对决。现场观众除了给每组自己喜欢的舞者投票之外，每轮的AB组全部表演完之后，还会再进行一轮现场打分，得分高的组胜出。胜出队伍里的舞者会在接下来的比赛中获得举办方安排的奖励。

因为前一场就已经公布了分组情况，观众都已经在一周前知晓了八组队伍的成员、表演曲目，在这全新的第六期里，最值得期待的便是舞台比赛。

谁承想，举办方在第二次比赛安排了全新的规则，不但比赛，还要分组PK，PK完还给奖励。

好在舞者们都很争气。

从第六期的日常训练部分就可以看出来，这次比赛更有挑战性——不但曲目更难，练习的时间也更短，又是全新的分组，成员之间要磨合，舞蹈、站位也要分配明确。

比赛刚开始，播出的第一组队伍的日常训练里，成员之间的摩擦就格外多，连最基础的分配方式都能吵起来，看得观众纷纷吐槽：这第六期上来就这么针锋相对？

不过看多了比赛的观众就知道，这些摩擦、不合，在举办方手里全是铺垫用的素材。果然，摩擦不断之后，大家就开始齐心协力，一起努力。

等训练日常播完，画面切回舞台，就是站在一起的八个大男生。因为是AB分组PK，每组都要给自己取一个有噱头的队名，顺便放放狠话。

第一个上台的队伍上来就道："大家好，我们是——反正怎么都要吵，吵完还是要吵，吵了接着再吵的'八仙吵货'。"

副舞台上，童刃言开玩笑地说："我听说过'八仙过海'，还听说过江浙一带有'水八仙'，你们这'八仙吵货'，我倒是第一次听说。"

众人笑。

童刃言道："'八仙吵货'是吧？新鲜吗？"

领舞者开口道："刚刚出炉，保证新鲜。"

童刃言顺着这话继续道："那就'端'上来看看？"

镜头回到主舞台，柏天衡没有多言，把演出舞台让给了八位新鲜的"吵货"。

第一首演出曲目：《火》。

舞台灯光熄灭，八位男生重新站位，无论是现场还是视频前的观众，都把注意力放在了舞台上。接着，伴奏响起，舞台灯光骤亮，刚刚还自称"八仙吵货"的男生们气场浑然转变，在"我们就是火"的音乐声中，露出了勾人的眼神。经过改编的曲风更张扬，更性感，女生来跳这支舞是人间尤物，男生来跳，就是行走的荷尔蒙。

八个男生穿着低腰紧身裤、长款白衬衫，演绎的过程就是在舞台挥洒"跳跃的火"。男人性感起来，小姑娘们怎么受得了？因此《火》才开场，比赛的场子就直接热了起来。

不仅如此，整支舞把"性感"拿捏得恰到好处，荷尔蒙足够，又不油腻，外加男生们的造型够清爽，跳起来的动作又干净利落，正是时下观众最爱看到的"性感"。

于是，在一首热舞《火》中，极舞第六期的PK赛拉开了序幕。

第一组PK：《火》vs《兽人时代》

第二组PK：《轮转》vs《See you》

第三组PK：《神曲串烧》vs《Tomorrow》

前两组的四首歌，分别演绎了性感、爵士、小清新、活泼可爱，各有各的特色和优势，比赛舞台随之变得越来越火热。

主舞台、副舞台、前台、候场间，台上台下，整个场子全部热了起来。

到第五首《神曲串烧》时，因为全是耳熟能详的广场舞神曲，更是惊喜连连，把整个舞台的气氛越推越嗨。等《神曲串烧》这组结束演出，副舞台的老师们感慨起来。

童刃言道："下面这组压力大了。"

单郝道："有压力才有动力。"

戎贝贝道："谁好，谁更好，不到最后一刻，其实很难说。"

镜头回到主舞台，柏天衡手持话筒说："有请第六组上台。"

画面一切，回到训练日常——徐焙焙和江湛面对面，边吃饭边用"直男"的方式吐槽。

这两位铁直，某次还在晚饭时间，发生过这么一段对话。

徐焙焙道："我太讨厌化妆了，什么半永久，我这辈子都不想拥有。"

江湛道："发际线也不可能去文。"

徐焙焙道："我到现在都分辨不出黑色眼线和棕色眼线的区别，看起来完全一样。"

江湛道："没错，大地色系的眼影看起来也完全一样。"

徐焙焙道："口红也都一样。"

江湛道："还有腮红。"

"哈哈哈，真是难为你们直男了。"

"想想徐焙焙，路透永远戴眼镜，从来没有妆。原来怨念这么深。"

"江湛不也是？除了第一次路透有妆，哪次带妆？直男和化妆品真的有壁，哈哈哈！"

再接着，便是同组七人的日常。徐焙焙看着软萌，结果练舞的时候戴个发箍，露出额头，气场足以撑起角色。程晨永远戴着墨镜，酷是酷，吃火锅的时候却夹不到肉，最后因为抢不过同桌其他几人，愤而摘镜，观众终于第一次见到了他的素颜。

和别组的矛盾、摩擦比起来，《Tomorrow》这组太和谐了，都能和谐得抽空一起溜到食堂吃火锅。

甚至有人戏称，这是目前看到最轻松的一组。下一秒，画风突变，是何未桐流着眼泪躺在担架车上，被送上急救车。

镜头外，有人问了他一句什么，镜头里，何未桐红着眼睛摇摇头，声音暗哑地说："我没事。"

字幕：旧伤发作，病情严重。顺着这段往下，便是同组的其他人被紧急通知——何未桐没有办法上比赛舞台，大家必须连夜重新调整，重排舞蹈。

再接着，其他组舞者从走廊里穿过，离开训练室，窗外夜幕降临，江湛他们组依旧在镜子前排练。

字幕提示的日期：距离比赛只剩下两天。

“什么最轻松，最惨才对吧。”

“这组是真惨，都要比赛了，却要全部重排。”

“桐桐是肯定不能跳了，但凡他能跳，他一定会上。”

“伤病这个真的没办法，组合就是这样，一个人出事，其他人都需要调整。”

视频里，男生们连夜重排，抓紧时间练舞，汗水打湿了一件又一件的衣服，大家直接当场脱了换新的。大家也来不及休息，有人睡，有人练，有人醒了起来练，有人困了转身去角落里躺下。

凌晨，拉着一半窗帘的训练室里，大家东倒西歪地躺着，只有江湛靠墙坐着，低头小眯了一会儿。

第六期极舞再创播放量新高。

周六当晚，头条上全是极舞相关的话题——“#柏天衡新造型#”“#八仙吵货#”“#火#”“#神曲串烧#”“#《Tomorrow》#”“#何未桐伤病退赛#”“#姚玉非被闭麦#”……

前几个话题都与比赛舞台相关，不看极舞的路人点进去，也能被《火》《神曲串烧》《Tomorrow》的舞台表演吸引。用行话来说——业务能力强成这样，他们不吸粉谁吸粉。

尤其是暗黑系风格的《Tomorrow》，从舞台舞美到服装造型，全部水平在线，舞蹈配合曲风，演绎的是一段“木偶王子逆袭记”，讲述没有实权、像木偶一样被操控的王子，如何在骑士、谋臣的支持下，反抗篡权的王室新皇，夺回王权的故事。

其中以萌系被粉丝喜欢的徐焙焙，演绎的正是这位木偶王子。

程晨扮演的便是那位篡权的王室新皇。

舞曲的开头，王子披着嵌满珠宝的黑色披风，坐在新皇脚边，神情木讷，像一只没有感情的提线木偶。新皇手中提着线，他要王子做什么动作，王子就做什么动作，王子是他手里的木偶，被他蔑视地支配。骑士与臣子们目睹了一切，愤怒而不甘。他们试图唤醒木偶王子，反抗皇权。

整首舞曲并不是舞台剧，没有台词，也没有人物对话，主要的展现方式依旧是舞蹈。然而因为角色演绎清晰，观众可以轻易地从整支舞的演绎中理解舞蹈的内涵。

比如徐焙焙一开始是披着华服的木偶，渐渐地，他被唤醒，眼神有了焦距。当下定决心反抗的时候，他扯开披风，脱下华服，眼神也变得坚毅。

整支舞曲的演绎有很强的故事性，节奏由慢到快，副歌部分渐渐把故事推向高潮。

舞台上六个男生因角色的不同各有神情，暗黑系的舞台风格也看得人直冒鸡皮疙瘩，等舞曲高潮部分到来，皇权被推翻，王子终于登上王座。

歌词唱着："明天终会胜利，明天终会到来……"

这首《Tomorrow》里，程晨是领舞者，徐焙焙是故事主人公，剩下的五人并不占优势，但因为每个人都有各自的角色，整个舞蹈过程中，每个角色的戏份都很平均。

甄朝夕扮演的忠臣，黎昼和费海扮演的骑士，以及江湛扮演的奸臣，都是完全不同的角色。

其中，江湛扮演的奸臣最为出挑。不仅因为角色反差，也因为江湛舞蹈过程中的表情非常勾人——看着木偶王子时的温柔，见到忠臣与骑士的不屑，看着王子一步步觉醒时的冷漠，以及新皇被推翻时的袖手旁观。

舞曲的结尾，王子登上宝座，舞蹈动作定格的最后一幕是江湛歪着头，提线木偶似的露出一个诡异的微笑。

《Tomorrow》比赛没多久，立刻就有人扒出剧情。

原来徐焙焙坐在王座旁演绎木偶王子的时候，身边就摆着一个黑色木偶，而那个木偶的造型和奸臣一模一样，再联系奸臣看王子的眼神总是很温柔，以及最后定格的那个诡异的微笑，观众顺利扒出细节：在这首舞曲里，江湛不仅是奸臣，还是王子身边的木偶玩具。他看似是新皇的拥趸，实则是王子的心腹，以奸臣的身份站在敌营，将王子一步步送上了王座。

观众：这反转剧情我们喜欢！

而《Tomorrow》重新排舞这件事，大家都知道，很快，又有粉丝顺着逻辑推导出实情——原先跳舞是七个人，何未桐在里面肯定也有自己的角色。

整支舞里，每个舞者的戏份这么平均，不可能特意给江湛安排奸臣和木偶玩具这样的两面角色，那么唯一的可能就是，奸臣、木偶玩具最开始分别是由何未桐和江湛演绎的。因为何未桐的退出，舞蹈重排，江湛才拿到了一明一暗两个角色。

挖出真相的吃瓜群众还感慨：何未桐退出，江湛也算捡了个大便宜了。

结果周日，因为《Tomorrow》的爆红，《极限舞台》的官博发布了一条视频，正是《Tomorrow》连夜重排的剪辑短片。

视频里清晰地展示了在排舞老师考虑是不是把木偶玩具这条剧情线删除的时候，江湛提议保留，由一人来分饰两个角色，将木偶玩具的明线改为暗线。

舞蹈老师听完，当场一拍巴掌："这个好！"

其他舞者消化完，惊喜地感慨道："这也太棒了吧？比原来的剧情还精彩！"

热评——

"之前谁说江湛捡便宜的？出来！打脸了！人家江湛真的是凭自己的高智商在参加

比赛。”

“我真是要给学霸跪了。”

“重新排舞，一人两角，就问谁的舞蹈重排得最多？不是江湛吗？正片里都说了，江湛是这三天里睡得最少的一个，说他捡便宜的人有没有良心啊？”

“谢谢官博给我们学长正名。”

“何未桐没办法上台，删掉木偶玩具那条线对同组其他舞者的影响更小。保留木偶玩具的角色，明线变暗线，还不是为了让剧情更饱满？重新排舞，累的是谁？还不是其他舞者，尤其是江湛！说占便宜的人，心是黑的吧？”

“江湛是什么神仙学长，怎么什么都会。”

《Tomorrow》集舞台、服装、演绎等各种优点，当之无愧成为第二次比赛的第一名。

六名舞者不但在比赛舞台上赢了对手，当天的现场得分也超乎寻常地高，江湛更是以高分排进了当晚所有舞者中的前三。

网络上，《Tomorrow》吸粉无数，江湛的奸臣和木偶玩具的双面角色更是大获好评。甚至有人扒了江湛在整场中演绎的每一个微表情，做成动态九宫格图。那些温柔的、冷漠的、轻蔑的、诡异微笑的神情，都令观众尖叫不已。外加极舞第六期视频的末尾放送了极舞运动会的一些片段，江湛背越式跳一米九五的风采收获了不少路人的喜爱。

到这一期，已经没人顾得上什么柏江，全在疯狂迷恋江湛——

“这颜值！这学历！这个修改剧情的智商！这个一九五的运动技能！还有飞速成长的业务能力！就问你们，现在出现了这种偶像，你们喜不喜欢？”

“喜欢，必须喜欢！前面的姐妹带带我，喜欢他的人太多，挤死我了！”

“《Living》的时候我还在期待柏江二搭，《Tomorrow》的时候我只想看江湛了，跳一九五的时候我只想大喊：学长！学长！学长！”

“来啊小姐姐们，入股做江湛的学妹粉，明年一起考A大！考不上A大也没关系，反正江湛怎么样都是学长！”

这边江湛疯狂吸粉，另外一边，何未桐退赛、姚玉非镜头少的头条，也引发了不少讨论。何未桐那边还好，因为伤病的理由滴水不漏，粉丝再不愿接受也只能接受。而姚玉非镜头少，却是极舞第六期正片里有迹可循的。

话题广场、微博、论坛上一直有人讨论这件事，讨论到最后，没扒出什么内情，只猜测姚玉非或许是做老师期间得罪了负责人。

“得罪极舞和得罪星光有什么差别？”

“姚玉非走红也挺不容易的。其实我觉得以现在的审美，不是太吃他这种颜和气质。”

“镜头少是因为不会说话吧？都六期了，把之前几期翻出来看看，他当的什么老师啊，话都不会说。”

“柏天衡在内，五名老师里，就数姚玉非最没梗，他的镜头真的没什么好看的。”

“我觉得他的公司决策错误，不该接极舞，他根本不适合做老师。”

“就是不会说话吧，上次比赛，说什么花不花的。他的一些粉丝以为他之前谈过恋爱，已经脱粉了。我反正是想不通，一个比赛活动，他当老师好歹也能吸点粉吧？他反而坐在那里说什么玫瑰花，简直哪壶不开提哪壶。”

姚玉非当然有错。他错就错在不该在第一次比赛舞台上说那些有的没的，猫伸爪子似的，若有若无地戳了一下柏天衡的痛处。柏天衡怎么可能容他再这么干。没镜头都是轻的。外加何未桐现在的老板好巧不巧，就是宋佑。

宋佑起先没回过味儿，以为是何未桐自己吃了秤砣铁了心要换组，后来想想不对，把何未桐拎到面前，好好地问了一通，才从他嘴里扒出了“姚玉非”这三个字。宋佑恨得咬牙切齿，干干脆脆一个电话打给柏天衡。这才有了第六期的砍镜头。

兰印辉还没打听出内情，他指着姚玉非道：“祖宗，你可真是我祖宗！”

周二，极舞录制舞者的外出日程。

这次日程，是举办方给比赛 PK 胜出的队伍的奖励。外出去哪里、做什么，由舞者们自行决定，举办方会安排工作人员随行拍摄素材。

极舞的这个外出日程公开后，各家粉丝便都在猜测自家宝宝外出会去哪里。可惜日程都是保密的，于是粉丝们等啊等，周日的时候，等到了几个舞者的路透——

“嗷嗷嗷，甄主任、飞哥、祁宴去 ×× 路那边看电影了！”

“徐焙焙去《海鸥》剧组探班了！”

“从宇、小海去了 ×× 路的书店！”

…………

周一，又有了一些舞者的路透。能被拍到，肯定是在公共场合，其实想也知道，比赛这么久，大家难得能出来，当然要逛逛。等到周二，有人发路透：“江湛今天去了 A 大！A 大！”

江湛去 A 大，是周二当天临时决定的。举办方把手机还给他之后，他看到微信上有一个备注“欧阳”的人申请加他为好友。正是 A 大计算机系的欧阳教授。

欧阳老师加上江湛的微信后，直接发了视频邀请过来，和江湛愉快地聊了一会儿，还说看了他的比赛，觉得他表现很好，又提议道：“你之前让学生给我带话，说回头来学校和我一起吃饭！”

江湛道：“是。”

欧阳教授特别爽快地说：“今天有空？来吧，有空就今天来，我刚好今天也在学校。”

江湛笑着说：“时间是有的，今天刚好得空，可以出来。不过，镜头会在。”

欧阳教授道：“镜头？哦，跟着拍是吧？没事儿，来吧，刚好拍了回头播出去，也证明一下你这个A大学子不是假的。”

江湛很久没回过学校了。事实上，他满打满算，只在学校待了三年不到。

大三开学没多久，他因为母亲的病情，频繁请假。学校老师知道他的情况，一直很理解他，只要他期末能回去考试，该交的论文一篇不少，就不要求他必须在学校。

这个绿灯当初是金融系系主任亲自点的头，可见江湛当时的情况有多特殊。后来大四毕业季，正赶上母亲又一次病危，他连毕业证都没回来拿，还是学校这边的舍友寄给他的。

一晃眼，好几年了。

江湛走在过去走过无数遍的林荫道上，看着熟悉的校园风景，心底不免触景生情。进校门没三分钟，他就被围上了。这其实不能怪他，也不是说他现在有多红，而是摄像师的镜头把他暴露了。他一身普通到不能再普通的便装，戴个帽子，走在路上，不怎么惹眼。

惹眼的是手里架着镜头，隔着段距离跟在他身后的摄像老师。摄像老师边走边对着他拍，走在同一条路上的学生不免觉得奇怪，纷纷转头看过来。看着看着，就有人认出了江湛。

第一个认出江湛的男生惊呼一声，嗓门儿巨大地说：“江湛？”

江湛听到了，转头，视线从帽檐下抬起，笑了笑。

男生惊讶地又是一嗓子：“真是啊！”

从这一秒开始，江湛身边的人越围越多。不要奇怪，不要惊讶，A大学子是国之栋梁，但也是寻常人，拥有再寻常不过的好奇心。

江湛在比赛期间早已红遍A大论坛，A大校门外有人不知道江湛是谁还算正常，但A大校门之内，绝对没人不知道。

用A大门卫的话说：“要是我们学校的狗会用手机，都会给江湛支持。”

周围的人越来越多，江湛一边往食堂走，一边问围着自己的男生女生：“你们今天不用上课吗？”

“刚下课。”

“等会儿再去，我先拍一下学长。”

江湛被这么多人围着，还都是学弟学妹，有些不好意思。他微微低头，用帽檐挡了些面孔。周围的男生女生怕他看不清前面的路，因此无论怎么围着，都至少在四米之外，工作人员在旁边跟着，连秩序都不用多管。走着走着，眼看着包围圈外的人越来越多，江湛有点哭笑不得。他对周围的学生道："拍完就回去吧，该上课了。"

有学生问："学长回来上课？"

江湛被逗笑了："我毕业了，没留级，不用上课。"

他这一笑，周围有了小范围的骚动。女生们压着喉咙里的惊叫，有人没控制住，用自以为很小的声音道："好帅啊好帅啊好帅啊！"

江湛被这三声"好帅啊"夸得十分不好意思。他知道自己长得不错，以前在学校里，也经常有女生看他，但像这种围在他身边当面夸他好看的，还真不多。

尤其这里不是极舞舞台，而是A大校园，是他学生时代走过无数次的林荫道。在这里，他从未想过，自己应该是特别的，特别到被众星拱月似的围绕着。

可事实又是如此。江湛就算从未这么想过，也不得不承认，今天是今天，以前是以前。以前他是普普通通的大学生，现在，他通过比赛，有了一些名气。

等江湛在食堂和欧阳教授碰头，围观的学生才少了一些。大家该拍的也拍过了，该围观的也围观了，在A大颇有威严的欧阳教授的示意下，学生们才散去。

江湛见了欧阳教授，摘掉帽子，笑着迎上去说："老师。"

年过半百、有点微胖的欧阳教授从口袋里摸出手机，举起镜头说："来，江湛，你走慢一点，我拍给我女儿看看。"

江湛哭笑不得。

拍完了，欧阳教授放下手机，欣慰地看着他，神情里颇多感慨道："终于回来了啊。"

江湛眼眶微热，走到教授面前，低声道："老师。"

欧阳教授审视他，见他如今精神面貌非常好，欣慰地点了点头说："回来就好。"

当年的天之骄子，终于回来了。

有镜头在，又是在食堂，欧阳教授也不好当面多问什么，便和江湛一起打了饭，找位置坐下。

欧阳教授还很客气地刷自己的卡，把工作人员的饭也给请了，又对一直架着机器的摄像老师道："休息一下吧，先吃饭，等会儿再拍。学校这边我打过招呼了，放心，都能拍，等会儿我带你们去教学楼转转。"

人家堂堂名校教授、行业大牛，如此客气，谁也不好拒绝。摄像老师拍了一路，这才放下机器，和其他工作人员坐到一起吃午饭。江湛也终于有了和欧阳教授闲聊几句的机会。

欧阳教授开口吐槽道："我和我女儿说你等会儿要来，她一定要我拍一下你，还吐槽我穿得太土，万一上电视，严重拉低我们A大老师的衣着品位。你说说，现在的女孩子，为了个帅哥，连亲爹都能这么贬低了。"

江湛笑。

欧阳教授看看他说："笑什么？说话！"

江湛还是笑。

欧阳教授见他这么笑，眼眶也有些涩。两人上一次见面，已经是很多很多年前了。印象里，那时候的江湛被破产官司、公司债务、江母的病搅得焦头烂额，短短两月间，人瘦了好几圈，回来学校见他时，满眼疲惫麻木。

而现在，眼前的江湛仿佛又变回了那个大一溜进计算机系旁听课程的少年了，连眼底的光都跟当年一模一样。

欧阳教授重重地叹了口气，没有多说什么，千言万语化作了一句："臭小子。"

江湛看着欧阳教授，认真地回视道："谢谢老师。"

欧阳教授好笑，用嫌弃的口吻说："说你臭你还谢我，真是。"心里却想说：谢什么，我们这些老师，当年帮的不过是小忙，那些坎坷，还不都是你自己一点点熬过去了。

师生重逢，从前过往不必多言。

欧阳教授趁着吃饭，问起江湛比赛的情况，还说："我女儿天天在家和我说，说你们比赛缺乏公平，让我给你找关系，我都要头疼死了。"

江湛问道："老师怎么回的？"

欧阳教授道："我能怎么回，我当然告诉她，你江湛师哥靠的是努力和实力。"

江湛感动地道："还是老师最了解我，我相信我能努力实现梦想。"

欧阳教授一脸认真，还摸出手机登录微博，点开自己的关注页面说："看，我还关注你了，顺便也关注了柏天衡。"

江湛："……"

江湛捏着筷子，沉默地憋了半天，诚恳地询问道："老师，这顿饭还吃吗？"

欧阳教授收回手机，哈哈直笑道："我逗你玩儿呢。快吃快吃，吃完了带你去行政楼走一趟。你们王院长还没退休呢，今天也在，还有你们当时的辅导员陈老师，还有钱教授、路教授他们，都在。"

江湛一怔。

欧阳教授道："别这么意外，大校草，你招人喜欢又不是一天两天了。都是熟人，去见见吧，回了学校能不见老师吗？"

回了学校，当然要见老师。不久后，摄像老师跟拍的镜头里，接二连三地出现了好几位百度百科有姓名、头衔多到令人惊叹的业内大牛的身影。这几位教授都是业内大牛，和江湛见面之后，均是一脸欣慰，喜爱之情溢于言表。

有位教授叹气道："当初你要是保研到我手里，现在也该毕业了。"

另一位教授道："然后到我手里念博士。"

又一位教授道："要不然现在考研？等比赛结束了，你考虑一下？"

随行工作人员："惊掉下巴！别人比赛走红当艺人，江湛走红回来考研？还被几个大牛教授争着抢着要？"

工作人员："跪了，都怪我们没有见识。"

江湛也是哭笑不得，知道几个教授是说着玩儿的。

到了下午，其中一位教授把江湛带去了教学楼："大一西方经济学的课，之前一直是我带的一个研二的男生上的，今天刚好你在，你去上吧。"

江湛："……"

摄影师："？？？"

江湛诚恳道："老师，不开玩笑，我专业课知识都忘得差不多了，自己都不会什么了，怎么教学弟学妹。"

路教授直接将一本《西方经济学》丢过去，假装凶狠道："忘了？那你现在赶紧翻开看看。"

江湛郑重道："老师！"

路教授端起茶杯抿了口绿茶，笑得一脸老狐狸样说："行了，知道了，我去上，你给我板书，行吧？我都跟学生吹过牛了，说我认识江湛。难得教的学生里出个人物，我还不得拉出来炫耀炫耀。"

路教授说着站起来："走，上课去。让他们见识一下师哥的风采。"

不久后，某论坛——《都是录制外出日程，江湛怎么能这么优秀！》

帖子内容：江湛的外出日程出来了！哪儿都没去，直接回了A大！

附图：

江湛在学校林荫道。

江湛在学校食堂。

江湛一身便装，高高帅帅的，站在讲台上，身后是墨绿色的移动黑板。

江湛面朝黑板，背对镜头，正在板书。

主楼：全极舞，只有江湛的退路体系最完备。淘汰？无所谓啊，淘汰就回去考研、考博、留校任教。我都要给江湛跪了，现在突然理解了江湛家粉丝的高冷。

江湛这偶像也太有魅力了吧！

外出日程，所有舞者都有粉丝路透，其中，江湛的素材最为丰富。毕竟别人只是外出，他不只外出，还顺带回了趟母校。学生们对这位江师哥的热情空前绝后，A大论坛到处都是学生拍到的照片、视频。

路教授的《西方经济学》课堂上，前半节课还只有本班的学生，到了后半节，整个阶梯教室里全是人。

本班坐在前两排的女生幸福得直冒泡，尤其是坐在江湛身后、旁边的几个女孩子，照片拍了一张又一张，全是清晰大特写，视频也录了一个又一个，为本校论坛和其他同学提供了宝贵的墙头素材。

这里面，又以江湛坐在位子上低头看书的照片最为出彩。没办法，谁能抵抗男人的专注认真？

而江湛的专注不仅体现在几张照片里。在学生偷拍的视频里，有他翻看课本的过程，那凝神静气的专注，绝对不是做做样子那么简单。上台板书也不用带课本——路教授在教室里边晃边讲，江湛则站在讲台上板书，板书内容条理清晰，概念分明，字还特别好看。

一段段视频传到网上，再从A大的帖子里被人搬到微博、论坛，热度持续高涨。

“入股江湛也太爽了吧！从来没见过这么厉害的偶像，就问哪家偶像会《西方经济学》，哪家偶像板书的字这么好看？！”

“我现在真的信了江湛考研的说法了，他真的可以考。”

“你们百度了这个路教授没有？我看了百科，他真的超牛！他好像以前教过江湛，能把江湛带进教室见师弟师妹，是有多喜欢。”

“这个字！这个字！学长这个字我也可以的！”

“我看了翻书视频，江湛是真的学霸，看书超级快，一页页翻过去，比我翻自己翻烂的地理书还快。”

“实名羡慕A大的学生！你们的学长是真的！”

随着江湛A大路透的曝光，没多久，有人从A大论坛翻出了几张旧照。其中有一张拍的是江湛的学生卡，学生卡上的照片是个大头照，男孩纯素颜，淡笑地看着镜头，是多年前学生时代的青春美好。

这张学生卡大头照征服了无数粉丝、路人，没多久，“#江湛学生照#”又上了头条。

柏天衡在高速服务区买咖啡的时候，刷到了这条头条，点开照片看了几眼，唇角抿出笑意。他按惯例把照片保存，取了咖啡，重新上路。

星巴克等咖啡的吧台旁，两个女生一脸惊愕地目送他离开：“我没看错吧？”

另一个女生接话道：“柏天衡！是他！就是他！”

江湛这天下午做了不少事，不但以“板书助手”的身份陪路教授上了一节大课，结束之后，还被拉去见了当年的辅导员陈老师。

陈老师再见江湛，和欧阳教授一样，面上如常，心底感慨良多，感慨完，立刻让江湛坐下，搞了几十份签名，又精神抖擞地拍了几张合照。拍完，江湛玩笑地问：“欧阳老师给女儿，你也给女儿？”

陈老师道：“是我老婆要的，她刚刚在微信上发了几十条语音给我，让我如果不搞点合照、签名，今天就别回家了。”

江湛意外道：“结婚了？”

陈老师瞪着眼睛说：“是啊，结婚了，你都毕业参加比赛了，我结个婚有什么大惊小怪的。”

江湛摸了摸鼻子，以从前和陈老师相处的方式玩笑道：“母猪上树了？”

陈老师道：“你才上树！臭小子！”

江湛哈哈直笑，笑着笑着，师生俩对视一眼。

镜头前不便多言，陈老师抬手拍了拍江湛的肩膀，点了点头说：“挺好，现在挺好的。”

江湛笑笑，点头道：“是挺好的。”

江湛当年在A大，不说是什么风云人物，至少也很有名气，尤其是在金融系，很受学生、老师的喜欢。这次回来，不光欧阳教授、路教授、陈老师，他把金融系的很多教授都见了一遍。

江湛由陈老师带着去办公楼，一个个去拜访，教授们见了他，都很欣慰。

一同开心的，还有随行的工作人员。工作人员跟着江湛，把小半个A大转了一圈，见了很多教授，顺便抽空在工作群里疯狂炫耀——

“江湛的素材也太多了吧，拍都拍不完。”

“真的，这辈子没见过这么多教授！行业牛人！”

“跟着江湛，感觉自己的脸上都特别有光。”

所有同事：实名羡慕！

随行工作人员：“等会儿还要去学生会。”

一个同事问：“去学生会干吗？”

“江湛进过学生会啊，听说大一是干事，大二当了部长。”

“他的辅导员说，江湛那时候是在秘书部做部长，这个部的部长提上去就是学生会主席了，可惜他大三有事，把学生会给退了。”

所有同事：！

举办方：拍！给我狠狠拍！用力拍！

江湛最开始没想去学生会，那里的人都是学弟学妹，他不认识，去了也做不了什么，况且他当年那个部长，自认为做得很一般，回趟母校，不至于连这个都要当素材挖掘一下。结果陈老师说：“你当初给秘书部写的那个文书软件，他们现在还用呢。就当回去看软件了。”

举办方听到，立刻要去。江湛哭笑不得地回了趟秘书部，坐在电脑前好好地看了看自己当年写的那款文书材料软件。

学生会一众学生举着手机围着，这一届的秘书部部长拉了把椅子坐在旁边。

江湛用鼠标点开软件：“功能扩展过？”

部长道：“本来想扩展的，我去找主任申请，主任去问了欧阳教授，教授说没必要，就一直没动过。”

江湛认真地看着电脑屏幕说：“代码我真不记得多少了，回头还是扩展一下，框架可以不用改。”

部长理所当然地问：“学长你来扩展吗？”

江湛一顿，本来要说自己不行，可想想这软件是自己写的，他来扩展可能还真的更合适，于是道：“我回头试试吧，不保证效果。”

随行的工作人员：江湛你是个什么神仙！

神仙似的江湛，一忙忙到了晚上，晚饭后又被拉去旁听了欧阳教授的选修课。

欧阳教授以一种炫耀的口吻对讲台下的一众学生道：“看见了吗，今天选修我的课，明天就能像你们学长一样去参加比赛。”

名校学子们用尽洪荒之力拍手捧场：“好——”

江湛坐在第一排的角落里，哭笑不得。突然，他手机振了。难得坐下来有空，江湛摸出手机，滑屏解锁，点开微信。发消息的是柏天衡。

柏天衡没发文字，只发了张照片过来，是夜色下的一棵枝繁叶茂的法国梧桐。

江湛一眼认出这是学校林荫道上的梧桐树。他下意识地有某个猜测，一面觉得不可思议，一面低头回复消息：“你在A大？”

柏天衡又发了一张照片过来，正是此刻江湛身处的这间阶梯教室的大门。不会错，因为门上有号牌。

江湛真的完全没想到，柏天衡又开了四个小时回来，还来了学校。他按捺住心神，低头在桌下回消息：“还在门口？”

这回柏天衡发过来的照片，是教学楼前一条路灯昏暗的小道。

江湛抬头看看讲台上的欧阳教授，余光瞥了眼距离自己不远的机位。如果他找个理由出去，工作人员也会跟出去。

柏天衡又来了消息：“你上课，我自己逛逛。”

江湛突然站起来。他一站，所有人都看向他，有的学生举手机的速度比摄影师转过来的镜头都快。江湛没管那么多，从第一排角落里站起来，示意欧阳教授他出去一下，便不声不响地推门出去了。

欧阳教授见怪不怪，以为江湛是去厕所，江湛也是这么跟工作人员说的。

工作人员听说他去厕所，就没跟着。

江湛转身，本来要去教学楼外面，想了想，边走边低声给柏天衡发了条语音：“别在外面，会被拍到的。来三楼。”发完消息，他快步往三楼走去。

几分钟后，江湛回教室。柏天衡压好帽檐，离开教学楼。他们匆匆见了一面。

所谓的招待，就是微信线上服务。

江湛：“顺着主干道，一直往前，有片观景区，里面有个亭子，我以前在那儿早读，修过我那蹩脚的法语口音。”

柏天衡低头看手机，走着走着，远远地看到一个小亭子在一片绿化带里，周围灯光不暗也不亮，有个女孩子背对着他坐在亭子边的石椅上，面前站着一个男生，两人正说着什么。

江湛：“再往前，有片湖，湖里有鸭子、天鹅，不过晚上应该看不到。”

柏天衡往前走，片刻后看见一汪湖水，水里什么小动物都没有。

江湛：“从湖上穿过去，是个小广场，到了广场往东面的路口走，走到主路，往前，看到一个超市后，那片宿舍区是我以前的寝室。”

柏天衡依言照着走，看到了小广场，找到了主路，遇见了那个超市，找到了江湛曾经住过的宿舍区。他走得不快也不慢，在陌生的校园里穿行，认识这所学校，感受着这个江湛当年学习、生活过的地方。很奇妙的感觉，仿佛在弥补过去失联的那些天中的某一天、某些天。

柏天衡后来还去了食堂、小卖部、图书馆、文具店，又在篮球场兜了半圈。

江湛：“北门外面的小街，有一家‘王奶奶豆腐脑’，挺好吃的，我以前常去。”

柏天衡又去了北门，买了碗豆腐脑，拍照片发给江湛。

江湛：“我要香菜，谢谢。”

柏天衡又买了一碗加香菜的，和刚刚那碗摆在一起，拍了发过去。

教室第一排角落，江湛低头看着桌下的手机，看到两碗摆在一起的豆腐脑，唇角牵起。他把照片保存下来，想了想，点开自己ID为P图的那个微博，把之前的小狗头像改成了那两碗豆腐脑。

同一时间，柏天衡坐在不足六平方米的小店角落里，背对着店门，面前摆着两碗豆腐脑，手里拿着手机。他把刚刚的两碗豆腐脑修了下图，背景通通马赛克，又登录微博，什么都没多说，把修过背景的两碗豆腐脑发了上去。发完，他把没香菜的那碗豆腐脑吃了。吃完又拍了一张空碗和香菜豆腐脑的合照，发给江湛。

江湛：“你留着我的那碗，我等会儿过去吃。”

柏天衡："好。"

等江湛结束一天外出日程，和欧阳老师道别，又和负责人打了个招呼，独自跑去北门外，柏天衡早就走了。江湛不意外，柏天衡走的时候和他说过了。他来北门是吃豆腐脑的。

晚上九点多，北门外没什么人了，几平方米的豆腐脑店空空的，店主正准备收摊。

江湛进门就说："老板，我有碗豆腐脑。"

店主老板看看他说："哦，是有一碗。"说着去冰箱里取那碗加了香菜的豆腐脑。

端给江湛的时候，店主还道："要不免费给你重新做一碗吧，你同学说留给你的时候，我就说放久了不好吃。"

江湛端着碗坐下说："没事，就这碗。"

店主说："行吧。"

江湛取了一次性勺子，揭开碗面上的保鲜膜。才吃两口，手机叮叮叮地开始响。

王泡泡："P！我们P！在不在？！"

P图："在。"

王泡泡："（截图）（截图）你的新头像为什么和柏天衡最新一条的微博一模一样？"

江湛点开截图一看，柏天衡一个多小时前更新的微博正是那两碗豆腐脑。江湛看着截图，不慌不忙地回复王泡泡："对啊，我拿的他的图。"

王泡泡："他的图有水印，你的没有。"

P图："哦，我用软件去了。"

王泡泡："可是他的图没背景，你的图有背景。"

江湛吃着豆腐脑，点开王泡泡的消息，差点一口把豆腐脑喷出来。他把两张对比截图点开重新看了下，这才发现柏天衡把背景马赛克了，他的图虽然截去了部分背景，但没有马赛克，而两张图的豆腐脑是一模一样的，连其中一碗的香菜大小都如出一辙。

江湛："……"

王泡泡："P！P！你就告诉我！你是不是认识柏天衡！是不是！你们是不是还一起吃豆腐脑了？"

江湛放下勺子，赶紧点开微博，而右下角数不清的新消息——

"P！P！柏天衡关注你了！关注你了！"

"什么情况，柏天衡竟然关注了我们的半壁江山？"

江湛立刻点进柏天衡的微博主页，发现从前的"已关注"，赫然变成了"相互关注"。

再点开柏天衡的那条豆腐脑微博——

某条热评：咦，这个豆腐脑是从网上下载的图吗？我首页有个大神的新头像也是这个，没水印，还带背景。

柏天衡回复：谁？

网友：@P 图

江湛："……"

高速公路上，柏天衡一边开车一边和居家谢打电话。

居家谢道："P 图？哦，我知道他，修图'大触'，怎么了？"

柏天衡问道："给我修过图吗？"

居家谢道："修过啊，你的个站图、路透、商图，他都修过。"

柏天衡问道："什么时候开始的？"

居家谢莫名道："啊，这个我怎么知道？有几年了吧。"

柏天衡继续问道："几年？"

居家谢想了想说："至少四五年？应该是。反正我印象里，他在 P 图界成名已经是几年前的事了，那个时候就有给你修。"居家谢又想起了什么，补充道，"哦，对，是很早，不是还有粉丝说吗，说 P 神修你的图特别用心，全是神图。"

很多年前，特别用心，全是神图。

柏天衡无声地笑了起来："去帮我上个头条。"

居家谢以为自己听错了，惊讶道："啊？"头条？上？

柏天衡说道："就上'#P 图喜提柏天衡关注 #'。"

居家谢问道："内容呢？"

柏天衡说道："你刚刚说的，特别用心，全是神图，默默关注……"

居家谢顺着这话继续说："修图大神默默修图多年，最终喜提男神关注？"

柏天衡说道："对。"

柏天衡弯了弯唇角，意味深长道："默默无闻守护多年，兢兢业业修图，真是难为他了。必须同框头条表扬下。"

江湛晚上回了趟家。前面《Tomorrow》连夜重排、比赛又耽误了些时间，他好多天没上网修图，留了一堆活儿，好不容易有机会出来，录完外出日程，他就跟老师打了个招呼，明天再回寝室。

回到家，打开电脑登录 QQ，王泡泡、鱼尾 Q 还有好几个群都在闪。

王泡泡："P！别装死！你有本事和柏天衡一起吃豆腐脑，你有本事回复我啊！"

鱼尾 Q："大佬，你和我偶像一起吃豆腐脑了？"

几个群——

"什么情况！这大半夜的，因为两碗豆腐脑，开始腥风血雨了？"

“两碗一样的豆腐脑，能是P拿了柏天衡的图？或者柏天衡拿了P的图？刚好又是两碗，肯定是两个人一起吃的啊。”

“P也太幸福了吧，给柏天衡修图修了那么久，就没想过会和柏天衡本人认识吧？结果现在竟然又是一起吃东西，又是回关。”

“这么多年了，这两人竟然真的同框了？”

“同框？还没吧？”

“豆腐脑合照不就是变相同框？”

江湛看群聊看得一脸哭笑不得，万万没想到，掉马是这么掉的。

江湛现在真是一百万个无语，微博的头像是来不及去换了，换了就是“此地无银三百两”，柏天衡的回关他也只能装死，难不成还主动承认自己是P图？不可能。

江湛关掉群聊和其他聊天页面，都没回，点开邮箱，把王泡泡之前发的几个原图附件下载解压。照片解压后，江湛大概翻了一下，工作量还不少。他耸了耸肩膀，转了转脖子，起身去给自己倒了杯水，坐回来后就开始修图。他完全不知道，就在他修图期间，有“修图界半壁江山”之称的P神，被某人推上了头条。

头条词“#P图喜提柏天衡关注#”，相关头条微博讲述了一个令闻者感动、听者流泪的故事。

P图，修图界的半壁江山，修图大神。在很多年前，当他还不是‘大触’，只是会修图的时候，他就开始给柏天衡修图了，修了一张又一张，修了一天又一天，修过路透，修过生图，还修过各种高糊。或许是凭着对修图本身的热忱，也可能是凭着一个粉丝对偶像的喜欢，终于有一天，P图为柏天衡修出了一张惊天神图。

那张神图被发在柏天衡的个站上，广受好评，粉丝追捧，从那之后，P图也有了一些名气。而即便有了名气，P图也依旧是P图，无论他后来有多红、接商图有多贵，只要是柏天衡的单子，他全部都接，且只要是非商用，全部免费。

P图就像个技术型粉丝，以自己的所能默默支持着偶像，一年、两年、三年……

突然这一年，柏天衡反常地在镜头前表现出了抵触情绪，频频黑脸，黑料满天。没多久，息影传闻流出，再接着，柏天衡出国。几乎是同一时间，P图淡出大家视线。

一年后，有路人粉在机场拍到了全副武装的柏天衡。

粉丝看了照片，痛哭流涕，心疼自己男神没资源就算了，连个脸都不给看。就在这个时候，P图重出江湖，修出一张有脸神照，送给广大粉丝。

柏天衡的粉丝们感动不已，果然有柏就有P，柏在哪里，P就在哪里。只可惜，柏天衡永远是柏天衡，P图永远是P图，没有更多交集，只是偶像与粉丝。

这天，微博炸出两碗豆腐脑，一碗加了香菜，一碗没有加香菜，两只碗紧紧地挨在一起。那是什么？是柏天衡和P神的同框，是柏天衡、P神双关，是P图喜提柏天衡！

粉丝：感天动地！

谁不知道P图？半壁江山可不是吹的。大家看到这条头条，都惊恐了，P图？是他们知道的那个P图？众人看完头条上这段偶像与粉丝的故事，纷纷表示太感人了。谁还没个男神？谁还没悄悄崇拜过谁？默默支持了这么多年，有一天竟然能得到回应，也太幸福了吧。

再一扒，P图微博第一个关注人竟然就是柏天衡！再扒微博，真的好多柏天衡的修图路透，也点赞过微博，关注过柏天衡的影视剧，支持过柏天衡的公益项目。P神妥妥的真粉丝啊！

戳章真粉之后，八卦声四起。

"P技术好是真的，但是这么多年来，他修出来的神图也就只有柏天衡？"

"以前就有人发现了，P修柏永远最用心，非商用还从不收钱。"

"哈哈哈哈哈，还有人记得当年大明湖畔的bp吗？"

"对对对，bp啊，怎么把bp忘了。"

本来bp只是一个小众到几乎没什么人知道的组合，结果好了，P图喜提柏天衡关注的头条一上，男神和修图'大触'的"故事"又这么感天动地，立刻有人把bp翻了出来。

bp一出，再加上刚刚挂上去的头条第一，以及还没从头条上下去的江湛的A大路透，三个微博一起看，大家差点笑裂了——

"这是一个技术型粉丝的逆袭好吗！兢兢业业修图多年，终于得到大家认可。就问你们，技术型粉丝强不强！"

"哈哈哈哈，什么鬼啊，我怀疑这位博主你是不是王泡泡的小号，当年王泡泡评价柏江也是这么逻辑通顺的！"

"这位博主，我竟然觉得你说得很有道理。"

"你们怎么回事，每次瞎编逻辑都这么通顺，我竟然还全信了。"

在江湛A大行程吸粉无数后，粉丝们普遍对这个故事发展表示——

"江湛单人也非常好，把江湛留给我们，柏天衡留给P神！"

"这么一来，以后江湛和柏天衡还是关系很好的老同学，P神还能继续给江湛修图，江湛可以留给我们！"

"刚刚好！"

"真的，刚刚好！"

以上，是江湛修图一个小时后，点开微博时看到的内容。

再点开QQ群，一众大粉头在发言。

“江湛是我们粉丝的！柏天衡是P神的！”

“论掌握一门技术的重要性！”

“都是粉丝，P神怎么这么优秀！”

“只要想到江湛在A大出现，P神神不知鬼不觉地和柏天衡吃了一顿豆腐脑，我就很想笑，真的，P神为了把人挖回来，真的很努力了。”

“哈哈哈哈，还有更搞笑的，我转给你们看看。（链接）”

江湛坐在电脑前，翻看到这条消息，点进链接，差点当场去世。

《李涛（理性讨论）：柏天衡是不是破产了？》

帖子内容：堂堂三金影帝，给江湛买游戏机89包邮，和P神一起吃饭竟是两碗豆腐脑？他没钱吗？

江湛一口水喷了出来，喷完差点把自己笑死。因为那帖子不只有文字，还有一张表情包。表情包是用的那张双份豆腐脑图，豆腐脑上方P了六个字——柏天衡，破产了。

江湛坐在电脑前，笑得肩膀直抽。笑着笑着，彻底放声笑出来，一点脾气都没了。他拿起手机，点开柏天衡的微博主页，看到那张豆腐脑照片，再看到左下角的“相互关注”，心道．掉马就掉马，反止打死不认。

千里之外，已经回到影视城的柏天衡也看到了微博上的内容，还有那张破产表情包。他这次没窝在沙发里刷手机，而是开了电脑，登录了网页版的微博，点开了P图的主页。

有些事，还真是出乎预料。他以为的小号，是没粉丝、没内容的一个光秃秃的账号，结果有些人的小号，不但粉丝多，微博内容充足，ID还在圈里赫赫有名。

柏天衡看着两碗豆腐脑的头像，默默勾唇笑了下。都说了别玩火，可有人就是不听。好了吧，掉马了。

柏天衡握着鼠标，翻看起了这个“半壁江山”的微博。他才看了两页，突然一顿，拿起手机，打给了举办方。

举办方道：“江湛？结束了啊。哦，他请假回家了，明天回来。”

柏天衡挂了电话，点开微信。

柏天衡：“我到了。”

江湛正在论坛上看P神是怎么屠版的，看着看着，手边的手机响了。他拿起来，看着屏幕上“我到了”三个字，隔着网络感受到一股浓厚的“即将搞事”的味道。既然有人装作什么都不知道，那他也装。

江湛：“早点休息。”

柏天衡：“没回训练基地？”

江湛：“嗯，难得出来，回家了。”

柏天衡：“在做什么？准备睡了？”

江湛："还没，在刷微博。"

柏天衡："看到你的头条了。"

江湛："嗯，看到了，不只我的，还有你的。"

柏天衡："我怎么了？"

江湛坐在电脑前，看着手机，轻哧地哼了哼。

装，继续装。他也接着装。

江湛："头条第一，你不知道吗？"

柏天衡："刚回来，我看看。"

柏天衡说他看看，江湛就等着他看看，没回。

过了一会儿。

柏天衡："哦，回关了一个修图大神。"

江湛看着聊天页面，盯着那句"回关了一个修图大神"。行，陪你玩儿。

江湛："哦，谁啊？"

手机另外一头，柏天衡看着回过来的"谁啊？"勾唇哼笑。不承认？

柏天衡："叫P图。你应该听说过。"

柏天衡发完，坐在电脑前等着，就看某人怎么回。

江湛："啊，P图，原来是他。"

原来是他？原来？这是准备死不承认？柏天衡看了看消息，好笑地把手机放到了鼠标旁，看着电脑屏幕上P图的微博主页。这可是你自找的。

江湛一条消息发过去，没等到回复。他手里转着手机，眼睛看着电脑上屠版的帖子，心道今天肯定没完。

果然——

柏天衡："是个老粉，帮我修过很多个站图。"

柏天衡："听说默默支持了我很多年，不但帮修图，还帮忙辟谣、反黑，经常给我的微博点赞，电影、电视剧全都支持。"

柏天衡说完，又发过来几张手机截屏的照片。

柏天衡："修图真的很用心了。"

柏天衡："尤其是最后这张，腹肌、人鱼线都帮忙修了。"

柏天衡："不愧是老粉，对我很了解。"

江湛："……"

柏天衡："如果知道背后有这么一位真情实感的粉丝在默默关注我，还帮忙修照，我就该更努力地健身，让他看到更完美的腹肌和人鱼线。"

柏天衡："嗯，我以后会继续努力的。"

江湛：“……”

江湛：“努力什么？”

柏天衡：“努力创造更好的身体条件，以备P神修图之需。”

江湛：“……”

柏天衡！你做个人吧！

第六章　棉花糖

第二次赛后，日程再次紧促起来。

短短几天时间，分别进行了第三次淘汰、顺位发布、再分组、部分舞者的外出日程。

又一个周六，极舞第七期播出。这一期里，内容主要有第六期没有播完的运动会素材、第三次淘汰、公布前36位晋级舞者的排位情况、外出日程的剪辑素材。

这一期的主持依旧由童刃言代班。童老师对此非常不满，在镜头前对柏天衡喊话："你有工夫吃豆腐脑，你没时间高速跑四个小时回来看比赛？"

话音未落，摄像师很懂地给了江湛两秒镜头。

观众、粉丝差点笑死：你们怎么都这么懂啊？！

而到这一期，随着淘汰人数的增加，舞者只剩下36人。这36人中，江湛排在第二。

宣布江湛排名的时候，所有的舞者都不意外，甚至还有坐在淘汰位的舞者低声嘀咕道："我以为江湛会是第一。"

童刃言也对江湛道："你离第一就差一步。"

江湛站在落地话筒后，笑了笑。

童刃言下了个钩子："还想再上一位吗？"

江湛抬手，捏住落地支架上的话筒，神情沉着地说："想。"

童刃言略显意外道："第二也不满足吗？刚刚我问其他舞者的时候，他们都说能进前十一就已经很开心了。"

江湛始终从容，他没有掩饰，更没有客套，神情坚定地说："第一的话，会更开心。"

因为这句话，江湛又上了头条。不仅因为他对领舞者的野心，也因为这句话从他嘴里说出来，显得那么理所当然。用粉丝的话说就是，习惯了第一的人，面对第一的位置，当然会想要争取，因为他一直是第一。一直是第一的江湛，站在第二的位置，坚定地想要再上一位。

这个积极争位的态度极大地鼓舞了粉丝，江湛的粉丝们纷纷表示支持。

这可把如今排在第一的某家粉丝吓住了！你家学长要领舞者，我们家崽崽也要的好吗？！

幕后，36位舞者重新分组，敲定舞台曲目。这一次分组是根据排名来的，前六的舞者是这次六组队伍的领舞者，其余的成员根据领舞者自行选择组队，每组六人。

分组大厅，举办方刚刚宣布完分组规则，舞者堆里冲出来几道身影，全部站到了江湛身后。

费海、魏小飞、祁宴、彭星、甄朝夕。刚好满员。

排在第六、也做了领舞者的从宇抬手指他们："我要是在，还轮得到你们？！"

就这样，六个熟人组了一队。比赛曲目：《棉花糖》。没错，就是那首红了十年、曲风甜美的《棉花糖》。

六个汉子：……

等示范用的舞蹈样片出来，看着屏幕上的舞蹈老师跳得那么甜，六个男生整齐地沉默了。再等到私下里跟着舞蹈老师练舞，做那些可爱的动作——

费海抱头道："啊！我为什么要跳女团舞！"

魏小飞道："根本甜不起来！"

祁宴道："真的好娘。"

彭星道："不跳了不跳了！"

甄朝夕道："我需要冷静。"

江湛道："这个舞的表情管理，我真的不可以。"

全组崩溃。

舞蹈老师给他们分析："这个舞就是这样的——棉花糖啊，棉花糖是什么？当然要软，要甜，要可爱，要小清新。

"你们要想象你们是骑着白马的王子，脑子里不要有杂念，就想你们在一个白的、粉的、蓝的世界里，再想象你们是在陪心爱的公主。这个时候要怎么样？温柔！温柔！温柔！要比棉花都温柔！"

费海：只想弹根棉花，把自己吊死。

其他人：请弹六根。

舞蹈本身还好，动作、站位，大家学起来都快，也很简单，难的是肢体演绎、表情管理，以及给出的情感色彩。

舞蹈老师评价他们：身体明明都是软的，明明都能跳，但心是直的，比铁都直，一个个都不是温柔的王子，全是拌水泥的大老爷们儿。

六个大老爷们儿也挺自觉，知道不能这么继续下去，努力调整。

江湛还问工作人员借了个 iPad，六人围着看网络上一些男团跳的女团舞视频，学习他们的肢体、表情管理。

魏小飞总结道："动作要软，表情要柔，所有的身体力量都要往回收。"

江湛问魏小飞："你能跳吗？"

魏小飞道："其实如果是上舞台，正经的话，跳也能跳，可私下练就不太做得出来这些。"但不可能舞台下不练好就直接上台。

最后是有过拍戏经验的甄朝夕给大家做工作："入戏，入戏知道吧？把自己代入角色里去跳。"

"跳的时候就想，全世界本王子最甜！"

这其实不容易，尤其对江湛这个铁直来说，阴暗病娇都比温柔甜美来得容易。可曲目都定了，不可能不跳。江湛便抽空对着镜子调整表情，甜美、温柔、小清新、眨眼一条龙。他一直做、一直练，不停地控制面部动作，达到自己想要的效果。

习惯后，不但对着镜子做，平时训练的时候也经常对着同组的舞者做，让他们帮忙看看。大家看看，都觉得还不错，可要说有多好……

费海道："啧，总觉得还差了点什么。"

另外一边，《无路可追》剧组也在近期发布了几张柏天衡的剧照。

绑匪这个反派角色，与柏天衡从前接演的所有角色都大不相同，无论是角色设定还是演绎上，都有更大的突破。光是一张胳膊上缠着带血纱布、坐在石头上、眼神冷峻空洞地看向镜头的剧照，就格外有戏。

当周，《无路可追》剧组也从影视城转场去了昆市。去昆市前，导演再一次和柏天衡沟通："不用替身，可以的，是吗？"

柏天衡道："可以。"

威亚组的人道："有一镜其实挺危险的，周围都是悬崖峭壁，威亚也不太好吊。"

柏天衡道："不太好吊就不吊。"

威亚组的人一愣，没想到有演员拍戏这么拼，都说了危险，地形也不好，居然就这么直接决定不吊威亚了？

导演想了想说："到现场再看。"

等到了昆市，进了山，现场考察了地形，看到悬崖峭壁和周围光秃秃的地表，随行的居家谢眉头就没松开过。

居家谢道："不行，必须吊威亚，太危险了。"

柏天衡并不和他争辩，只说了三个字："可以拍。"

“还要我代班？比赛也让我来？为什么，柏天衡又去吃豆腐脑了？”四方大厦某间会议室里，传出童刃言的玩笑话。

过了片刻，童刃言道：“怎么会这样？拍那么危险的戏不做保护措施的吗？！

“也太疯了吧，这都敢拍？”

门外，一双脚掉转方向，离开了会议室所在的楼层。

姚玉非神情浅淡，边走边想，原来人也不是时时刻刻都那么好运，河边走多了，原来真的会湿鞋。姚玉非很谨慎，比过去都要谨慎。这段时间，他一直非常老实。冷静理智的时候，他后悔过，知道自己不该去挑衅柏天衡，不该去怂恿何未桐。无论是柏天衡还是江湛，现在和他有什么关系？等极舞结束，他和他们不会再有任何交集，何必呢。

可刚刚在会议室门口偷听到的几句话，又令他心底隐隐有了某个念头。领舞者，第一，不能是别人的吗？一定要是江湛的？这个念头在他的脑海里一闪而过，心底某些东西又开始蠢蠢欲动。

“你听谁说的？”

“大家都知道了吧？柏老师拍戏受伤了，挺严重的，比赛主持都来不了了。”

“真的啊？”

“是啊，要是没事，比赛怎么可能找其他导师代班。”

第三次比赛在即，一大早上，有关柏天衡拍戏受伤的消息传得沸沸扬扬，所有舞者都知道了。一开始，还有人觉得是假的，等举办方告知第三次比赛继续由童刃言代班主持，这个消息就有几分真实的味道了。

举办方还奇怪，是谁把柏天衡受伤的事情传到舞者那边的？这不是引发恐慌情绪吗，还要不要比赛了？随后便禁止舞者私下议论，让大家该干吗干吗。

至于江湛那边，举办方考虑柏天衡的面子，外加两人超乎寻常的关系，还是告知了江湛：“柏老师没什么事，只是拍戏的时候出了一点小意外。”

江湛没半个字的废话：“我请半天假，明天早上十点前回来。”

举办方：“？”

医院单人病房。

居家谢坐在床边，擦了一把眼泪，想想又要哭，继续咬牙切齿地控诉道：“你简直有病，神经病！我倒了八辈子血霉认识你！”

居家谢道：“我这辈子要是有人生污点，全是因为你！哪天住院去搭心脏支架，也是因为你！”

一张纸巾递过来，捏着纸巾的那只手上有好几处擦伤，小拇指上有一枚铂金色尾戒。

柏天衡靠在病床上，淡定地看着流泪的居家谢问：“还要吗？”

居家谢夺过纸巾，擤鼻涕，擤得惊天动地道：“要！”

柏天衡道：“我是问你还要不要哭。”

居家谢道：“哭！就哭！提前给你示范号丧！你看好了，你要是死了，我就是这么趴在你灵堂前面哭的！”

柏天衡吁了口气，自知没理，不争辩。

两天前，他拍悬崖边的一个镜头时，摔了一跤。拍摄之前，导演考虑安全问题，还是给他拉了一根绳子以防万一，可惜没用，他摔得太狠了，从悬崖边滚了下去，落在峭壁边凸出的一块石头上。运气好，人没大事，就是上不去。剧组没有在特殊环境里救人的本事，去山下报警，找当地人。

柏天衡一个人趴在石头上，知道自己死不了，还算冷静，喊了一声，让人把居家谢叫过来。居家谢本来就胆寒地趴在悬崖边往下看，听到柏天衡叫他，都快哭了：“我在，我在，我在这儿。”

柏天衡的声音从悬崖下面传来，有点轻，听起来意外地冷静：“别告诉江湛。”

居家谢因为这五个字，“哇”的一声在心里哭了出来，心脏受到暴击，折寿至少三年。等柏天衡在医院检查出各项指标都还算正常，他才彻底放心了。

但人是不会这么早出院的，毕竟柏天衡在峭壁石头上趴了太久，脱水脱得厉害，想出院还得过两天——哪怕柏天衡现在看起来和正常的时候没什么两样，也不做什么，就在病房里躺着，天天刷手机。

居家谢一开始还奇怪地问：“你现在哪儿那么多东西要看？天天抱个手机刷微博。”

柏天衡靠在床头，支着腿，慢吞吞地说：“你不懂。”

居家谢：医生，您再给这个病号看看，看是不是真摔傻了。

柏天衡没摔傻，纯属闲的，没事干，就在个站、微博上翻看江湛的路透。

第三次比赛他是回不去了，等出院，这边戏还要接着拍，下次回去不知道是什么时候。

很奇妙，除了刚摔下去那会儿胆战心惊了一下，其余时间，柏天衡都很确信不会有任何事发生。他没在摔下悬崖这件事上多在意，反而满心都是不能让江湛知道，不能影响他比赛，况且本来就没事，也没必要让他担心。等事情过去，即便他知道，也没什么可担心的了。

柏天衡计划得很好——在悬崖上趴着的时候，他就全想好了。

当然，因为当时趴着的时候的确太闲了，他还思维发散地想过，如果江湛知道了，会不会因为担心而特意过来。可仔细一想，时间不够，周三就要举行第三次比赛，一来一回，得浪费多少时间。江湛还要考虑其他舞者和整个团体。一个人走了，整个组的表演怎么办？

柏天衡无论是在悬崖下面还是这会儿在病床上，想想都觉得没可能。何况，江湛根本不知道。柏天衡继续刷手机，刷着刷着，一条微博出现在江湛的超话广场。

@xxx：学妹粉们！江湛在机场！还有费海、魏小飞、祁宴、彭星、甄朝夕！

定位：昆市长水国际机场。

A 市机场飞国内的航站楼，时常有粉丝出没。

沈默林是当天的飞机落地 A 市，一早就有粉丝在守，一边守一边兴奋地聊着。

“江湛！是江湛！”

不光江湛，费海、魏小飞、祁宴、彭星、甄朝夕，一组六个，全部都在，外加几个工作人员、助手、摄像老师。一行人坐着大巴车来到机场，进门的时候格外惹眼。

为什么这么多人？因为举办方不准江湛单独出来，说影响比赛，也会影响同组其他舞者，比赛当前，无论谁都不该把个人凌驾于团体之上。

江湛就出了个主意，说带团出来，这样大家一起，在哪儿都能抽空练舞。

举办方：不准！

江湛：那就再带个摄像师，顺道拍点探班素材。

举办方：也行。

就这样，江湛搞定了请假外出的事。而其他五个舞者也没有拒绝，反而很开心：外出，一起，坐飞机，探班，云南，还有手机！嗨起来！

五个人开开心心地收拾了背包，拿上证件、手机，跟着安排的工作人员，一起赶往机场。路上，几个人就已经商量好了。

“我们这趟的主要任务，是给湛哥探班柏老师打掩护，顺便组团拍点素材，再顺便溜达溜达，放松一下身心。”

工作人员：都已经安排得这么明明白白的了？

到了机场没多久，一伙人就被人认出来，围住了。江湛第一次在机场被围，还算淡定。他一身便装，没戴口罩，没戴帽子，背个包，简简单单出行。

工作人员拿走了他的证件，替他去办值机，江湛和费海他们一起在大厅里等着。等的时候，人变多了，一群女孩子围在旁边，手机、相机全部举起来朝着他们，间或发出惊叹的声音。

“好帅，好帅啊。”

“看我了，看我了。”

旁边费海他们格外小声地聊了几句。

甄朝夕道：“哪家的前线啊？看着眼熟。”

魏小飞道：“好像是沈默林家的。”

彭星道：“沈默林家的吗？我怎么看到有白寒家的？”

费海突然扭头，一副惊喜的表情。

江湛眼神示意费海：忍住。

旁边也有女孩看穿费海，咯咯咯地笑。费海抬手摸了摸鼻子，大大方方地说：“我就是觉得有点意外。”

一个女生道：“沈默林中午落地，白寒下午落地。”

费海“哦”一声，略显失望，那碰不到啊。

周围的女生开始笑，小海果然很懂。

有女生大着胆子问：“你们是有日程吗？”

甄朝夕示意不远处说：“有啊，工作人员都在。”

“方便问问去哪里吗。”

几个男生都没吭声，眼神往统一的方向瞄，女生们跟着看过去。

江湛道：“昆市。”

因为这句“昆市”，粉群顿时炸开了。

“柏天衡他们剧组不是才转去昆市吗？”

“《无处可追》剧组去的那个昆市？”

“柏天衡去的那个昆市？”

“带了极舞的工作人员，是去录制探班素材？”

……

医院里，柏天衡知道江湛带着人来探病，立刻开始搭台子唱戏。

“找护士要点纱布、胶带，再弄点创可贴。”柏天衡说着，示意自己擦破一点皮的手背和额角，“都贴上。”

柏天衡道：“再找医生，想办法开点盐水或者葡萄糖。有人问起来，就往惨了说，怎么惨怎么说，命悬一线的那种。”

居家谢：您老人家有什么毛病？

居家谢去找了纱布、胶带、创可贴回来，看着柏天衡自己给自己手背上盖纱布、贴胶带，看得一脸冷笑。他问：“有什么用？又不是断腿断肋骨，就算第一眼看不出你没事，多看几眼还看不出来吗？！”

柏天衡语气淡淡地说：“你不懂。”

居家谢气到半死，第一亿次问自己，如果不是看在钱的分上，为什么要跟着这种老板，找虐吗？

等江湛他们一行人到了，居家谢将脸拉得老长，做出一副忧心焦虑的样子：“还好，没什么，就滚了个悬崖，不小心掉下去了。”

一众人倒抽气。

居家谢道：“没事，真没事，救上来了，安然无恙，医生也看过了，没说别的，就让在医院继续观察观察。”

众人：这还叫没事？

居家谢道：“你们等会儿进去，别激动。医生交代了，他要好好休息静养。”

众人应下。居家谢全程悄悄观察江湛，见江湛进医院之后不动声色地皱过几次眉，忍不住在心里默默唾弃了自家老板。

进了病房，工作人员安静地站在角落里，摄像老师举着机器，舞者们都围着病床。

柏天衡躺着，手背上缠着纱布，额角贴着创可贴，嘴角有明显的伤口。人看着倒不是很虚弱，但“掉下悬崖”这四个字足以骇人。

几个舞者刚刚都被居家谢唬得愣愣的，完全没想到传说中的拍戏受伤会是命悬一线。他们根本不知道该怎么探视慰问，怕说错话。

江湛站在床边，把背包往旁边椅子上一搁，看着床上的人，聊天似的随口问道：“没做保护措施？”

柏天衡的口气不紧不慢：“当然有。这是个意外。”

江湛审视他：“感觉怎么样？”

柏天衡道：“还行。”

江湛哼了一声，接着说：“没真掉下去？”

柏天衡躺着，抬眼看着他，用旁若无人的语气道：“死不了。我要是死了，柏江怎么办？”

江湛道：“也是，毕竟现在还有个豆腐脑。”

柏天衡道：“关于豆腐脑，我可以解释。”

江湛道：“解释什么，你解释我就要听吗？”

整个病房所有人：？这两人私下对话这么肆无忌惮的？

幸而居家谢及时圆场，打哈哈道：“天衡，知道你和江湛关系好，今天就别斗嘴了，你现在可是病号。”

听居家谢这么说，几个舞者立刻跟着道：“是啊，湛哥，大老远地飞过来，别斗嘴了，好好慰问一下柏老师吧。”

接着大家又问柏天衡：“柏老师有哪里受伤吗？”

柏天衡躺着，看江湛；江湛站着，看柏天衡。两人如常地对视一眼，都笑了下，气氛活络起来。

彭星拿出准备的小礼物，嘴甜地说了点好听的话，还祝柏天衡早日康复。

柏天衡道："没大碍。这次比赛回不去，过几天就好了。你们的舞练得怎么样？"

甄朝夕道："还不错，我们这次的舞挺简单的。"

柏天衡问："什么歌？"

魏小飞道："《棉花糖》。"

费海道："走小清新可爱风。"

所有的探病过程都是大同小异，无非就是看望、聊天、祝福。

人多，话就多，时间就长，素材相对更丰富。不过这里是医院，大家不好在病房叨扰太久，于是半个小时后就撤了——撤得最快的，依旧是祁宴。

祁宴一跑，彭星一边纳闷一边跟着跑，一下子跑了两个舞者，其他人也跟着闪人了。

最后，就剩下江湛。他在病房门口和随行的工作人员沟通。

江湛道："我晚一会儿去酒店。"

工作人员道："好的，有什么事电话联系。你也多注意，口罩、帽子都戴好，尽量别被认出来。"

江湛点头。居家谢也准备闪了，他低声凑到床边，磨着嘴皮子劝道："悠着点吧，祖宗，我瞧着江湛可不是来问你豆腐脑的事的，也不是你装个病、卧个床就能混过去的。"

柏天衡看着他问："什么事？"

居家谢高深莫测地笑了一下道："还说我不懂？"他举了个例子，"我都这个岁数了，之前因为自己大意，出车祸差点进医院，我妈都把我骂了个狗血喷头，差点骂成她孙子。你猜，你拍个戏能拍到掉下悬崖，在乎你的人，会不会也把你骂成孙子？"

柏天衡扬眉道："这样？"

居家谢哼笑，感觉自己在老板面前终于胜出了一回，却见柏天衡开口，是死不要脸的口吻："骂吧，打都行，朝着脸，用点力。"

居家谢甩膀子走人，走到护士台的时候，看到江湛敲门进了医生办公室。他一愣，问护士台："刚刚是不是有人去找孙医生了？"

护士道："哦，是啊，说是1701病房的家属。"

1701，柏天衡的单人间。居家谢站在原地，笑了笑，转身走了。

医生办公室里，江湛和孙医生高效地聊完柏天衡的情况，道了谢，从办公室出来。

出来的时候，孙医生笑了笑说："有照顾过病人的经验吧？看你问问题，都很会抓重点。"

江湛点点头，关门离开。

从办公室出来，他不怎么舒服地皱了皱眉，走廊上消毒水的味道令他的意识不自觉地回到某个紧绷的状态。他太不喜欢医院了。好在柏天衡情况不错，送来医院的时候只是有点脱水、电解质失衡，没有大碍。还躺得那么平，做出一副看着没什么又好像有什么的样子？

江湛好笑，心说这怕不是做给他看的，来点苦肉计，博点同情分？

回了病房，见柏天衡还那么躺着，江湛道："脖子以下瘫痪了？孙医生没查出来？"

柏天衡继续躺着，神情轻松愉悦地说："嗯，瘫了。"

江湛走近，在床边的椅子上坐下，鼻尖还有一股令他难受的消毒水味道。他看着柏天衡说："掉下去的时候，什么感觉？"

柏天衡问："实话？"

江湛道："实话。"

柏天衡道："没感觉，没念头。"

因为就是那么一瞬间的事，根本什么都来不及想。等人在石头上落稳了，才回过点意识，第一反应是不能死，绝对不能死，死了，就什么都没了。但他是不会和江湛说这些的，演员工作的危险性，不做这行的人理解不了多少，他希望江湛把这次事故当作意外，而不是大概率事件。

江湛听他说"没感觉"，哼了声："我还以为你又要疯狂输出呢。"

柏天衡回道："想到你了吗？当然也想了。还没看你拿到第一，还没和你再多打几场球，现在死了不甘心。"

江湛拿起一包纸巾，扔了过去。柏天衡伸手接住，笑着说："所以被救上来之后，我就想，人生的意外太多，一定要抓紧时间，不留遗憾。"

江湛问："比如？"

柏天衡道："比如，我们做个约定。"

病房里静了，柏天衡看着江湛，江湛看着窗外。

江湛忽然想，全世界所有的医院都大同小异，走廊里永远有消毒水的味道，墙壁永远是白色，病床的制式规格都差不多，连窗户都长得一样。

在他眼里，唯一的不同，只有病床上躺着的人。从前是母亲，现在是柏天衡。

母亲终究没有获得生的机会，彻底离开了；柏天衡命悬一线，化险为夷。母亲说："你离我远点。"

柏天衡说："不如我们做个约定，不随意离开。"

江湛站了起来。他躬身弯腰，胳膊绷直，撑在床沿，凑近看着病床上躺着的男人。他脸色很淡，把情绪全敛在心底，眼神很深，把过往皆留在记忆里。

江湛用很轻的声音问柏天衡："约定好了，你下次拍戏，会更小心吗？"

柏天衡意外江湛的反应，他看进那双沉得见不到底的眼睛里，困惑面前的人怎么突然变成这样……

可柏天衡来不及细想，他所有的注意力都在江湛身上，在那句疑问句上。

他说："会。"

柏天衡抬手，同时做好了江湛戏弄自己的准备。可出乎预料的，并没有。

江湛很轻地抱了他一下。

装病躺着的人终于坐了起来，柏天衡说："你每次这样，都让人猝不及防。"

江湛抓住了重点："每次？"

柏天衡道："忘了吗？有一次你喝断片了，没回家，住在了酒店。"

那个晚上，柏天衡陪了江湛一夜。

多年前，江湛断片的那个晚上——"柏天衡，你带江湛去这间，我带胖子去前面。压死我了，肥成这样。"

聚餐之后，喝倒了好几个，醉成烂泥如许胖子这般的，家是万万不能回的，回去就是男女混双、大刑伺候。

宋佑在餐厅旁边的连锁酒店开了几个房间，把烂醉的几个男生全搬了过去。考虑许胖子和江湛都已经醉得人事不省，不能没人看着，他和柏天衡一合计，干脆一人管一个。

宋佑本来是要管江湛，把许胖子踹给柏天衡的，结果许胖子酒品稀巴烂，喝醉了就勾着他的脖子喊"爷爷"。宋佑平白得了一个大胖孙子，腰都要压断了，把人连扛带拽地拖出了酒店电梯。

一转头，柏天衡扛着江湛，跟扛着巨型麻袋似的，身形稳健，走路都不带飘的。江湛的酒品也比胖子好多了，全程安安静静地做他的麻袋，一点声息都没有。

进了门，柏天衡插卡开灯，把人弄到床上躺着。江湛难受得哼了几声，嫌灯太亮，抬胳膊挡在眼睛上。柏天衡替他把吸顶灯关了，开了盏台灯，没锁门，留了点门缝给他透气。

江湛醉得一塌糊涂，没吐，酒全在胃里，格外难受。他躺得不老实，自己蹬掉鞋，在床上翻了两下，摸到枕头，垫到脖子下面。

室内昏暗，台灯的灯光圈着一隅，江湛刚好躺在半明半暗中，一半的脸在暗处，一半的脸在光线下。

柏天衡在卫生间洗了个手出来，弯腰躬身，靠近些。江湛没反应。柏天衡伸手，晃了下江湛。

江湛睁开了眼睛，有些茫然，眸子里罩着一层很浅的雾，眸光却是明亮的。他感觉身体很轻，如坠云端，看到的是一片模糊。他低声嘟囔："别走。"

他说别走，对方就真的没走。门外传来脚步声。

宋佑问："吐了吗？又是白的又是啤的，是不是要给他抠个喉咙，让他把酒吐出来？"

宋佑一进来，就见江湛勒着柏天衡的脖子。见宋佑进来，柏天衡偏头看他，还摊了摊手，示意无辜。

宋佑走过去把人拉开。拉开了，江湛头一歪，挣扎两下，又安静了。宋佑瞪着眼珠子看柏天衡："干吗呀你们！"

柏天衡站直，垂眸看了江湛一眼："你问我？"

宋佑："……"

柏天衡轻描淡写地说："可能是没玩够吧。"

宋佑觉得有道理，摆摆手说："行了，我看他，你去看胖子。"

柏天衡一脸无所谓地说："看好了，等会儿挂你身上拽不下来，你自己看着办。"说着转身要走。

宋佑道："喂！"

柏天衡回头。

宋佑道："我去看胖子。"

宋佑自己也喝了不少，晕晕乎乎的，就想睡觉，而柏天衡看起来比他清醒多了，推开一个树袋熊轻轻松松。"空调温度别太低。"宋佑叮嘱了几句，撤了，走的时候顺手关了门。

"啪嗒"一声，屋内再次静谧。

江湛背对着灯光，安安静静地侧躺着。

柏天衡调高了空调温度，还给他身上搭了些被子。前两个小时，江湛睡得安稳，一动不动。两个小时后，江湛闷出一身汗，翻了个身，踢开被子。他一踢，把自己踢醒了。

黑暗中，江湛睁开眼睛，看到一团影子躺在旁边。他凑过去，碰了碰那团影子。

影子本来就没睡着，睁开眼睛看了看他，问道："要喝水吗？"

江湛难受地呜咽了一声，哑着嗓子说："太热了。"

柏天衡抬手在他额头上摸了一下，摸到一手汗："起得来吗？去洗个澡。"

江湛又不动了。柏天衡坐起来，拿热毛巾把对方的后背、前身都擦了一遍。

后半夜，江湛醒了好几次，每醒一次就会闹腾一会儿，直到清晨来临，光线透过窗帘。趴在枕头上的江湛再一次醒来，茫然地抬起脖子，环顾四周道："柏天衡？"

柏天衡在这一声尚算清醒的疑惑声中醒过来。他靠近，抬手，对着江湛的脑门儿弹了三下。

眼下，柏天衡忽然兴起，又一次对着江湛的脑门儿弹了三下。

江湛："？"

柏天衡倒回床上，畅快地笑起来。

江湛拿起一包纸巾丢过去，翻脸道："有什么好笑的？"

柏天衡挨了一下砸，不躲不避地说："那是我人生中第一次弹树袋熊。"

江湛怀疑柏天衡是不是编了个故事："你才是树袋熊。"

柏天衡道："不，我是树，你才是树袋熊。"

江湛因那句"树袋熊"翻脸了。

消毒水味没了，心底沉淀的那点伤痛也跟着消失殆尽。

江湛看着柏天衡，没看出一点病号的模样，只觉得这人浑不吝的时候，比以前更不要脸："怎么没摔死你？

"吊什么威亚，做什么保护措施？柏老师就该在悬崖边光着脚拍戏，拍完往后面一跳，看有没有石头能主动把您接住。接住了，柏老师天命在身；接不住，说不定下面还有第二块、第三块、第四块石头等着接您。"

江湛翻脸了，柏天衡却笑了。对了，这才是江湛。

柏天衡顺着这话，叹息地说："老师挂了，学生们会伤心的。"

江湛道："又不是只有你一位老师！"

柏天衡问："那你来干吗？"

"……"江湛当面翻了老大一个白眼。

柏天衡有丰富的翻脸、和好经验，掙完，识相地选择了认错："好了，我的错，我拍戏太不小心了。"

江湛看着他，平静下来问："到底怎么回事？"

柏天衡道："我的错，我太冒进了。"

《无路可追》剧组原本资金充沛，请的主要演员也都是角儿，然而开拍没多久，好几个投资方接连撤资，签好的演员跟着毁约，再遇上制作方公司惹上点官司，剧组差点原地解散。

柏天衡算是临时救场，还因为给主演傅泉舟面子，没要多少片酬。可剧组还是穷得揭不开锅，从上到下都在勒紧腰带拍戏，甚至柏天衡、傅泉舟这种咖位，连酒店钱都是自己付的。

悬崖那场戏，遇到有经验、有钱的剧组，根本不用担心安全问题，可放在《无路可追》剧组，就是一道难题——没钱。

柏天衡少年时开始拍戏，浑身就有股不怕死的劲儿，二十多岁重回影坛，还是不怕死。以前更危险的戏他也照拍不误，拍的时候只想这个角色、这一镜必须拍好，哪里会想其他。

这一次却完全不同。拍完他就后悔了。

江湛讽刺他："后悔什么，后悔要是死了，导师位就让别人填了？"

柏天衡靠在床头说："我怕你失落。"

江湛看着他。

柏天衡突然皱眉，抬眼问："你不吃东西吗，怎么还是这么瘦？"

江湛扯开胳膊说："为了控制体重。"

柏天衡觉得哪里不对，是为了减肥？可他刚来极舞的时候，不就和现在一样瘦？举办方餐厅的加餐是特意为他准备的，可他吃了这么久，竟然还是不长肉。

江湛他们一行人当天来，次日一早走，还有小半个下午和晚上，举办方不想浪费，还想多拍点素材，其他人也不想浪费，想悄悄溜出去玩半天。

工作人员：不可以。

费海：就一会儿！

工作人员：不。

魏小飞：放放风也不行？

工作人员：不行。

祁宴：拍外出素材呢？

工作人员：没安保，不安全，不拍。

众人：……

大家正丧气，居家谢来到酒店，一辆车把所有人全部接走，去了《无路可追》剧组。

居家谢道："和导演那边沟通过了，刚好最近有六个组要拍探班素材，其他组都是去前辈、老师那儿学习、参观，你们既然来了，就刚好在这边拍。剧组也沟通过了，可以拍，没问题。回头这段能用就用，不能用，你们就回去继续拍别的，都没关系。"

有剧组去，当然比闷在酒店跳舞强，大家都很高兴。

问起江湛，居家谢道："也去的，他和柏老师从医院出发。"

甄朝夕问："柏老师没关系吗？"

居家谢道："没事儿。你们去看他，他像有事的人吗？"

剧组对甄朝夕来说并不陌生，对其他四个男生却意味着新奇，居家谢领着几个舞者进剧组探班，时不时介绍几句。

居家谢道："这是总导演，那是执行导演。这剧有编剧跟组，那位就是随组编剧。今天有场外景，没有你们柏老师的戏份。哦，演员在那边，我带你们过去。"

傅泉舟做好了剧里的造型，正在和助理聊天，居家谢过去，把几个舞者介绍给他。他笑着说道："全是我支持的。"

一听傅泉舟也在看比赛，极舞的摄像老师立刻把镜头对准他。

居家谢问他："你都支持？那你最喜欢谁？"

傅泉舟哈哈一笑，爽快道："追星还用'最'吗？喜欢就都支持啊。"

过了会儿，柏天衡和江湛来了。江湛一来，就跟回了自己家一样，傅泉舟主动打招呼，周围的工作人员也笑着看他，连几个导演都不意外，熟络地问他什么时候来的。

江湛跟在柏天衡身边，边走边说："刚落地。"

导演道："那今天不用那么匆忙地走了。"

费海他们听出不对劲，嗯？难道江湛之前来过？

极舞的几个工作人员也暗自嘀咕。

"江湛之前拍过这边的素材？"

"没有吧？"

"那他自己来的？"

"应该是。不过，他哪儿来的时间？"

"对啊，他什么时候来的？"

旁边的傅泉舟听到了，边看着走过来的柏天衡，边装模作样地咳嗽。

柏天衡走近了，傅泉舟抬手挡着嘴巴，低声道："暴露了啊，暴露了。"

柏天衡瞄他，"哼"了一声道："暴露什么？光明磊落。"

傅泉舟：我信了你的光明磊落！

极舞的人要去问江湛，费海和甄朝夕对视一眼，飞快反应过来，这两人肯定是私下见的！两人立刻叫住工作人员，开始转移话题："姐姐，我们还要拍什么？"

"后面的化妆间要拍吗？"

"我听说剧组拍外景有专用的卫生间车，我能去看看吗？"

工作人员被转移了注意力，忘记要问江湛什么。

柏天衡站在江湛旁边，低声道："主动玩火的后果。"

江湛没说话，从口袋里摸出手机，低头。

柏天衡也拿出手机，看到江湛给他发的消息。

没有文字，就一张表情包。一只猪，一只爪子上套着尾戒的猪。配字：猪天衡本猪。

柏天衡："……"

江湛又发了一张表情包。一只蹲在猪饲料面前的戴着尾戒的猪。

配字：豆腐脑真好吃。

柏天衡："……"

江湛敛着笑意，以一副不动声色的胜利姿态，抬步跟上了前面的甄朝夕。

第三次比赛的其他五个组，也都有任务需要完成。有的组已经把相关素材早早完成了，有的组因为日程问题，需要等到第三次比赛之后再弄。

江湛他们组原本的安排并不是探班《无处可追》，只是因为刚好碰上江湛带团打飞的去昆市，才把素材顺便一起拍了。

就在江湛他们身处异地的时候，有一组舞者直接在当夜登上了头条。

在酒店训练室跳完舞，刷到“# 钟池哭了 #”这条消息时，费海他们还觉得奇怪。

钟池哭了？哭什么？点开一看，原来是钟池和同组的舞者一起去某个艺人的剧组探班，探班的时候，剧组刚好在拍一场群演的戏份，钟池在那群群演里认出了一个熟人。

钟池和那个熟人当场相认，说了没几句，钟池的眼泪就直往下掉。他这么一哭，把自己哭上了头条。

再看这内容，原来钟池和那个群演在很小的时候就一起在影视城跑龙套、赚钱养家，吃了很多苦，受了很多罪，后来钟池被伯乐赏识，才没继续做群演。这段幼年经历，因为一次探班录制，暴露在公众视野中。没人想到，极舞里排名第一的钟池，从颜值到业务能力，再到舞蹈水平都是顶尖的钟池，竟然有这么一段凄惨的过去。

这下可把钟池家的粉丝感动得不行，一边心疼，一边在头条下留言鼓励。而这种程度的卖惨，某种程度上也极大地刺激了粉丝，不少粉丝表示要支持她们的宝贝池。

于是排名上，原本胶着的第一、第二，很快拉开距离。

费海他们看了啧啧称奇道：“钟池还有这种经历，真的假的？他不是和楚闵一样，都在国外专业培训过吗？居然还在影视城跑过龙套？”

彭星道：“真的吧，不都上头条了吗？”

甄朝夕想了想说：“我记得初评的时候，他好像是说过他家条件不好。”

江湛在一旁，也看着手机。他看的不是钟池的八卦，而是王泡泡组建的群。

王泡泡：“@全员 来了来了，做好准备，现在的第一，因家里穷、跑龙套，斩获了不少粉丝，我们家境好、成绩好、名校毕业的学长也不差啦。大家都谨慎一点，别被有心人带了节奏。”

P 图好歹是半壁江山，不会只有王泡泡这一个群。江湛又在其他几个群里看了几眼，基本大家的言论都差不多。

“这个时候闹这一出，看来领舞者的吸引力有点大呀。”

“钟池公司一开始就想让他拿第一吧，只是没想到初评杀出个江湛。”

“这常规操作了，我都麻木了。”

“说到底还是学长人格魅力大，成为不了领舞者，大不了回家考研！”

江湛扫完几个群，想了想，点开星光视频《极限舞台》的排行榜。钟池果然又领先了不少。江湛并不能确定钟池这个事件是不是为了成为领舞者。如果是，人家凭手段争，无可厚非；如果不是，他们之间的距离也已经拉开。

江湛心底好笑。比惨，他还真不一定会输。可那有什么必要。他收起手机，拍了拍费海的肩膀，示意自己要先走。

祁宴问：“哥，你不跳了？不是表情管理还不够吗？”

江湛道：“自己练不来，我去找个专业人士。”

江湛口中的专业人士，就是此刻躺在病房里的柏天衡。

柏天衡见江湛又来了，有些意外地说：“来爬树？”

江湛在床边的椅子上坐下，点开一个视频，把手机递过去说：“树不要整天做梦。我只是来向柏老师求教点正经事。”

“正经事”三个字压上了重音。

江湛的正经事，是他第三次比赛的表情管理。众所周知，一个人的情绪要由内而外，表情才会更丰富自然，无论是舞台还是影视剧，把情绪代入角色，才能更好地演绎。

江湛的舞台，舞蹈全靠情感代入，《Show me》的开心，《Living》的嗨翻天，《Tomorrow》的暗黑系，全是自身感情的代入。他需要代入，才能更完美地表演。

可是在《棉花糖》这里，他遇到了阻碍。不够软、不够甜、不够有丰富的色彩，整个舞曲演绎的棉花糖男孩，他充其量只能达到五六成，火候欠缺太多。

江湛之前让舞蹈老师帮他们组录过一段全版，此刻拿给柏天衡看，就是想让他帮忙指点。江湛说道：“我自己看，也能看出还差一些，但就是调不过来。”

柏天衡道：“知道镜头给你特写的时候，你的脸会占整个画面的几分之几吗？如果你自己都觉得不够，观众也会看出来。”说完，他又提醒道，“这首歌本来就是男团歌，原版更抒情一点，为了配合舞蹈，才给你们改编成这样。”

江湛感叹道：“《棉花糖》三个字，我真是一个都不占。”

柏天衡反问道：“你们组其他人就占了？”

江湛道：“本来也不占，但跳着跳着，他们就都跳成了‘小甜甜’。”

柏天衡瞄了他一眼说：“你不是？”

江湛反问道：“我是？”

柏天衡哼笑，意有所指道：“是，尤其是喝醉的时候。”

江湛手痒，看了眼床头柜上的那包纸巾。

“别看了。”柏天衡从病床上起来。

江湛见他换衣服，不解道：“去哪儿？”

“你不是要做‘小甜甜’吗？”柏天衡走近，把江湛的手腕托起来，攥在指尖摩挲着，“瘦就算了，还这么僵硬。”

江湛看看自己被柏天衡圈住的手腕，又抬眼看看柏天衡。

柏天衡问：“知道为什么别的男生跳着跳着就能代入进去做‘小甜甜’，而你不能吗？”

江湛问：“为什么？”

“你太硬了。”柏天衡目光凝在江湛脸上，不紧不慢道，“你的性格太傲了，从骨头就开始硬，什么事都要自己扛。”

江湛默然。

柏天衡依旧看着他说：“一般人遇到事，没那么大的冲劲，能退就退，有人帮总比没人帮好。你不一样，太要强了，还总要做到最好。别人有想要退让的时候，会有想依赖别人的感情需求，内在有这层情感，需要的时候当然能调动出来，跳着跳着就成了‘小甜甜’，可你没有，你怎么跳都是披荆斩棘、一往无前，都成不了‘小甜甜’。”

柏天衡继续道：“‘棉花糖’三个字，你的确一个都不占。”

江湛由衷道：“柏老师还真是了解我。”

柏天衡问：“要做‘小甜甜’吗？”

江湛说：“愿闻其详。”

柏天衡拉住他，说：“跟哥走。”

《无路可追》的取景地在昆市下面的一个县级市，剧组刚来的时候，当地人赶热闹一样想瞧个新鲜，可取景在山上，大家拥过来，除了人挤人，也看不到什么大明星，没几天就散了。

现实里，追星、认识明星的，在普通群众中不占多少。要是去老头、老太太多的地方，江湛这种比赛被人所知的，都能大摇大摆地走。要是在非周末的夜里逛个当地小景区的花灯展，更是连口罩都不用戴。

江湛刷票进景区的时候，惊叹柏天衡能找到这种地方。周围全是傍晚出来溜达的老头、老太太，还有年轻夫妻推着婴儿车，带着孩子出来看灯。夜色由稀薄转入浓酽，古刹佛塔的庄严与攒动的人流交相辉映，灯盏在清爽的夜风中，如同夏夜流萤。

江湛回国后，没多久就参加了比赛，一直过着封闭式的集体生活，很久没出来这么逛过了。尤其是晚上，他永远在跳舞、训练，不是在教室就是在寝室楼，习惯了四四方方的围墙，月色都是透过窗户看到的。突然身处广袤天地，周围又都是人，他一时竟有些不适应。好在根本没人看他们，老头、老太太带着水瓶，摇着扇子，谁会多看谁一眼。

江湛觉得身心放松，进了门就看见一排花灯，他和进来的其他游客一样，举着手机拍了两张。柏天衡站在旁边说：“不知道 P 老师回头是不是又要换头像。”

江湛拍完，边顺着景区的主干道往里走边说：“柏老师别发微博就行了。40 一张的门票，App 双人联票 75，回头又要被说破产了。”

柏天衡走在旁边道：“破产就破产，我有粉丝，我粉丝修图都能养活我。”

江湛哧了一声：“六块一碗的豆腐脑，让你粉丝天天请你吃吧。”

两人至今没戳破 P 图的话题。江湛没说，柏天衡也没问，但双方心知肚明。

而和江湛对这个话题的缄默比起来，柏天衡的不多问便是对这种缄默的尊重。因为他太了解江湛了，不但了解，还愿意顺着。只要江湛一天不提，他就可以一天不问。反正过去已经因为P图的出现，意义变得完全不同。知道真相后的千头万绪，也不是三言两语能表达的。

柏天衡近日的心情，是一天好过一天。

景区路边扎的动物造型的花灯，江湛都要举着手机挨个拍一遍。拍的时候，因为要调整角度，还要分开腿扎个马步蹲着拍，拍完一个再拍下一个，完美的大众游客。

柏天衡两手插兜，站在一旁等，看人群伴着夜色从身边来往穿过。见江湛这么热衷于拍游客照，柏天衡问他："要给你拍吗？"

"太黑了，拍拍灯就好。"好不容易拍完，江湛道，"走吧。"

往前，是一条二十米长的花藤小道，高高地架着棚，顶上吊着一束束垂落的带光假花，一眼看去，像满天银坠。阿姨、大爷们举着手机拍照片、录视频，江湛也拍，拍完景还背对花藤小道，仗着个子高，手机举起来，给自己和这条人头攒动的花径小路拍了N张合影。

柏天衡继续在一旁等。江湛拍完自己，举起手机说："柏老师。"

柏天衡看过去，江湛飞快地给他拍了几张说："好了，走吧。"

两人沿着花藤小道往前。柏天衡问："拍别人这么拍？"

江湛道："拍你才这么拍。"

柏天衡道："我和别人有什么不同？"

江湛理所当然道："别人不会不耐烦，还会配合镜头，你不会啊。"

以前上学的时候就是，江湛有段时间热衷拍照，把相机带到学校，对着老师、同学、校园风景各种拍，拍其他人都没什么，唯独柏天衡永远是臭脸。江湛感慨道："哪次拍你不是最快的速度按快门？"按晚了，镜头都找不到人了。

柏天衡道："你的相机又不是只拍我。"

江湛反问道："如果只拍你，你就配合了？"

柏天衡道："对。"

江湛这才反应过来，原来那时候他不高兴是因为这个。两人刚好走到花藤小路中间。柏天衡拿过江湛的手机，用江湛的拇指进行指纹解锁。

手机瞬间亮起，屏幕里，头顶的花灯从银变蓝，仿若置身川流。江湛转头，眸光里荡着蓝色萤火，柏天衡站在他身后。快门按下，镜头将这一幕完整记录。

拍完照，两人一起继续往前。头顶花灯从蓝变粉，从粉变红。

江湛转头看了柏天衡一眼，柏天衡也转头，视线从帽檐下探出。

江湛由衷地夸了句："胆子真大，不怕被拍？"

柏天衡弯了弯唇角，在川流的人群中说道：“光明磊落。”

一条花路，有人往南，有人往北，前后左右都是人，人挤人。快到尽头的时候，江湛出神地想：不是柏天衡胆子大，是他们两个人一起胆大。

走了一段路，柏天衡回过头问他：“现在觉得甜吗？”

江湛嘴硬道：“不甜。走累了，要喝水。”

景区里有流动摊位，两人过去买水。摊位就在路灯旁，小店里的灯光又亮又白。

柏天衡刷二维码付钱，摊主阿姨往他帽檐下瞄了好几眼，没好意思直接问，就悄悄问江湛：“你朋友好眼熟啊，是不是演电视的？叫那个什么……唉，我一时想不起来了。”

江湛憋着笑说：“不是，阿姨，你认错了。”

阿姨疑惑道：“不是吗？我觉得好像啊。”

江湛皮了一下说：“对对对，以前也有人说他像明星。”

买了水，两人离开摊位。江湛走在前面，仰头喝水，拉长的脖颈在灯下镀着一层柔光。柏天衡走在旁边，片刻后，他拧紧瓶盖，返回摊位，问阿姨：“有糖卖吗？”

阿姨道：“我这里有口香糖，还有这种水果硬糖。你要哪种？”

江湛喝完水，转头，看见柏天衡走了回来。

江湛把空瓶扔进垃圾桶后说：“买什么了？”

柏天衡道：“伸手。”

江湛伸出手，一粒糖被放在他掌心，他把糖随手丢进嘴里，浓郁的酸甜味化开。

柏天衡又问了一遍：“甜吗？”

江湛道：“甜。”

他心里却道：你哄小孩呢？！

柏天衡也剥了一颗放进嘴里，扔掉水瓶和糖纸，将剩下的糖塞进口袋里。

花灯沿着景区一路往内，越到里面，人和花灯就越多，光线也更暗。

过了一会儿，江湛把嘴里的水果糖嚼完，喉咙黏腻得咳出了声：“太甜了。”

柏天衡看看附近，都是灯盏，没有摊位卖水。江湛问：“走吗？”

景区不大，已经逛到尽头了。柏天衡道：“走吧。”

再经过那条花藤小路的时候，柏天衡转头看江湛，有几分不满：“瓦罐汤都喂不胖？”

江湛诚恳道：“大哥，不能胖，好吗？！”声音黏腻，他清了清嗓子，“你买的糖太甜了。”

柏天衡的胳膊轻轻一带，两人并肩。

他凑过去，隔着帽檐的距离，低声道：“现在甜了？”

江湛从帽檐下抬眼说：“甜。”他好像突然就领悟了棉花糖的甜该是什么样的。

这种学霸的领悟力，在次日清早赶飞机前的练舞中，惊呆了同组的其他男生。

彭星耿直地问："我的哥，你到底怎么请教的？表情管理突然就行了！"

祁宴惊叹道："柏老师不愧是影帝，他是不是给你做示范了？"

魏小飞道："我还真想象不出柏老师示范甜是什么样……应该是亲自指导过了吧？你现在的表情很好了。"

第七章　大人才吃糖

就在江湛他们组身处昆市，关注点还在舞曲比赛的时候，排名第一的钟池已经因为贫苦的人生经历在网上吸了一波粉。

钟池的分数开始和江湛拉开，与此同时，不可避免地，钟池和江湛截然不同的背景经历也被拿来做比较。钟池家贫，十几岁就在影视城跑龙套赚钱养家；江湛不缺钱，十几岁无忧无虑，学习上课。钟池没上过什么学，早早签了公司，出国做舞者，辛苦出道；江湛一直在上学，理科状元，A 大名校金融系才子。

钟池的上工路透里，衣服基本很普通，几十、一百、几百的都有，奢侈品只有几个包，鞋子也都在千元左右；江湛的上工路透，衣服基本是千元以上的，鞋子没低过三千，几个包全是大牌。钟池出道后，组合一直不红，他自己也不红，没人气，没粉，没工作，人生低谷很多年；江湛一路名校，上个大学、做个校草都能被放到论坛上。

这么一对比，钟池简直太惨了。

钟池的粉丝：心疼我们崽。

本来只是对比，也不知道从什么时候开始的风向，突然就有人在网上说：江湛都拥有那么多了，为什么还要和钟池争一个领舞者的位置？普通人参加个比赛，难道都要被高富帅全面碾压吗？

又有人说：这本来就不公平——江湛有钱，高富帅；钟池没钱，美惨强。初评钟池拿 A 靠实力，江湛靠老同学的逆转卡。两人根本不在同一条起跑线上。

“不在同一条起跑线，钟池还能拿到现在的第一，真的很厉害啊。”

“突然很同情钟池，努力了那么久，好不容易到第一，结果当领舞者的是个高富帅。”

“江湛有钱，还有柏天衡这个老同学，钟池怎么拼得过？唉，好着急啊。”

比起什么都有的天之骄子，大众其实更容易代入什么都没有的普通人。江湛名校骄子、男神校草的身份确实令人惊艳，可钟池什么都没有、一步步拼上来的人生经历，更容易博得路人好感。

心疼钟池，就好像在心疼普普通通却一直很努力的自己，给钟池投票点赞，就好像在守护另外一个平凡努力的普通人。

这种舆论很快被带起来，讨论的人也越来越多，两极分化也很严重，甚至有人从“高富帅”入手，给江湛贴上“什么都有，什么都能轻松获得”的标签。

路人不觉得这有什么不妥，只觉得钟池更需要支持。一时间，给他加油打气的人越来越多，对江湛的评点也进入一个微妙的拐点。

甚至有人拿之前的A大外出素材说：江湛没有领舞者的身份也可以凭实力碾压众人，再不济，还能回学校考研啊。人不能太贪心，什么都占吧。这可把江湛的粉丝们气坏了。

有经验的粉丝管住自己，不说什么，不给钟池那边眼神。有些小粉丝却不管那么多，见有人说江湛贪心、什么都要占，便开始反驳。

这下可捅了马蜂窝，两边的粉丝各执己见，将事情变得复杂起来，甚至还有人将这事扯到了柏天衡身上。

江湛才落地A市，就看到王泡泡在QQ上疯狂戳他。

王泡泡甩了三张截图：“气死我了，我们家学长清清白白，竟然还要被泼这种脏水。”

王泡泡：“再说了，钟池根本不惨！他是家里条件不好，可他跑龙套没多久就被签了公司，然后就出国了。出国训练的舞者们，哪个不苦啊，就他苦吗？出道组合不红不正常吗？红的组合本来就没几个，不红当然没有工作。他现在比赛第一，人气那么高，还有公司捧，真论惨，他探班遇到的那个小群演才是真的惨吧！”

王泡泡又发了三张照片：“我也是想不通了，当初签钟池的公司是怎么想的，这个小群演的颜值无论是现在还是以前，可比钟池好多了。”

王泡泡：“我们之前还在群里讨论呢，说如果当初娱乐公司签的不是钟池，而是那个小群演，搞不好小群演早红了，根本不用等到比赛。”

江湛和其他人一起从飞机上下来，穿过登机桥，看到了王泡泡的消息。他把消息看完，又点了截图和照片看。截图内容不堪，还提到了柏天衡，至于照片……江湛边走边看着手机屏幕，总觉得照片上的人十分眼熟，突然想起来，这个群演他见过。

那天他去影视城，居家谢带他去《无路可追》剧组，刚好在剧组门口遇到几个群演。

江湛戴了帽子，但没戴口罩，进剧组的时候，一抬眼，和其中一个年轻男孩儿对视了。男孩儿愣了下，明显认出他，却没表现出什么，腼腆地笑了笑，点点头。江湛也冲对方点了点头。

后来围观剧组拍戏，群演过来，江湛又看到了那个男生。

《无路可追》的主演傅泉舟就在旁边，也看到了，还特意对江湛道：“你觉得他怎么样？”

江湛没理解这话，没吭声。

傅泉舟道："我只要在影视城这边拍戏，就经常能看到他。小男孩儿挺努力的，长得很好，路子也正，我们这边剧组招群演，点名要的他。等着看吧，我觉得他能红。"

女主演站在旁边，问道："叫什么？"

傅泉舟道："简临。"

同一时间，影视城。《一路芳菲华庭月》今天照常分 A、B 两组拍摄。

一场女将军胜利回国的戏份，需要不少群演，简临和几个认识的朋友都去了，不过主演还没到，拍摄没法儿开始，大家就坐在城门的场景那边等。

这边不能抽烟，大家闲来无事，都在唠嗑。聊着聊着，突然有人道："简临，你那个朋友，就是你那个参加比赛的朋友，走了吗？"

人堆里抬起一张格外漂亮的脸，简临边刷手机边道："走了。"

"哎，你们熟吗？我看之前他在你面前哭得跟什么一样。"

简临在刷微博，没说话。

"哭给人看的，可不就是假？他突然冒出来，把我吓了一跳。我就在旁边看着呢，他就是拉我们小临做了场戏。你们没刷微博吗？就那个钟池，哭一下都上头条了。"

"哎哟。"群演们在剧组跑多了，看多了，全是人精，"这年头明星也不好当啊，还得拉我们做群演的在镜头前装样子。这也就是简临没多说什么，换了我，得问他，您谁？"

和粉丝不同，群演们都看得明白，拿这事儿当个乐子说。

还有人安慰简临："算了，虽然被平白无故利用了一回，但也没损失什么，下次再遇到这种情况，记得结束了要票子，哪个群演没事做给他白演？"

简临倒没想太多，也没因为被利用而难过，他和钟池根本不熟，看当时那情况和事后的头条，能遇上应该也不是巧合。

事后，钟池没搭理他，他也没凑上去讨好钟池，倒是有个经纪人，话说得不太客气，话里话外的意思，好像很怕他这个群演会缠上来，于是半忽悠、半威胁地要他乖一点。

本来不提这些，简临差不多也忘了——他这人忘性大，不爱记事儿。

一想起来，那天的诸多不愉快重现眼前。简临捏着手机，用半玩笑的口气道："还是该要点劳务费的，这次忘了，下次我会记得的。"

周围的群演哈哈直笑。

简临继续刷微博。突然，有人给他发了一条私信。

@P图：你好，我在"#钟池哭了#"头条上看到你的照片，搜到了你的微博，想问一下，你这边接商务吗？

@简临：哪种商务？

演播厅后台，幕后人员正在为第三次比赛忙碌着。

六个组的舞者被分在两个大化妆间一起化妆，气氛略有紧绷。江湛坐在镜子前，化妆师在给他弄头发，旁边的彭星抬手碰了碰他，示意某个方向。江湛看过去，看到了钟池。

钟池在看手机。彭星压着声音说：“排第一、有公司力捧就是不一样，我们一回来就把手机交了，别人也是偷偷在寝室用，他却这么光明正大。”

江湛收回视线说：“凡事要往好了想。”

彭星转了转眼珠子说：“往好了想？他上厕所时手机掉马桶？没拿稳手机，摔碎屏了？”刚说完，钟池那边突然站起来，拿着手机气势汹汹地往外走。

彭星回头：“哇，干吗啊？”

钟池在走廊角落里和负责人打电话。

负责人问道：“什么 P 图？”

钟池道：“就是那个和柏老师一起上过头条的修图师！”

负责人又问：“他怎么了？”

钟池道：“他为什么突然给简临修了几张图？我看到他的微博发了简临的照片，还和简临互关了。”

负责人没能理解：“简临？就上次那个群演？不是，你马上要录比赛了，关注他干吗？他一个破群演，怎么样都和你没关系吧？还是简临说了什么？不该啊，我上次敲打过他了，他一个群演，被赶出影视城就没饭吃了，怎么可能敢在网上乱说。”

简临当然没在网上乱说，他只是和 P 图微博互关，然后 P 图在自己的微博上发了他的一些精修照。其中几张，是那天“# 钟池哭了 #”上头条时，微博上晒出来的钟池和简临同框的照片。

那几张照片的原图，都是钟池在照片最显眼的地方，简临充当背景板。但照片到了 P 图手里，当背景板的简临被单独截了出来，修出了更清晰的容貌。

P 图，时尚前沿的半壁江山，修图界神手，粉丝数七位数，粉丝活跃度很高，线上好友全是知名人物。P 图发的那几张简临的精修照，立刻引来粉丝无数。粉丝们别的本事不提，扮花痴的本事绝对一流。

一群女孩子在评论里兴奋地叫，说这是群演？这个颜值去当群演？影视城的导演们都瞎了吗！外加钟池的美强惨头条在前，到了简临，大家都不用多讨论，直接盖戳——这又是一个美强惨！

一个颜值完全不输钟池，悲惨经历也完全不输钟池的升级版美强惨！简临小哥哥！我们能支持钟池，我们也能支持你！

还有人直言：其实和简临比起来，钟池根本够不上美强惨吧？好歹钟池早早签了公司，能出国，能参加比赛，而简临顶着这么一张脸，居然还在影视城天天打工赚钱。

钟池哭了？钟池不该哭啊。这两人重逢，该哭的是简临吧？昔日旧友比赛走红，自己还在跑龙套。

@王泡泡：来啊，小伙伴们，拿出你们心疼钟池的热情，暖一暖简临！

钟池有排名，简临没有；钟池有公司，简临没有；钟池十几岁签公司，简临还是没有。钟池参加比赛，一双鞋也有千把块了；简临跑龙套，一天不知道能不能赚八百呢。钟池还有奢侈品包，简临的衣服都是塑料袋装的！都给我心疼简临！

钟池在化妆的时候看到P图的微博，预感风向不对，立刻联系负责人。

负责人安慰了他几句，说马上去处理："你安心比赛，其他的别管。"

钟池有点焦虑地说："没几期就要总决赛了！我的人气和江湛的差得不多，随时可能被他赶上来！公司那边怎么说？到底谈不谈得下来，能不能让我拿到领舞者？"

负责人道："别急，你别急。"

钟池脱口而出："江湛背后也有人，对吗？柏天衡？"

负责人道："别想那么多，更别胡思乱想。你得知道，如果柏天衡真要保谁，你今天根本不可能排在第一。公司早打听过了，柏天衡给江湛那边保的是他的签约，现在没公司能签江湛。你只要保持住，领舞者的位置一定是你的。"

回到化妆间，钟池也冷静下来了。他想简临没什么大不了，混了这么多年，还是群演。江湛也没什么大不了，一首《棉花糖》都跳不好。几个组一起去候场间，等电梯的时候，钟池客气地对江湛道："来回赶飞机，时间很紧吧？"

江湛道："还好。"

钟池到底不够沉稳，临到录制，伸手挑衅了一下："听说你的舞还有点问题。"

江湛看过去，两人对视。这个钟池，如果不是这次头条，江湛还真不会多关注。不是说钟池这个第一不够强，不够引人注目，而是因为两人从初评开始就没什么交集。仔细想想，三次比赛，他俩不但没分到过一组，PK也遇不到，上场都隔了好几组，连运动会都没分到同一个项目，二人总是完美错开。

江湛不去想这个"完美错开"有多少幕后原因，想了也没用。他只知道，领舞者，谁都想要。

他笑道："本来是有点问题，现在没问题了。"

钟池道："哦，对，你们去探班，柏老师在的。"

这话一出，周围几个男生全觉出不对，纷纷看了过来。提什么柏天衡？这个口气，这个腔调，一句"柏老师在的"，是想暗示什么？

费海心直口快道："哎，你……"

江湛扫了眼费海，看向钟池，笑着回道："我们是去探班，柏老师一个病号也帮不上什么。不像你，去探个班，还能上头条。"

钟池："……"

谁都没料到江湛回得这么直接。

钟池脱口而出："上头条怎么了？！你说这话是什么意思？"

江湛看他，眼神冷了几分，神情不变地说："那柏老师怎么了？你提他，又是什么意思？"

钟池要发火，被组里的男生一把拦住："别，别，大家都是朋友，别吵架，伤和气。"

钟池不是个暴脾气，被拉走也就走了，不和江湛正面冲突。几个舞者都陪着钟池走了楼梯，一边下楼，一边劝钟池："算了，别吵了，你们以后出道，是要在一个团的，别伤和气。"

钟池气不过，恶狠狠地在楼道里喊了一句："不就是仗着有柏天衡吗？！是吗！"

他刚吼完，走下去两阶，楼梯拐角走上来一个人。那人戴着口罩，着装低调，没有挂大楼工作人员的工作牌，单手插兜，走得不紧不慢，和钟池他们在楼道里碰上了，这才抬起视线。

六个男生："柏，柏老师……"

柏天衡"嗯"了一声，从他们旁边走过去，继续上楼。路过钟池的时候，他侧头，平淡地说道："嗯，是。"

钟池："……"

今天的比赛是由童刃言主持，在所有人的意识里，柏天衡应该远在昆市。他突然出现，吓了几个男生一跳，见他上楼，有个胆子大的人抬头问道："柏老师，你怎么回来了？"

柏天衡继续往楼上走，声音懒懒地说道："我回来了？"

反应快的男生："呃，没？"

柏天衡道："嗯，对，我没回来。"

费海问："钟池刚才是有什么毛病？"

彭星问："发病了吧他？"

魏小飞道："搞不好真是。"

甄朝夕道："要比赛了，都别受他影响。"

祁宴看着江湛说："哥，你没事吧？"

江湛云淡风轻地道："没事。"

钟池他们走了，江湛继续等电梯。大家对刚刚的小插曲有些无语，却不好多聊什么，比赛当前，没人想费神在别组的舞者身上。

费海心道：背着柏老师说这些话算什么本事？有种当着柏老师的面说啊！

电梯来了，彭星第一个进去，魏小飞跟上，接着是甄朝夕、祁宴、费海。费海进电梯后便转身向门，一抬眼，便看到快要进来的江湛身后多出了一个人。那人戴着口罩，从后面拽了江湛一把，视线抬起来，刚好和电梯里的费海对视。

费海：“！”

江湛转头看到柏天衡，同样意外地说：“你？”

柏天衡轻轻地“嘘”了一声。

江湛回头，飞快地示意电梯里的舞者说：“你们先下去。”说着，两人消失在电梯门外。

电梯里静了三秒，三秒后，梯门缓缓合上。

费海二话不说，一步跨过去，试图扒开梯门，被甄朝夕抬手拽住衣服下摆：“你干吗！”

费海挣扎着道：“柏老师回来了？我没瞎吧？”

江湛被柏天衡拽去了某个没人的小化妆间。化妆间空置，一览无余，只有几张桌椅和镜子，没有人。

柏天衡进来后，将门反锁。江湛有些意外道：“你什么时候回来的？”

“我回来了？”柏天衡拉下口罩，“没有。”

说着给江湛塞了颗糖：“哥哥来送糖。”

江湛嘴里含着糖说：“这样啊？那哥哥真是不辞辛苦，不远万里。”

柏天衡道：“等会儿好好跳，嗯？我在台下看你。”

江湛一愣问：“台下？”

柏天衡道：“都说了，我没回来。”

江湛道：“到处都是机位，会被拍到的。”何况比赛现场那么多观众。

柏天衡道：“我说没回来，就是没回来。”

江湛含着糖说：“悠着点吧，柏老师。”

柏天衡轻笑道：“有糖吃就是‘哥哥’，吃完就是‘柏老师’？”

江湛后背抵墙，微抬着下巴，睥睨的眼神，也笑着道：“嗯，对，就是这么现实。”

候场间。钟池坐立不安。他身边的舞者察觉到，试图安抚他：“没事的。”

怎么会没事？他说那种话，还刚好被悄悄赶回来的柏天衡听见了。这还说没事？是忘了柏老师走到他旁边时特意回应的那声吗？

刚才进候场间后，他发现《棉花糖》那组所有人都在，除了江湛。江湛不在，能去哪里？柏天衡上楼，能去见谁？钟池无比后悔。

比赛近在眼前，他到这会儿还带着手机，匆忙出去，又打给了负责人。

负责人听完，很理智地没有多提柏天衡：“你现在什么都别想，赶紧回去，把比赛好好比完，不要胡思乱想！”

钟池道："可是……"

负责人道："没有可是！别管别人！你管好你自己！"

挂了电话，钟池回候场间，脸色比刚刚还差。他一进去，就看到了江湛。

江湛刚坐下，正无事一般和其他舞者说着话，别组的几个男生也围在旁边。有舞者叫了外卖、点了奶茶，不是人人都有，但江湛一定有。

钟池撇开视线。偶然间的所见，亲身体会的差距，轻易就能让人嫉妒，嫉妒到发疯。钟池也明白，这个时候要稳，保持住劲头，领舞者的位置指日可待。可人处在一个高位，大多时候不是"高处不胜寒"，而是如履薄冰，担心哪天就被取代。

别说钟池本人，连他的负责人都揣着鼓点在心里，嘴里安慰着钟池，心里和他一样没底。

钟池正是因为知道，所以才焦虑。其实不光江湛，第三的楚闵，第四的金陆霄，第五第六第七……每个人都很强，都有随时取代他的可能。不到最后决赛，这个第一的位置，根本就是架在万米高处的跳台，谁在上面谁心颤。

钟池也想稳，可是稳不住，他根本不具备强大的心理素质。尤其是不久前在楼梯间偶遇柏天衡，他就像站在跳台上被人加了一道催命符，吓都吓死了。

那边，江湛一圈人正在喝奶茶、闲聊。工作人员进来，准备打板开拍。人散了，各自坐回去，江湛把奶茶放进丛宇手里的塑料袋，又剥了一颗糖，塞进嘴里。

丛宇正要走，见他吃糖，回过头问道："什么糖？我也要。"

江湛把糖纸丢进他手里的袋子，气定神闲地说："大人才吃糖，小孩子家家的，吃什么糖。"

丛宇一脸莫名地走了。

工作人员："Action！"

第三次比赛，第八期比赛，全新的舞台、舞美，《声乐之声》的舞台乐队现场伴奏。

依旧是相向而对的主、副舞台，不同的是，童刃言今天会在主舞台，副舞台只有单郝、戎贝贝、姚玉非这三位老师。

近千人的现场里，观众都拥有一票权，要从这六组比赛队伍的36位舞者里，选出今天比赛表现最佳的前三人。

这三人不但会在下次顺位淘汰的时候直接晋级，且会额外获得一定的分数，这个奖励会在决赛当天算入个人的总分中。

宣布完比赛规则的童刃言道："好了！现在，就让我们开始今天的比赛！有请第一组团队登场！"

童刃言的舞台风格和柏天衡完全不同，柏天衡更稳，童刃言更外放，他很喜欢点名舞者、玩梗，也喜欢带动主、副舞台的互动。

第一组上台，自我介绍、热场后，童刃言便点名戎贝贝上主舞台，让最近刚发新曲的戎贝贝跳了一段自己的单曲舞蹈。

大家的注意力都在热热闹闹的主舞台上，一对比，副舞台显得异常冷清。童刃言、戎贝贝不在，单郝和姚玉非离得远，两人没有对视，也没有互动，都看着主舞台，单郝看得一脸开心，姚玉非的浅笑显得不甚走心。

比赛过程中，有工作人员走到副舞台下面，提醒姚玉非不要走神。姚玉非应下，重新坐回去，努力控制表情，心却沉到寒潭最深处。

上一次比赛，举办方闭了他的麦，剪了他的镜头，这一期难道还会放过他？他算什么导师？虽然人坐在这里，但纯粹是个摆设。不，还不如摆设，摆设好歹只要坐着，有镜头晃过时还能入镜，可他呢？他得全程配合，要笑、要说话、要跟上流程，却一个镜头都不会有。

姚玉非备感艰难，却只能忍。

主舞台上的戎贝贝互动结束，回到副舞台。童刃言又说了几句，把舞台留给了舞者。

第一组比赛曲目是《摩斯密码》。

第二组比赛曲目是《Hand Clap》。

《Hand Clap》这首歌的原曲节奏律动很强，改编后，节奏更快了，因此比赛一开始，主舞台、副舞台、台下观众、候场间，全都跟着嗨了。到高潮“I can make your hands clap”，全场都跟着拍手。

候场间的舞者们正拍得开心，工作人员走过来，提醒江湛他们组准备。六个男生便起身走了，去前面舞台等着上场。

第三次比赛，大家都有经验了，说不紧张是假的，但要说紧张，好像也就那么回事。

出去后，祁宴道：“要不要提前嗨一下？”

甄朝夕哭笑不得，勾住他的脖子说：“台花弟弟，我们的风格和他们差很多的好吗？我们是《棉花糖》，要软要甜，不用嗨，你醒醒啊！”

祁宴直笑道：“我错了，我错了，我马上调整。”

费海挤到江湛身旁，小心翼翼地说：“哥，柏老师回来了？”

江湛看了眼费海，原本想说“你不都看到了”，想起柏天衡张口闭口“没回来”，顿了顿，改了口：“有吗？”

费海眼底亮起光，立刻了然地点头：“噢噢噢，没没没，没有没有。”

到了演播厅，工作人员给几人补妆、戴麦，做上台前的准备。补妆的时候，彭星有点不确定地问江湛：“我真的甜吗？”

江湛看看他今天的造型，笑着说：“甜。”

彭星想起什么，问道：“哥，你的糖还有吗？我想吃口甜的，找找感觉。”

江湛收回视线说："都说了，小孩子不能吃糖。"

没多久，第二组的表演结束。

第二组下台后，童刃言独自站在舞台，发出了悠长的一声叹息："下面这一组……唉，他们上场之前，我得说点别的。啧，柏天衡柏老师，你看看你，你不来，我就站这里了；你要是来，等会儿站旁边同台的，不就是你了？"

童刃言太爱请人接话、接梗，之前顺位36淘汰的那期，他就提过豆腐脑，今天比赛，他竟然敢这么喊话，可把台下理解了这些话的小姑娘们喊惨了。

童刃言听到这些尖叫，笑着等了一会儿，等她们喊完了，笑着问道："我在说什么？你们在喊什么？"

小姑娘们继续喊。童刃言收势，把控节奏："好，下面，有请我们的第三组舞者。"

《棉花糖》组上台，六个男生统一穿着白衬衫、黑长裤，装束清新亮眼。

江湛站在最中间，一站定，便带着舞者自我介绍、打招呼。

全组自我介绍完，童刃言控场道："江湛，你刚刚在后面，听到我说什么了吗？"

江湛举着话筒，转头看童刃言。他没回答，台下却是一片尖叫。

童刃言一脸"你们叫什么叫"的神情看向台下，江湛原本想开口回答，被这些尖叫一打断，顿了下，抿唇垂眸笑起来。

他这笑带着点青涩，显然是知道刚刚上台前童刃言说了什么，而他这么一笑，台下的人仿佛意识到什么，又开始叫。

始作俑者童刃言装模作样地说："嘿嘿，行了行了，都叫什么呢。"

台下安静下来。

童刃言佯怒道："我代班还控不住场了？要是柏天衡在这里，你们还敢这么叫？"

当着江湛的面提柏天衡，不是同框，胜似同框，台下更沸腾了。

副舞台的单郝侧头看向戎贝贝，戎贝贝心领神会地和他对视，两人凑在一起笑。

江湛原本只是浅浅地笑了下，被全场这么一起哄，实在没控住表情，彻底笑开。

他展颜一笑，又引起更多尖叫。再一抬眸，他带笑的眼神里露出几分无奈，引来更甚的尖叫，恨不能掀翻整个演播大厅。

童刃言故意没控场，由得台下叫，反正举办方那边也没制止。这个时候，副舞台的单郝举起话筒说："童老师，你这么猖狂，不怕柏老师回来找你算账哦？"

童刃言在渐息的台下喊叫中回应道："怕？怕什么，有什么好怕的？反正柏老师今天不在。"

他刚说完，副舞台周围一阵骚动，片刻，单郝身边原本属于童刃言的导师席位，落座了一道身影。

柏天衡没做造型，没带妆，更没戴麦，就这么直接坐下了，旁边的单郝、戎贝贝、姚玉非，以及台下观众、主舞台，全场震惊。

柏天衡在全场视线中，倚着靠背，淡定地回视主舞台，朝着童刃言抬手示意，让他继续。

童刃言光顾着瞪眼珠子了，还没来得及继续，台下疯了一般传来阵阵尖叫。

在这片嘈杂的尖叫声中，隔着半个演播厅和台下观众，柏天衡和江湛遥遥对视。

比赛中，除了举办方后台，能看到镜头画面的只有候场间的舞者。他们通过大屏幕看到现场画面，顿时都愣住了。这是镜头出了问题还是别的什么情况？这场景不对！

现场，童刃言差点没找到自己的下巴。他心里估计这段未必能播，既然不能播，那就不怕什么了。他举起话筒，直接隔着舞台问柏天衡："你回来干吗？"

柏天衡但笑不语。

童刃言直接转头看江湛，还举着话筒，声音传遍演播厅每个角落："他这样，你都不管的？"

台下："啊——"

对童刃言的问题，江湛根本不好作答，也根本不用作答。他敛了神情，收回视线，把注意力放回主舞台。旁边的甄朝夕、魏小飞他们全在看他。

左手边的彭星一脸莫名，反应不过来，趁着台下尖叫、台上没流程，侧头小声问江湛："这样好吗？"

江湛安抚道："没事。"

童刃言刚刚的话把现场都给炒沸了，他没料到现场反应这么大，不敢再拿话筒，看着江湛说："这段要重录了。"

说着走近几步，问江湛："柏天衡这样，你事先不知道吧？"

江湛摇摇头。

童刃言道："我就猜是这样。"

那边举办方看现场控不住，舞台又崩了，示意这段重录。导演站在台下，和走到舞台旁的童刃言、几个舞者沟通。

童刃言道："从出场开始重录吧。"

导演道："没事，之前都没问题，就从你问江湛管不管那里开始重录。"

舞者们："？"

童刃言居高临下地看着导演，震惊道："能播？"

"不能播的我们可以剪啊。"导演看着江湛说，"等会儿打板后，从你的反应开始录。"

江湛不解道："我要回应童老师的话？"

导演道："回啊，不回怎么继续。"

童刃言彻底纳闷了："不是，不对啊，不是说剪掉吗？我那句话都剪掉了，他还回什么？”

导演问：“谁说那句要剪掉？”

童刃言、六名舞者：“？”

“都听我的，从那边开始重录，前面都可以。”沟通完，导演斩钉截铁地说，“好，就这样，你们准备一下。”说着从身边的同事手里接过话筒，开了麦，面朝观众席，控场道，“这样，我们从童老师那句‘他这样你都不管的’开始重新录，别叫！不要叫！听我说，哎，对，听我说。”

现场差点又沸起来的尖叫跟被按了开关似的，一下子平息。

“重新录，就别叫那么大声了，舞台都是现场收音的。”导演道，“还有就是，我们现场观众都有投票器，投票器在你们手里，给谁投一定要想清楚，要因为真的喜欢才投票，不要因为上头而投票。”

童刃言开了麦说：“怪我怪我，我引导的。”

现场和正片视频不同，比赛过程中，举办方会控制前后所有的流程，重录、中断、接着录，等等，都是正常的，像刚刚的意外，中断调整也是必需的。观众们对此都不奇怪，奇怪的是，导演提醒了投票要公平，等会儿接着录，却没有要求重录上场的镜头。难不成刚才发生的事情，还能播？

大家正纳闷，导演举着麦，遥看副舞台说：“来，给柏老师一个麦。”

柏天衡靠着椅背没动，旁边的工作人员走上副舞台，把一个话筒放在柏天衡面前。他拿起话筒，声音传遍全场：“什么？”

导演道：“你跟江湛商量一下，童老师说完‘他这样你都不管的’，后面江湛怎么回，以及江湛回完了之后，你要怎么说。”

现场观众都惊了，这是要录两人互动对话？又是一阵尖叫。

尖叫声中，柏天衡放下麦，看着主舞台的方向，继续笑而不语。他没说什么，江湛也没有。观众的尖叫声没了催化，声音渐落。

恰在这个时候，江湛的声音响起：“你下去。”

柏天衡道：“不。”两句话，四个字，再度引来鼎沸人声。

比赛继续。重拍是从童刃言转头看江湛等回应开始的，因为童刃言并没有说那句“他这样你都不管的”，又是刚打板开拍，现场并没有尖叫。

江湛这次敛住了神情，转头看童刃言，淡定不言，身边的其他舞者也收着表情站在台上。

童刃言见没人吭声，笑着说：“是没人管了吗？”说着，佯怒地跨了两步，怒指副舞台道：“没人管的下去！”

逗笑了观众。

童刃言收势道：“好了，无论柏老师在不在，我们也是要继续比赛的。”

“准备好了吗？舞台交给你们！”

《棉花糖》是一首轻快、温暖的情歌，舞美用了马卡龙的粉、蓝、白色调，力求轻快活泼、小清新。六个男生都穿着白衣黑裤，为了服装不那么单调，衣服上都绣着可爱的图案。蓝色长椅，白色马车，粉色糖果，色调清新的热气球，各种道具点缀着舞台。欢快的前奏中，捏着气球的魏小飞坐在长椅上，干净帅气的面孔带着点可爱的神情，随着歌词“回忆着初次相遇坐在你身旁，是谁曾经说，太幸福会缺氧……”开始舞动。

到歌词“爱情已种在心里，自由地生长，童话里的浪漫，需要用心去培养……”甄朝夕成了舞蹈的核心。

甜甜的歌，轻快的节奏，清纯的模样。谁不爱那个“带你一起去流浪、沐浴阳光”的男孩？谁不爱那个“牵着你的手，眺望远方，细数快乐”的恋人？尤其那个男孩有着台上男生的帅气面孔，个高腿长，为你深情地跳着，纯情地点缀你的想象。这口棉花糖没有实体，却让人觉得甜蜜幸福。

轻快的曲调、朗朗上口的歌词最容易代入，又是火了十年的耳熟能详的歌，因此台上表演，台下忍不住唱了出来，一边唱，一边看着台上的六个男生。

这六个男孩都有各自的美好，费海专注，祁宴俊美，甄朝夕沉稳，魏小飞眸光清澈，彭星高大帅气，给人安全感。而江湛，是那口棉花糖。他用清澈干净的双眼注视你，用全神贯注的神情对你表白，他笑的时候，“世界变了，天亮了”，沮丧的时候，彷徨、无奈，但无论何时何地，遇到何种情况，他都会坚定地牵起你的手，给你肩膀，再告诉你“你是我的棉花糖”。

整首舞曲格外甜，舞蹈分配均匀，舞台演绎配合默契。

江湛上次跳《Tomorrow》，一人分饰两角，结尾定格的是个诡异的微笑，这次跳《棉花糖》，甜得酥透人心，甜得台下女孩直捂心口。到歌曲后半段，副歌合唱的那句“你就是我心中的棉花糖”的时候，江湛直视前方，启唇微笑，抛出个眨眼。

台下女生：好苏好麻，被电到了！

副舞台，柏天衡抿住唇角，绷得住表情，却没绷住眼底的笑意。单郝坐在旁边偷偷瞄了眼，凑过去，掩唇低声说：“开心吗，柏老师？”

柏天衡看着舞台上道：“当然。”

曲毕，《棉花糖》缓缓落下尾声，柏天衡站起来。

单郝道：“唉，你这就走了？”

戎贝贝、姚玉非侧头看过去。

柏天衡走下阶梯说：“有点事。”

主舞台，六个男生表演结束，站回一排。

童刃言问："嗯？柏老师走了吗？"

江湛的视线落向副舞台，刚刚坐着人的位子已经空了。接下来是现场评分，童刃言依次宣布该组六个男生各自的分数。

当周的周六晚，极舞的第八期准时播出。没多久，"#钟池比赛失误#""#柏天衡突然现身#""#棉花糖男孩#""#江湛耳尖#"等话题上了头条。

钟池的粉丝、江湛的粉丝，以及一些柏天衡的粉丝，这下都傻了。钟池的粉丝忙着给自家崽的比赛失误送安慰。柏天衡的粉丝们忙着分析柏天衡的主持都让童刃言代班了，怎么还会出现在比赛现场。江湛的粉丝拼命撇清关系：柏天衡突然出现和我们学长没有关系！《棉花糖》是团队表演，不是个人对决！看的是全团，也不是我们学长一个人！请关注江湛的比赛、能力、表演，不要关注其他！

第八期比赛，第三次比赛，最终现场排名前三是江湛、金陆霄、楚闵。对应的比赛曲目分别是《棉花糖》《Hand Clap》《我要我说》。三人无论是团舞还是个人，都有超强的舞台表现，且风格各不相同：江湛的《棉花糖》苏甜可口；金陆霄的《Hand Clap》硬朗到爆；楚闵在《我要我说》里一长串自编的舞蹈动作获得颇多好评。

比赛播出后，六支比赛曲目都获得了不少关注，排名周日重新更新后，又是一大波关注和支持。其中，势头强劲的舞者的关注度一直在往前冲，排名即便没有改变，前后排名还是咬得很死。

各家粉丝都在拼了命地支持自家崽，能保十一就保十一，能进前六就进前六，如金陆霄、楚闵这样排在前面的，粉丝自然也想争一下领舞者的位置。

可惜这次比赛后，没人争过江湛。他那首《棉花糖》太苏太软太圈粉，大男孩清清爽爽的，又俊朗，尤其是那个眨眼，别说小姐姐，就连自称"老阿姨"的路人都被粉红箭头会心一击。这初恋脸太可了吧，支持，必须支持。甚至还有人因此去安抚了一下隔壁钟池粉。

"比赛失误了呢，亲亲。"

钟池的粉丝：失误就失误，我们承认。但这次失误了，下次绝对不会！

粉丝能这么安慰自己，但钟池在比赛舞台的表现有目共睹，当天的现场得票数也中规中矩，远配不上他目前第一的排名。

这种情况下，路人才不信什么"我们崽崽是最棒的"，大家都有眼睛，也有观赏能力，《棉花糖》好看，《Hand Clap》好看，《我要我说》好看，别的组的比赛也好看，而钟池这组的表演明显失误，不好看。

比赛舞台就是这么残酷——你表现好，身世凄惨，你是美强惨；你表现不好，管你什么身世呢？纯比惨，随便拉个路人都比你惨。

之前钟池还能靠宣传博得粉丝和支持，比赛后，失误成了负加权，外加简临的出现又转移了部分粉丝的注意力，钟池几乎难以和江湛、金陆霄、楚闵拼杀。

周日，钟池为此特地悄悄离开极舞举办方，回了一趟公司。刚到公司，他的负责人就把他比赛失误的片段播出来，连带着手机一起甩在他身上。

“你比赛之前，我跟你说什么来着？你半个字都没听进去，全被狗吃了是吧！”从钟池身上滑落在地的手机屏幕上，钟池走位失误，和同组的其他舞者撞了一下，临场补救慢了半拍，失误全然暴露在镜头里。

钟池有愧，无言以对。负责人也懒得再呵斥什么了，心累道：“行了，也别争什么领舞者了，接下来的比赛你给我正常发挥就行。”

钟池愣在原地说：“公司没能谈下来？”

经纪人瞪眼道：“谈什么谈？你自己看看第八期吧！柏天衡都多久没和江湛在极舞里同台过了？人人都当他柏天衡在避嫌，连主持都让其他导师代班了，结果这次比赛他直接上副舞台，他和江湛的镜头能留的全都留了，你当为什么？柏天衡这是告诉我们这些人，江湛他保护着呢，谁都动不了。”

得来这样的回复，钟池在回去路上越想越懊悔。他回忆比赛那天，自己真的是鬼迷心窍了，从在楼梯间撞见柏天衡开始，他就特别心不在焉。等看到柏天衡在副舞台露面，他连最后那点好好比赛的耐心都没了。

再等他上台，在主舞台上站着，远远地眺望副舞台上空着的那个位子，他心里更不是滋味了。失误不过是比赛当天心绪混乱的最终结果。钟池心里明白，想坐稳这个第一，太难了。

到了周日晚，前十一排名有所变动。钟池还是第一，江湛紧随其后，两人的差距几乎可以忽略不计，金陆霄、楚闵的排名不变，从宇冲上了第五，祁宴蹲稳第六，魏小飞杀进了前十一。

距离决赛仅剩两周，也是公司间博弈的最终时刻。

周一一早，居家谢全套西装，精神抖擞地走进了星光大楼的会议室——终于能做点经纪人该做的事情了。

入场落座，会议室里全是各娱乐公司的负责人。

这几年爱豆盛行，比赛频出，各大娱乐公司的负责人经常在视频平台、电视台相互打照面，都熟得很，个别眼生不熟的，都是些小公司。

居家谢一来，可把那些认识他的负责人、老板唬住了。

有和居家谢还算熟悉的，直接问道：“是……江湛？”

居家谢笑成了一只大尾巴狼：“这不是柏老师太忙了，没空吗，要不然今天就是他来了。”

众人：江湛这背景可真够硬。

斜对角的某个方位，忽然发出了一声轻嗤。居家谢耳尖，听到了，闻声看过去。对方是个年轻男人，很面生，没见过，看样子不像是圈内的，可那通身气派又矜贵得很，像个少爷。

会议没开始，居家谢便低声问身边人："那是谁？哪个公司的？"

"外星人娱乐文化。楚闵你知道吧？就是他们公司的。"

原来是楚闵的公司。居家谢想了想说："楚闵那公司的执行经理，不是被挖过去的颜锐松吗？"

"是颜锐松，颜总今天没来，这是他老板。"

这么年轻的老板？居家谢有点不敢相信，又看过去。

身旁人掩唇压声道："别看他年轻，他特有钱，不是我们圈子的，富二代，家里有矿的那种。"

居家谢了然地点点头："楚闵保第一了？"

身旁人盯着他，露出奇怪的神情说："哪儿跟哪儿啊？我们还说江湛保第一了呢！"

居家谢轻描淡写道："这也哪儿跟哪儿啊？江湛要是保了第一，比赛排什么第二。"

身旁人想想也觉得有道理："也是。"

没多久，负责今天会议的星光娱乐的老总来了，同来的还有负责极舞项目的经理。

这种大家都参与的公开会议，没什么花招，讨论的也是目前的排名、各舞者的表现，以及出道成团后组合的资源情况。

会议结束后，有的公司的负责人走了，有的公司的人坐着没动。走的人见坐着的人不走，都清楚怎么回事。坐着的人见走的人起身，心里也多少有数。

等该走的人走得差不多了，星光的负责人临时有事，暂时离开了一下，项目经理让助手去给各个老板添茶，也出去了。会议室内静默无声，各家各揣心思。

独角兽娱乐的负责人问月上泛舟的老板："你们的蒋大舟最近冲得很快啊。"

月上泛舟的老板皮笑肉不笑地说："哪有，比不上你们的金陆霄。"

"许总很开心吧，你们魏小飞这期进前十一了。"

"没有没有，兰总你说什么呢，你们公司有两个人进了前20，你才该开心。"

"陈总怎么不说话？钟池都拿第一了，得高兴啊。"

居家谢意味深长地说："那可得坐稳了，别轻轻一拽就拽下来。"

大家阴阳怪气地聊着，突然，会议室里出现了奇怪的内容。

宋佑背对会议室，临窗而站道："两个亿还是三个亿，你自己算不清楚？还要来问我？

"那批有色金属十二个工作日内进不了海关，你就可以收拾收拾，把办公室空出来让给别人了。

“研究所报告数据和海关检测数据不符，这你也问我？研究所那边没装电话，还是你和研究所教授有什么私人恩怨，被他拉黑了？

“去问！

“稀土别找我，这我不管，多少亿都不管。”

众人：“……”

宋佑站在窗前掐了电话，反身坐回来。他把手机扔在桌上，发现所有人都在看他。宋少爷扯了扯领带，睥睨众人，淡定道：“看什么。”

月上泛舟的负责人瞄了眼桌上铭牌的姓氏：“宋总？”

宋佑侧头瞥他一眼。

那人没话找话地起了个头：“楚闵第四了。”

宋佑看着他。

大家都摸不清这位的底，有心试探道：“贵司对这个成绩还满意？”

宋佑没表情，心里冷笑一声说：“满意，特别满意。”他说着瞄了眼居家谢，又看向钟池的公司，眼神锐利地说：“就是比赛之前，不太满意。”

钟池公司的负责人觉得莫名，这话是什么意思？

星光的人回来了，坐下便道：“我刚刚去看了前20的后台数据，现在除了领舞者以及准确的排位，赛后的名单基本可以确定了。”

那位极舞项目负责人说着，突然想起什么，抬眼看向宋佑，又带着点疑惑地看向居家谢，问两人：“江湛要签外星人？”

怎么除了柏天衡，外星人娱乐也在给江湛撑腰？

居家谢怔然，奇怪地看了眼宋佑说：“怎么可能？”

宋少爷气宇轩昂，抬了抬下巴，示意居家谢道：“回去问问柏天衡，我要是开口，江湛是先给他面子，还是先给我面子。”

居家谢沉稳地坐着，心里为自家老板捏了把汗：这又是哪路神仙？

第八章　我们不一样

第三次比赛前，举办方要给舞者统一安排见面会的消息便传了出来。

最早的比赛，见面会就是舞者们坐一排，面前摆张长桌，粉丝抱着签名册、照片，排队签名、握手，意在感谢粉丝的支持，也拉近舞者们和粉丝的距离。

比赛走过这么多年，到如今，花把式格外多。比如每逢比赛，演播厅门口必有粉丝送的花篮，花篮也有制式规格的讲究，比如花篮的数量规定，摆放的顺序等等。到见面会，也是如此，各家姐姐都会拼尽全力地支持自己喜欢的崽，有的姐姐会准备花墙，有的姐姐会送上礼盒，总之，只有你想不到，没有她们做不到的支持方式！

于是在第三次比赛前，粉丝们便聚在一起，来给喜欢的舞者们准备自己的礼物了。

极舞这次的见面会分两路行程，18 个人留在 A 市，18 个人赶往 S 市。

很巧，江湛和钟池又是分开的。

坐大巴赶往机场的路上，钟池收到了负责人的消息。

“这次和之前一样，你和江湛还是分开的，不和他同组，免得偶像光环都被他比下去。”

“无论如何，这次别再出岔子了。你知道你上次比赛搞砸，老板发了多大的火吗？！”

“注意力集中点，见面会好好表现，争取晚上上个头条。就剩两周了，名次什么的，也先别管了，稳定发挥就行。”

钟池看完消息，把手机收起来，眉头紧锁。旁边，金陆霄也在偷偷玩着手机。

临近决赛，钟池心态越发不稳，同宿舍的金陆霄、楚闵分居第三、第四，名次没他高，看起来却比他稳多了。

钟池不明白，问身边人：“你们都不担心吗？”

金陆霄在拿手机刷微博，闻言侧头说：“担心什么？”

钟池摇了摇头说：“也不能说是担心吧，就是……心里不慌吗？”

金陆霄：“不慌啊，有什么好慌的？”

大巴稳稳地前行，车厢内载着众多舞者，钟池不敢大声，压着嗓子，道出了自己的忧虑：“我觉得江湛……他的势头太猛了。”

听到“江湛”两个字，金陆霄手里顿住，侧头抬眼。

钟池斟酌着措辞道：“他和我们都不一样，不是吗？”

金陆霄轻哧了一声。男生染着金发，巴掌脸，面孔精致俊朗，阳光透过车窗玻璃落在他浅淡的瞳孔里，眼底透出了轻蔑：“你脑子里都是水吧？”金陆霄拉上背包拉链，“谁跟谁一样？谁跟谁不一样？碍着你的路了是吧。”他说着起身，往后走，坐到了五六排之后。

楚闵一个人临窗而坐，耳朵里塞着耳机，手里捧着掌机。见金陆霄坐下，他瞄了一眼，继续打游戏。

金陆霄拉掉他一个耳机，吐槽道：“你猜刚刚钟池和我说什么。”

楚闵一脸漠不关心，把耳机塞回去说：“什么？”

金陆霄道：“说江湛和我们不一样。”

楚闵从掌机上抬起视线，往前看了一眼，无语地轻哼，摇了摇头。谁跟谁一样。都走到前36了，哪个舞者不是台前台后地拼，说江湛不一样是想说明什么？你钟池还不是公司在力捧。

楚闵和金陆霄没有多说，一个继续打游戏，一个继续刷手机。

过了一会儿，楚闵道：“我还挺想见面会能和江湛一组的，能蹭他的光。”

金陆霄闻言一笑：“你好歹和他同组比赛过，我一次都没有呢。看后面决赛有没有机会……”

A市这边的18人小组，因为省去了路上的行程，白天的见面会时间比另一组早。地点是在市区某商务大厦。

一大早，粉丝便从四面八方赶来，凭票入场。大家从门口走过的时候，就能看到各家准备的礼物，还可以在门口领一把小扇子、一本小册子。

这两样东西都由举办方提供，扇面和小册子都印着18个舞者的合照，没有单人照片。

现场可以拍照，可以录视频，带了小礼物的粉丝回头还能把礼物拿给工作人员，让工作人员代为转交。

见面会是下午两点半开始入场，很多粉丝一早就来了，来了之后就扎在见面会的大厅里。清一色都是女孩，凑在一起，叽叽喳喳聊个不停。

从上午到中午，再到下午，临近两点半的时候，女孩们已经迫不及待了。还有人特意跑去电梯口等，被工作人员请走。

见面会大厅里，负责当天见面会的主持人露脸后，女孩们一个个都成了鸵鸟，拉长了脖子翘首以待。

“两点二十了，今天不会晚吧？”

“千万不要，晚点开始，准点结束，这谁受得了。”

“两点二十五了，啊啊啊，怎么还没到？！”

“快了快了，不怕不怕，肯定会来的。”

越是临近两点半，大厅里的气氛越紧张，终于，三点差两分钟的时候，大厅靠舞台侧的一道磨砂玻璃门被推开了。

魏小飞用手抵着门，人藏在门后，探出脑袋，看向厅内。现场发出惊呼。

魏小飞推开门，率先走了进来，后面跟着其他极舞舞者。现场沸腾了。

舞者们白衣黑裤，装束清爽，从门后一个接一个地走进来。女孩们的惊呼声一声比一声高。要知道这可不是比赛舞台，是现场见面会！整个厅也没多大，舞者们站上台，离最近的第一排粉丝只有三四米远，近到连一点微表情都能看得一清二楚，肉眼暴击远胜过其他。

活的，这是活的！还这么近！女孩们肾上腺素狂飙，一边看着舞台，一边找角度举手机。

魏小飞、彭星、黎昼、徐焙焙……一个接一个。

因为台子不大，舞者有18个，工作人员在台下示意魏小飞他们往边上走，空出足够大的空间。就在这个时候，江湛从玻璃门后走了进来。

舞者们下午统一着装，他今天也是白衣黑裤，和《棉花糖》那场比赛的装束尤为像。因为服装造型都特别简单，他五官的优势更加突出，一露面，粉丝的视线全落在了他的脸上。

看清来人，亲眼见证江湛这张顶级颜值的脸，甭管是哪家粉，女孩们全叫了出来。

江湛笑着，抬手挥了下，走上台。一上台，又是一片惊呼。

没办法，实在太突出了！大家都长得好看，同是帅哥，但江湛无论是五官还是气质，都特别出挑，出挑到站在人堆里也极具辨识度。于是台下的镜头全瞄了过去，疯狂对着拍，恨不得把这张脸嵌进自己的手机里才好。

等18个舞者在台上站好，准备完毕，主持人控场道：“好的，现在刚好是三点整，今天的极舞舞者见面会准点开始。先请各位舞者和大家打招呼吧。”

现场安静下来。

男生们站在台上，面带微笑：“大家好，我们是《极限舞台》舞者，很高兴见到大家。”

见面会分两场，白天的见面会在商务大楼里，答谢、互动、签名、拍照，拉近舞者和粉丝的距离；晚上的见面会则有舞台，有表演，算是比赛后的又一次福利。

江湛不比其他舞者，他是第一次参加这种近距离见面会，感觉十分新奇。他站在台上，能看清台下每一张面孔，清晰地体会现场粉丝热切的情绪。尤其每次到他发言时，台下都不喊他的名字，而是喊“学长”，他心里就会觉得很亲切。

可惜舞者多，现场见面会时间短，每个舞者能分到的时间并不多，流程一个个走下来后，工作人员便搬了桌子上台，拼成一张大长桌。舞者们坐在桌后，准备签名和拍照。现场闹哄哄的，粉丝排队，工作人员维持秩序。

江湛坐下的时候，祁宴在一旁道：“我完了。”

江湛侧头问道：“怎么了？”

祁宴掩唇说：“我那字，像狗爬的。”

右手边的魏小飞：“我也完了，我的字也像狗爬！签名字还好，公司让练过，可其他字根本不行。”

祁宴道：“我那字……搞不好能让我掉粉。”

江湛忍俊不禁地说：“那就尽量不写 To 签。”

祁宴道：“答谢签名，粉丝要求，拒绝也会掉粉吧。”

江湛开玩笑道：“台花弟弟给个唇印，掉的粉马上涨回来。”

魏小飞问：“那我呢？”

江湛转头道：“飞哥露个腹肌谢罪，不但不会掉，还会涨。”

魏小飞掩着唇，诚恳道：“哥，你现在真是越来越放得开了。”

祁宴点头道：“没错。”

江湛的状态，大家有目共睹，尤其是第三次比赛后，他那种意气风发和恣意是盖不住的，全在眼底、脸上、气质里，非常吸引人，好像他天生就是该被瞩目的，该成为众人中的焦点。他身边的人也很容易被他吸引，默认地将他当成“领袖”，听取他的意见。

用甄朝夕的话来总结：还没当上队长，胜似队长。

刚才快到大厦的时候，江湛提议去看看花墙。

有舞者说：“不了吧？上次有人拍戏，粉丝给做了花墙，艺人就拍了一张照片，发在微博感谢，结果被大家热烈讨论了。”

另外一个舞者说：“我也看到过，大家还是小心吧。”

江湛坐在那里笑，大大方方道：“那在比赛舞台上跳舞，站在台上对粉丝笑，算什么？”

舞者道：“可是……”

彭星突然道：“哥，你在台上笑，该不是也另有所图吧？”

江湛抓起包丢在他脸上。

到了大厦楼前，江湛真的下车去看花墙了。他起身准备下车的时候，舞者们全看着他，没人跟。他下车的时候，有几个男生跟着站了起来。

江湛留下一道背影，人已经走向花墙。

车里有人在讨论："合适吗？"

"不知道啊。"

"我们去吗？"

有人摇头道："不知道。"

有人说："我有点想去。"

"我也是。"

"要不跟着去看看吧，看看没什么。"

一车男生全下去了，到了花墙那儿一看，全叫了出来。太好看、太用心、太精致了吧！

18个舞者，每个人都有花墙，在大厦的广场上分立两侧。为了有所区分，18面花墙各有主题色，主题色对应了鲜花颜色、背景装饰。

刚刚还在车里说不想下来的男生们，到了花墙这里，全忘了自己说过什么，找到属于自己的花墙盯着看，看不够，还拿手机拍，拍花墙不够，再背对花墙举着手机来张合照。

开玩笑，这是花墙吗？这是粉丝的心意，是粉丝对自己的肯定，是属于自己的荣誉！谁看了能不开心？谁看了还能心如止水、没有反应？

江湛也找到了自己的花墙，在最前面，巨大的一面，靠着大厦一侧的玻璃墙，朝着阳光。花墙的背景图是他比赛中跳《棉花糖》时的照片，花墙以白粉蔷薇为主花，蓝色绣球花装点，清新自然。

江湛看着花墙，看到那些迎着阳光的鲜花，一股蓬勃的力量直冲肺腑，将心田暖至滚烫。这令他想起自己还在国外的时候，最艰难的时刻，也是一群粉圈女孩陪伴着他，慰藉那最为枯朽的时光。

面朝花墙，江湛笑了下，举起手机，挑角度拍了几张，又转过身，连人带花墙自拍了几张。

彭星跑过来，提议道："我们要不要来张大合照？"

江湛想了想说："都过来，拍个视频。"

于是众人站在花墙围着的广场中央，江湛举着手机站在最前面，其他男生挤在他周围，各自找空位、角度。

江湛看着手机屏幕，问身后的众人："好了吗？"

众男生道："好了！"

江湛按下视频录制："看镜头，都看镜头。"他一边说，一边举着手机，缓缓原地360度转动。他身后的男生们跟条尾巴似的，也跟着转，从第一面花墙拍到了最后一面花墙，再拍回原点。

徐焙焙问："是不是要说点什么？"

程晨道："感谢吧。"

江湛抬手，对着手机挥了挥手说："很开心，谢谢大家。"

身后的男生们："谢谢大家！"

这就是为什么18个男生最后是踩着点到的见面会现场。

彼时的粉丝还什么都不知道，全在排队等签名。

程晨的视线越过几个男生，示意江湛："等会儿把照片发我。"

江湛点头。

另外几个男生："我也要。"

江湛道："好。"

排队的粉丝问："他们在说什么？什么照片？"

"不知道啊。"

"会不会是拍了大楼前面的花墙？"

"不会吧？他们是踩着点到的，估计路上赶，有没有看到花墙都难说。"

"好可惜啊。"

"没什么可惜的，我们表达了自己的支持就好啦！"

像这种小型见面会，人数不多，粉丝就会想让每个舞者都签名，等签名的时候还能近距离看几眼爱豆，再拍拍照，带了礼物没交给工作人员的，这个时候也能亲手送给爱豆。

江湛第一次参加见面会，第一次签名，第一次和粉丝合照，第一次面对面收礼物，什么都是第一次。经历和感触都很新鲜。直到有粉丝走到他面前，在他签名的时候递过来一本《新东方考研英语》。

粉丝腼腆不失热情地说："学长，我明年考研，你能帮我在书上签个名、开个光，保我考研成功吗？"

旁边给粉丝签名的祁宴和魏小飞抬头，眼珠子都瞪起来了。还能这样？

江湛在小册子上签好名，接过《新东方考研英语》，哭笑不得道："签是没问题的，但我没考过研，这个光不一定开得出来。"

女孩从背包里掏出了一本《五年高考，三年模拟》说："没事，学长你签，我这儿还有一本，这本你保证能开光。"

周围无论舞者、粉丝，全都笑喷了。姑娘你怎么能这么优秀！我怎么就想不起来带本书，找学神签名顺带开光保学业？！

这一幕刚好被摄像老师镜头记录了下来。

晚上，见面会换成了演播厅舞台。主持人还是白天的那位。到江湛的单人时间，主持人特意说了下午的“签名开光”事件，笑着问江湛：“你竟然还有这个业务？保过吗？”

江湛认真道：“不保。找王后雄、薛金星、曲一线签名都没用，何况找我。大家好好看书，不要迷信。”

当天晚上，“# 江湛开光保学业 #”就成了头条词。头条微博里，江湛的名字和王后雄关联到了一起。不仅如此，江湛这边的 18 位舞者都在微博上发了花墙照片，感谢粉丝。

江湛的微博不但发了他自己的花墙照片，还发了团队花墙视频。视频里，18 个舞者凑在一起，镜头缓缓转动，背后是各家粉丝准备的花墙。视频最后，江湛对着镜头挥挥手，所有舞者齐声喊道：“谢谢大家！”

一个人发花墙照片，还有可能被说，但见面会同组的所有舞者一起发，还发了视频感谢粉丝，哪儿还有什么不好的说法？光这 18 人同框的团魂，就足以令这些女孩眼含热泪。崽崽们一起心疼粉丝、感谢粉丝，崽崽们关系真好！崽崽们加油！

S 市飞 A 市的候机大厅，戴着口罩的楚闵刷到江湛的头条，再刷到“花墙团魂”，生无可恋地摇摇头，把手机递给旁边的金陆霄。

金陆霄把手机推回来。忙了一天，还要赶飞机，他一身疲惫，同样生无可恋地说：“我有手机，看到了。”

楚闵叹道：“果然，还是应该和江湛一组。”

金陆霄跟着感叹道：“‘花墙团魂’，我服了，真的。娱乐公司的宣传团队见了江湛，都得喊爸爸。”

楚闵道：“决赛我要和江爸爸一个组。”

金陆霄道：“我也要。”

A 市，忙了一天的舞者们回到寝室，这才有时间拆粉丝送的礼物、信件，以及各家送的舞者礼物。

江湛寝室的丛宇、甄朝夕还没从 S 市回来。江湛去洗了把脸，魏小飞在拆礼物。其他舞者的粉丝送的礼物都算中规中矩，都是小礼物加一些品牌日用品，等到了江湛家的粉丝礼物——无线耳机、护具、太阳镜、充电器、护肤品……

琳琅满目。唯一不起眼的，是一个篮球服钥匙挂件。魏小飞把钥匙挂件拎起来，看了一眼，觉得有点奇怪，这东西出现在这礼盒里，是不是太不搭了？

江湛从卫生间出来看到魏小飞把篮球服挂件举起来说：“哥，你看。”

江湛抽了几张纸巾擦脸，看过去说：“什么？”

魏小飞说：“你家粉丝送的礼物。你以前是不是常穿 1 号黄色球服啊？这钥匙挂件是你的周边吗？”

江湛一顿，走过去，接过钥匙挂件。1 号，黄色球服。再看向魏小飞打开的礼物，江湛突然哼笑出声，轻叹着摇头。宋少爷不愧是宋少爷。

A 市、S 市的两场见面会，高下之分，一目了然。

A 市这边的见面会，有花墙，有团魂，白天的每个舞者都有很平均的单人表演时间，晚上的团队游戏互动也很温馨。

S 市的见面会，舞者行程匆忙，见面会内容中规中矩，私下没太多互动，毫无团魂显现。外加之前钟池卖惨的时候就已经把江湛拉出来比过一次了，这次见面会后，不可避免又是一通比较。

“钟池第一，江湛第二，两人不在同一个见面会，这次等于是各自带队当队长。这么一对比，江湛也太强了吧？”

“我赞同，你们好好看看粉丝发的视频，江湛那颜值真不是盖的，难怪之前回母校能弄出那么大的动静。”

“直说了吧，江湛有团队意识，钟池根本没有。钟池只注重个人表现，只要他好了，他才不管别人好不好。而江湛从极舞初期开始，楼梯间搬行李就是他提议的。看得出他的人缘特别好。这次见面会，他带队的效果，大家也都看到了。”

“明显江湛更适合成为领舞者、当队长。”

“A 市这边的见面会效果真的特别好，18 个舞者，所有人都涨了不少粉。我看有几个排名在末尾的舞者，数据都涨上来了。36 进 24，要刷掉 12 个，末尾那几个跟着江湛这组的人，运气真的超级好。”

于是见面会后没多久，江湛反超钟池，排在第一位。

数据出来的时候，举办方都特别高兴，齐萌尾巴都翘天上去了，惊喜道：“怎么样！怎么样！是不是宝！是不是！我当初推荐得对不对！就问你们对不对！”

甚至有人抓着齐萌，揉着他那一头乱糟糟的头发说：“对，对，对，特别对。我就说怎么比赛越到后面，我看你越顺眼呢！”

这个成绩，偷偷用手机的舞者们也很快知道了。江湛的人缘是真的好，他刚上第一，就有一堆人恭喜。金陆霄、楚闵在寝室聊到这个，都不避着钟池。

金陆霄道：“江湛上第一了。”

楚闵问：“真的？”

金陆霄道：“这还能假？刚刚看到的排名。”

楚闵道：“我反正是要和他同一组决赛的。”

金陆霄道：“你讲不讲理，你都和他一起比赛过了，决赛机会不能给我吗？”

钟池：“……”

和江湛熟悉的那群人更夸张，偷偷订了个蛋糕，一群人摘了麦挤在洗漱间，给江湛庆祝。

江湛当时正在洗澡，大门忽然被踹开，一群男生二话不说往里冲，吓了他一跳。“干什么？”他衣服都没穿，腰上裹着条浴巾，站在洗漱间中央，身边全是男生。

从宇捧着一个精致的六寸小蛋糕站在他面前，蛋糕上插着一个“领舞者”：“来，许愿吹蜡烛！”

江湛都要笑死了道：“有你们这样的吗？”

程晨斩钉截铁地说：“快吹！这蛋糕要冷藏的！等会儿就化了！”

江湛看着蛋糕道：“还许什么愿？你们把‘领舞者’都插上了。”

“那就许个别的，”甄朝夕大言不惭，“比如让我进前十一。”

男生们发出鄙夷的嘘声。

“那为什么不帮我许？”

“就是啊，都是十一开外，我也要。”

“那我要湛哥许我进前六。”

“你更不要脸，排名都那么靠前了，还要往前挤？”

男生们吵吵闹闹，特别热闹。

魏小飞道：“别说，我哥要什么有什么，好像还真没什么可许的。”

费海嘀咕：“许个愿有那么纠结吗？”

江湛好整以暇道：“你们讨论完了吗？我澡还没洗完！”

从宇道：“吹吹吹，赶紧许愿吹蜡烛。”

洗漱间和走廊的灯瞬间熄灭，烛火映在江湛带着笑意的清澈双眸里。有蛋糕，有蜡烛，有簇拥在身边的一群大男孩，江湛就像真的在过生日似的，双手合十抵在唇边，默了片刻，启唇吹灭了蜡烛。

蜡烛一灭，灯光亮起，男生们起哄道：“吃蛋糕！吃蛋糕！”

“许了什么愿？”

“笨啊，说出来就不灵了。”

“迷信。”

“你过生日许愿，难道还会说出来？”

“说啊，这有什么，我每年都祝自己未来富可敌国。”

“你脸皮呢？”

“不要了。”

男生们蜂拥而来，蜂拥而去，吃蛋糕去了。

江湛笑得不行，跟在他们身后，走到洗漱间门口，准备关门继续洗澡。最后出去的祁宴突然转身，人在门外，脑袋凑到门内，捂嘴低声道：“哥，蛋糕是我们找食堂的瓦罐汤阿姨帮忙弄进来的，她拿给我的时候偷偷告诉我，蛋糕其实是柏老师订的。”

江湛一愣。

祁宴眨了眨眼说："我去吃蛋糕了。"他正要走，被江湛叫住："帮我拿一下我枕头下的手机。"

祁宴道："好。"

江湛拿到手机，反锁洗漱间的门，走到镜子前，倚着洗漱台的大理石台边。他发了条语音："柏老师，蛋糕有点小啊。"

他很快等到回复。

柏天衡气定神闲地说："我没钱。"

江湛："……"

次日，36 名舞者在四方大厦集合。

虽然最后一轮淘汰赛还没正式开始，但排行榜数据摆在那里，哪些人参加不了最后的决赛，已经很清楚了。没有难过，没有低落的情绪，能在极舞这个比赛里走到现在，该有的都有了，极舞总会结束，人生还得往前，条条大路通罗马。

这次开会，主要就最后的决赛做动员和安排，又提了倒数第二期的比赛内容：目前除了淘汰赛，还缺舞者家庭有关的内容。

举办方的意思，他们会去前 24 个舞者的家里，见见父母，录制一点素材，在倒数第二期播放，可能还会录制一些家人加油打气的短片，留到最后的决赛用。

导演刚说完，坐在地上的男生们就讨论了起来。

"怎么不早说啊，我爸妈普通话超烂的，早说我还能让他们练一练。"

"去我家拍？那摄影师惨了，高原反应等着您呢。"

"我好怕我妈给我捅娄子。之前有个通告也是录短片，我妈竟然在视频里说我会抠脚，气死人了！"

"我得先问问，我家那俩常年不在家，到处飞着玩儿。"

会议开着，舞者们讨论着，墙边的一排摄像老师举着镜头拍着，拍到了第一排某个悄无声息的身影。

江湛坐着，胳膊绷直了撑在身体两侧，人微微后仰。他没和身边人说话，也没太多表情，眼神放空，似是在想什么。

镜头拍着他，工作人员察觉到他有些不对。旁边的丛宇转头，奇怪地问他："怎么了？"

江湛回过神，坐直，神情自若地说："没事。"

会议结束，舞者们散了，各自去为决赛做准备。

江湛径直找到举办方，原本想问问如果父母录不了，能不能录近亲，可他还没开口，对方突然道："刚好，我正要找你，你跟我上楼见个人。"说着就往外走。

江湛问："谁？"

举办方回头看了他一眼说："外星人娱乐的老板你认识吗？就楚闵的公司。人家点名要在比赛之前签你，还特别肯定，说你一定会同意签他家。"

江湛跟着举办方往外走，走了几步，脚下一顿，问道："那家的老板是不是姓宋？"

宋老板去四方大厦之前，做足了准备。

运动、桑拿、SPA、做脸，衣服是全套新款，袖扣是高奢定制，皮鞋手工空运，发型是把造型师请来住处弄的，指甲也是造型师的助理一个一个细致地磨出来的，其奢华程度，不禁令助理严重怀疑他家少爷是不是要去和哪国公主相亲。

按理来说，老板如此重视，准备又这么充足，应该气定神闲地出门才对，可小张很快发现，他老板有点烦躁。袖扣都戴上了，又给解了；领带挑了八百遍，最后又挑回了原来拿的那条；在穿衣镜前照了又照，还是看哪儿都不顺眼，还一直问："可以？"

小张点了点头说："可以。"

宋少爷眉头微蹙道："我怎么觉得不可以？"

小张是个有原则的助手："我还是觉得可以。"

宋佑看了看镜子里，拢着西服前襟说："行，可以就可以，走。"

上了车，小张接过自家老板递过来的文件袋，扫了一眼，看到文件袋上的标签名。

司机开着车，小张坐在副驾驶座，转身说："老板，今天这个场合，把颜总叫过来更合适。有色金属、南非钻石我懂，这个我是真的一点不懂。"

宋佑支着二郎腿坐在后排，神情透着点烦躁，目光落在车外说："让你跟你就跟，别那么多废话。"

小张好歹也跟在宋佑身边很多年了，对自家老板还是很了解的，他们宋少爷虽然脾气暴躁了些，偶尔高调了些，但正式场合从未掉过链子。去签个约而已，怎么事前准备搞得比沐浴焚香还郑重？又不是什么搞不定的大项目、大业务，需要如此紧张？

宋佑确实紧张，不但紧张，还有些坐立不安。再充足的准备也不足以打消他心底的不确定。窗外车流如织，宋佑静坐着看了一会儿，问小张："你有朋友吗？"

小张道："有。"当然有。

宋佑问："有没有以前关系很好，后来失联的朋友？"

小张想了想说："没有。"

宋佑问："你的朋友会在你人生低谷的时候断联吗？"

小张道："不会。"

宋佑问："你会在你朋友经历人生低谷的时候，和他断联吗？"

小张道："当然不会。"

宋佑问："如果断联，还能重归于好吗？"

小张经历这几句事关友情的询问，头脑清醒，立场坚定道："时过境迁，物是人非，显然不能……"

宋佑："……"

为了饭碗，小张快速补完后面的话："除非我这个朋友像老板您这样有钱。"

宋佑欣慰。他家小张就是这个好，可以在忠言逆耳和阿谀谄佞之间自由切换。

宋佑期待地看着前排问："砸钱就能和好了？"

小张道："不能。"

宋佑：换助理！换！立刻！现在！马上！

到了四方大厦，接待的工作人员见宋老板气宇轩昂，通身贵气，全程不敢怠慢，但有些实话也不得不说："江湛那边，宋总您想见的话，是能见的，至于签约……"

宋佑靠在椅子里，浑身上下甚至每根头发丝都写着"金钱"二字，他一脸的不在意，沉稳霸气道："去叫人，我说能签，就能签。"

工作人员："……"

小张：老板，你到底哪儿来的底气？

等工作人员走了，宋佑就在椅子里换了十几个坐姿，根本坐不住，索性站起来，来回踱步。小张茫然地看着自家老板，心说项目有这么大？大到他老板竟然坐立不安？

小张道："老板，喝点水？"

宋佑拿起会议桌上的纸杯，仰头猛灌。

小张道："深呼吸？"

宋佑一手抄兜，一手扯了扯领带，默默深呼吸。

小张再提议道："听点相声，放松一下？"

宋佑睨过去一眼。

小张：好的，闭嘴。

宋佑走到落地窗前，背对大门，默默看着窗外。不知过了多久，突然，会议室门被推开。会议室大门口，举办方打头，领着身后一个人走了进来，边走边热络道："宋总。"又转头看向身后说，"江湛，这位是宋总。"

宋佑的视线转过去，刚看清来人，便见到一个无比熟悉的表情——江湛轻嗤，一脸的嫌弃，边走向他边道："哟，这谁，宋总裁啊。"

举办方："？"

小张："？"

宋佑心里绷着的那根名为"不确定"的弦，一下子就松了。他看着江湛，跟着幽幽地嘲讽道："这不是我们的人气王吗？"

江湛走近，一脸公事公办的从容："找我有事？"

宋佑的神情同样端着，一副高冷的样子："也没什么事，就找你签个字。"说着向小张伸手。

小张从文件袋里取出合同，递给宋佑。

江湛瞄了一眼，气定神闲地说："你找我签我就签？"

宋佑接过合同，纸页翻得哗啦啦，翻到最后的签名页，又从小张手里接过签字笔，连笔带合同一起递过去，凶巴巴道："签！"

江湛接过合同，接过笔，看都不看条款，把合同往桌上一放，躬身唰唰两笔签名，签完把笔夹在合同里，甩手扔给宋佑："签完了，滚吧。"

宋佑接过合同，反手扔给小张，整个过程又快又迅猛，看得人心惊肉跳。

这就签完了？合约谈都不谈？条款看都不看？你们当合同是稿纸，名字随便签着玩儿呢？而两人一碰头就剑拔弩张的气氛，也看得旁人莫名地紧张。这两人要是打起来怎么的？

突然，宋佑抬手，江湛同时伸手……

小张一下子站起来，举办方连喊三声"哎"。却见宋佑和江湛击掌而握，肩膀对碰。

宋佑笑着说："合同不看就签，也不怕爸爸我坑你没商量？"

江湛跟着笑道："你不坑我你是孙子。"

宋佑道："你大爷的。"

江湛道："你祖宗的。"

宋佑道："你妹的。"

江湛道："你哥的。"

宋佑眼眶温热道："你还知道回来？"

江湛的眼尾亦是红的道："当然得回来，回来抱宋总的大腿。"

初一。

宋佑抱着篮球走进教室说："哎，打球吗，那个谁？对，就你。"

江湛抬起视线道："打啊。"

宋佑风风火火地转身说："走吧，那谁。"

江湛扔下笔，站起来跟上说："我没名字吗？"

宋佑道："名字不重要，打球才重要。"

初二。

宋佑搬着桌子挪到后排，桌缝相接，"嘭"的一声，带着点怨气。

江湛问：“干吗？”

宋佑道：“我搬我桌子，你管我干吗？”

江湛叹息道：“不就是暑假你约我的时候我刚好不在吗，用得着火气这么大？”

宋佑瞪了一眼说：“我就火气大！怎么样！澳大利亚谁没去过啊，有什么好去的，我家在澳大利亚还有大房子呢，我也没整个暑假都蹲那儿啊。篮球不比国外好玩儿多了？！”

江湛道：“祖宗，我是去探亲好吗？！”

初三。

宋佑道：“嘿！”

江湛：“？”

宋佑问：“看不看？”

江湛问：“什么东西？”

待看清宋佑手里的碟片盒，他问道：“从哪儿弄来的？”

宋佑掩唇说：“学校后面的巷子里有家店。”说着一脸雀跃加怂恿，“看不看？！”

高一。

江湛道：“怎么又和你这孙子一个班？！”

宋佑道：“你大爷跟你一个班，你应该感到荣幸。”

江湛道：“我是你大爷！”

宋佑道：“你是我孙子！”

江湛道：“你大爷！”

宋佑道：“哎！”

高二。

宋佑道：“你个孙子，竟然和柏天衡走那么近，你背叛了组织，背叛了和你大爷的兄弟友谊，你可以滚了。”

江湛道：“那我滚了。”

宋佑道：“不许滚去柏天衡那里！”

江湛道：“你大爷都滚了，你管你大爷滚去谁那里。”

高三。

宋佑道：“柏天衡去拍戏了。”

江湛道：“嗯。”

宋佑问：“柏天衡不回学校了？”

江湛道：“不知道。”

宋佑道：“你和柏天衡撕什么卷子？”

江湛道："你闲得慌？有事没事提柏天衡。"

宋佑道："明显是你爷爷我看你最近不高兴，才提他的好吧？！你以为我愿意提他。"

江湛问："我不高兴和柏天衡有什么关系？"

宋佑反问道："难道不是吗？"

江湛道："不是。"

宋佑道："你算了吧你。"

大二。

宋佑道："公司破产清算后，你那边还缺多少钱？我去找我爸妈。"

江湛道："不用了。"

宋佑问："什么叫'不用了'？！"

宋佑道："江湛，你疯了吗？你妈看病不用钱吗？卖模型能抵几个债？用我的钱就这么让你难以接受？！"

大三。

宋佑道："我扇他怎么了？他姚玉非就是欠打！你去问问他，你放在老房子里的几块表，他去典当行典当了几块！你可怜他，同情他，也该有个度吧？他卖你东西的时候怎么没有想过你现在比他还可怜！"

宋佑道："不是，江湛，我不是那个意思，我说错了……"

大四。

宋佑道："算了，随你吧，我不和你吵了。"

关于友情，曾经有很多快乐，也有很多遗憾。失联并非谁的意愿，过去那几年，双方都像际遇浪潮里的浮萍，一个个浪头打来，自然就散了。怪不了谁，怨不了任何。

如今重逢，皆是欢喜。江湛和宋佑甚至无须多言，人前一个表情，双方便都内心明了。伸手握住对方，就能重获友谊。

宋佑道："你大爷的。"

江湛道："孙子哎。"

这一出，弄傻了小张和导演，会议桌上的签约合同就跟道具似的，严重让人怀疑真实性。高级经理人张特助、《极限舞台》举办方，这两位第一次碰面的跨行业精英，眼神对视，默默进行了一番无声交流。

举办方：什么情况？

小张：不知道啊。

举办方：这是有仇？

小张：好像是，但又不像。

举办方：你们宋总到底干吗来了？

小张：签合同啊。

那边，两位当事人已经开始第二场戏。

江湛后退两步，凝眸审视面前的宋佑，嘲讽道：“这么穿，不嫌贵吗？”

宋佑也看看江湛道：“你T恤都是地摊货吧，你不嫌便宜？”

江湛道：“我这不是太穷了，来打工嘛。”

宋佑坐回椅子上，二郎腿矜贵地一跷，搁在会议桌桌沿的手一伸，露出腕上的表说：“我不嫌贵，老子有钱。”

江湛拉了把椅子，坐在他旁边说：“早知道刚刚签合同前，我就应该狮子大开口。”

宋佑道：“晚了！签都签了！以后给老板我当牛做马吧！”

江湛笑，示意他看旁边站着的小张和举办方：“声音轻点儿，都听到了。”

宋少爷抬眸看向举办方，问道：“领舞者位置能买吗？多少钱，开个价。刚好我助理在，让他给你开支票。”

小张：“？”

举办方：“……”

这两人终于回过点味儿，小张诧异地看着江湛，举办方的视线在江湛和宋佑之间来回逡巡，然后一脸惊讶道：“你们……认识？很熟啊？”说着走过来坐下。

江湛和宋佑对视一眼，不闹了，点了点头说：“好朋友，哥们儿。”

举办方恍然，难怪外星人娱乐一定要签江湛。

小张了悟，原来之前车上那关于友情的询问，症结是在这里。小张没作声，坐下后默默摸出手机，在桌下悄悄点开浏览器，在搜索框里输入“江湛”二字。

举办方终于回过神，问江湛：“你就这么签了？不用和柏老师那边打个招呼？”

江湛知道举办方很困惑。他之前隐瞒了自己和柏天衡的老同学关系，如今比赛就剩两期了，他不想再有其他隐瞒，直接道：“柏老师也认识宋总，我们都是三中的。”

举办方看着两人，一脸的惊奇。江湛这关系网，绝了。

宋佑却踢踢江湛的椅子，纠正道：“什么柏天衡，我不认识柏天衡。”

江湛好笑道：“嗯，是，你不认识，只有我认识。”

宋佑讽刺的口吻又来了：“您二位何止是认识？”

江湛跟上节奏，继续道：“哟，宋总跨行混得风生水起啊，现在懂得可真多。”

宋佑道：“哎，提醒某些给人打工、当牛做马的员工，注意一点，怎么和老板说话的？！”

江湛道：“老板不高兴？快，把我开了。”

宋佑道：“开什么开，没看合同不知道是吧？签了你五十年，解约违约金九位数！”

举办方："？"

小张不愧是特助，以三秒翻页的速度快速浏览着网页上所有和江湛有关的内容，同时分神听着老板和江湛的对话。听到"合约五十年，解约违约金九位数"，小张默默从桌上拿起合同，翻开看了一眼。不看不要紧，一看简直瞎了。除了合同封面有字，签字页有公章、日期、手写签名，中间的合同文本根本一个字都没有，全部都是空白页。

那白花花的纸张被翻动着，柔白亮眼的纸页光泽显露着宋总裁的豪迈：要什么合约，要什么合同条款约束力？老子有钱，有的是钱，老子就要开个公司捧自己朋友，老子乐意！

小张默默合上空白合同："……"直男的友谊，太惊心动魄了。

决赛只剩两周不到，时间很紧，江湛签了合同，见了宋佑，没多少工夫叙旧，聊完便要下楼。

宋佑跟着起身。两人从会议室出来，身后大门一合上，立刻连体娃娃似的拧在了一起。先是宋佑用力勾着江湛的脖子说："回来都不通知你爷爷，参加个比赛神秘死你了是吧？看把你能的。"

接着是江湛按着宋佑的脖子，抬起膝盖往他肚子上顶了一下说："大孙子你现在很嚣张啊，我刚进门见了你，还以为是尊金佛坐那儿，亮瞎我的眼。"

宋佑道："我那叫贵气逼人！"

江湛道："我这叫天生我才。"

宋佑道："靠脸吃饭把你能的。"

江湛道："啃老你现在很专业啊。"

两人互掐着一路往电梯去，短短一程，恨不得把过去空缺的岁月全部填满。到了电梯间，两人不掐了。宋佑理着自己那身高定西服说："短片准备怎么办？"

江湛把T恤褶子捋平说："你都挑这个时间露面了，还问我怎么办？"

宋佑没说话，看着面前的江湛。他其实很想问，你那些骄傲哪里去了，你以前那些熬死了也要自己扛的自尊呢？不是不要我的钱，不要我的馈赠，不接受我的建议，什么都要自己来的吗？！

宋佑的情绪一口气上来，快要像以前那样堵在心口的时候，被江湛一个男人间的拥抱尽数化解了。

江湛抱了抱他，在他身后用力地拍了几下说："以前对不起呀，让你难过了。"

宋佑眼眶瞬间滚烫，他推了江湛一下，咬牙切齿道："砍死你的心都有了！"

江湛抱着他，再拍了拍说："别了，宋爷爷，别和你大孙子多计较，孩子以前太小，不懂事。"

宋佑抬起手，抓着江湛的T恤肩袖胡乱地在脸上擦了擦，声音哽咽道："你故意的吧，故意想看我哭是吧。”

江湛松开他，看着宋佑，做出思考的样子说：“要不，再给你比一个爱心？”

宋佑抬腿把人踹开说：“滚蛋！恶不恶心。”

过去数年里的隔阂轻松化解，宋佑心里一下子便轻松了。

江湛进电梯前，宋佑两手抄兜，不紧不慢道：“我国内的号码没变，他们要问你要家人的联系方式，就让他们找我。”

江湛道：“嗯，知道了。”

宋佑想起什么，摸出手机，屏幕对着脸，高高地举起来说：“看我这儿。”

江湛侧头，看向手机问道：“拍照？”

宋佑道：“请给我一个充满友谊的眼神。”

江湛转头，用看脑残的眼神看向了他，宋佑趁机按下快门，拍下这张同框合照。转头发给了柏天衡——来啊！对决啊！

柏天衡剧组的戏还没杀青，过两天才会回举办方，看到宋佑发来的合照，他冷笑着回过去一张照片。是在昆市逛花灯的时候，他和江湛一起在花藤小径拍下的合照。

宋佑：“……”

这两人不是一个比赛，一个拍戏，都忙得要死吗？哪儿有时间、有机会拍合照的啊！

这都能输？

柏天衡又发来一张。照片内容和刚刚那张差不多，也是头顶一片蓝色花灯，两人身处人群，不同的是，这张照片里，柏天衡看着镜头，江湛看着柏天衡，同框姿势和宋佑发给柏天衡的那张很像。

既然是对决，用同姿势很正常，宋佑能挑衅，柏天衡就能回击。

然而柏天衡在发来照片后，又跟着发过来五个字，直接一语暴击。

柏天衡：“我们不一样。”

宋佑把这五个字仔仔细细品味了好几轮，喉头一口老血。

第九章　还缺弟弟吗

决赛仅剩两周，各方为了支持极舞，都付出了不少努力。

比赛内容逐一公布后，粉丝们和观众朋友们便开始通过网络来宣传自己喜欢的舞者，这么多舞者的粉丝中，只有江湛这边最特别。江湛已经是第一了，把落到第二的钟池狠狠甩开了一段距离，他如今的支持者日益增加，远远超过了初赛时的预期。

这次支持他的，还有宋老板。

往年鑫铖集团在暑假提前采购员工中秋礼品，报备给宋总，都是小张特助签的字。

今年还没到采购时间，小张便想老板所想，提前让人去准备员工福利的采购，特意签了单子，单子上列明了这次的中秋福利物品。

小张道："立刻去采购，采购到了，今年的中秋福利全部提前发。"

负责人："？"

小张道："福利发下去之后，记得让每个部门的员工们都支持一下我的好兄弟江湛。"

负责人："？"

小张道："对了，到时候记得让员工们自己拉个群，记得把我也拉进去，我有事和大家说。"

负责人："？"

小张道："别问。"问就是因为老板那惊心动魄的友情。

而这个时候的宋佑，接到了极舞举办方的电话，正坐在家里，等着接待赶来的工作人员。工作人员的车开进小区，车内的员工看着高档小区里干净整洁的绿化，默默感慨：江湛不愧是高富帅。

等坐电梯上了顶楼，走进楼中楼的花园别墅，见到开门的宋佑，负责带队的陈副导直接愣住："宋总？"等等，这不是外星人娱乐的宋老板吗？不是说江湛刚签了外星人娱乐吗？怎么要录制家人短片，江湛留的联系电话却是公司这边的？

陈副导演带着同事进门，没来得及往豪宅里多看一眼，还以为江湛留错号码，连忙和宋佑沟通道："宋总，我们好像来错了，今天录制的是舞者的……"

宋佑一把勾住陈副导演的脖子，带着陈副导演边往豪宅里走边说："陈导，你说什么呢，江湛是我弟，亲弟弟。你们没走错门。"他边说边领着陈副导走到了壁炉旁。与视线平行的搁架上，放着一排相框摆台，其中好几张照片都是江湛和宋佑年少时的合照——玩闹的，打球的，玩游戏的，还有初中、高中的毕业合照。

陈副导意外，真是一家人啊？扛着机器的摄像老师下意识地就要拍。

这时，身后传来动静——"儿子，人来了吗？"

宋佑回头叫道："妈。"

陈副导演跟着回头，看到一位气质雅正的中年妇人趿着拖鞋从楼梯上下来。

宋佑还勾着陈副导的肩膀，拍了拍道："给你介绍，我妈。"

宋母从楼梯上下来，笑盈盈地走过来："导演您好，我家湛湛没在比赛中给你们添麻烦吧？"

接到陈副导电话的负责人越想越不对，叫来齐萌，问他："你不是认识江湛的舅舅吗？是亲舅舅？"

这话问得也太奇怪了。齐萌道："是啊，亲的，绝对亲，我和老韦都认识多少年了。"

负责人道："你那艺术学院的教授朋友，到底有几个外甥？"

齐萌茫然道："一个啊，不就江湛这一个。"

负责人蹙眉道："那怎么老陈他们去江湛家录制，见到的会是外星人娱乐的宋佑？宋佑和江湛不是同学吗？他俩也不是一个姓，江湛怎么又成了宋佑的亲弟弟？"

齐萌听蒙了："什么？"

"要不你问问你朋友，到底是怎么回事。"负责人顿了顿，"算了，把江湛叫过来吧，直接问问情况。短片赶不及重录，别中途出什么岔子。"

回 A 市的高速上。居家谢坐在副驾驶座，有点气愤地道："怎么就签了外星人娱乐？是我们没钱，我们没资源，还是我们老板的面子不够大！外星人娱乐到底有什么好？一家成立没多久的小公司，注册资金都没几个钱。老板是富二代又怎么样，他是跨行的，对我们这行完全不懂啊！这种到嘴的'大饼'飞了的感觉，真是太不好了！"他忽然转头道，"难道是因为我的老板没有那家老板有钱？"

坐在后排刷着手机的柏天衡轻哼道："嗯，是，我没钱。"

居家谢道："江湛签了公司，你竟然就这么坦然地接受了？！"

柏天衡在刷江湛最近的上工路透，顺便把 P 图的微博也刷了一下，接话道："不接受怎么办？去和宋老板单挑？”

居家谢道：“现在单挑？晚了吧，人都签走了。”

柏天衡刷着手机，不以为意。签走就签走，反正是宋佑签的，肥水还不是照样在自家的田里。他现在只关心一件事：“还有多久到？”

司机道：“快了，半个小时吧。”

柏天衡心情愉悦地弯了弯唇角，用微博小号在江湛个站最新的路透图上点了个赞。

前排居家谢刷了下备忘录，转头道：“哦，对了，今天举办方要录制舞者家人的短片了。江湛家你去过吗？”

柏天衡道：“嗯。”

居家谢问：“那他爸妈你也见过？”

柏天衡想起江父、江母。印象里，江父是个硬朗的生意人，不常在家，江母气质温婉，将家里打理得井井有条，说话也慢声细语。

江家离三中不远，住的是高端小区的大平层，面积大，视野开阔，温馨整洁。

柏天衡还记得去江湛家的时候，一进门就能看到一扇大落地窗，窗帘是淡蓝色的，风吹进来，纱帘轻缓地飘着，窗前摆了一个小方桌，桌上有个造型别致的玻璃花瓶，瓶里插着鲜花。

江母总是温温柔柔地笑，招呼他：“天衡来了。”

柏天衡想起这些，冷硬的心都被那片纱帘和江母温柔的语调覆盖。他想起落地窗前的那瓶花，每次见到，都是不同的花。不知道未来的某天再去，看到的会是哪种花。

到了四方大厦，居家谢跟着柏天衡一起上楼。

居大经纪人对没签到江湛这件事耿耿于怀，有种被人虎口夺食、业务遭受碾压的怨愤。他道：“那天在星光大楼开会，我看那姓宋的富二代就特别嚣张，没想到他真的特别嚣张。你能帮我问问江湛，到底为什么签外星人娱乐吗？我们公司没钱吗？柏天衡没钱吗？！”

到了举办方所在的楼层，居家谢还在愤愤。出了电梯，刚好遇到熟悉的工作人员。工作人员看见他，便问道：“负责人叫了江湛去前面的会议室。”

柏天衡点点头，往会议室走去。

阳光穿过玻璃窗，落在虚掩着门的会议室前。

“我父母都去世了。”

柏天衡抬起的手，悬在半空。

四方大厦地库。柏天衡倚着车门，沉默地点了根烟，在甘涩的烟草味中，用很短的时间回忆了没有江湛的那些年里，自己都在做什么——上学，拍戏，拿奖。那句“走了”之后，他没有联系过任何与江湛有关的人，更没有听到一点和江湛有关的消息。

一年前，他准备息影的时候，被人拉到了高中同学的微信群里，才无意间听说江湛在国外。听说江湛在国外，他便出国了，但他没有更细地打听，也没有想过重逢，直到不久前，有人在同学群里发了江湛在国内机场的照片。

柏天衡拿烟的手有些颤，他现在终于知道，为什么江湛会那么瘦了。

居家谢站在车旁，托着手里的车载烟灰缸，小心翼翼地问："上去吗？"

柏天衡把抽了一半的烟丢进烟灰缸，神情不明地绕过车头，拉开驾驶座的门。

居家谢吓一跳，连忙钻进车里吼道："大白天飙车，你疯了！"

车门"嘭"一声合上，柏天衡系上安全带说："不飙车。"

居家谢生怕他开了车就走，一半人在车里，一半人在车外，手还牢牢地把着车门问道："那你去哪儿？"

柏天衡没废话地说："要么上车，要么下去。"

居家谢果断选择了上车。全时四驱的轮胎在地上摩擦出尖锐的声响，车身以极快的速度从车位开出。居家谢飞快地系上安全带，抬手握住顶棚拉手，紧张地看着车前，叮嘱道："说好的，不飙车！"

柏天衡按了手机的语音键，把手机丢在汽车中控台上说："给宋佑打电话。"

手机语音："正在打电话给宋佑。"

居家谢扭头，宋佑？车载音频里传来拨电话的嘟嘟声，没一会儿，电话通了。

宋佑道："有屁快放，老子忙得很。"

柏天衡把着方向盘，声音没有起伏地说："在哪里录短片，地址给我。"

宋佑直接把电话挂了，柏天衡又按了语音键。

手机语音："正在打电话给宋佑。"

宋佑接得飞快，正要开口，被柏天衡打断："你可以选。要么我现在直接去问江湛他家的事。"

电话里默了几秒，宋佑骂了句，凶狠地报了个地址，挂掉了电话。

柏天衡把车开到路口，方向盘向左打死，直接掉头。

居家谢终于反应过来：等等，这人的声音怎么那么像外星人娱乐的宋总？

到了小区，柏天衡把车开到访客专用的地下车库，看见宋佑已经在等着了。

柏天衡的车刚甩着屁股停进车位，宋佑就拉开车门坐到后排，不顾在场还有多余的一个人，直接就骂道："柏天衡，你什么毛病？！"

柏天衡拉开安全带，语调不紧不慢，用十分客气的语气说："老同学别生气，我就来问点事，问完就走。"说着示意居家谢下车。

居家谢很有眼力见儿，解了安全带，麻溜地下了车，合上车门，往电梯口跑，刚好遇见电梯间里等着的小张。

小张是跟着宋佑下来的，也在等老板。他一边等，一边在员工群里发语音：“对，没错，你们需要支持的那个人叫江湛，千万别搞错了，还有，你们支持完后，也可以让你们的家人也参与进来，产生的一切成本由公司负责。”

居家谢缓缓扭头。

小张道：“支持完成的朋友们，记得截图在群里，等这两周过去，这部分绩效我会给你们单独算进年末奖金里。”说着转头回视居家谢，手机还举在嘴边，“辛苦大家了。”

居家谢：“？”

小张：“？”

“你是……”居家谢很快猜到了，“你老板是宋总？”

小张也很快了然道：“你老板是柏影帝？”

居家谢点头，客套地伸手道：“幸会。”

小张伸手道：“幸会。”

两人握了个双方都没什么诚意的手，握完手，谁都不看谁，各站电梯间一侧。友善？开什么玩笑？老板的态度就是助理的态度。车里那二位都恨不得你死我活了，他们没当面打起来都算客气的。

车内，宋佑在提及江家的时候，表现得有些烦躁：“没什么好问的，你既然都知道了，还问什么？江湛的爸妈早不在了，他家公司也早破产了，出国就是为了给阿姨治病，行了吗？”他人在后排，视线看着前座说，“我也劳烦你，别去问江湛，别当面挖那个伤疤。”

“为什么之前不说。”柏天衡的声音从前面传来，听起来十分冷静。

宋佑一听就炸了：“姓柏的，我们熟吗？你搁我这儿就是帮江湛开始新生活的，我有什么义务告诉你那些事？你要是想知道，问我干吗？去问那姓姚的啊。我和江湛掰了的时候，他还在呢，不比我知道得多多了！”说完就要下车，车门却被锁了，宋佑喊道，“柏天衡！”

柏天衡始终没有动，宋佑一嗓子吼出来，他按了车门解锁键，转身回头，抬起赤红的一双眼睛。十分难得地，那双眼睛里没有半点多余的情绪，异常地冷静。也十分难得地在面对宋佑的时候，没有嘲讽，没有冷脸。他只是告诉宋佑：“举办方已经知道江湛家的情况了。”

宋佑一腔滔天怒火在柏天衡好商好量的态度中瞬间熄灭——在江湛这边，两个没交情的人连默契都有了，干戈也能暂时放下。

宋佑收回去推车门的手，重新靠坐回去，支了个二郎腿，想了想，沉声道：“知道就知道，本来也没指望能瞒住，只要能瞒住观众就行了。”

柏天衡道："瞒不住。"

宋佑道："瞒得住。"

柏天衡道："瞒不住。"

宋佑道："瞒得住！"

柏天衡不得不提醒道："这是万众瞩目的比赛。"

在比赛里，明面上能瞒又如何？从来没有密不透风的墙，只要多一个人知道，迟早都会曝光。江湛如今在这场比赛里排名第一，流量、热度、曝光率都太惹眼了。

今天他亲口承认父母都不在了，可能晚上，可能明天、后天，甚至可能不用几个小时，消息就会被人传出去。这么劲爆的内容，多的是人想要找机会曝出来，引流、博关注、蹭热度。届时舆论发酵，谁能保证控得住场面？江湛又要怎么面对那些沸沸扬扬的声音？这些都不是一个短片能掩盖的。

宋佑幽幽道："看来只能由你柏影帝出个绯闻，来转移一下公众的注意力了。"

柏天衡默默看了宋佑一眼，下意识道："豪门婚恋也是普通大众喜欢的八卦。"

宋佑瞪了一眼前排说："这就是你的老同学交情？"

柏天衡瞥了一眼后排道："你的友情？"

嘲讽完，柏天衡道："楼上的短片拍了多少？"

宋佑问："你管得着？"

两人一边斗嘴一边走进电梯间。

居家谢转头喊了声："老板。"

小张转身道："宋总。"

四人一起进了电梯。

宋佑继续喷柏天衡："没人要请你去我家！出去！"

柏天衡好整以暇地说："要录短片，不会只有你一个人吧？"

宋佑道："对，没错，还有我妈！我妈就是江湛的妈！"

柏天衡道："哦，咱妈在。"

居家谢、小张："？"

宋佑惊了："柏天衡，你还能这么不要脸？"

柏天衡眼底的赤红渐消，恢复如常，他笑了笑，沉稳道："大家都是老同学，你妈可不就是江湛的妈？江湛的妈当然也是我妈。"

宋佑、小张："？"

居家谢默默抬手挡脸：我老板又不做人了。

等电梯到了顶层，宋佑根本拦不住柏天衡——电梯门一开就是别墅侧厅，柏天衡一出来便扬声道："妈！"

“？！”宋佑赶紧抬手拽人，着急道，“行了，我听你说！你要说什么？”

柏天衡转头看宋佑，伸出手，掌心朝上问道：“合作吗？”

宋佑一脸隐忍加嫌弃，奈何没办法，还不都是为了江湛。他抬臂，打手似的在柏天衡掌心一拍说：“合作！”

旁边，小张和居家谢默默对视，友善地笑了笑，虚伪地重新握手道：“哎呀，幸会。”

居家谢道：“幸会幸会。”

江湛从会议室出来的时候，感觉还行。他原本也以为自己会很避讳，说出来才发现，原来说“我父母都去世了”这几个字，挺简单的，负责人诧异的反应他看在眼里，也没觉得有什么。出来的时候，齐萌还向他道歉，觉得自己提了让他伤心的话题。江湛觉得还好，他比自己预料中要平静很多。

回训练室，一切如常，只是今天舞者间的话题多了很多与家庭、父母相关的。

“也不知道这个短片会录什么。”

“录你妈爆料你闲着没事的时候在家抠脚？”

“我爸妈都没见过什么世面，不知道看镜头会不会怯场。”

“放心，给自己儿子录个加油打气的短片是有底气的事，他们不会怯场的。”

“哎哟，我都好久没见我妈了。”

“你妈做什么的？”

“我妈开店的，就是那种大学城里面的毛线店，冬天卖毛线，夏天就租给其他人卖凉皮。”

“被你说馋了，我想吃凉皮。”

有关父母的话题，大家无论如何都有话聊，江湛异样的沉默就显得尤为突兀。训练室的摄像老师一直有特别关注他，却突然接到通知，说这段镜头不要多拍江湛。

没了镜头对着自己，江湛更沉默了。

同训练室的程晨还问江湛：“你怎么了？”

江湛道：“没事。”

程晨又问：“是不是身体不舒服？最近太累了？”

江湛摇摇头。

彭星捞了瓶水，边喝边走过来说：“哥，你妈……”他才说了三个字，就被魏小飞、从宇捂着嘴一把拉走。

彭星：“嗯？嗯？嗯？”

程晨和祁宴也察觉不对，对视一眼，悄无声息地撤了。几个大男生都聚在楼梯间，摄像老师扛着机器想跟着，被甄朝夕挡在安全门外。

彭星的脑子还没转过来，吼道：“你们搞绑架啊？！”

丛宇一脚踢过去，闭了麦说道：“蠢死你！”

彭星眨了眨眼说：“干吗？”

费海他们都在摘麦：“你难道没发现吗，我们聊短片、聊爸妈、聊家人的时候，湛哥一直没多说话。”

甄朝夕道：“平常什么都能聊的人，今天太反常了。”

祁宴问：“是不是家里出了什么事？”

程晨道：“能出什么事？父母离异吗，这也没什么吧？”

魏小飞道：“不像。”

几人对视一眼，都开始往最坏的方向想。

费海道：“不会是……”

徐焙焙道：“呸呸呸，别想不好的！都别乱想！”

训练室一下子空了，江湛坐在靠墙的一张桌子上，屈膝抱着腿。他有些出神，弓着背，下巴垫在膝盖上。不远处刚好有一个安在墙上的固定机位，镜头将他愣神的表情拍得一清二楚。

后台看着监控器的工作人员刚好看到这一幕，将画面调出来放大，特意观察了一会儿——江湛保持姿势，一直在发呆，干坐了好几分钟，突然吸了吸鼻子，鼻尖在胳膊上来回用力地蹭了蹭，眼角有些红。

看监控器的两个工作人员对视一眼，都叹了口气——江湛家里的情况，大家都已经知道了。

“他这个状态会影响后面的决赛吧？要上报吗？”

“说吧，我觉得他现在不适合训练，最好休息一下。”

结果举办方给安排的休息，是让江湛下楼。

江湛问：“下楼？”

来通知他的工作人员说：“是啊，柏老师回来了，在楼下等你。”

江湛离开训练室，坐电梯下楼前，他给柏天衡发了个视频。一接通，江湛便对着手机揶揄道：“柏老师您终于回来了。”

现在的手机有一个不好的特点——视频都自带美颜，滤镜厚得那点通红的眼角根本看不清。但即便如此，柏天衡也看出江湛状态不对——他的视线左右晃荡，看似边视频边看路，其实是在避免看镜头。

柏天衡不动声色道：“快点下来，门口都是粉丝。”

江湛按了电梯按键问道：“有地库不走，非蹲门口？”

柏天衡语调懒懒地说：“是啊，等着被拍。”

江湛问：“又要光明磊落了？”

柏天衡道：“嗯，你要是不想光明磊落，想偷偷摸摸也行。”

一句话逗笑两人。比赛之初，也是柏天衡开车等在舞者寝室楼门口，两人视频玩笑。一转眼，比赛只剩两期了，依旧是柏天衡开车等在楼下，两人视频玩笑。

电梯到了，江湛忍俊不禁道：“挂了，我进电梯了。等着吧。”

柏天衡坐在车里，看着镜头说：“没事，天荒地老我也等。”

江湛哼笑道：“哪儿学的土味情话。”

挂了视频，江湛进电梯。他什么都没带，只有个人，只有部手机，两手空空的，一如他此刻的心情。他也不傻，见舞者都回避了，工作人员、摄像老师都不跟了，就知道他的情况应该已经在极舞上下传开了。

柏天衡……应该也知道了。这没什么，江湛告诉自己，柏天衡迟早要知道的。

可江湛的骄傲不容许自己如此丧气、挫败，电梯下行期间，他试图调整心情，可惜今天的情绪就像灌了沙的木桶，再怎么把桶往水面拉，最后都会沉底。

快到一层的时候，江湛沉沉地叹了口气，算了，就这样吧。

到了一楼大厅，他问工作人员要了个口罩。

工作人员格外紧张地看着他，一边拿口罩，一边小声问道：“帽子要吗？”

江湛笑了笑说：“口罩就行。”

他戴上口罩往门口走，一露面，大楼外的尖叫此起彼伏。

柏天衡下车，迎过来。江湛的视线从大楼外灼热刺目的日光挪到不远处的粉丝队伍，再挪到走向自己的男人。

夏日热潮伴着尖叫声袭来，江湛在看到柏天衡的刹那，眼眶酸涩。

柏天衡走到近前，江湛心底的抗衡一瞬间全没了，任由那灌了沙的桶越沉越深。他抬起口罩后那双微红的眼睛，很轻地说道：“柏天衡。”

柏天衡看着他，江湛道：“我没家了。”

柏天衡站在江湛身前，给了他一个拥抱。大楼前惊天动地的尖叫、嘈杂，都被他挡在身后。

江湛或许是太疼了，一只手抓着柏天衡的衣角，骨节泛白。他没哭，但是喉咙哽咽了下，低声道：“很多人。”

“不管他们。”

这个拥抱，让柏天衡第一次后悔这么多年没有联系过江湛，没有向别人打听过江湛的事。如果知道，哪怕知道一点点，他也会把之前说的“走了”吞回肚子里。他用掌心拢着江湛的后脑勺——语言在此刻太过苍白，只有安慰才显得有些力量。

而江湛的脆弱仿佛只有一瞬，他很快冷静下来，视线越过柏天衡的肩膀，看了眼大楼前的粉丝队伍——太多人了。

江湛道："走吧。"

身后的女孩们："啊——"

江湛瞬间被迎面而来的尖叫浪潮拍了一脸。上了车，坐在副驾驶座往外看去，想到刚刚在大楼前和柏天衡当众干了什么，江湛悔不当初地抬手扶额。

柏天衡打着方向盘，一脸淡定地说："现在后悔晚了，今晚的头条，我们两个预定了。"

江湛放下手道："那么多人，你没事抱我干什么？"

柏天衡边开车边道："那么多人，我抱了你，你不也让我抱了？往好了想，每天的头条那么多，今天也不一定是我们排第一。"

第一……江湛诚恳道："我谢谢你了。"

柏天衡道："不客气。"

车子驶离四方大厦，柏天衡空出一只手拍了拍江湛。他没说话，也无须说什么。

两人去了柏天衡在舞者寝室楼附近的酒店公寓。房子不大，家具都是酒店的，胜在租住的时间长，到处都是生活气息。

那艘航母模型在茶几上摆了许久，终于等来了江湛。他在茶几旁的地毯上盘腿坐着，看说明书，看配件。

柏天衡打电话点餐，回来的时候见江湛已经开始拼了，便没有打断，坐到了江湛身后的沙发上。从他的角度看去，刚好能看到江湛低头摆弄零件。

柏天衡想起江湛的脆弱——微红的眼尾，隐忍在克制下的支离破碎的痛苦。

"柏天衡，我没有家了。"

"我没有家了。"

柏天衡抬手，轻轻地抚了抚江湛。

江湛有些疑惑，转过身。柏天衡与他对视，将搅烂的心痛化作静默的凝视。

很奇怪，江湛想，他总不愿意将那些痛苦示人，可在柏天衡面前，他却能主动袒露。我没有家了，很难过，安慰安慰我吧。这一点点的示弱，他只留给了柏天衡。

不再逞强，疲惫感随之袭来，无声的一切带来慰藉，也带来更放松的心绪。江湛连坐都坐不住，什么都不想面对，只想安静地睡个觉，好好休息一下。太累了。

卧室里，窗帘严丝合缝地拉上，江湛蜷缩出一个最有安全感的姿势，柏天衡在黑暗中静静地陪着。

江湛在梦里又见到了母亲。曾经端正素雅的妇人，已经被病痛折磨得不成人形，在极致的求生欲中，她一遍遍用最恶毒的言语折磨自己，折磨最心爱的儿子。临终前，她为人母的温婉柔和才堪堪随着回光返照一起回来了。

“小湛，妈妈走了，要好好过下去，好好生活。”

“找个喜欢的人吧，妈妈不会再管着你了。”

“做以前那个开心自由的男孩吧。”

江湛轻声说：“不可能。”

江母的面孔在病痛和回忆的折磨中逐渐扭曲。她用尽最后的力气、最后的温柔，认真交代的临终遗言，却得来这样麻木干瘪的回应。她从内心深处感受到了恶意，是唯一的血脉即便知道她快要不行了，也不愿放过她，想要她带着痛苦和悔意离开。她挣扎着，睁大了眼睛，在逐渐微弱的呼吸里听到了江湛没有起伏的冰冷的声音。

“我做不到。”这是江湛在江母生前最后的对抗，是江湛最后的恨意。

那些恶毒的恨意比那段人生低谷还要隐蔽，这么久以来，江湛差点连自己都骗过了。

可在这段梦里，母亲的挣扎与狰狞那么清晰真实，江湛不再麻木了，他看得十分痛苦，从心到身过电似的疼。

“我可以的，我会的。”他想改口了，可一切都太迟了。他开始后悔，在冰冷的梦境中挣扎，突然有温暖抚慰他。

“来得及，都来得及。”那个声音告诉他。

江湛不再挣扎，极寒冰河变成温暖的云海，他坠在其间，一点点沉下。他睡熟了。

柏天衡拍着江湛，感觉到他紧绷的身体渐渐放松。床头的手机振了两下，居家谢发来消息：江湛的事被爆出来了。

先是被人拍到了柏天衡拥抱江湛，接着《极限舞台》举办方开始录制舞者家人短片的消息传了出来，很快，江湛父母都不在了的消息跟着被曝光。

有人质疑真实性，甚至质疑举办方是在以此给舞者炒作，爆料人辩解道：谁拿父母双亡炒作？是因为要录短片，实在瞒不住了，江湛才亲口承认的。现在我们这上上下下，从工作人员到老师、舞者，全都知道了。你们要是不信，等着看比赛吧。

柏天衡接了当晚居家谢打来的第 N 个电话。

居家谢道：“微博热度一直在降，头条不会上。宋总那边压掉了江湛母亲一年多前在温哥华病逝的消息，还有他父亲公司破产的一些事。这些东西，如果你想知道的话……”

柏天衡不假思索道：“不用。”

居家谢道：“现在基本上都控住了，能传出来的消息只有江湛父母都不在了，其他的都不会有。不过舆论风向是很难控制的，粉丝那边一直在避免江湛被塑造成‘美强惨’，不想和钟池一样卖惨，但江湛在这件事后到底会有一个什么样的公众形象，真的很难说。”

居家谢聊完公事，叹息地问：“江湛现在还好吗？你在他旁边的话，尽量别让他刷手机。网上很多人在讨论他父母双亡有多可怜，我怕他看了受不了。”

居家谢口中承受不了的江湛刚洗完澡，换上了柏天衡的睡衣，在浴室里倚着洗漱台刷手机。微博他还没来得及刷，但QQ群里的一群粉丝已经哭得不行了。

大家一面真情实感地哭，一面在群里总结了目前的舆论风向：江湛的粉丝努力不让事件演变成美强惨，奈何父母双亡实在是个太引人注目的虐点，路人基本默认江湛美强惨，甚至有人等着江湛后面的美强惨通稿，预言江湛一定会在倒数第二期以及之后的决赛上获得更多的支持。

另一种说法则是说江湛被柏天衡接走，就是因为承受不了父母的事被曝光，准备弃赛了，反正他是名校学霸，前途坦荡，母校老师也都欢迎他回去读研，他多的是退路。

这不知道从哪里传出的说法竟然还得到了很多粉丝的支持，毕竟事业心重的粉丝只占粉丝群体的一部分。自家崽父母去世都要被挂到网上供人讨论，还参加个鬼的赛？

王泡泡的群里都是有经验的粉丝，一时间都开始澄清谣言。

“这个时候退赛？开什么玩笑！大家不要被有心人利用了。”

“认同，不过这些人也太过分了，被人议论父母双亡和被挖祖坟有什么不同？”

“就剩两期了，江湛已经是第一了，领舞者的位置唾手可得，不会在这个时候选择放弃的。”

“大家好好看看江湛的人生履历好吗！那么优秀，一路名校，长得帅，情商高，体育好，只要他想完成的事情，没有一件不成功的。”

江湛越看越哭笑不得，一面觉得这些女孩真情实感的时候怪可爱的，一面也清楚，大家热议的点，还是因为太焦虑了。

某种意义上，做粉丝是需要有心力的，这些心力除了粉丝自己的耐心和对偶像的喜欢、坚持，更多的是来自艺人本人。艺人优秀，粉丝高兴；艺人不出幺蛾子，粉丝放心支持；艺人在遭遇非议的时候立场坚定，粉丝才能安心。

粉丝如此焦虑，不仅因为被江湛父母的事虐到，也因为网上不分青红皂白的言语。在这些嘈杂声里，唯独缺了她们喜欢、支持的那个男孩的声音。

江湛点开自己的微博。评论、转发、私信，无数粉丝给他留言，安慰他，支持他，让他加油，告诉他爸爸妈妈一定都在天上看着他，给他比赛加油。一如多年前的P图，承蒙粉丝关照。江湛擦干头发，从浴室出来说：“柏老师。”

餐厅宽敞明亮，柏天衡正对着一桌子菜沉默，闻声抬眸。

江湛身上的睡衣有点大，肩宽过长，像罩在身上。

柏天衡眼神瞬变，江湛看到了，走近后立刻道：“正经事。”

他的脑子里绷着弦，弦上拴着那句“我没有家了”，江湛和他说话，他的反应也慢了半拍，手撑在腿上，点了点头说，“嗯，正经事。”

江湛的脸如同沐在日光下，干净明亮。他轻声道：“能帮我给举办方打个电话吗？我想发条微博。这是第一件正经事。”

柏天衡逐渐回神道："第二件？"

江湛问："你这里有尤克里里吗？"

当天深夜，江湛发布了一条视频微博。视频里，江湛一身居家服，光着脚盘腿坐在沙发上，怀里抱着小小的一只尤克里里，在镜头前弹唱了一首《好想你》。

"想要传送一封简讯给你，我好想好想你。"

"想要立刻打通电话给你，我好想好想你。"

…………

曲调欢快轻松，唱的人也轻松欢快，哪里有一点被阴霾笼罩的模样？灯光下，洗过的短发软软地耷着，显出几分安静的柔和，宽大的居家睡衣透着闲适，抱着尤克里里随意弹奏的男孩是完全放松的样子。

什么父母双亡、美强惨？只有美，只有强，只有一如既往的优秀。只有江湛伴着干净的弦音唱一首欢快的小情歌，送给粉丝，告诉大家，他一切都好。

粉丝在微博下都快把嗓子喊哑了——

"我们崽！我们也好想你！"

"呜呜呜，学长就是学长，根本不用我们学妹操心，只有学长操心学妹的份。"

"湛湛你没事就好，我们都好怕你会受到影响。"

"本来应该是我们给你打气，怎么反而变成了你给我们打气？呜呜呜，我们没事，我们都好，你放心，好好比赛。"

"我家崽笑着走上初评舞台，笑着弹琴唱歌，最后一定是笑着拿到领舞者！"

"江湛你也太棒了吧！你的微博太及时了，我差点都要被虐得脱粉了，呜呜呜！不脱了，绝对不脱，我还想看你弹尤克里里，想看你决赛的时候再给我们惊喜。"

《好想你》的最后，是抱着尤克里里的江湛按住琴弦，抬起视线，明眸皓齿地轻轻一笑："晚安。"

顿时让大家兴奋了——

"我可以！我可以！我们又可以了！什么美强惨，什么受到影响退赛，不可能，绝对不可能！领舞者等着你来拿，大家多多支持啊！"

江湛的《好想你》视频，是柏天衡端着手机坐在对面的沙发上帮忙录的。

弹着尤克里里的大男孩专注而放松，指尖轻轻地拨动琴弦，歌声如人，干净清澈。光脚、盘腿、居家服，都给他增添了几分随意，好像在这样的夜晚录制这样一首伴着弦音的小情歌，不过是突然的临时起意。

任外界闲言碎语、飞短流长，他仍唱着他的小情歌。没有人被打倒，没有人在溃败。短暂的休整后，他只会更坚定、更张扬。就像暴雨后山野里的竹子，雷鸣不过是破土的前奏，静默的山野都只能仰视一夜冲天的新嫩竹节。

江湛就像这竹子。短短一觉醒来后，他精神重整，奋发而上。

柏天衡能清晰地感觉到江湛调整的速度飞快，效率奇高，他心底惊讶，却也清楚，这就是江湛原本的样子——他的内心有很多的冲劲，恣意张扬本来就是他的底色，他不会认输，不喜欢失败，只要有一点点可能，他都要往上去拼。他在任何时刻都能拿出积极的态度，是当年最引人注目的特质之一。

没人不爱这样的男孩。可眼前的江湛又和过去有些不同。他唱《好想你》的时候，身上带着些温柔的懒倦，这些气质在视频画面里不太能展现得出，现场却看得一清二楚。头顶的光落在他的睫毛上，扑簌簌地落下一层剪影，素白的手腕随着拨弦晃动……

柏天衡在歌声中，又一次想到了江母。落地窗前的花束犹在，江母背对房间的方向，抱着一把古典吉他坐在窗前，《天空之城》的乐调空灵美好。

少年江湛道："妈，给柏天衡换首曲子呗。"

江母回头问："天衡想听什么？"

少年江湛道："给他弹首《舒克贝塔》。"

江母笑着说："别闹。"

"柏天衡，我没有家了。"柏天衡又想到这句话了，举着手机的手几乎克制不住。他心底有无数情绪在沉默中交汇融合，在缄默中激荡，在理智中反复崩塌、重建。

最终，尽数敛下。他换了只手，平稳地端着手机，在江湛拨着弦唱完最后一句"好想你"的时候，放下手机，神色如常地鼓掌，问道："学了多久？"

江湛把尤克里里摆在腿间，往后靠，伸了个懒腰说："抽空跟程晨学的，三四天吧。"

柏天衡把手机递过去，给他看视频，继续问道："原来是准备留在决赛用的？"

江湛横着手机看视频，准备发微博："嗯。"

柏天衡道："这首发了微博，决赛就不能用了。"

江湛抬眼，叹气道："是啊，不能用了，决赛个人对决提前玩完了。要不柏老师再坐一次副舞台帮帮忙？"

柏天衡睥睨他，一脸无所谓地说："都可以。我说了，你要什么，我就给什么。别说副舞台，同台都可以。"

江湛故作惊讶道："哇！"

柏天衡站在旁边，一只手拿着尤克里里，一只手在江湛头发上揉了一下说："好了？"

江湛道："好了。"

他短暂的痛苦只展现给了一个人，不想听到任何和过去有关的询问，而柏天衡什么都懂，顺着他、惯着他。柏天衡问："明天回去？"

江湛道："嗯。"

次日一早，依旧是柏天衡开车，亲自把江湛送回基地。

快到四方大厦的时候，柏天衡又抬手拍了拍他。柏天衡问："准备好了？"

江湛道："准备好了。"

在大楼前更多的人、更多的目光，以及排山倒海似的呼喊、尖叫中，车门被推开。

"江湛——"

"湛湛！"

"学长！"

江湛从车里出来，迎着应援的方向微笑看过去。

柏天衡绕过车头，和昨天下午将人接走时一样，手在江湛身后护了一下，两人一起往大楼里走。

应援队伍里有人尖声大喊："柏天衡！替我们安慰江湛！抱抱他！"

一楼大厅里，工作人员已经在等着了，见到江湛，恨不得都要流眼泪。

倒不是像粉丝那么真情实感，实在是——

"江湛，你可回来了，赶紧上楼把那群傻孩子管管。今天本来要录他们集体观看短片，结果丛宇他们几个带头，现在大半个舞者组都在罢工，不肯参与。"

摄像老师扛着镜头就在旁边，江湛半沉稳半玩笑地说："造反了？"

工作人员道："可不就是。"

柏天衡和负责人止步于大厅，看着江湛和工作人员一起上楼。

负责人默默惊叹道：神了，调整得这么快。

楼上，带头罢工的丛宇、费海等人聚在训练室里集体沉默，程晨抱着他的尤克里里一通乱弹。丛宇坐在地上，边扯自己的鞋带边说："反正我不录。这么多舞者，集体看家人短片，播到江湛的怎么办？是我们看着江湛哭，还是我们一起抱头哭？举办方想要什么效果啊？我死也不录。"

费海一副自暴自弃的样子，埋首在臂膀间，丧气地说："我也不录。短片那段可以直接剪进正片里，没必要让我们集体围在一起看。"

魏小飞、甄朝夕简洁明了地说："嗯，对。"

祁宴、彭星、徐焙焙、蒋大舟道："我们等哥回来再说。"

程晨拨着弦，叹息着胡乱唱道："举办方不是人，举办方没有心，举办方都是一群后妈后爹后姐姐……"

突然，训练室大门被推开，身后跟着工作人员的江湛走进来问道："你们不去练习，都坐在这里干什么？抠脚吗？"

一群男生惊讶地扭头，迅速爬起来。

“湛哥！”

“哥！”

江湛走近，把这群人挨个扫了眼，扬眉道：“谁带的头？帮我在这儿号丧吗？”

众人唰地扭头，丛宇大喊道：“不是我！”

摄像老师在旁边拍着，工作人员给江湛递麦，又把A班的队服递给他。

江湛一边接过一边对男生们道：“好了，都上楼，决赛时间没剩几天了，早点录完，早点下来接着练。”

费海道：“今天要录的是……”

江湛语调平缓，口吻坚定道：“上楼。”

魏小飞道：“可是……”

江湛没说话，走到魏小飞身旁，在他脑后轻轻拍了一下。魏小飞的眼眶瞬间红了，喊道：“哥。”一群男生全看着江湛。

江湛笑了下，没有多言：“谢了。”一句“谢了”，便是领情了，领大家关心他、担心他的情谊。

丛宇张张嘴，问得吞吞吐吐：“你……难过吗？”

江湛大方地回视他：“不难过。已经是过去很久的事情了。”

费海问：“短片怎么办？”

江湛笑着说：“老实说，我找了外援。”

祁宴道：“哥，你真的……没事？”

江湛看着众人，指着自己问道：“我现在看着像有事？”

大家齐齐看他，审视着，观察着，从表情到眼神，到肢体动作——哎，好像真没事！

程晨把墨镜戴上，第一个奔过去，大大咧咧地拥抱了江湛一下：“啊！大哥啊！我真是被你害了，我今天早上两个眼睛比鸡蛋都大好吗！”

一群男生全扑过去，一个叠一个地抱——

“我还哭了！”

“我心都碎了，我容易吗？！我参加的是比赛啊，又不是在搞情感类节目！”

“我不管，我也要抱。”

江湛哭笑不得，把人一个接一个地抱住，边抱边道：“好了好了，抱过了，都是宝宝，全是宝宝，宝宝们可以了吗，能上去录了吗？”

摄像老师在一旁拍得精神抖擞：果然还是有江湛的镜头最好拍！素材啊！全是优质素材！

楼上录制间。今天凌晨刚刚赶超钟池、坐上第二的金陆霄已经躺着了：“我要是因为江湛退赛而拿领舞者，那拿得真是一点意思都没有。”

楚闵坐在一旁，一边抠指甲一边说："我真的还想再蹭一点江湛的热度。"

突然，录制间涌进来一波摄像老师，楚闵抬头，金陆霄坐起来说："怎么了？要录了？"

工作人员示意道："准备录了，大家醒醒神。"

有舞者脱口而出："湛哥回来了？"

工作人员道："嗯，回来了，带了其他人，马上上来。"

楚闵和金陆霄对视，两人眼里都攒着光。没一会儿，那群罢工的舞者跟着江湛走进来。也不知是谁带的头，一个人鼓掌，众人跟着鼓掌。

江湛边落座边好笑地扭头对众人道："我这趟出去是拿了个诺贝尔奖吗，回来还有掌声？"

舞者里有人大喝一声："湛哥！好样的！"

江湛站起来，做了一个干净利落的抱拳动作，舞者们哄笑，气氛轻松和乐。

工作人员都快感动哭了：江湛怎么能这么优秀，这么有领头能力？有他在真的就有团魂。没团都有魂。

终于，比赛开始。

24 个舞者的家人短片按照舞者排名顺序播放。

第一个播放的，就是江湛的家人短片。工作人员点开视频之前，很多舞者就紧张地看着大屏幕，尤其是和江湛最熟的那群男生，特别怕举办方当场搞一出悲情戏码。丛宇还碰了碰江湛的胳膊，用眼神询问。江湛回头笑了笑，摇头示意道：没事。

视频开播。第一个镜头，是富丽堂皇的高档住宅楼楼层大厅，配合着管弦乐的伴奏，很有一种将尊贵典雅的精致和舍我其谁的豪气混杂融合的感觉。第二个镜头，是穿着一身高奢定制西服的宋佑从电梯里走出来，走进华丽的楼层大厅，迎向镜头和镜头后的工作人员。后期配字：江湛舞者的霸道总裁哥哥。

看着视频的众舞者集体震惊："！"

江湛默默抬手扶额：宋佑你……后期好意思给你配字"霸道总裁"，你也真的好意思穿成"霸道总裁"？

宋佑好意思，很好意思。他本人在短片里极尽奢华，要是他们家在南非的钻矿里挖出来的钻石能像大红花一样别在胸口，宋少爷保管让人给他磨一颗最大的回来。他本人也毫不避讳，带工作人员上楼的时候，便在镜头前直言了自己的职业：开公司的，家里有矿。

坐成两排看视频的 24 位舞者："哇！"

丛宇一脸震惊道："这个矿，是我理解的那个矿？"

这才开始，江湛就已经不忍直视了，他转头回视丛宇，艰难地点点头。丛宇简直瞪凸了眼珠子。

视频里，霸道总裁哥哥已经带着工作人员走出电梯，一出电梯，便是楼中楼大豪宅。

众舞者：“哇！”后期字幕：高雅、尊贵、奢华。

宋总裁一边带人进门，一边介绍：“楼下是客厅、侧厅、厨房、餐厅，还有个大一点的健身房。朝南的露台，我们做了个玻璃房，养养花、养养草。朝北的房间被改造成了一个小篮球场。要去看看吗？”

通向朝北露台的大门被推开，宋佑带着众人走进了外面的小篮球场：地面刷成了墨绿色，黑色的铁艺球筐高高地挂在墙上，球场旁摆着几把休息用的椅子，篮筐里放着几个篮球。

宋佑边走边示意道：“嗯，对，我和我弟一般会在这里打球。吵到楼下？不会，这不会。楼下那家人还拿了我这边的图纸，也做了一个小篮球场。”说着从篮筐里取出一个篮球，拍了几下，举手投篮，露出手腕上的劳力士。

后期给劳力士做了一个放大的效果，让大家能看清这位霸道总裁的百万配饰。

众舞者：“哇！”

篮球场逛完，镜头跟着宋佑回到室内：“一楼没什么，一般家里也没什么人来，就我们自己家人吃个饭、看个电视什么的，我带你们上二楼。”

二楼都是房间，区域分得清楚，父母的在东侧，两个儿子的在西面，房型也类似套房，有厅有桌，根本不是普通人家三室、四室的房型规格。

摄像老师都被绕晕了，一路跟着宋佑往里走。

宋佑道：“那边是我的房间，这边是江湛的，我带你们去看看。”

走到一个房间门口，宋佑推开门。一进门，厅里沙发、茶几、柜子一应俱全，朝南的窗户开着，风从露台吹进屋内，没有系绳的纱帘轻缓地飘着。镜头给了360度的视角，把整个厅拍得一清二楚。屋内有一面大陈列柜，柜里摆着各式各样的奖杯、奖状。

宋佑推开陈列柜的玻璃门，给镜头展示这些奖杯：“这是江湛初中物理竞赛的奖杯，省里的；这个也是初中的，初二的时候吧，全国比赛的一等奖；这个是数学竞赛，初中的，高中的，基本上都全的，能参加的都去参加了。这个是篮球比赛的，高中的校际篮球赛。还有这个，这个是大学的时候，他们金融专业的相关比赛，‘中金所杯’。”

镜头一个个晃过去，从陈列柜的一边拍到另外一边，从最下面一层拍到最上面一层，全是荣誉和实力的证明。

众舞者：“哇！”

宋佑把拿出来的奖杯放回去，一副老哥哥为弟弟自豪的傲娇脸：没办法，我们家江湛就是这么优秀。

这期间，镜头给了卧室墙上的搁架一个特写，搁架上摆着相框：全是江湛年少时的照片，从十三四岁到二十出头，无论哪个角度，全都帅得天怒人怨。

坐在江湛旁边的甄朝夕都惊了，侧头低声问江湛："你小时候就这么帅？！"

视频里，秀完奖杯的宋总裁又开始给镜头秀照片："这是我弟十三岁的时候；这个是十五岁；这个是初中毕业那年。本来他小时候没我高，但长到初三就开始蹿个子，高一就一米八了。嗯，这张长开一点了；这张是高二；这张是高三。高三学业压力大，可能还有点别的原因，有脾气，这张都摆脸色了，不高兴，怎么拍都不高兴。"

突然，宋佑想起什么，从搁架的一堆照片里拿起一个方形相框："来，来，拍这张，好好拍一拍这张！"

镜头切过去，是几个人一起打篮球的合照。照片里，江湛身穿白色 8 号球服，起跳投篮，一旁站着单手叉腰、穿 16 号黑色球服的柏天衡。另外一个角落，宋佑穿着 2 号黄色球服，也看着江湛投篮。

这张熟悉的照片一出来，录制现场没人"哇"了，而是传出了"咦"的疑惑声。这不是之前柏老师拿出来的高中旧照吗？当时这照片里没有第三个人吧？

江湛见到这张照片，直接笑了。

视频里，宋佑一边举着相框，一边面朝镜头咬牙切齿地说："来，来，后期，有后期的对吧？帮我把他——就这个人，黑色球服 16 号，帮我把他 P 了！打马赛克！从头到脚都打马赛克！"

宋佑没有指名道姓，愤怒全写在脸上："他当初把我截走的时候，没想过会有今天吧？！"说完，相框照里的柏天衡变成了一条马赛克。

字幕君：总裁哥哥您还满意吗？

现场的舞者们哈哈大笑，这么搞笑是怎么回事？！

江湛认真地看着视频，跟着笑。

宋佑那暴脾气，录制短片的时候不知道是怎么想的，马赛克一张不够，还从柜子里找出相册，一页页翻过去，找到高中毕业时的合照，指着正中央一个男生："这是江湛。他左边的人是我，右边的人嘛……马赛克！来，马赛克！"

后期给配了一个悲惨的哀乐，哀乐声中，照片里的柏天衡再次喜提马赛克。

宋佑面无表情地合上相册："这谁啊？不认识。"

江湛看着视频，很有感触，又觉得好笑。那些奖状、奖杯，都是当年卖房子抵债之后没地方放，临时寄放在宋佑那边的，经年累月，江湛自己都忘了那些东西，宋佑却收得好好的，一件件摆在柜子里。

宋佑和柏天衡合不来这事儿，也是过多少年都一样，照片都能让两人隔空较劲。

江湛的家人短片全程让舞者"哇"到底，不卖惨、不悲情，现场舞者也很配合，看到最后都明白宋总裁根本不是什么哥哥，只是江湛的同学，但也没人大惊小怪，都默认这短片就是亲哥哥录制的，纷纷表示：我也想有这种霸道总裁哥哥！

从宇当场问江湛：“你哥还缺弟弟吗？”

江湛拍了拍他的肩膀说：“醒醒吧。”

短片的最后，是宋佑坐在镜头前，撑着气场给江湛加油打气：“好好比赛，我们都在支持你。哥哥有钱，有的是钱。”

众舞者：“！”

江湛：“？”

视频一结束，厅内又是“哇”的一声，学生们跟才反应过来似的，热火朝天地聊起来。

这么多人在惊叹，唯有楚闵气定神闲。金陆霄的脑袋转向楚闵，努力避开机位镜头，眼珠子直瞪：那霸道总裁不是你公司老板吗？！

楚闵往江湛的方向瞄了一眼：好嗨哦，感觉人生已经达到了高潮。

金陆霄：说好的公平竞争呢？你这是作弊！

楚闵：好嗨哦，感觉人生已经到达了巅峰。

江湛那边，费海扭着脖子跟祁宴嘀咕：“我怎么觉得霸道总裁哥哥最后那句‘哥哥有钱’，是在故意杠柏老师之前那句‘我没钱吗’……”

祁宴捂着麦偷笑。

就这样，整个比赛如常进行，没有以悲情为开端，从头到尾充斥着欢声笑语。

江湛还是他平日里的样子，和大家一起看短片，一起笑，依旧是阳光开朗的大男孩。一如他刚回基地的时候，下车朝着粉丝的方向看过去的模样——他的眼里始终干净清澈，气质风发恣意，阳光下的大男孩笑着看粉丝，笑着面对人生。

尤克里里伴奏的《好想你》，抬眸的那句“晚安”，说这话时特意转头看向粉丝的温柔，所有的一切，都是江湛美好的模样。

极短的一夜虐粉后，粉丝迎来的不是难过伤心，而是江湛更好的样子，更积极阳光的态度，这些美好太令人振奋。更多的路人被吸引，大家不再只迎合肤浅的喜欢，现在的他们更想看到偶像身上积极阳光的优秀品质。

谁都爱这样的男孩。所以很快，支持江湛的人开始变多！

周六晚，倒数第二期极舞播出。

这期的内容很丰富，有两场见面会的部分内容，有舞者观看家人短片的镜头，有 36 晋级 24 的比赛过程，视频总时长有三个多小时。

这三个多小时下来，不出意外，江湛又上了头条。同上头条的还有柏天衡和宋佑。宋佑喜提“# 霸道总裁哥哥 #”头条词条，柏天衡就仨字儿：“# 马赛克 #”。

粉丝更是万万没想到，这倒数第二期极舞看完，还能顺便得到一个八卦。

“录短片的那个霸道总裁哥哥据说是个集团企业继承人？”

“所以柏天衡当初给举办方的那张打篮球同框照，原本是有三个人，是吗？”

“一开始觉得霸道总裁哥哥被截出同框好可怜啊，看着看着又觉得柏天衡被马赛克好可怜啊，但看了极舞新的一期比赛，突然又觉得自己好可怜：江湛那么优秀，同学不是霸道总裁哥哥就是柏天衡。”

“江湛超棒！我感觉那个房间不是摆拍，而是霸道总裁哥哥真的留了个卧室给湛湛。”

“江湛这学霸也太厉害了吧，初中、高中一路比赛，大学还有个‘中金所杯’。”

“重点难道不是江湛从小帅到大？我看短片里那些照片，他真的在每个年龄阶段都是校草级的帅。”

“老实说，一些舞者偶尔才能带来惊喜，但江湛真的每期都能让人眼前一亮，不说别的，光是那一柜子奖杯、奖状，还有那些从小帅到大的照片，就足够吸粉了。”

“怎么回事，柏天衡在这期不配拥有姓名，只能做马赛克？高中的同框合照，请举办方公开好吗！”

居家谢道：“江湛父母去世的热度降了很多，我这边已经让人去删相关搜索词条了。你那边怎么样？”

特助小张道：“老板的头条安排上了，后面会陆续曝光一些老板和江湛学生时代的照片、视频。”

居家谢道：“转移公众注意力是最好的办法，等你老板和江湛的同框照曝光的时候，可以再安排个头条。”

特助小张道：“‘#有一种友谊叫江湛宋佑#’？”

居家谢恭维道：“不愧是张特助，这才几天，就已经掌握诀窍了。”

小张道：“哪里哪里，还是居总教得好，我是一点不懂。”

居家谢道：“张总太客气了，我教能教多少？还是你操作得当。”

柏天衡和宋佑有生之年第一次也可能是唯一一次合作，只为江湛。

所以短片里，宋佑搬出合照，要求举办方给柏天衡P个马赛克，本来就是两边商量好的。否则以宋少爷的脾气，P什么马赛克？柏天衡也配出现在他家的相框里？

倒数第二期极舞播出之后，江湛父母的事没人多提了，全都讨论霸道总裁哥哥去了。风向带得非常及时。

宋少爷初涉娱乐圈，对自己上头条这事儿有点新奇，周六还特意放了些跟江湛年少时的合照出来，展示了一波友谊之情。

粉丝都羡慕江湛有一个霸道总裁哥哥，这霸道总裁年轻、帅气，还不油腻，关键是还和她们喜欢的学长关系好，还帮忙以哥哥的身份代录了短片，这友谊之船简直是个豪华游轮。

“哥哥，您还缺妹妹吗？”

“哭了，为什么我的学生时代没有这么好的朋友？”

“谢谢哥哥，湛湛有你这么好的哥哥，我们真的很开心。”

“哥，江湛拿到领舞者的时候，你家裸钻能打五折吗？我下个月订婚。”

柏天衡和江湛被曝曾是同学，网友一张照片都没挖出来，篮球同框照还是举办方找柏天衡要的，现在来了个霸道总裁哥哥，人家不但有豪宅，豪宅给江湛留房间，合照一张又一张，还有两人一起打球的视频。

视频拍摄的时间至少是在十年前，打球的地方像公园里一个不常用的篮球场，铁丝网锈迹斑驳，篮筐就剩个铁圈，地面不平，积了些雨水，少年江湛和少年宋佑凑在一起打球。

男生对球服和球服号码的执着十年不变——江湛还是8号，宋佑还是2号，两人一对一打得并不激烈，倒像是在分析带球过人的技巧。

江湛带球绕过宋佑后，也不投篮，直接抱着球转身：“再来一次。”

视频里，江湛比宋佑矮了半个头，一身少年气，五官没长开，玉似的润泽，头发是那个时候的男生都剪过的普通短发，打了半场球，全湿了，软塌塌地盖在头顶。江湛嫌汗多，低头用手在头发上捋了几把，跟阳光下甩水的小金毛似的，怪可爱的。

这视频让江湛的粉丝们尖叫惨了：终于！我们也能像别家粉丝一样，大喊出来——是我们崽！是我们家崽崽！

有了第一个视频，就会有第二个。第二个视频是宋佑举着手持录像机，在录写作业的江湛，画外音的少年宋佑凶巴巴地说：“快点！生日礼物，要什么，快说！”

江湛没看镜头，垂眸敛目看试卷，捏着笔写得飞快，稿纸都不用，心算能力超强，边写边道：“也别买什么了，就帮我把寒假作业那15篇作文写了吧。”

宋佑道：“你想得美！”

江湛道：“15篇嫌多，5篇也行。”

粉丝：年少的友情也太美好了吧！

柏天衡这边要合照没合照，要视频没视频，怕不是个假的高中同学？

结果柏天衡和江湛学生时期的同框没出来，宋佑和柏天衡的同框倒是出现在了网络上。视频里，学生宋佑和学生柏天衡似乎在参加什么活动，坐在一排，中间就隔了一个空位，两人全程没说话，也没眼神交流，都板着脸，相互不搭理对方。

粉丝哭笑不得：理解了，就这关系，是得截图打马赛克。可这样关系不好的两个人，竟然能同时和江湛做朋友？

粉丝：果然还是江湛最优秀。

这波风向带得，都能做年度圈内典范了。江家的事很快被盖过去，大家都好似没有经历江湛背景被曝光的那一晚，开开心心地羡慕霸道总裁、友情，以及少年时期的江湛。

决赛仅剩五天。

周一早上，寝室楼前的女孩们迎来了久违的来吃早饭的柏天衡！

柏天衡没开车，和很久之前来寝室楼时一样，骑着自行车，穿着也很休闲，无线耳机一塞，不紧不慢地骑着车来到大楼前，刹车一捏，单脚撑地，英俊帅气，气场极稳，清晨的阳光落在他的脸上。他在时隔大半期比赛后，再次于七点前出现在寝室楼，没有任何避讳。

现场的喊叫声里，他下车，将车停在门口，跨进了大楼。

大厅里的工作人员见到他，有些错愕道："柏老师？"

柏天衡示意无妨，不用跟着，然后自己上了楼。到了食堂，里面空荡荡的，只有打饭窗口后的阿姨在忙碌。

阿姨一见柏天衡，满脸惊讶地说："柏老师好久没来了，还是先来份瓦罐汤？"

柏天衡点了早饭，站在窗口前闲聊："江湛最近吃得多吗？"

阿姨边打早饭边道："刚来的时候吃得多，现在越吃越少了，我多给他打饭他都不要的，说镜头前不能胖。还好他只是吃得不多，精神倒是挺好的。我看最近这几周，这群大小伙儿都吃得不多，这不比赛嘛，也没办法。"

说着说着，阿姨道："你今天得空了呀？你真的好久没来了。比赛也没几天了，负责这里的食堂老板都准备下周和我们结账了。"

柏天衡道："我后面几天都来。"

阿姨笑道："好呀。"

离决赛没几天了，这段时间，全员紧绷，练习、彩排，舞者们只要睁着眼睛，就没有得空的时候。整个寝室楼层也空了大半，24 个男生都搬到了十四层，早上哪间寝室先有了动静，其他寝室就会跟着醒过来。

江湛依旧是最早醒的，洗漱的时候后脑发沉，于是用力拍了两下。他昨天晚上梦到了柏天衡，还梦到了宋佑，这两人在他的梦里打得天翻地覆，你死我活，他拉完架还得两边哄，比白天训练都累。醒过来之前，他只想一人踹一脚，让他们滚蛋，醒来后发现是梦，后悔没在梦里把那两人捶一顿。

魏小飞闭着眼睛摸进来上厕所，转身朝墙的时候，已经分不清今天是几号了，还以为刚开始比赛，嘀咕道："哥你今天和柏老师一起吃早饭吗？"

江湛一听就知道他睡迷糊了，说道："醒一醒，柏老师都多久没来过了。"

魏小飞茫然地转头说："啊？对。"

前一天晚上，魏小飞凌晨一点多才睡，甄朝夕、丛宇熬到两点才回来，都困得不行，根本起不来。江湛便没叫他们，先去了食堂，打算回来时给他们带早饭。才一出寝室大门，摄像老师的镜头就迎了上来，吓了他一跳。

江湛：“？”

摄像老师在镜头后低声地说道：“柏天衡，柏天衡。”

江湛眼底一亮，边走边问：“这会儿？”

摄像老师点点头。江湛快步往电梯间走去，路过楼道安全门的时候，他突然推门闪身进去。摄像老师踩着魔鬼的步伐跟上，却还是只拍到了两秒钟背影，第三秒的镜头里，江湛攀着扶手轻轻一跃，豹子似的直接跳下半层，轻快地闪人了。

摄像老师：“……”

江湛到了九楼，步伐轻快，进了食堂一看，柏天衡果然在。

江湛笑着走过去说：“柏老师今天这么早。”

柏天衡正在边吃早饭边刷手机，闻声抬起视线道：“今天心情这么好？”

江湛一屁股坐下，盯着柏天衡看，眼底全是光。

柏天衡由着他看，把瓦罐汤推给他，继续吃早饭、刷手机。

江湛接过汤，唇边的笑意止不住，笑着笑着，他挑眉低声问：“柏老师今天过来吃早饭，是光明磊落，还是假公济私？”

柏天衡哼笑一声，抬眼说：“你觉得是什么？”

江湛拿起勺子，想了想，低声道：“说你光明磊落吧，显得你太要脸了；说你假公济私吧，又显得你脸皮很厚。”

柏天衡嗤笑道：“我就不能随心所欲？”

江湛调皮道：“哇。”

柏天衡道：“吃你的早饭。”

两人很久没一起在食堂吃过早饭了。

这间食堂对两人来说是特别的，瓦罐汤有过去的味道，每一个单独相处的清晨都通向更好的明天，他们在这里聊过闲言，拉近关系，江湛也是在这里表明要争领舞者的决心。

久别重逢，恍如昨日。瓦罐汤的味道，越来越香。

江湛的内心在这两个多月里，仿佛经过重新铸造。临近决赛，再怎么辛苦、再怎么累，他眼底的光分毫不少。

柏天衡被这份张扬迷得挪不开眼，早饭不吃了，手机也扔在桌上，直直看着江湛。

决赛前，舞者铆足了劲儿训练，粉丝拼了命地鼓励支持，举办方为最后的决赛直播倒计时，各家公司又开始暗流涌动。

钟池掉到第二名之后，又被金陆霄赶超，结果第三没坐稳，很快又掉到了第六。他的负责人气得半死。

眼看着决赛没几天了，钟池的公司急死了，到处找人，找关系，却怎么也挽回不了败势。

得罪人了？得罪了，得罪了柏天衡。

居家谢心道：真当我们是摆设？你们营造美惨强、给江湛泼脏水、歪曲事实说江湛是柏天衡的关系户时，怎么没想到会有今天？领舞者这么好当的吗？

柏天衡这次回来，开始全力支持江湛，一改之前的低调：所有试图接触江湛的合作方，举办方要先和他打招呼；江湛决赛的镜头一个都不能少；服装、造型不能出一点差错；涉及的一些商务合约，等决赛之后再签，合同他这边要过一遍，外星人娱乐再过一遍，不满意就不签，爱谁谁。

举办方：这突然的强势是怎么回事？！

居家谢：江湛的事波及到粉丝时，还被大家鸣不平呢，对比之下，柏天衡够克制的了。

柏天衡的确很“克制”——回了举办方，早饭时露面，午饭时露面，晚饭时露面，晚上训练时再次露面，以至于野生摄影师一天里拍到的柏天衡的生图比过去一个月都多。

柏江家又看到了——虽然没拍到二人同框，但稍微想想也知道，柏天衡这早饭、午饭、晚饭是跟谁一起吃的。

柏天衡突然频繁地现身，江湛也有些意外，没人的时候，他问道：“你这是？”

柏天衡道：“给老同学撑腰。”

他侧眸看着柏天衡，抿着唇笑，眉梢眼角都是掩不住的愉悦。

柏天衡问他：“看什么？”

江湛维持着刚刚的笑意，尾音故意拉长：“哥哥——”

柏天衡一下子没话了。

天兰文化。兰印辉最近没怎么管姚玉非，一心扑在吴皓身上。

吴皓如今排名第十，算是公司硬捧出来的，男生自己也争气，比赛表现一直不错，获得了大众不少支持，赛后的发展方向看来十拿九稳了。

没人管姚玉非，姚玉非也没闲着，他虽然在极舞表现欠佳，但别的资源还有。在极舞这边，他不想再继续浪费精力了，第八期的时候便接了部电视剧，等极舞决赛完，他就要进组拍摄。

但他最近的日子并不好过。天兰文化不是什么大公司，资源始终有限，极舞开始前，姚玉非是公司最看重的员工，有什么资源都是先紧着他，如今杀出个吴皓，眼看着就要超过姚玉非了，以后潜力无限，资源就不是按过去那么分了。

有个杂志要拍内封，公司直接就把资源给了吴皓，兰印辉美其名曰：你不是要有更大的发展吗？专心比赛，等比赛结束了，公司一定让你综合发展。

姚玉非忍了。他是从无名小卒慢慢熬过来的，这么多年，看了不少，也知道很多，也明白事业上的起落。他是靠柏天衡伸了一把手才翻身的，那一段时间，舞蹈、唱歌、综艺、时尚资源、拍戏，他能走的路都走了，就想再往上跃一大步。参加极舞做老师，本就是公司在想办法提升他的知名度，结果效果不尽人意也就算了，还被剪镜头，而这次在背后伸手的，依旧是柏天衡。

眼看着江湛一路杀上领舞者，姚玉非后悔不已。是他给柏天衡打的电话，是他，是他自己！如果他没有联系柏天衡，如果柏天衡没有回国、没有参加极舞，如果江湛一开始就被兰印辉刷掉参赛资格，如果……

姚玉非忽然又想，柏天衡是不是知道了什么？闭他的麦、剪他的镜头，只是因为那次比赛他在副舞台挑衅了柏天衡吗？会不会还因为别的？极舞结束之后，柏天衡还会做什么？姚玉非胆怯了，他还得在这个圈混下去，他不能丢了饭碗和前途。低声下气去求江湛的话，应该可以吧？

为了决赛的完美呈现，举办方前后彩排了三次。

平常人多、有镜头，姚玉非没有机会，而彩排的时候，台前台后忙成一团，他终于找到了和江湛独处的机会。

江湛坐在演播厅舞台下的角落里，工作人员忙来忙去，没人盯着他这边。

姚玉非走到江湛旁边坐下，低调得仿佛凭空出现。江湛原本在和人聊微信，姚玉非一坐下，他便将手机屏幕按灭了，没转头看一眼，靠坐在台下，看着台上。

姚玉非也看着台上。

演播厅一片嘈杂，角落里却无声。他把姿态摆得很低，一如过去的很多年里他表现出来的顺从乖巧。他在江湛面前一直如此，哪怕这表现放在如今，很不符合他如今的地位和老师的身份。他没有很多时间，得抓紧时间说他该说的：“哥，算我求你，行吗？！我已经被剪镜头了，这个比赛我也差不多放弃了，我真的得罪不起什么人。我本来也不想凑到你面前来的，可这是公司安排给我的工作。决赛之后，你肯定也见不到我了，我们不会有什么机会再出现在同一个活动里的。真的，我保证。”

江湛的视线始终落在台上，只觉得反胃——心理上，生理上。

如无必要，他最好离姚玉非远远的。然而过去隔着大洋，他都能被恶心到，可见距离上的遥远不足以盖掉姚玉非带来的负面。某种意义上，“姚玉非”这三个字是在否认江湛年轻时看人的眼光和待人的真心，也是在践踏那段最艰难的人生。

江湛不愿意提及过去的原因里，姚玉非有小半“功劳”——那时候，江湛在温哥华给母亲治病，与姚玉非一直有联系。一个在温哥华，一个在国内，联系全靠手机。他那时候疲于奔命，状态很差，和母亲的关系落到冰点，治病成了母子两人之间的最后一根稻草，脆弱得不堪一击。

江湛觉得很累，温哥华冬季的湿润让他备感阴冷，而姚玉非看似真诚的理解，都能让他的心情好一些，让他觉得生活有些奔头，自己也没那么糟糕。他渴望有新生活，也天真地以为姚玉非的陪伴能让他一步步重拾希望，他也对姚玉非说过，他会努力调整自己，等母亲的病情好一些了，他会抽空回国。

姚玉非总是说“好，我等你”，以此表现出对他的依赖。

江湛那时候真的以为姚玉非是诚心地陪伴他，跨国的慰藉显得那么热情、诚恳，而在这段关系里，江湛理所当然地做出了回报，尤其是经济上的。给自己人花钱，天经地义，母亲治病的钱足够，姚玉非的花销也在江湛的承受范围内，江湛没觉得有什么，不过是自己多承担一些，多辛苦一些。空闲的时候，他甚至想，如果母亲的病情稳定了，就能安排回国了。姚玉非独自在国内，也需要人帮助。

冬天的温哥华很冷，江湛独自坐在医院花园的木椅上，抬头看见一丝阳光，竟也不觉得阴冷了。

舞台下，江湛沉默地坐着，姚玉非悄悄递过来一个盒子。江湛瞥了一眼，没精力和他推盒子玩儿，直接接过打开。是一块手表，那块作为高中校际篮球赛奖品的手表。

姚玉非诚恳道：“有一次比赛的时候，我戴了，柏老师应该是认出来了，有点不高兴。这表是你送给我的，可能是因为这样，所以才……”

江湛垂眸看着手表，突然打断对方道：“老毛病又犯了吗？”

姚玉非顿住，看着他。

江湛把表放回去，没什么情绪地缓缓道：“只是因为戴了手表？”他侧头，终于正眼看向身旁，然而那眼神里再没有学生时代的包容和温和，只有冰冷的审视，“在舞台上提买花的，不是你？提到买花的时候，说那些似是而非的话，不是你？”

姚玉非怔然。江湛盯着他，突然道：“何未桐为什么那么坚定地想换组？”

姚玉非默默地绷紧了下颌，江湛看他的眼神让他觉得自己像个卑劣的小丑。

江湛知道了，他都猜到了。他收回视线，不再看姚玉非，手里捏着表盒转盒面，仿佛这样的眼神，多一秒都是多余。

姚玉非沉着气道：“不是我，我没有……”

江湛站了起来。他没等姚玉非说完，将手里的盒子一抛，扔进了舞台下临时摆放的垃圾桶。桶面有金属移动圆盖，盒子扔进去的时候，砸出“嘭”的一声。这声音掩盖在大厅杂乱的声音里，却猛地击在姚玉非心口，惊得他一激灵，冷汗都出来了。

江湛却在想：柏天衡当年扔表的那个垃圾桶，怎么就不能像这个一样干净点儿？

姚玉非坐不住了，站起来："哥……"江湛没再看他一眼，拿着手机转身走了。

舞台上的祁宴刚好转身，看到江湛，开心地扬了扬胳膊："哥！"

江湛没走楼梯，直接在舞台边撑着胳膊一跃而上，身姿轻盈矫健。

姚玉非在没有光的角落里，看着舞台灯光下的江湛，像卑劣的小丑在窥伺阳光。他在忍耐中颤抖。他想起江湛和他彻底闹掰的那天，江湛特意坐了十一个小时的飞机回国。他们约在公司外的咖啡馆见面。

姚玉非到的时候，隔着半条马路，看到江湛倚窗坐在阳光下，明明是被命运狠狠碾过的人，却依旧像光一样吸引人——咖啡馆落地窗外，有行人路过时朝里看，江湛转头，阳光在他脸上镀了一层浅金色，美好英俊，引得路过的两个女生掩唇惊叹。

姚玉非站在路边看到了这一幕，咬着牙消化了心底的嫉妒，这才调整情绪，走进了咖啡馆。咖啡馆没别的客人，领班、服务员都在厨房里面。

"哥……"姚玉非面露惊喜地快步走过去。

江湛倚着咖啡店的原木色方椅，胳膊架在扶手上，从窗外转回视线。

姚玉非走近，还没说话，江湛站了起来，在平静的注视中，抬腿给他小腹一脚，把人直接踹翻在地。他还没回过神，江湛已经拿起椅背上的长外套，搭在臂弯，冷冷地送了他两句话："骗我的钱好玩儿吗？你就这么缺钱，缺到要卖我妈的旧物？"

江湛踹完这脚就走了，不拖泥、不带水，干净利落。

姚玉非站起来，呆呆地立着，平复着情绪看窗外。

内厨的女服务员不知道外面发生了什么，探头出来，和同事嘀咕道："哎？刚刚那个帅哥走了呀。哎！在那儿呢，街上呢！"

落地窗外，绿灯亮起，江湛臂弯里搭着外套，步履迅速地穿过斑马线，他的背后都是阳光。那些光不属于姚玉非，只是在被他卑劣地窥探着。

"小姚老师？姚老师？"

姚玉非回神。工作人员道："这组舞者要走场彩排了，你不能看了。"

姚玉非道："好。"他的掌心一片冷汗。

舞台上，江湛背过身，将手机举到唇边，给微信那头的居家谢回了条语音消息："好，我知道了，谢谢。"

居家谢不得不找江湛，哪怕临近决赛——柏天衡连着失眠好几天了，虽然表现得很正常，但居家谢还是嗅到了一年多前柏天衡息影出国的熟悉的味道。他不放心，凭直觉猜到可能和江湛有关，便在微信里提了一嘴，且掐住了重点，问道："你的事曝光的时候，你有私下里和柏老师说过什么吗？”他不清楚江湛说过什么，他只是了解柏天衡，这人沉着的面孔下是一派无所畏惧。极舞决赛当前，千万别出岔子啊……为以防万一，他还是和江湛说了下，想让江湛来给某些人打个预防针。

江湛果然给柏天衡发了一条消息：“你晚上来四方。给你个东西。”

晚上九点，所有舞者从演播厅回到练舞室，继续训练。

柏天衡到的时候，江湛在练舞，没注意外面。祁宴极为敏锐，隔着门就感觉到柏老师在，冲江湛示意了一下：“哥。”

江湛擦着汗，从角落里拎了包往外走，推门出去。

柏天衡看着他说：“要给我什么？”

江湛将毛巾搭在肩上，低头拉开包上的拉链说：“伸手。”

柏天衡伸手，掌心往上，尾戒在长廊灯光下泛着光。江湛见他手心往上，边拉拉链边抬眼看他说：“手背。”

柏天衡挑了挑眉，翻转手掌，掌心往下，手背往上说：“摘戒指？”

江湛伸手进包里，好笑道：“别想太多。”说着摸出要给柏天衡的那样东西，从他手掌穿进，戴到腕上。

表盘泛银，表链崭新，过了这么多年，这个篮球校际赛的奖品还在努力工作。这不是江湛白天扔掉的那个。两只表同出一处，款型基本相同，但也略有差异——江湛得奖的那只表，表盘时间只有大刻度，没有小刻度。秒针在时间上轮转，仿佛带着他们回到了多年前翻脸扔表的那一日。

柏天衡扔了表，走了。江湛一脸无语，也转身走了。塑料垃圾桶静默地立在原地。

没一会儿，垃圾桶边出现了一道身影。少年垂着头看向垃圾桶里，边嘀咕边伸手去够垃圾里的手表，被馊臭味扑了一脸，直翻白眼。捡回表，江湛拿纸巾擦着手表，那气势仿佛擦的不是表盘，而是谁的脸盘子，一下比一下用力。

擦完了，少年江湛还没走，低头看着表，越想越无语，喃喃道：“不就是块表吗？至于吗？！你不要我要。”说着收起表，转身离开。

秒针转回眼前。

江湛扣好表链，看了看，满意地点头道：“好了。”

柏天衡戴表的手臂半举着，目光抬起，沉沉地看着他。

江湛神色轻松，把手里的包拉上拉链，好像在说什么无关紧要的事，十分随意道：“你这表陪了我好多年。”

“柏天衡，我没有家了。”

“你这表陪了我好多年。”

江湛什么都懂。柏天衡沉默的外表下是激烈起伏的心绪。他珍惜的这个人，有这世上最阳光的样子，靠近他，触及的都是光。手腕上这块表就像江湛身上的光，笼住他，给予他宽慰。而那光还在继续散发着温柔的力量。

江湛道："PS 挺好学的，托有些影帝的福，受到那么多人的支持，以至于我的业务量一路猛增，光修图的钱就赚到手软，害我都没体会够没钱是个什么滋味，稀里糊涂就又有钱了。改天给你发面锦旗，旗面上就写'最佳雇主'。"

江湛从不承认他是 P 图，哪怕他在柏天衡这里早就掉马了。就像当年他明明捡回了手表，事后两人和好了，他也没有把表还给柏天衡——翻垃圾桶这种事，谁要让人知道。

但有一天他说出来了，又是那么自然，那么理所应当。他不再那么要强，自尊心没那么重了，命运砸在他骨血中的痛楚，都在全新的生活里逐渐消失。

过去的经历离他的人生正轨越来越远，他走得很快，把那些通通甩在身后。没有人该因为他那段过去而痛苦，他展示了伤疤，只是因为对方是柏天衡。可展露的过程就是这样，总是会伤害不想伤害的人。

江湛道："别难过，你一直都在。"

不久后，见到柏天衡的居家谢在心里默默给江湛磕了三个响头：您是个什么神仙，这才多久，就把人劝正常了。

居家谢试探地问柏天衡："我们来参加比赛是为了什么？"

柏天衡单手插兜，手腕处露出腕表的一角："当然是为了我的事业的发展，也为娱乐圈选拔优质偶像。"

居家谢第一次觉得狗屁话这么顺耳。

决赛前一天，周五。

和比赛之初的动员大会一样，还是在那间训练室，还是大家席地而坐，还是老师们给大家加油打气。不同的是，100 个舞者只剩下 24 人，教室里空荡了不少。

老师们面对舞者们站着，一口气提起来，长长地叹了口气。舞者们看着他，不明就里。"快结束了。"其中一位老师道，"时间真的过得很快，几个月之前，我还站在这里看着你们 100 个男生，劝你们好好抓住这次机会，现在就只剩下你们 24 个人了。先恭喜各位，你们走到了最后。"

男生们给老师鼓掌。

老师一脸感慨道："本来我今天准备了很多话，要夸夸你们，要指出你们每个人的优点和缺陷，鼓励鼓励，敲打敲打，毕竟过了明天决赛，以后就没机会了。"

"结果吧……"老师清了清嗓子，幽幽道，"我可能是太感性了，一进来看到你们，再想起比赛刚开始的时候，动员大会是 100 号人，又想到咱们这个比赛就要结束了，突然就有点想哭。”

老师再次道：“快结束了。”

有个胆大的男生喊道：“别哭啊宝宝。”

众人哄笑。

老师跟着笑道：“没哭，不会哭的，想想这个比赛把你们都发掘出来了，我干吗要哭。反正都到最后了，我也没什么可叮嘱的了。明天大家好好表现，晚上九点半排名将截止，前十一会是你们之中的哪些人，不到最后一刻，谁都不能保证。”

老师接着道：“明天获得胜利的人，我在这里提前恭喜你们；没能取得名次的人，也不要难过。《极限舞台》只是一个展现平台，是你们人生中的一次经历而已。无论有没有这个比赛，我都相信你们的未来一定能比这一刻更好。加油！”

一时间，鼓掌、呼喊、口哨声纷纷响起。

为了把那一丝伤感挥散，有男生起哄道：“老板，比赛的费用记得结一下。”

老师瞪眼道：“少不了你的！”

众人哄笑。

当天晚上，四方大厦没人了，舞者们全在寝室楼里，一起度过这最后一个集体生活的夜晚。十四层静得出奇。有寝室开着门，公放了极舞的主题曲《Show Me》，乐声在走廊里回响，男生们在各自的寝室一起哼唱。

突然有人号了一嗓子：“加油！”

极舞男孩们，加油。

第十章 属于他的荣誉

“1 组的舞美刚刚怎么回事？再转一遍。”

“再去把各公司负责人的嘉宾席确认一遍，不来的就把位子撤掉，不要有空位。”

决赛开始前的这个白天，整个演播厅里的工作人员忙得人仰马翻。

舞者们白天不带妆地又走了一遍舞台，下午泡在后台，做决赛前的后台直播。

负责这次赛前直播主持的，是首轮淘汰的一个叫李明然的男生。

四点准时开播，直播间的人数就爆了，左下角评论区疯狂刷动，各家粉丝全在喊自家崽的名字。直播镜头前，李明然身处决赛后台，边走边道：“这会儿，舞者们应该开始化妆、做造型了，我们先去看看谁有空。”

评论区——

“楚闵，闵闵！”

“金陆霄，我们霄霄！”

“江湛江湛江湛！”

“有八块腹肌的小飞！”

李明然穿行在后台，镜头里晃过不少工作人员的身影。他推开一扇写着“舞者化妆间”的房门，探头进去，“哎哟”一声，打开门，转头对着镜头问道：“猜猜我看到谁了？”

镜头一转，是坐在化妆镜前的程晨。

程晨看直播开始了，自己这妆还没开始化，纯素颜，立刻摸了墨镜戴上。

李明然和程晨本来就熟，见他戴墨镜，立刻道：“别戴啊，我这里在直播呢。”

程晨戴好墨镜说：“不行不行，我不行。”

直播镜头拉近，李明然笑道：“来，和粉丝打个招呼。”

程晨戴着墨镜出现在直播画面里，淡定地对着直播间抬手挥了挥说：“嗨。”

评论区——

“晨崽崽！”

“崽崽加油！我们崽崽最棒！”

“崽崽你戴什么墨镜？素颜怕什么啦，直播都有美颜的！”

李明然走起了直播流程，和程晨互动起来：“你还没化妆？”

程晨点了点头说：“嗯。”

李明然笑着问：“决赛了，紧张吗？”

程晨道：“不紧张。”

李明然问：“真的？”

程晨道：“我比较紧张直播。”

李明然问：“因为没化妆是吗？”

程晨道：“是。”

李明然哈哈直笑，程晨示意周围，无奈道：“哥，算我求你了哥，这么多人呢，你先去采访他们好吗？我过一会儿再录，等我把粉底、眼妆上完，可以吗？”

直播镜头一转，大化妆间里有不少男生，从宇、魏小飞他们都在，徐焙焙就坐在程晨旁边，妆容已经弄了一半，脑袋上卷着卷发器，正在弄头发。

看见镜头转过来，徐焙焙对着镜头笑了下。

李明然走过去喊道：“焙哥。”

徐焙焙转过头说：“然哥你来啦。”

李明然道：“来，和我们直播间的粉丝打个招呼。”

徐焙焙对着镜头抬手打招呼：“大家好，我是徐焙焙。”

评论区——

“宝宝！我们宝宝！”

“宝宝你在弄头发吗？晚上加油！”

李明然开始采访徐焙焙：“八点半你就要上台了，紧张吗？”

徐焙焙道：“也还好，别出错就行。”

李明然看了眼徐焙焙的头发说：“你今天的造型是什么样的，能给大家介绍一下吗？”

徐焙焙愣了一下，镜头外传来程晨的声音：“你是第一次做主持吗？没话找话？”

化妆间一阵哄笑。

程晨道：“来，手机给我，我来教你怎么直播。”

下一秒，自拍杆到了程晨手里。镜头前，程晨已经换了一副墨镜，头发也临时抓了个造型。他一边走，一边快速地把镜头对准其他舞者：“来，飞哥。”

评论区——

“小飞！‘哥哥’！”

“嗷嗷嗷！”

“小飞加油！”

魏小飞对着镜头挥手说：“大家好。”

程晨道：“海哥！”

费海看着镜头说：“大家好啊。”

评论区——

“小海勇敢冲，海草永相随！”

“费海！费海！费海！费海！”

程晨继续走：“霄哥！”

金陆霄正在喝果茶，闻言转过头，笑着说：“嗨。”

评论区——

“我‘哥哥’和我喝一个牌子的果茶！”

“这家果茶真的好喝！”

程晨继续打招呼：“从宇！宇哥！”

“甄哥！”

“闵哥！”

“宴哥！”

“皓哥！”

程晨道：“哎，湛哥呢，他刚刚不是还在吗？”

费海的声音出现在直播间镜头外：“哦，被柏老师叫走了。”

评论区——

“！！！”

“啊啊啊！”

“感叹号代表我此刻的心情！”

刚好江湛回来了，一进门，他就被程晨勾住肩膀，拉到直播间的镜头前：“湛哥！”

江湛的脸一出现，左下角全是“学长学长学长”。他见直播已经开始了，笑着打了声招呼。

程晨问他去哪儿了，江湛表情如常地道：“柏老师叫我过去说了几句话。”

程晨搭着江湛的肩膀，没再问了，拍了拍他的肩膀。

评论区——

“这声‘柏老师’突然戳到了我！”

“江湛在极舞一直是这么叫柏天衡的吗？”

“其他舞者好像都是喊的‘柏老师’？”

“啊啊啊，为什么直播没有柏天衡？”

采访完A组，李明然就去了B组，还悄悄去舞台后面，快速地将决赛现场拍给直播间观众看了一下。

李明然道：“这边就不多拍了，晚上决赛时，大家自己看吧。”

很快，李明然又去了导师化妆间。姚玉非不在化妆间，单郝、柏天衡都在童刃言的化妆间里，三人正在吃饭。

单郝客气地问李明然吃了没有，要不要一起吃，李明然不好意思坐下，只举着自拍杆，镜头对准三位老师和一桌子菜。

单郝擦了擦嘴，凑近看了眼直播间的评论说：“菜多？我们仨男的，七个菜还多？”

童刃言笑道：“粉丝都以为我们不吃饭的。”

单郝端起碗，碗里是一块浓油赤酱的红烧肉：“肯定得吃啊，晚上有近四个小时的决赛，不吃怎么撑得住。”

单郝道：“舞者？舞者也得吃啊，吃得不多也要吃，低血糖要晕倒的，比赛重要，身体也重要啊。”

单郝道：“什么肉？红烧肉。柏老师推荐的餐厅。很好吃，可嫩了，又酥又嫩，来，”

说着用筷子夹肉，举到镜头前：“看到了吗？这个肉！”

评论区——

“哈哈哈哈，我这是打开了美食节目吗？”

“所以是哪家餐厅？”

“你倒是告诉我们是哪家餐厅啊。”

“江湛刚刚在这里？”

…………

“江湛？”单郝说着，抬头看了一眼正在吃饭的柏天衡。

柏天衡夹菜的手一顿，抬头幽幽地看了眼童刃言。粉丝们笑傻了。

李明然有点不敢采访柏天衡，镜头一直没对过去，直到最后，他才大着胆子问柏天衡：“柏老师，要不要和直播间的粉丝说几句？”

评论区——

“肯定不要。”

“以我对柏天衡的了解，这段导师采访已经结束了。”

“李主持，你其实可以直接走人的。”

“柏天衡：拒绝。”

然而出人预料的是，柏天衡放下筷子擦了擦嘴，对着镜头报了一个地址、一个店名，又道：“老店了，一直都在，挺好吃的。”

评论区——

“？？？”

“这是我认识的柏天衡？”

“柏天衡洗心革面、重新改造过了？”

“一群假粉吗？不是早改造过了吗？”

有粉丝按照柏天衡在直播间里说的话，去搜索了那家餐厅，发现餐厅就在老三中旁边，开了十几年。

划重点，要考的：三中！三中！三中！

后台为了给晚上的决赛热场，直播结束后，粉丝便坐等晚上八点十五。

到这个时候，各家粉丝依旧不敢放松，弦绷得紧紧的。最后的排名不落地，谁都说不好会有什么变数。

终于，晚上八点十五，《极限舞台》决赛正式开播。

直播视频的第一个镜头，便是极舞第一期出现的三角阶梯席位。接着，画面里闪过各舞者初登初评舞台，踏上三角阶梯席时的生涩、小心和紧张。再接着，是大家第一次踏进舞者寝室楼、第一次在食堂吃饭、第一次去四方大厦、第一次拍摄舞者宣传照，训练、彩排、比赛，流过的汗、淌过的眼泪……

几个月前的第一期比赛，《极限舞台》拉开序章——扬帆起航，极限舞台。几个月后的第十二期比赛，《极限舞台》接近尾声——现场，淘汰的76位舞者重回，百人版《Show Me》再登舞台。

熟悉的主题曲中，镜头扫过现场观众、老师席、嘉宾席。

直播弹幕：“崽崽们，冲呀——”

和比赛不同，决赛的演播厅不再将副舞台留给老师席，主舞台的对面是前十一阶梯座位席。副舞台，是团席。长舞台，是花路。今晚，穿过花路，便可取得名次。

而围在舞台周围的，有现场观众席、舞者公司的负责人嘉宾席、老师席，还有淘汰舞者的席位。

以过去的点滴镜头为决赛序幕，以《Show Me》欢快地开场，盛装而来的戎贝贝独挑大梁，成为今天的决赛主持人。

戎贝贝一上场，现场掌声不断，她穿着主持礼服，矜持稳重地笑着，和从前舞台上跳跳唱唱的活泼欢快完全不同。她手持台本，脱稿说完了一段开场白，便开始随着镜头介绍今天的嘉宾，基本都是各舞者公司的老板。镜头切过宋佑的时候，戎贝贝笑道：“外星人娱乐首席执行官，宋佑，宋总。”

弹幕——

“之前不是说他是矿业继承人吗？怎么又成了公司的老板？外星人娱乐是他的公司？”

“不对吧，外星人娱乐的老板不是他吧？”

“江湛是素人，他哥是公司老板？”

“我的天，这霸道总裁哥哥我真的太爱了，人设、剧本完全是总裁文男主角的配置啊！就缺我去当女主角了。”

嘉宾席介绍完了，镜头转向了76位舞者的座席。戎贝贝说了什么都不重要，重要的是，极舞最后一次舞台，观众又从这76人席中看到了自己曾经喜欢、支持、欣赏的面孔。

直播弹幕的尖叫和眼泪都给了他们：“崽崽们也要加油啊！”

镜头再一转，来到评委席，评委分别是姚玉非、单郝、童刃言、柏天衡。

现场掌声、尖叫不断。

戎贝贝控场，问四位老师有没有什么想对舞者们说的。

姚玉非说得很简单：“加油，自信。”

单郝开玩笑道：“看到大家的精彩表现，我真的感觉自己老了。”

童刃言顺着这话说：“我不老啊，我觉得我还能再参加几次比赛。”

柏天衡，这位集流量和实力于一身的大咖，刚举起话筒，还没开口，就引得满场尖叫。今天不是他主持，重点也不是他，他坐在老师席旁观，穿得非常休闲，白衬衫配灰色V领毛线马甲的假两件、牛仔裤，整个人靠在椅子里，多出几分慵懒感。他握着话筒的手上，还戴着那枚铂金色尾戒，还有一只银色腕表。

戎贝贝控场，压下现场观众的尖叫，笑着问柏天衡：“有什么想对舞者说的吗？”

柏天衡说：“我看你们走花路。”

弹幕——

“嗷嗷嗷！这个男人什么时候在比赛中露出过这样的表情？这表情太绝了！”

镜头回到舞台，戎贝贝身旁出现了今天下午负责后台直播的李明然。李明然身着正装，手拿卡片，和戎贝贝互动之后，他提到了截至决赛当天中午十二点的排名情况。

戎贝贝笑着问：“有具体的排名吗？”

李明然道：“具体的排名还没出来，但有一些可以透露的细节。”

戎贝贝问：“比如？”

李明然看着卡片说：“比如，到今天中午十二点整，第十一名的舞者，总支持数已经达到了六千多万。他的名字，是……”

戎贝贝跟着大喘气，反问道：“三个字？两个字？”

李明然笑着说：“三个字。”现场观众开始报他们能想到的名字。

李明然卖了个关子道：“你们说的名字，卡片上都没有。”

现场观众失望地喊："啊！"

李明然笑着说："因为我这里也没有名字，卡片上只写了'名字是三个字'。"

众人笑。

戎贝贝问："还有呢？"

李明然道："还有，截至今天中午十二点，前十一人的名次相比五天前，有所改变，变动名次的舞者人数是六人。截至今天中午十二点，前五的人员名单，有所变动。截至今天中午十二点，前三的人员名单……依旧有所变动。"说着看向戎贝贝道，"贝贝老师知道这说明什么吗？"

戎贝贝认真道："说明哪怕到了今天，结果也还不是定数，排名还在变动，一切皆有可能。"

李明然面朝镜头说："对，所以就希望正在看决赛的粉丝、观众，尽可能地多在剩下的时间支持我们的舞者，继续给他们加油鼓励。"

戎贝贝看着手里的卡片，继续说道："是的，我们的排名榜会在晚上九点半关闭，在这之前，各平台的的支持通道持续打开，大家可以继续支持、鼓励自己喜欢的舞者。"

接着便是比赛规则的介绍，完毕之后，画面回到舞台——主舞台、长舞台漆黑一片。

忽然，长舞台的一侧，一束灯光亮起，徐焙焙抱着吉他坐在高脚椅上，拨弦清唱："小酒窝，长睫毛，是你最美的记号，我每天睡不着，想念你的微笑……"

情歌，弦音，慢语，只唱了副歌。这是决赛的个人对决部分，也是各舞者的舞台展示——不是展示他们所擅长的，而是展示他们在过去十一期中并不擅长或者根本不会的才艺。

徐焙焙的粉丝都知道，他不会弹吉他，主唱也不擅长，而在这一场决赛中，他第一个出场，用吉他伴奏，清唱了一段《小酒窝》。

而抱着吉他垂眸清唱的徐焙焙，正如这首歌里唱的，小酒窝，长睫毛，迷人得无可救药。

弹幕——

"焙崽，你对我们来说真的很重要！"

"好好听，新学的吉他超级棒！我们崽崽长大啦！"

徐焙焙清唱的《小酒窝》一结束，属于他的光束熄灭，长舞台上亮起第二道光束。

紧随《小酒窝》的，是甄朝夕的《吻别》。

这首《吻别》被改编过，前两句还是深情的"Take me to your heart，Take me to your soul"，第三句"give me your hand"就成了嘻哈说唱。第三句、第四句还是原词的英文，第五句、第六句就成了"你别说是不是吻我，吻完你又说不爱我，你到底是爱我还是不爱我，你看着月亮告诉我"……

弹幕——

“朝夕哥哥你进化了！有了这段说唱，你再也不是甄主任了，你是叛逆男孩、潮流前线！”

第三束光中，金陆霄表演。

第四束光中，从宇表演。

…………

男孩们有不同的帅，不同的舞台表现，都是从前不擅长的，他们用最大的诚意向粉丝展现无尽可能。

24个舞者，每个人只有短短一段演绎，镜头前分到的时间极少，而就是这半分钟的精华，汇聚了前台、幕后所有的汗水、努力。所有镜头前的现场演绎，都是最完美的。

第十二束光亮起，是江湛。舞台上，率先落入众人眼中的，不是江湛本人，而是通身黑色的架子鼓。架子鼓与鼓后穿着白T恤的江湛本人对比鲜明。

没有舞美，没有多余的修饰，黑的影，白的光；黑的架子鼓，白的鼓棒。和着一段伴奏乐，江湛持棒击打鼓面，节奏配合完美，乐声越来越快，鼓声越来越密集。单边、左右手交替、踩鼓、击镲，他手里的鼓棒灵活地演奏，手臂抬起又落下。

力量感永远是男性特有的魅力，沉默专注为这份魅力增添了质感，光束落在鼓面，落在他身上，银白色的光点仿佛也在律动。

江湛在演绎的时候没有神情，是全然的专注，仿佛灵魂都注入了手中的鼓棒，击、打、敲。随着节奏的加快，他两只手的配合越来越快、越来越重，终于，配乐声戛然而止的那一瞬，他的右手臂扬起，落下，镲声飒而明亮。

他抬起视线的刹那，光落在他极致专注的双眼中，投射到他气场十足的面孔上。

现场响起尖叫：“啊——江湛江湛江湛！”

24位舞者的单人对决舞台完毕，现场气氛嗨翻了，如果正在看直播的观众开着弹幕，基本上没法看到视频画面最上面的五分之一，因为画面被密密麻麻的弹幕内容挡住了。

不仅如此，今晚的决赛还和娱乐论坛联动，极舞有点什么值得关注的内容，微博和论坛上立刻就有相关讨论。尤其是江湛的架子鼓表演，苏晕了一票极舞女孩，各种截图、动图、视频都被发出来了，大家的评论空前一致：舞台上的爱豆就该这么苏，这才是爱豆本豆！

王泡泡和一众好友经营的江湛个站，更是连发N条微博——

“今夜，你在光的影中。鼓声在左，镲音在右，你在我们心中。@极限舞台——江湛，你是最棒的，加油男孩。”

这N条微博的内容全是关于架子鼓表演的，有整段架子鼓的视频剪辑，有九宫格动图，还有截图照。

其中有一张放慢的动图，是江湛抬臂击镲的动作，这个动作被放慢了速度，粉丝可以清晰地看到鼓棒击镲时，江湛手腕的动作、镲的颤动，以及江湛缓缓抬起的眸光……

江湛的粉丝：啊——今晚的学长浑身上下全是苏！全是苏！

而截图的照片就没那么惊艳了——因为P神不在，没人修图。

王泡泡：只恨自己不会爬网，逮不住P图！我恨我自己！

《极限舞台》的官博在单人对决部分结束之后，连发N条微博，把24位舞者的单人对决照全发了出来，其中一张就是江湛。照片里，江湛专注地垂眸打鼓，暗在他背后，光在他身前，光与暗的交织中，他立体俊朗的侧颜和肢体在静默的画面中充满了力量感。

粉丝：江湛！学长！

直播还在继续，单人对决结束之后，便是24位舞者分成八组的舞台秀。

最后一位舞者单人表演完毕，镜头没从舞台上离开，直接一切，便是第一组的《Show Time》。

徐焙焙、甄朝夕、程晨搭档，来了一段节奏快而激烈的舞蹈。这段舞蹈之后，魏小飞、从宇、费海表演了一段唱跳。

八组短秀，声乐、舞蹈间隔进行，舞都是快舞，歌都是改编过的快歌，等到了第四组，搭档表演的则是江湛、金陆霄、楚闵。

全场沸腾：这不就是预备出道组的一、二、三名吗？《极限舞台》十二期，这是排名前三的舞者第一次同台表演吧？

而这组舞台秀是声乐，唱的歌是神曲汇编，就是把过去十几年里流行过的歌曲段落改编到一首歌里。整首歌的曲风欢快明亮，因为都是流行过的红歌，大家耳熟能详，所以台上的跳着，台下的唱着。

画面切到江湛的时候，换了身服装造型的他一改之前的专注和气场，笑看镜头，跳着歌词“猪，你的鼻子有两个孔……”的部分。

直播镜头飞快一切——老师席的柏天衡看着主舞台，露出一个没有绷住的笑容。旁边的童刃言凑过来说了句什么，柏天衡转头回视一眼，笑着笑着，在江湛那句“猪，你有着漆黑的眼”里，彻底笑开，神情明亮，眼底仿佛有一片灿烂的光。

整个改编曲上口好听，江湛、金陆霄、楚闵三人跳得又开心又嗨，三个大男孩笑着，跳着，是最好看、最明亮的样子。

这前三同台可谓极舞舞台的“名场面”，三个男生各有各的帅，同台、同框、同表演的画面吸睛又美好。

于是八组舞台秀结束后，戎贝贝回到舞台，问台下现场观众最喜欢哪组的时候，一通尖叫声中，“前三”最响亮。

两场表演后，戎贝贝作为主持人，温馨提醒观众：支持通道还没有关闭，仅剩的时间里，大家还要继续给喜欢的舞者送上支持，不到最后一分钟，台上台下谁都不能松懈。

很快，24 位舞者重登舞台，分前后排地坐在舞台一侧。

戎贝贝手里拿着台本，问他们："你们彩排的时候没有这一环节，对吗？"

一群男生都面露疑惑。戎贝贝卖了个关子："你们觉得这个环节会是什么内容？"

镜头扫过男生们，一群人交头接耳，小声讨论着。戎贝贝笑着问："大家猜得到吗？焙焙，小飞，猜猜看？"

徐焙焙举起手里的话筒说："不会是什么整蛊环节吧？！"

众人笑。戎贝贝一脸无语，笑着问："我们是正正经经的比赛，为什么要有整蛊环节？'整蛊'这个说法从何而来？"

魏小飞天真道："呃，为了收视率？"现场爆笑。

戎贝贝把话题拉回来："好了，不和你们开玩笑了。哦，不对，是你们别和我开玩笑了。其实这个环节，本来应该是提前录制，再在决赛现场播放的。我们都知道，比赛走到今天，一直以来支持我们极舞舞者的，不只有台下、屏幕前的粉丝、观众，还有我们舞者的家人。家人是我们最亲近的人，给予我们最深刻的爱、包容、支持，我们的舞者走到今天，离不开他们在背后的默默鼓励。成团花路还没有开启，但家人的爱和支持永远都在。"

现场大屏幕亮起，镜头扫过两排舞者，男生们全都侧头看过去。短片开始播放。

播放的顺序是按照五天前的舞者名次，从第 24 名开始。和前一期的短片不同，这次，家人们全都坐在白色的背景墙前，用最直白的语言，道着心底的真情——

"儿子，妈妈知道你很累、很辛苦。"

"儿子，每次你打电话回来，报喜不报忧的时候，我都知道，你又在一个人默默承受了。"

"儿子，妈妈挺对不起你的，你那么小，我们就把你送出去训练、跳舞……"

"儿子，妈妈做了你最喜欢的菜，等你回来。"

"儿子，加油，你是最棒的！妈妈永远支持你！"

…………

极舞的舞台上，每一个舞者都不同，短片里打气加油的父亲母亲们却那么相似。他们眼底溢出的爱、流露的真情，是这个世上为数不多的可以被所有人理解、感受的东西。家是所有人心底的归属。

舞者们一个接一个地红了眼。镜头给到台下的现场观众，发现大家全都在哭。弹幕里也是各种令人感动的留言，其中某条弹幕闪过："这对江湛太残忍了。"

其实江湛觉得还好，他已经不再难过了，更多的是一种有关亲情和爱的感触。

大家的父母都老了，面孔不再年轻，在镜头前也有些紧张，可是依然能轻而易举地流露出爱意。他在短片里认识了一位又一位母亲、父亲，辨识着他们全然不同的面孔，以及全然相同的情感。

他没有让自己思维发散。幻想“如果自己的父母还在”这种事，他是不会做的。

金陆霄家人的短片结束后，直播现场的气氛忽然有些紧绷。

镜头切过江湛的面孔，他眼底微润，但神情如常。

戎贝贝道：“好的，最后一条短片——江湛。”

弹幕——

“湛湛别哭，等会儿不要哭，你还有我们。”

“霸道总裁哥哥的妈妈就是湛湛的妈妈。”

“为什么要现场放短片？这段就不能录制吗？！”

“呜呜呜呜，学长加油，你有家人的。”

短片画面里，出现了一个气质端庄的中年妇人。妇人先对着镜头笑了笑，才缓缓说道：“我们湛湛呢，是妈妈最爱的小儿子，从小就很优秀……”

江湛见到大屏幕里宋佑的母亲，转头往嘉宾席飞快地看了一眼。旁边的丛宇抬起胳膊，搭住江湛的肩膀。

宋母眼神温柔地说：“知道你参加比赛的时候，妈妈真的挺意外的。但你和你哥不同，你哥从小就让人操心，而你从小就是很让人放心的孩子。妈妈其实有很多话想对你说，可惜短片只能录一点点内容，我也只能长话短说。决赛加油！妈妈看了你每一期的比赛，你真的特别棒。等决赛结束了，我们等你回家。妈妈要给你做一桌子好吃的，都是你爱吃的。”

江湛的眼眶湿了。他有很多年没见过宋佑的妈妈了，印象里的宋母很喜欢孩子，也很喜欢他，每次宋佑领一群男生回去玩儿，宋母都会亲自问大家喜欢吃什么，然后她来做。

江湛料到了宋佑会请宋母出面录制这段短片，也做好了准备，可当听到那句“妈妈最爱的小儿子”的时候，他没能克制住，眼眶涨得酸涩。

台下传来一阵阵喊声：“湛湛别哭！”

“不要哭，加油！”

江湛转头对着台下笑了笑，眼底微润，眸光明亮，是敛尽所有情绪后的真诚的微笑，让大家别担心。镜头刚好切到他的特写，把这一幕放大呈现。他俊朗的面孔上没有一丝难受，也没有故作坚强，只有眼底的温柔在回荡。

他用眼神告诉大家：谢谢大家，我很好。他越是温柔，就越是坚定，像耐过极寒的挺拔的白杨。

弹幕——

“这是我见过的最好的爱豆！”

“人生很残酷，但江湛很好。”

“为什么会有这么好的男孩子？爱了爱了。”

“谢谢阿姨帮忙录短片，江湛是最好的爱豆，您是最好的妈妈。”

短片却没结束——大屏幕上，宋母的短片短暂地暂停之后，画面一跳，忽然又出现一个中年妇人。

这妇人剪着一头利落的短发，妆扮时尚，面孔和决赛现场的某位大咖有三四分神似。

她一出现在镜头里，江湛就震惊得直接转头看向老师席。镜头跟着切到了老师席——柏天衡调整了坐姿，旁边的童刃言凑过来问了句什么，柏天衡点了点头。

弹幕——

“这是柏天衡的妈妈？是吧？这长得很像啊。”

“柏天衡的妈？！柏天衡的妈？！”

柏母不似宋母，不是温婉端庄风格的，而是十分直爽，上来就道：“我的宝贝儿子现在在看着我吗？”

台下观众和台上舞者：等等，这是谁的妈？

江湛看着短片里的柏母。

柏母笑着说：“湛湛很久没见过妈妈了吧？想妈妈了吗？”

江湛的眼眶瞬间红了。

柏母道：“妈妈很久没有见到你了，妈妈也很想你。还记得天衡第一次带你回家……”

现场哗然，台上台下一片震惊！

弹幕——

“是柏天衡的妈妈！就是柏天衡的妈妈！”

柏母道：“你们要去打球，你就穿了件白色的运动服，个子特别高，特别阳光，笑着和我打招呼。我当时想，哟，柏天衡这是领了谁家的宝贝儿子回来，这么俊。后来仔细一看，这能是谁家的儿子，这不就是我自己家的儿子嘛。”柏母的眼神亦变得温柔起来，“儿子呀，妈妈心疼你。”

江湛极力地控制情绪，绷紧的神经却在这句“妈妈心疼你”中颤得发麻。他看着短片，眼眶一片红，身体有些微颤。身旁的丛宇、祁宴，身后的费海、魏小飞，全都在捏他的肩膀，拍他的后背，安抚他。

短片里，柏母开始给江湛加油打气，告诉他每一期极舞她都看了，他很棒、很优秀，对于最后的决赛，柏母道出了自己的祝福：“妈妈相信你的实力。无论结果如何，你都要开开心心的，像以前一样。”

在台下粉丝狂喊的“加油”声中，在76人舞者席的一声声“湛哥、湛哥”声里，江湛的情绪突然决堤。他转头看向老师席，惊诧、意外、触动全写在脸上，通红的眼眶里蓄着水雾。

柏天衡坐在老师席上，静静地回视他。柏天衡的眼神不再是旁观一场决赛的淡然，而是所有心声都可以被表露的温柔，是所有温柔都可以被触及的深情。

“柏天衡，我没有家了。”

“我的家，就是你的家。”

弹幕——

“湛湛别哭！我们崽不要哭！”

“柏天衡也太好了吧！”

“江湛你会很幸福的，你有很好的朋友，他们都很爱护你。”

舞台上，江湛身边围着的一群男生全在揉他、拍他、安慰他。戎贝贝站在不远处，什么也没有说，给了短暂的时间让江湛调整。

男生们重新坐回去的时候，镜头给了江湛一个特写。他的眼眶还是红的，湿润退去，留下一片温柔的润泽，这润泽带着红，沾着些残留的情绪，透出几分道不明的潋滟。很快，这些情绪都没了，眼眸里只有光，那些明亮的、爽朗的、积极向上的光。

江湛默默深呼吸，举起话筒，笑了下，张口的第一个字还有些哑：“谢谢妈妈们。”

江湛一开口，演播厅现场全是掌声，台下还有举着手幅的小姑娘大喊道：“湛湛，妈妈粉也爱你！”逗笑全场。

江湛刚要继续说话，闻言一顿，忘了自己要说什么，只剩下笑了。他笑得那么灿烂，是观众、粉丝熟悉的阳光男孩。他就像一棵白杨，根稳稳地扎在地底，枝叶沐浴在阳光下，繁茂冲天。

戎贝贝举着话筒，和江湛开玩笑道：“看来你今天决赛后，要多回两趟家，多吃几顿饭了。”

江湛笑。

戎贝贝低头看台本，似是要接着走流程，抬头却问：“是前一位妈妈做饭好吃，还是后一位妈妈做饭好吃？”

江湛一顿。

片刻后，台下观众像是才反应过来似的，开始欢呼。

弹幕——

“我知道这个时候我不该开口，可是我真的控制不住！”

“柏天衡的妈妈也是江湛的妈妈！是湛湛的妈妈！”

“这个比赛真是太让人感动了。”

“柏妈妈真的太好了。”

江湛本来要回答戎贝贝的问题，结果现场观众起哄喊着：“哪个做饭好吃？哪个做饭好吃？”

他直接闭嘴，放下了话筒。短片这段有哭也有笑，最终结束在欢乐的气氛中。

而这个时候，已经临近晚上九点半。

舞者们下台换装，舞台现场交给了戎贝贝和重新登台的李明然。

两位主持人控场，闲聊起来，一方面是给舞者足够的换装时间，一方面也是在等最终的排名名单。

后台，男生们以最快的速度去换衣服，现场助理、造型师全绷着神经，不敢懈怠。

江湛换衣服的时候还有些恍惚，明明人已经在台后了，神思却仿佛还留在台上。祁宴唤了声“哥”，他才回神。

祁宴有些担心他，问道：“你没事吧？”

江湛道：“没事，换衣服吧。”

换完衣服，却有男生哭了——徐焙焙哭到一脸泪水，眼妆都要花了。周围有男生在安慰他，也有男生站在一旁，凝着表情，沉默不语。

24 个人，只有 11 个出道位，超过一半的人要被刷掉，徐焙焙哭出了在场很多人的心声：不甘心。

所有人都想取得好的名次。而这个时候，旁人所有的安慰都是无力的，这些情绪只能由他们自己消化。

徐焙焙哭着，大家沉默着。工作人员进来催，让化妆师想办法给徐焙焙补妆。

祁宴侧头看看倚在化妆台旁的江湛。

江湛眼神询问：怎么了？

祁宴苦笑，低声道：“我应该也进不了前十一。”

江湛抬手在他肩膀上按了按。

化妆间里，魏小飞的声音突然响起：“我做舞者的时候，原组合的几个哥哥都退出了，有人去做生意了，有人结婚成家了，还有人去当经纪人了。”

众人：这是在安慰？

从宇压着声音说：“你个傻孩子，不会说话就别说。”

魏小飞自顾自地说道：“只有我还在跳舞、唱歌，只有我还在参加比赛，拼了命地想出人头地。他们现在都过得很好。所以我时常想，这个世界真的不是只有一条路、一个答案，而是会有很多路、很多答案，每条路、每个答案后面，都会有不同的惊喜。”

成功和失败，并不是隔着一条河的两岸，不需要遥遥相望。大家只是有不同的路要走而已。

徐焙焙知道自己哭得太过了，影响了所有人的情绪，尤其是决赛当前，保持冷静才是最好的。他努力调整道：“我这不是怕等会儿在台上哭得太难看，先在台下提前哭一下嘛。”

江湛突然道："焙哥。"

徐焙焙泪眼婆娑地说："啊？"

江湛道："你来，到我这里来。"

徐焙焙站起来，擦了擦眼泪，吸吸鼻子，走过去，鼻音很重地说："什么？"

江湛直起身，一把抱住他，在男生背后用力拍了拍，又在他脑后轻轻拍了拍说："我帮你给眼眶控控水。"

徐焙焙被逗笑，接着说道："嗯，再控控，把眼泪都拍出来，等会儿在台上就不会丢人了。"

江湛继续抱着他。徐焙焙的声音带着哭腔："谢谢哥。"

江湛道："别误解你飞哥的意思，他不是让你比赛结束后就去结婚生孩子。"

徐焙焙有些哭笑不得地说："结什么婚啊！我连女孩子的手都没摸过！"

旁边的祁宴幽幽道："我们这么多人，要结婚也是你湛哥先结吧。"

魏小飞道："对啊，所以到底是哪个妈妈做饭好吃？"

众舞者都喷了，程晨哈哈大笑。一个人笑，大家都跟着笑。

江湛不介意大家拿他开玩笑，还跟着道："哪个妈妈做的饭好吃，不取决于别的，只取决于哪家的厨子请得好。"

徐焙焙直接笑出了声，笑声里，众男生勾肩搭背地往外走——

"结束后，庆功宴好好吃！"

"庆功宴之后，我们再撮一顿？"

"回寝室找瓦罐汤阿姨啊，吃火锅，火锅走起。"

"我要吃肉！"

九点半。演播厅现场的舞台上，戎贝贝当场宣布："排名支持通道现已关闭。"

现场工作人员开始统计最终的排名情况，换好舞者装的24个男生重登舞台，在舞台中央站成两排。

戎贝贝问他们："结果马上就要出来了，紧张吗？"

镜头在男生们的面孔上一一扫过，没有犹豫、没有忐忑，每个人的眼底都有光。

戎贝贝点了几个男生回答，得到的回复都是"不紧张"。戎贝贝又问他们："害怕吗？"害怕自己不在前十一吗？害怕不能取得名次吗？害怕希望落空吗？

魏小飞一语道破："可是害怕也没有用。"

戎贝贝顺着他的话说："那什么有用？"

魏小飞道："继续拼才有用。"

戎贝贝问："要多拼？"

男生们异口同声道：“一直往前冲！”

现场响起掌声、呼喊，淘汰席的男生们给他们呐喊鼓劲，弹幕上各家都在喊崽的名字，终于——

戎贝贝示意手里的 iPad：“最终的结果已经在我手上了。今天，将会由我宣读最终支持总数、排名名单。大家做好准备了吗？”

镜头扫过 24 个男生，又扫过台下、舞者席、老师席，最终回到舞台。

戎贝贝道：“我首先要宣布的，是支持排行的第九名。”

现场气氛紧张。

戎贝贝道：“他是在比赛之初，遭受过很多非议的男生。他刚来的时候，表现得不尽人如意，却因为颜值和形象受到了很多关注。”

台下有人开始喊名字。戎贝贝道：“他的排名一直大起大落，曾经在前十一，也掉出过前十一。”

台下的喊声更大。

戎贝贝道：“但他今天晚上的排名一直没有变过，稳稳地固定在第九名，并且，截至九点半，他拥有近一亿的支持者。他是——祁宴！”

现场音乐声响起，祁宴露出意外的神色，像是没料到自己会是第九名。周围的男生全过来拍他、抱他，告诉他：“第九，你是第九！”

祁宴几乎是被推着走到了台前，他手里拿着话筒，几次回头看其他舞者，仿佛完全不知道自己为什么在这里。

甄朝夕喊了一嗓子：“成功了，你快点醒醒啊！”这句话逗笑了现场所有人。

戎贝贝跟着道：“我重新看看台本，看我是不是念错名字了。”

祁宴立刻转回头，举起话筒：“是我！是我！”

弹幕——

“哈哈哈哈哈，一句话吓得他立刻清醒了。”

戎贝贝正色，用鼓励的目光看着祁宴。

祁宴举起话筒，整个人都在颤抖。眼前就是花路，尽头就是排位席，掌声和台下粉丝的呼喊在耳畔，排名第九的荣誉瞬间加身，此时此刻，这个舞台的一切都令他眩晕，让他心跳加速。他捏着话筒，控制着表情和情绪，缓缓开口，第一句话就说：“我没想到我会是第九。”

台下观众道：“你是！”

祁宴深呼吸：“谢谢大家，谢谢所有人……”因为过于激动，情绪控制不住，他开始流眼泪，也仿佛如梦初醒，才反应过来发生了什么。

最后，他鞠躬致谢道：“谢谢所有支持我的粉丝，谢谢我的公司，谢谢极舞这个舞台，谢谢老师们，谢谢，真的谢谢。”

弹幕——

“宴宴别哭！你是最棒的！”

“不要哭不要哭，走花路要开心！”

“我们也谢谢你，我们好喜欢你。”

祁宴的致辞除了谢谢还是谢谢，台前幕后、台上台下的所有人都被他谢了一轮。

谢完了，戎贝贝微笑地看着他道：“眼泪擦一擦，去吧。”

灯光变幻，长舞台亮起，LED 屏幕上的粉色花瓣飘下来，花路开启。

祁宴在掌声中走上花路，途经老师席时，几位老师起身，祁宴和他们一一握手。童刃言和单郝都交代了几句，祁宴听着，鞠躬致谢，最后走排名席，登上第九的位置，再次鞠躬致谢。

掌声渐息，戎贝贝举起话筒，开玩笑似的问祁宴：“一个人坐在那里，是不是很孤单？”而后，戎贝贝笑着说：“没关系，很快就有人过去陪你了。过去陪你的那个人——没错，就是第五名！”

戎贝贝道：“他拥有一亿多的支持者，是前十一中又一位在今天没有变过排名的选手。他是我个人非常喜欢的一个……小男孩。”

台下粉丝反应飞快，开始喊名字。

戎贝贝放下台本，道出了很明显的一个特征：“他有腹肌。”

全场：“魏小飞！魏小飞！魏小飞！”

戎贝贝笑着道：“我没有念台本上给的特征，是因为我个人非常喜欢他。每次看到他，我都能从他的身上看到很多年轻舞者的拼劲儿，我也曾经从他的身上看到了我自己做舞者时候的影子，我总是被他触动。第五名，魏小飞。”

魏小飞众望所归地获得第五，也是被男生们一通揉、一通抱地送上了台前。

不似祁宴对结果的震惊，魏小飞从容淡定得多。他举起话筒致辞感谢，接着道：“我会继续加油努力的。”声音冷静，眼眶却红了。

弹幕——

“小飞小飞小飞！”

“带着哥哥们的梦想去飞吧！”

魏小飞走上花路。排名席上，祁宴正等着他。

魏小飞登上阶梯，与祁宴击掌拥抱。

“下面宣布的是第七名。”戎贝贝看着手里的 iPad，“第七名，支持者高达一亿一千多万……费海，小海。”

费海一愣，茫然道：“啊？”

戎贝贝道："是你。"

费海："？"

现场乐声没有响起，戎贝贝抿了个神秘的笑，低头继续读台本。

台上台下的人都一脸疑惑，以为主持人刚刚只是在开玩笑。

戎贝贝继续道："他是实力强劲的舞者，唱歌也很擅长，他在初评舞台的等级是B级，他是一个台下大大咧咧的男孩……"

台下粉丝喊出名字，台上的费海抬手掩面，周围的男生又开始揉他：是你啊，就是你！

戎贝贝笑了，歪头看着挡住脸的费海："小海？小海？"

费海还挡着脸，闻言举起话筒，埋着头问道："是我吗？"

戎贝贝道："第七名，费海！"

掌声尖叫里，费海放下手，仰头长叹，魂儿差点给吓没了。他刚刚真的以为贝贝老师是在开玩笑，心道：完了，肯定没他，要是有他，哪儿能这么直接地宣布？却没想到真的是他。

费海举起话筒，边走到台前边对戎贝贝撒娇道："哼！"

戎贝贝朝他比了个心，费海反手一个心，高高兴兴。

弹幕——

"谢谢大家，我们家海子不容易，终于有名次了。"

"前十一有费海真的太好了，有他一天，欢乐加倍。"

"海子啊，也是个大人了，成熟点行吗？"

费海发表感言，走上花路。再接着，戎贝贝没有念描述词，而是换了个方式——

戎贝贝道："下面宣布的是第六、第八、第十的排名人选。各位舞者脚下有个圈，都看到了吗？"

镜头拉近，原来每个舞者脚下都有一个LED屏小圆圈，大家以此为站位。

戎贝贝道："待会儿我宣布名次的时候，如果有谁脚下的圈里亮出了一朵花，那么就要恭喜了。"

男生们都低头看着脚下的小圆圈。

戎贝贝道："好的，第六名，请出列。"

紧促的配乐声中，现场的观众喊着名字，看视频的观众刷着弹幕。直播画面是主舞台的两排男生，谁的花亮了观众都不知道，只有他们自己知道。

戎贝贝再次道："第六名，请出列。"

舞台上的两排男生都没动，有人在笑，有人对视，有人在对着台下的粉丝摇头。忽然，直播画面里出现了一朵花，那朵花旁，一只脚踏了出去——

伴随着尖叫，镜头拉回主舞台，彭星从第一排笑着走了出来。

第六名，彭星。

戎贝贝道：“第八名，请出列。第十名，请出列。”

蒋大舟、吴皓一前一后，站到台前。

三个男生站成一排。戎贝贝道：“现在，请你们分别发言，走花路。”

一口气宣布了三个舞者名单，无论是台下观众还是看直播的粉丝，都激动得不能自已，尤其是各家粉看到自家崽走出的那一瞬间，热泪盈眶、血液倒流都不足以形容她们的激动。用粉丝的话来说，这种熬到头的喜悦，只有养过孩子、孩子终于出人头地的老母亲才能理解。

“崽崽们，你们是最棒的！”

花路开启，排名席又多了三个人。

戎贝贝道：“下面，宣布第四名和第十一名。注意，我不会再描述，而是会直接宣布。大家准备好了吗？”

男生们静静地等候着。

戎贝贝道：“第四名，丛宇！”

台下粉丝：“啊啊啊！酷宇！酷宇！酷宇！”

戎贝贝道：“第十一名，程晨。”

台下粉丝：“墨镜！墨镜！墨镜！”

至此，十一人席位，仅剩最后三个名额，也就是前三名的名单。花路等待着他们。

而这个时候，结果反而很清晰了，都不用戎贝贝念名字，现场的人此起彼伏地喊着“江湛”“金陆霄”“楚闵”。

戎贝贝开玩笑道：“我们好歹是个比赛决赛，该有的‘惊喜’还是要有的，好吗？！”

戎贝贝道：“待会儿我念到名字时，大家都表现得‘惊喜’一点，好吗？答应我，好吗？”

台下观众：“好！”

戎贝贝道：“第三名，楚闵。”

台下观众：“哇！好惊讶，好吃惊，好惊喜！哇！”

楚闵哭笑不得地从第二排走出来，反问道：“我不配拥有尖叫吗？”

台下观众：“啊啊啊！”

楚闵笑道：“谢谢大家，我也很惊喜，很惊讶，很吃惊。”

戎贝贝道：“第二名，金陆霄。”

台下观众：“哇！”

金陆霄本来都激动哭了，硬是被现场一声声故作惊讶的喊声逗笑，他对着镜头问：

"有我们这个比赛这样的吗！我哭都不能哭吗？！"

戎贝贝道："你致辞的时候可以哭。"

"憋回去了，哭不出来了。"金陆霄用手指着台下，"来，把我眼药水给我。"

众人哄笑。

戎贝贝反应飞快地接话道："好嘞，致辞阶段结束，花路走起。"

想开个玩笑，转头却被人开玩笑的金陆霄："……"

弹幕——

"哈哈哈哈，比赛史上最没有面子的第二。"

"致辞都没有吗，我们霄霄不配举起手中的话筒吗？"

"哈哈哈哈，这个花路有点突然啊。"

还是走到老师席跟老师握手致谢的时候，金陆霄才得到发言的机会："谢谢大家。"

他走到长舞台，在花路上深深地鞠了一躬。和他开了个玩笑的戎贝贝举手过头顶，高高地给他鼓掌。

只剩最后的一个位置了。戎贝贝还没有说话，现场便是一声盖过一声的"江湛、江湛"。

这是毫无悬念的第一、领舞者，满堂呼喊、掌声此刻都给了这最后一人。

戎贝贝没有赘言，放下手里的台本和iPad，微笑着开口道："在我念出他的名字之前，我想先念一下他的支持者们。他的支持者真的非常多，比第二名多出了足足半个亿。他也是今天晚上直播开始以来，所有舞者中，支持者增加最多的——比余下23个舞者增加的支持者总和都要多。同时，他也是所有排行榜的No.1。"

满场惊呼。戎贝贝道："他是——江湛。"

音乐、掌声、尖叫，舞台、荣誉、领舞者，江湛满载着无数期待的目光，走到台前。

弹幕疯狂流动，一片欢呼。两亿五千多万支持者，这是江湛的努力、粉丝的支持换来的结果，是给这场持续了几个月的比赛"考试"交出的最完美的答卷。

他没有让粉丝失望，粉丝亦没有让他失望。此前，他说他要争领舞者。今天，领舞者是他的。他是江湛。

直播视频的画面里，江湛静静地站着，展颜微笑。

大家拼了命想要爱护的这个男孩笑着说："我要走花路了。你们在吗？"

粉丝："在在在！我们都在！我们看着你走花路！我们都看着你！"

江湛没有多言，干脆利落地走上花路。他脚下迈开的每一步，都踏在粉丝积累的赞数铺成的花路上。导师席上，所有的导师都坐着，只有柏天衡站了起来，走到花路旁。

柏天衡这个举动引得台下一阵阵尖叫，直播画面给了柏天衡一个特写镜头，再拉开一个远景镜头，拍摄长舞台。

弹幕都疯了——

“柏天衡站起来了！”

“柏天衡！柏天衡！是柏天衡！”

“他要干吗？”

镜头里，柏天衡的脸上带着浅笑。他站在舞台旁，全神贯注地凝视着一个人，现场的尖叫、惊呼仿佛都不存在似的。

他静静地等着另一个人的到来。那个人走上花路，一步步走近，看到他站起来的时候意外地愣了一下，然后便是笑，笑意里带着全然的风发恣意，默契地与他对视。

这对视的画面，差点让在场粉丝的尖叫声掀翻整个演播厅。

花路上，两人的距离越来越近、越来越近，终于，当江湛走到柏天衡面前，两人同框时——柏天衡拥抱了江湛。

拥抱之外，有无数双看着他们的眼睛，有浪潮一般铺天盖地的喊叫声。拥抱之内，是一片隔绝了外界、只有他们的世界。在这个世界里，柏天衡凑到对方耳边。

“做以前那个开心自由的男孩吧。”

“好。”江湛红了眼眶，而这一次，他再不用极力克制了。走上这条花路，他真的什么都有了。

柏天衡结束这个拥抱的时候，江湛的眼泪刚好流下，人却是笑着的。

镜头给了这一幕一个大特写，现场喊成了一片：“别哭！不要哭！”

柏天衡看着江湛，再次拥抱了他。台下女孩们的嗓子都要喊哑了。

而弹幕里，大家前一刻还在担心江湛，后一秒就开始尖叫——

“呜呜呜，湛湛哭了。”

“他一定忍了好久！以前从来没见他哭过，看妈妈们的短片时，他都没有哭。”

“柏天衡！”

……

幸而这第二个拥抱很快就结束了。

江湛也止住了眼泪，手背在脸颊上利落地一揩，冲台下笑了下。他正要往老师席走去，单郝、童刃言连连摆手，笑着让他直接去排名席。去吧，把剩下的花路走完。

江湛冲老师席鞠了一躬，走回花路，这是属于他的荣誉。

副舞台的排名席上，十个男生都站在各自的席位上，静静等着江湛。

江湛走上来的时候，男生们全都迎向阶梯走道——11 个人，齐了。

留在主舞台的戎贝贝道：“请大家回到各自的位子上。”

男生们归位，江湛走向王座，来到标着“1”的位置前，转身。

戎贝贝问：“准备好了吗？”

现场伴奏声中，戎贝贝当场宣布：“《极限舞台》第一期舞者团集结完成！”

戎贝贝道：“组合名，E-WIN，寓意‘胜利的十一人’，ELEVEN-WIN。”

戎贝贝道：“团队时间，两年，其间 E-WIN 团将由新成立的‘扬帆娱乐文化’负责主要经纪事务。”

戎贝贝道：“扬帆远航，极限舞台，E-WIN 即将出发！”

全场喝彩中，极舞终于迎来了高光时刻，花路、副舞台的舞美变幻着。

从江湛开始，E-WIN 的 11 人按照名次顺序，走下席位，顺着刚刚的花路长舞台走回主舞台。

掌声、呼喊、尖叫，E-WIN 正式出发。

弹幕——

“E-WIN！ E-WIN！ E-WIN！”

“E-WIN 冲呀！”

决赛直播迎来尾声。

耳麦里，导演在提示最后的直播时间，戎贝贝赶紧对着台本把剩下的词说完。

主舞台上，随着 E-WIN 的到来，花瓣雨落下。

戎贝贝顶着一头花瓣，念完了收尾的台词，这一场主持下来，戎贝贝已经口干舌燥，便当场从身边抓了个外援——直接把话筒递给江湛，示意他看主舞台一侧的提词器。

江湛临场反应迅速，扫了眼提词器，拿着话筒，在镜头前淡定地念出一口流利的广告词。

弹幕——

“各家广告商记得给 E-WIN 结算广告费！我们 E-WIN 一集结就给你们打广告，你们好意思不给钱？”

“现在可不是极舞阶段了哦，是 E-WIN！口播的钱，劳烦活动结束后给算一算。”

镜头在全场扫过，历时四个月的《极限舞台》比赛就此落幕。

从第一期到第十二期，从初评到决赛，从 100 个舞者到 E-WIN，所有的努力、坚持都迎来了该有的结果。以江湛为领舞者，11 人 E-WIN 在落着花瓣雨的舞台中央，给支持过极舞的所有人深深地鞠躬。直起身后，江湛举起手里的话筒道：“大家好，我们是——E-WIN！”

台下观众喊道：“E-WIN！ E-WIN！ E-WIN！”

“#《极限舞台》决赛 #”

“#E-WIN#”

“# 柏天衡 眼神 #”

“# 江湛 领舞者 #”

“# 金陆霄的眼药水 #”

“# 甄朝夕 第十二名 #”

…………

这个晚上的微博头条注定热闹，决赛内容的广泛传播、E-WIN 舞者团得到的超高关注、决赛的实时点播率，都为极舞画上了一个漂亮的句号。

直播线路切断之后的演播厅现场，台下观众的支持声久久不停。

排名前 11 名和舞台边没有取得名次的十几个男生抱作一团，相互加油鼓劲。

徐焙焙大概是在后台哭够了，台上意外地没有哭，哭得稀里哗啦的反而是最终排名第十二的甄朝夕。

甄朝夕边哭边笑，边和大家拥抱，嘴里还嘀咕道：“程晨呢，他人呢？我要捶死他。”

程晨挤过去，和他拥抱道：“这儿呢，朝夕哥哥，来，捶我，用力捶。”

甄朝夕哭惨了，紧紧地搂着程晨，边掉眼泪边说：“我好气啊。”

程晨拍着他的后背哄他道：“好了好了，不气了，有气冲我撒。”

甄朝夕道：“一想到你马上要顶替我的位置，跟湛哥、小飞、丛宇一个寝室，我就想捶爆你。”

丛宇、魏小飞、江湛都站在一旁，闻言一起抱上来，刚好把程晨夹在中间。

程晨被挤成了肉饼，努力地探头呼吸道：“松一点，轻一点！让我喘口气！你们是要合伙挤死我，拿走我的位子吗！”

演播厅一片嘈杂，却不混乱，三个多小时的直播结束在午夜十二点之前。

台下粉丝为舞者团加油打气，淘汰席的舞者们有的上台恭喜，有的聚在一起说话，旁边嘉宾席的老板们都在聊天，老师席上的童刃言、单郝围着柏天衡说话。

举办方没有宣布散场，由着决赛后的兴奋继续延续。

整个场上，只有钟池、姚玉非低调冷清地退场了。钟池是哭着走的，姚玉非脸色极差，与这满堂的喝彩格格不入。不同的是，钟池离开的时候脚步匆忙，根本无力去感受这些喜悦，姚玉非却在离开前回头远远地扫视了演播厅一眼。

嘉宾席的宋佑、老师席的柏天衡、主舞台的江湛……这些熟悉的聚在一起的身影，刺痛了姚玉非的眼球和神经，他心底嫉妒得发狂，却又在清醒和理智中，突然后悔了。

很多年前，他便在角落里窥探这些人的骄傲、阳光、自信和实力，很多年后，他依旧在做相同的事。可那时候，他明明是有机会走向这些人，靠近这些光的。江湛给过他机会，很多很多很多次。

姚玉非失魂落魄地走了。

演播厅里，极舞主题曲《Show Me》的伴奏突然响起。

披了件外套在身上的戎贝贝站在台下，拿着话筒道：“《Show Me》，《Show Me》！”

现场粉丝：“《Show Me》，《Show Me》，《Show Me》！”

所有的麦齐开，全场高唱《Show Me》，现场再一次嗨起来。

音乐声一起，童刃言、单郝都跟着转头看向舞台。

童刃言笑着说：“这届舞者有点意思，还挺有凝聚力的。”

单郝道：“头条之前就说过，有团魂的。”

决赛结束，后面是热闹的庆功宴。

庆功宴上，不少人喝醉了，齐萌端着红酒，拉着江湛感慨道：“我说的吧，是不是，我说的吧，你能红，你看看，我说得对不对！”

江湛道：“对对对，萌萌叔，来，酒杯给我，别喝了，等会儿我叫个代驾送你回去。”

齐萌晃了晃壮硕的身形，走了个凌波微步，还坚持道：“我没醉！”

江湛接过他手里的酒杯说：“好，你没醉。”

哄走了齐萌，又来了童刃言。

童刃言站在江湛身旁，拍他的肩膀，语重心长道：“悠着点。”

江湛作为E-WIN的领舞者，兼任队长，庆功宴上见了一个又一个领导，听了无数人的感言、鼓励，忙得一直没歇下来，好不容易在E-WIN桌坐下，几个队友又凑过来。

从宇道：“寝室楼火锅走起？”

程晨道：“现在这个时间订不到外卖了吧？没菜啊。”

魏小飞道：“焙哥早让他经纪人去火锅店买了。”

蒋大舟道：“可以的，都留着肚子，晚上吃火锅。”

江湛拿筷子夹了点菜说：“行啊。”

费海道：“我在群里问问，看有多少人来。”说着摸出手机，忽然想起什么，凑近江湛问道：“柏老师来吗？”

E-WIN舞者团：“Stop！”

费海惊了一下，了然道：“好嘞！”

当天晚上，寝室楼的火锅局攒了至少40来号舞者，桌子拼在一起，每桌一个火锅台，吃得相当热闹。大家说说笑笑，聊一起训练时发生的趣事，聊淘汰之后各自的发展，打闹玩笑，吹牛起哄，从两点吃到四点，从夜色当空聊到天际泛白。

火锅的热气消散的时候，这栋寝室楼最后的喧嚣，终于也要散了。有舞者自己走了，有舞者被助理带走了，有舞者趴在桌边小眯一会儿，有舞者直接上楼睡觉。

江湛他们寝室的四个人一起回楼上，甄朝夕进门的时候，抬手一抹，眼泪鼻涕一大把。

从宇要说什么，被甄朝夕打断道："没事没事。"

甄朝夕道："睡吧，都睡一会儿吧，在这里的最后一觉。"

寝室静了，清晨的光从窗帘的缝隙里透进来。

江湛睡了很短的一觉，睁开眼睛，刚好七点。其他三个人还在睡，他悄无声息地起床洗漱，换衣服出门。

食堂里，火锅的残局都收拾没了，干干净净，桌椅摆放整齐。仿佛今天还是过去四个月里的某一个训练日。

食堂供应早饭，瓦罐汤阿姨还在窗口后，柏天衡还坐在老位置，喝他的三勺汤。

江湛坐下，两条胳膊交叠着往桌沿一搭。

柏天衡喝着汤，随口道："怎么没再睡一会儿？"

江湛不答反问："柏老师昨天喝酒了？"

柏天衡道："没喝。"

江湛道："哦。"

柏天衡放下勺子，用纸巾擦了擦手，抬起视线说："你刚刚叫我什么？"

江湛垂眸，视线里扫到腕表，没见到尾戒。他抬起目光，抿唇笑，当面给了一个诚恳的建议："柏天衡，不要上赶着找骂。"

第十一章　巡回演出

三天后，扬帆娱乐，总经理办公室。

宋少爷坐在沙发上，跷着二郎腿，手里翻着 E-WIN 的企划案，旁边的张特助在帮他泡茶。

隔着一张茶几，扬帆娱乐的杨总正襟危坐地等着自家老板发话。

宋少爷边翻边道："我给你定了一个小目标。"

杨总认真道："什么？"

宋佑道："别紧张，要求不高。"

杨总想了想说："一个亿？"

宋佑默默地掀起眼皮。

杨总立刻改口道："两个亿？"

"想什么呢？"宋佑把 E-WIN 的企划案扔回茶几，懒懒地道，"我没钱吗？"

杨总不解："那……"

"都说了，我的要求不高。"宋佑在沙发上坐直，慢条斯理地从张特助手里接过红茶，抿了一口，缓缓地道，"就一个要求——扬帆文化，不要倒闭。"

三个月后。

持续近三个月的 E-WIN 全国粉丝见面会正式落幕。

舞者团《ELEVEN 1》《ELEVEN 2》录制完结，期间，E-WIN 舞者团共接推广六个、代言八个、杂志封面项目五个、上星综艺四个、通告无数，首张团专EP《WIN》即将上线，年末首场演出会筹备中。

除此之外，在江湛的坚持下，以及其他团员的支持下，扬帆娱乐每个月的月末都会组织 E-WIN 全员参与一场公益活动，有时是去福利院做志愿者，有时是联合当地基金会举办线下的公益宣讲活动，有时是举办公益主题的粉丝见面会。而参加这些活动产生的收益全部捐赠给当地的基金会。

这是一个神奇的11人团，各家粉丝之间相处得非常友好。扬帆文化也没有开通任何成员的单人通道，推广是E-WIN舞者团，代言是E-WIN舞者团，连杂志的购买链接都是E-WIN舞者团！官方微博的简介则是：不想倒闭！

什么？扬帆文化倒闭了？

粉丝：我们扬帆不会倒闭的，对舞者好，对团也好，有了资源拼命分给舞者团，从不偏帮谁，E-WIN人气一天高过一天，舞者团活动都参加了两期，代言推广拿到手软，还非常尊重粉丝，这种公司为什么要倒？

又三个月后，E-WIN舞者团的男生们才开始跑自己的个人行程，扬帆娱乐依旧没有偏心，在官博上公告了成员们的单人日程，并且贴心地给予了祝福。除了——江湛。

江湛的粉丝："等等，小扬！我们家的呢？队长你都敢忘？"

@不会倒闭的扬帆娱乐：队长休假了呀，个人行程要到下个月了。

@江湛全国学妹后援会：E-WIN舞者团活动持续了三个月，我们学长也忙了三个月，这次终于放假休息啦！学长好好休息，学妹们也要努力学习、好好工作哟！

微信群——大型狗厂（11）。

费海："我完了，我跟你们说，我吃鸡菜得要命，上这个电竞综艺的意义是什么？通过'落地成盒''被一枪爆头'吸粉吗？"

金陆霄："知足吧，你好歹还是电竞综艺，就算吃鸡不会，键盘总会摸吧？我这可是恋爱综艺，我到现在都没懂这里面哪个女的对哪个男的有意思！本单身狗真的看不出来！"

程晨："我刚刚拍戏吊威亚了，太有意思了！飞起来了！"

魏小飞："怎么又只有我在排舞！？"

…………

江湛开了两个多小时车，到高速服务区休息的时候，才看到群里的内容。他将车熄了火，坐在驾驶座上稍微翻了翻，退出微信，点开QQ，又是一堆内容。

王泡泡："你真的不接×××家的商图了吗？他们家给了一个特别高的价格，一定要你修，看样子是要长期合作的。看在钱的分上，要不我们接一下？"

王泡泡："如果你时间紧，来不及修，我可以帮你多争取一点时间，反正他们也不急。"

王泡泡："对了，还有件事——你既然有工作要忙，要不就暂停接图，休息一段时间？我看群里已经有人抱怨了，说你最近特别偏心，只给江湛修图，还说什么'现在的P

不是当年的P了''以前的P是潮流的半壁江山，现在的P是江湛的半壁江山'。"

…………

极舞结束之后，柏天衡进组拍戏，E-WIN完成团队日程，两人一点交集都没有，再加上同行业新人迭出，关于他们之前同框的热度，历经三个月时间后，仿佛已经成了上个世纪的事情。

江湛近三个月忙着工作，要不是还有粉丝群在时时提醒，他都要把自己和柏天衡的同框的想法给忘了。事实上，他这段时间总共只见了柏天衡三次，平均下来一月一次，每次还都很仓促。今天他好不容易放假，才有了这次去探班柏天衡的机会。

江湛戴上口罩和帽子，推开车门，去了卫生间。他刚从卫生间出来，宋老板的电话就来了。

宋佑问："放假你不回家？跑哪儿去了？"

江湛边走边笑着说："还能去哪儿。"

宋佑不满道："喂！你什么毛病，居然去他那儿，不来我这儿！"

江湛逆着往服务站内走的人流说："大孙子，您体谅体谅您爷爷吧，我也不容易的，好吗？"

宋佑习惯性张口就道："那姓柏的有什么好？"

江湛说："好不好的，你也不能拿他怎么样。"

宋佑问："高中三年老子看了他多少脸色？"

江湛忍俊不禁道："你们彼此彼此好吗？他也没少看你的脸色。"

宋佑脱口而出道："难道我不配给他脸色？"

江湛说："配，配，配，你毕竟是我亲孙子。"

"去你的！你才孙子！"宋佑接着道，"你注意一点吧，小心被拍到！"

江湛说："知道。"

宋佑说："老妈又给你寄吃的了，她人在国外，你收到了回个消息给她。"

江湛说："嗯，我知道，早上刚和她视频过。"

宋佑说："我还是亲儿子吗？我早上给她打电话，她直接给我挂了！"

柏天衡拍了三个月的那部戏还没杀青，这两天没有他的拍摄日程，他刚好可以去C市录一个访谈节目。

录音棚里，柏天衡和负责这次访谈的记者还在镜头前进行着录制。

居家谢隔着玻璃门，探头往里瞧了一眼，收回视线，拿起手机，发语音问道："到哪儿了？地址已经发给你了，你可以直接过来。"

居家谢一想到等会儿江湛来了能好好吓某人一跳，就由衷地觉得快乐。就喜欢这种

“老板什么都不知道，我却什么都知道”的感觉。嘿嘿嘿！

录音棚里，录制将近尾声。

做这次访谈的是个喜欢挖掘深度的记者，比起娱乐性，他更喜欢通过一系列的问题来深挖艺人本身。

在问了柏天衡对一年多前黑料满身的看法，以及为什么会突然丧失对演艺工作的耐心之后，采访人接着问：“你离开了一年多，而那一年多的时间里，你都没有工作，一直待在国外？”

柏天衡点了点头说：“是的。”

采访人问：“那你突然回来，是什么让你决定回国？”

柏天衡看着采访人，神情放松，没有戒备，但也没有说话。

采访人没有步步紧逼，而是试探地问：“不好回答吗？”

柏天衡摇了摇头：“没有，好答。”

采访人笑着说：“那是有什么不方便开口的？”

柏天衡也笑了笑说：“我只是觉得就算我答了，你们也不能播。”

采访人一愣。

换了普通记者，这个时候就要开始深挖了，但访谈记者不同，专业的访谈人都是一步步掌控访谈节奏，以确保整个访谈的内容完整性。显然，今天的采访记者非常专业，既没有问柏天衡“什么不能播”，也没有问“为什么不能播”，更没有诱导柏天衡把他口中所谓的不能播的内容说出来，而是换了个话题：“你回国之后，马上成了《极限舞台》赛事的导师？”

柏天衡道：“是。”

采访人问：“感觉怎么样，开心吗？”

柏天衡道：“当然。”

采访人问：“决定参加《极限舞台》这个比赛，是在你回国之前，还是在回国之后？”

柏天衡道：“回国之后。”

采访人问：“所以你不是为了工作才突然决定回来的？”

柏天衡道：“不是。”

采访人问：“但这个比赛对你来说，确实是你重归娱乐圈的关键一步，对吗？”

柏天衡点头，认可了这个说法。

采访人道：“《极限舞台》这个比赛的形式和内容，与你之前做老师的女舞者比赛《PICK C》，是有很大重合的。”

柏天衡再次点头。

采访人道："所以我可不可以这么理解——你并不是因为《极限舞台》而回国。《极限舞台》这个比赛对你来说，不是你的必选项，但意义确实很不一样。"

柏天衡道："是。"

采访并不一定需要受访者说很多内容，更多的是需要受访者放下戒备，诚恳一些。很显然，今天的柏天衡十分坦诚。

采访人非常乐于见到这样的态度，点点头，对柏天衡道："谢谢你的回答。"

访谈结束后，柏天衡收工。

居家谢请了录制棚所有工作人员喝下午茶，分完东西后便跟着柏天衡一起离开，边走边在自己的工作日志小本本上勾掉今天的日程："搞定！"

两人进了电梯，柏天衡看着他问道："访谈类的节目，以前你不是全程盯着吗，怎么这次这么放心？不怕我又说错话？"

居家谢收起自己的本子和笔，一脸大度地感慨道："唉，现在和以前不一样了嘛，以前你没牵没挂，什么都敢说，而现在就算把话筒递到你嘴边，你也不会乱说。"

柏天衡却在想：24 天。他们 24 天没见了。

上次见，还是江湛在离他拍戏的城市不远的地方开粉丝见面会，他抽空过去了一趟。江湛身边全程都是人，两人就一起吃了顿饭，聊了会儿天。

柏天衡吐了口气。

居家谢见他这副样子，立刻反应过来道："唉，都这样，咱们这行的工作性质不就这样。"

柏天衡两手插兜，目光抬起，一副在思考的样子。

居家谢生怕这位思考着思考着就思考出"要不还是退休"的念头，立刻话锋猛拐道："其实忙点也好，不会因为一点小事都要拌嘴。"

柏天衡不紧不慢道："我怕的是拌嘴？"

居家谢："……"

出了电梯，居家谢决定闭嘴。

保姆车已经在电梯口等着了，两人从电梯间出来，开门上车。

柏天衡不喜欢带助理，往常都是他一个人坐后排，司机开车，居家谢坐副驾驶座，但今天柏天衡上了车，居家谢也跟着坐上了后排。

柏天衡起先没在意，坐下后拿手机给江湛发了条消息，才转头看居家谢。

居家谢递了瓶水给他说："喝吗？"

柏天衡看看他，没说什么，坐哪里这种小事，他懒得管，却见居家谢又往前排司机那里递水："老陈，喝吗？"

司机老陈接了，柏天衡收回视线，低头看手机。

居家谢再递出一瓶水，朝着前面副驾驶座上的人道：“喝吗？”

柏天衡突然抬起视线，刚好看到坐在副驾驶座的江湛回过头。

江湛一边伸手，一边看着他，笑着接过水道：“喝啊。柏老师不喝吗？”

柏天衡面无表情地看着他。江湛拿着水准备转身，却被柏天衡一把伸手抓住瓶身。

江湛笑着道：“谁说不喝的？”

柏天衡问：“谁说今天不来明天来的？”

江湛笑着说：“我有说明天吗？”

柏天衡跟着道：“我有说不喝吗？”

两人对视着笑起来。

居家谢拉开车门，准备换去副驾驶座，谁知前脚刚下车，柏天衡就后脚跟着下来。

居家谢：“哎，你……”

副驾驶座的门也开了，江湛下了车。

这两人要干什么！居家谢大惊道：“会被拍的！”

江湛戴上帽子，“嘘”了一声，低声道：“我换了车。”

居家谢心里想：换了车怎么了？被拍到这件事难道还会以你用了哪个地方的车牌为转移吗？！

柏天衡留下一句“我们回家”，就跟着江湛走了。

居家谢头都秃了，焦急地看着两人的背影，拉开副驾驶座的门，瞪眼看着司机老陈问：“这都可以？”

老陈淡定地耸肩。

居家谢：“会被拍到的！”

老陈继续耸肩，无比淡定地说：“那就……被拍到呗。”

居家谢：你来，你来当这个经纪人！

江湛没开他舅的那辆宝马，换了辆异地牌照的黑色大切诺基，车大、空间大，前后左右的玻璃全贴了防拍膜。

柏天衡对这辆车很满意，一上车就拉住江湛问：“学什么不好，学这种不声不响突然给人惊喜？下次不许这么干。”

江湛好笑道：“我看你不是挺高兴的？”

柏天衡道：“嗯，是高兴。”

江湛觉得车里有点热，问：“去哪儿？”

人类喜欢置办房产，纯属本能，酒店再高档舒服，也不及自己的窝有归属感。

三个月前，柏天衡在C市买了一套房子。C市不大，这套房子在近郊，小区是新建的高档住宅区，住户不多。

一进门，江湛就看到朝南的一面大落地窗，还有窗前案几上摆着的玻璃花瓶，花瓶里插着一束新买的向日葵。

事实证明，柏天衡是很会办事的。他不但弄了这套房子，还在房子里精心准备了江湛喜欢的东西——模型。

连着忙了三个月的团队活动，江湛没休息过一天，现在终于闲下来，赶了半天的路过来，洗了个澡，换了身衣服，坐下就能摸模型，太舒服了。他松了松肩膀，坐在地上拼模型。柏天衡点了餐回来，坐在他旁边，跟他一起拼。

两人一直拼到太阳落山，屋子里的光线暗下来，才算结束。

江湛往后靠，倚着沙发垫，伸了个懒腰说："好久没拼了。之前那个还没拼完的航母呢？"

柏天衡道："极舞结束后，就把它挪去家里了。"

江湛问："哪个家？"

柏天衡道："打篮球那个。"

江湛点点头，想到那里有专门用来放模型的房间，心里就痒痒的。他想，改天他也要弄一个。

柏天衡像是知道他在想什么，忽然道："就是你的。"

江湛一顿，侧头疑问道："嗯？"

柏天衡道："模型室是你的。"

江湛问："我的？"

柏天衡问他："在你看来，我很喜欢模型？"

江湛想了想，柏天衡和他还真不太一样，他是很想尝试没尝试过的东西，对什么都好奇，柏天衡却不同——柏天衡没有特别喜欢的东西，也不会那么想尝试新鲜事物，但只要上手玩，很快就能学会，还都玩儿得不赖，打篮球是这样，拼模型也是这样。

江湛还没答，柏天衡拼着模型，缓缓道："本来就是你的。家是你的，房子是你的，模型是你的，都是你的。"

室外的暗沉被几片窗帘隔绝在外，室内灯火通明。

柏天衡拼模型的样子很认真，说这些话时的样子亦是。

江湛全都感受到了。他突然想起那间模型室里，自己卖掉后转手到了柏天衡手里的那件模型。大概真的存在"冥冥之中"吧。冥冥之中，他们是会重聚的。

晚饭后，江湛抱着笔记本，窝在沙发里修图。一登录QQ，又都是王泡泡的消息。

前半部分消息是王泡泡劝江湛接她之前提到的商图，用一句话总结起来就是：哥，钱多，咱不和钱过不去，成吗？！后半部分，王泡泡在感慨柏天衡黑粉的执着。

王泡泡：“这些黑粉真是够无聊的！极舞的时候，她们说江湛蹭柏天衡的热度，现在极舞结束三个月了，她们竟然又改口了，说柏天衡是故意和学霸校草老同学走得近，目的是洗白自己。”

王泡泡：“我就纳闷了，柏天衡到底洗白什么了？！”

王泡泡：“好气啊，气了半天我才想起来，好歹我也是做过柏天衡粉丝的。”

“谁？”柏天衡把餐桌收拾干净，坐到江湛旁边，想看他修一会儿图，刚好看到了王泡泡的对话框。

江湛没挡屏幕，把笔记本捧起来让柏天衡看得更清楚，隆重介绍道：“我经纪人。”

柏天衡道：“嗯？”

“修图业务经纪人。”江湛解释，“圈子里的人找‘P图’是找不到的，都是找她。”

柏天衡感慨道：“原来是自己人。你们见过面吗？”

江湛说：“当然没见过。她不知道我是谁。”

柏天衡道：“朋友？”

江湛点了点头说：“嗯，在国外的时候，一直是她帮我接的单子。”

柏天衡看了看对话框后面的PS页面问：“还在修图？”

江湛道：“我自己的图。”

柏天衡问：“我的图你不修了？”

江湛笑着说：“P图老师不修其他人的，只修江湛和柏天衡的，马上就要被说成是柏江粉了。”

柏天衡问：“你不是吗？”

江湛道：“嗯？”

柏天衡恍然大悟道：“哦，你是柏江本江。”

江湛一胳膊肘捅过去，回头看着笔记本屏幕，开始回复王泡泡。

P图：“工作太多，不接了。”

王泡泡马上回复：“钱都不能让你回心转意？”

P图：“真的有很多工作。”

王泡泡：“好吧。”

王泡泡：“你最近还是很忙？”

P图：“前段时间非常忙，这两天闲一些了。”

王泡泡：“哦，也是，十月了，你儿子上幼儿园了，你是要闲一些了。”

P图：“……”

王泡泡：“准备生二胎了吗？生二胎了会更忙吧？唉，我们这个圈子，退掉的人全是因为结婚有了孩子，你身为半壁江山，也不能幸免啊。”

江湛淡定地看完了王泡泡这几句胡编乱造的屁话，习惯了，还转头给柏天衡解释：“这就跟我和宋少爷相互喊‘孙子’一样。”

柏天衡消化着“儿子”“二胎”等措辞，幽幽道：“你和你修图业务经纪人的聊天尺度，还挺贴合国家政策的。”

江湛道：“谢谢。”他一边说着，一边两手悬在键盘上，回复王泡泡。

P图：“没事，等我儿子大了，我就得空了，又能回来修图了。”

王泡泡：“到时候你会给他讲你和湛湛、柏天衡之间复杂的关系吗？而这段关系里，你最终以和柏天衡的豆腐脑友情宣布退出……”

王泡泡：“啊，西湖的水，P的泪。”

江湛：“……”

柏天衡：“……”

晚上，洗漱完，柏天衡挂了居家谢的电话，坐在床头用手机看剧本的电子文档，江湛在一边修图。

江湛修完图后，柏天衡还在看。听到江湛收电脑的动静，柏天衡抬起视线，眼神示意。

江湛坐到他旁边问：“什么剧本？”

柏天衡道：“有两个剧本，不过都是小众题材。”

江湛听着。

“一般这种文艺片都是奔着拿奖去的。”柏天衡说着在手机上把两份剧本调出来，“都是现代题材，一个讲‘成长’，一个讲‘经历’。”

江湛看了眼手机屏幕问：“你要接？”

“看情况。”柏天衡道，“后面那个讲‘经历’的，已经被我拒掉了。前面那个剧本比较特别，我以前也没接过这种文艺片，可能会想试试看。”

江湛点点头。这个房间里的床很软，是他喜欢的质感，一躺下去就觉得困了。

夜里，江湛醒了一次。这种突然的醒来，是身体、大脑和精神配合着在瞬间产生意识，就像人闭眼假寐时醒来，没有半点困意，非常清醒。

江湛坐起来。卧室没有卫生间，江湛推门出来，上完厕所，转身回去的时候，脚步忽然顿住。

片刻后，他往前走了几步，抬头看向客厅。地灯照亮了房间，窗帘下的小矮桌上，向日葵静静地立在玻璃瓶里。

江湛抱起胳膊，靠墙站着，看向那束向日葵。看了一会儿，他转身回了房间。

次日，柏天衡临时决定出门见个人，带上了江湛。

到了地方，江湛与对方简单打过招呼，便自己活动了，柏天衡则在楼上和人聊事。

此处是临湖的茶馆，二楼用来喝茶，一楼用来钓鱼。这会儿没什么人，老板给江湛拿了一根鱼竿，江湛戴着帽子坐在小椅子上，长腿一伸，胳膊撑着膝盖。

柏天衡和许导面对面坐着，一起往楼下看。钓鱼的男生静静地坐着，长腿支着重心，屁股下的小矮凳晃啊晃。静坐了一会儿，男生侧过头，看向一旁。

粼粼湖水折射着秋日的晨光，美好全在那侧身的剪影里。

“剧本看得怎么样？要接吗？”可能是怕被拒绝，许导接着便道，“你拒掉的那个剧本，方骆北接了。文艺片能让演员升咖位，还能拿奖，他是聪明人，一拿到剧本就点头了。”

柏天衡不置可否。

许导没再接着说，反而又看了看楼下问：“他拍戏吗？”

柏天衡道：“随他。”

许导道：“哟哟哟，这口气。”

柏天衡抬眼道：“您是来挖人的还是来聊事的？”

许导笑着说：“聊事聊事，我这不是顺便了解一下嘛。”

湖边上，江湛一手拿鱼竿，一手拿手机。

微信群——大型狗厂（11）。

费海：“昨天当了无数次的盒子，我累了。”

金陆霄：“我申请退出恋爱综艺，我到现在还没分清这里面的几个女孩子分别是谁。”

魏小飞：“都回来排舞，回来！”

丛宇：“队长呢，休假的人呢？”

江湛拍了一张湖边的风景照，发到群里。

彭星：“……”

程晨：“……”

其余人也都跟着发了一个省略号。

蒋大舟：“大家都是一个队的，凭什么你这么潇洒？”

江湛：“我在钓鱼。”

丛宇：“钓了几条？”

江湛拍下只有水的空桶，发到群里。

祁宴："鱼不上钩吗？"

彭星："队长好菜。"

蒋大舟："队长好菜。"

其他人："队长好菜。"

江湛转身，将手机举起来对着茶室二楼的窗口拍了一张："主要是在等人。"

点开照片看到柏天衡的队友们：……

费海："湛哥你再拍一张，我还要看！"

祁宴："柏老师好。"

彭星："我一时竟不知道该说什么。"

金陆霄："说什么说，鼓掌啊！"

楚闵："鼓什么掌？"

金陆霄："恭喜队长有时间在河边钓鱼啊。"

下一秒，对话框里顿时全是鼓掌的表情包。"队长好菜"瞬间变成了"队长厉害"。

当天，许久没有动静的P图更新了微博，照片上是一把椅子、一根鱼竿、一个小桶。

@业务逐渐荒废的王泡泡：看出来了，您果然是个生活悠闲惬意的中年男性。

回去的路上，江湛问柏天衡："谈好了？"

柏天衡道："还没定，这个剧还在筹备阶段，还要再看看。"

江湛道："明天回剧组？"

柏天衡道："回。"

次日，江湛跟着柏天衡一起回了剧组。

两人不住酒店，住的是柏天衡购置的房子，进进出出又都是坐车，因此刚去的那两天，除了剧组的人，根本没人知道江湛来了。他正大光明地窝在柏天衡的剧组"度假"。

柏天衡拍戏，他和其他演员以及工作人员聊天、逗乐子；柏天衡有空，就是其他演员以及工作人员和他们两个聊天、逗乐子，总之，大家一起打发枯燥的剧组闲暇时光。

柏天衡正在拍的这部戏是个古装电影，日常造型都是戴头套、穿长袍，江湛闲着无聊，大清早陪柏天衡做过一次造型，过程漫长得他直打瞌睡。他还陪过一次大夜戏，实在太无聊了，就窝在椅子里拼模型，大晚上的片场灯光暗，他拼得眼睛都要瞎了。

用居家谢的话来说就是：除了江湛，谁会免费陪你弄造型，陪你拍夜戏？

柏天衡默默看了居家谢一眼。

居家谢道："哎！别看我！我虽然陪，但我收钱的！"

"说话注意点。"柏天衡幽幽地警告，转头看着江湛的方向道，"你这叫'员工义务'，不能叫‘陪’。”

居家谢：无情无义资本家。

江湛笑了笑，给居家谢台阶下：“我也不能叫‘陪’，我这是‘朋友义务’。”

居家谢：“……”

在片场这边，因为有柏天衡在，大家很给江湛面子，加上江湛本身人缘好，和剧组的人也都能聊上。大家没多久就发现，柏老师不好相处是真的，江湛很好相处也是真的。

这部戏的女主演更是对江湛的颜值心服口服，她也不关心别的，只在意一点：“你用的什么牌子的精华？”

江湛道：“代言的厂商送的，你要的话，我让人给你寄。”

女主演问：“你给柏老师送了吗？”

江湛：“倒没送。他自己有代言的高端护肤品，厂商也会送的。”

女主演问：“你们都这么省的？有代言就用代言？”

江湛理所当然道：“要不然呢，能不花钱当然就不花钱了。”

女主演问：“柏天衡没钱吗？”

一时间，知名表情包“我没钱吗”风靡剧组。柏天衡每天都能在剧组的演员群里看到自己的表情包飞来飞去。

这期间有媒体探班剧组，江湛也没有避嫌，柏天衡和其他演员接受采访时，江湛就窝在演员休息的地方拼模型。

媒体都被居家谢的红包塞住了嘴。

居老板客客气气地送走媒体：“没事没事，江湛就是休假过来给柏老师探探班，朋友之间不就是这样的吗。”

直到江湛来剧组的第九天，演员们约了聚会吃饭，江湛才在餐厅附近被粉丝拍到了。

拍到江湛的这个人迫不及待地和同好分享了。

柏天衡的粉丝：啊！难怪前线有粉丝说柏天衡去参加演员聚餐了！我就说嘛，他自己怎么可能去聚餐？江湛真的要多带带我们柏，要不然他连聚餐都不参加，永远游离在剧组集体活动之外。

江湛的粉丝：哦，湛湛去探班了啊，刚好下个月要拍戏，在剧组多跟前辈学习一下也好。

柏江：三个月了！三个月了！俩人终于见面了！

黑粉：你们三家怎么回事？！吵架啊！

三家：毫无波澜。

最终让三家掀起波澜的，是剧组里的一个中年男演员发在微博的聚餐合照。照片里，当天聚餐的人都在，大家挤成一排坐在桌后，柏天衡坐在中间靠右的位子上，目光看着镜头，胳膊挨着旁边的江湛，江湛则将胳膊肘撑在桌沿，笑着看镜头。

喜欢柏天衡的粉丝：史无前例的第一次剧组聚餐！老母亲流下了激动的眼泪！

喜欢江湛的粉丝：学长看起来很开心的样子，今天聚餐一定要多吃一点！

喜欢江湛和柏天衡的粉丝们：我好了！

路人：剧组关系很好啊，柏天衡和江湛关系也很好啊，极舞之后又见面啦。

大号很久没动静的王泡泡，终于在这天更新了一条微博。她转发了聚餐照片，留言道：好的情谊大概就是这样吧，能让自己和对方都成为更好的人。

当天晚上，“# 好的情谊 #”成为头条词。

柏天衡开着车，江湛喝了些酒，坐在后排。

江湛刷到微博，差点以为自己眼睛花了，眨了几下，反复点开头条，才确定那就是王泡泡的微博，顿时哭笑不得。

三天后，江湛结束休假，归队回团。他回去后的第一个工作是宣传团舞，接受某平台的访谈。按照惯例，11 个男生坐成一排，一起接受访谈，江湛身为队长，坐在中间负责拿麦标。前几个问题都是围绕着舞蹈，很好作答。

问着问着，采访的女孩子道：“E-WIN 这次的舞蹈歌曲，总共选了六首歌，其中有三首是情歌。提到情歌，就要说到感情问题，那团员们觉得，什么样的感情可以称之为‘好的情谊’？”

E-WIN：“……”

负责采访的女生：“谁先答？还是队长吗？”

江湛淡定地拿着麦标，见旁边的楚闵要说话，便把话筒递了过去。

楚闵道：“我们那三首情歌，都是关于失恋的。”

江湛又把话筒递向另外一边。

金陆霄道：“对啊！提起失恋的话，应该讨论什么是‘不好的情谊’。”

丛宇道：“那就多了，比如吵架、三观不合，都是不好的。”

魏小飞道：“不过就算恋爱关系结束了，也不能单方面归咎于这是个不好的感情，还应该反思总结，看双方在这段关系里到底出了什么问题。”

采访的姑娘试图把话题拉回来：“我的意思是……”

彭星飞快地接着魏小飞的话道：“出了问题，当然要解决，想办法解决……”说着转头看祁宴。

祁宴道：“解决……解决首先要……要……要两个人都有诚意。”

吴皓道：“对，诚意很关键，没诚意的话，问题是解决不了的。”

费海道：“解决不了就要接着想办法解决。”

程晨道：“如果还是解决不了，就得继续努力。”

蒋大舟道：“努力了还不行……还不行的话……”

江湛把话顺利接过来：“那就来看看我们的新舞蹈——虽然是失恋主题的，但舞蹈动作积极向上，很适合失恋的人观赏，也希望能给大家带来一些正能量。”

最后还能绕回主题宣传上，服。采访的姑娘没放弃：“聊完了失恋，再来说说好的情……”

经纪人当机立断道：“好的，下一个问题。”

采访结束，“大型狗厂”又热闹了起来。

费海：“@蒋大舟 蒋狗你行不行？扯你都不会扯吗？”

蒋大舟：“海狗你搞搞清楚，你没比我好到哪里去，好吗？‘解决不了就要接着想办法解决’，你瞎凑什么字数？！”

楚闵：“采访就是个坑。”

丛宇：“习惯了，冲着八卦提问的呗。”

彭星：“不冲着八卦也是坑。”

程晨：“幸好人多，可以分散火力。”

江湛没在群里说话，直接发了几个红包。

抢完红包的团员们：“谢谢老板，老板好人。”

次月，江湛进了剧组。

剧名叫《奔山向月》，讲的是20世纪90年代末，几个大学生从校园走向社会，赶上经济腾飞，在发展的浪潮里起起伏伏的故事。

这部电影因为剧本好，题材好，又是轻喜剧，主演又都能担票房，早已预定了次年的暑期档，是个货真价实的“大片”。

江湛在里面客串的是女主角暗恋的男神，是一个完全充当背景板的角色，没什么台词，角色对演员本身的要求也不多，关键一点，用导演的话来说就是：帅，一定要帅，天上有地上无的那种帅。

导演又给江湛大致解释了这个角色的演法，他嘴里没说，心里想：这纯粹就是来蹭影视资源的。

还没等拍，造型都没上，柏天衡忽然来了。

两个剧组拍摄的场地挨得近，柏天衡还带着妆，连古装头套都没摘，换上自己的衣服就直接过来探班。

《奔山向月》的女主演和柏天衡认识，导演也和他有交情，都以为老熟人是串剧组、过来玩儿的。

结果柏天衡一来，先找江湛。江湛看他还带着造型，问：“你怎么过来了，今天的戏份不是还没拍完吗？”

柏天衡不答反问：“和导演对过戏了？”

江湛点头道：“嗯，对过了。”

柏天衡这才转头，神情沉稳地四处看了看，示意江湛跟着他：“来，带你认识一下。”他把江湛引荐给导演和女主演，介绍之后，又对他们说，“新人。替我关照一下。”

影视圈非常小，尤其是电影的圈子，大家都是讲交情的，柏天衡说“关照一下”，那大家当然得“关照一下”。

等柏天衡走了，导演朝江湛招招手，把他叫过去：“来，小江，给你加了几个镜头，还加了点台词，你记一下。”

因为加台词、加戏份，江湛原本三天的戏份被拉长到了六天。戏倒是没加多少，台词也总共没几句，但是因为要和主演对戏，只能配合主演的戏份去拍，所以时间才拉长了。

其间柏天衡来了好几次，次次都是给江湛探班，每次还都带妆，顶着一头髻，套着一身古装，混迹在《奔山向月》的剧组里。

这边剧组也算看出来了，这两个老同学的关系是真的好——柏天衡看起来那么不好相处的人，在江湛面前话还挺多。

女主演特意跟江湛八卦了几句：“哎，你们在参加极舞之前，真的很多年没见啊？”

江湛道：“是啊，高中毕业后就没怎么联系了。”

女主演问：“为什么呀？”

江湛道：“因为高中毕业后，各自考了不同的大学，也没什么交集，自然就没联系了。”

女主演问：“那你们以前关系好吗？”

江湛点了点头说：“还不错。”

女主演疑惑道：“关系好的朋友，就算毕业了也会有联系吧？寒暑假约个饭什么的，不是挺方便的吗？”

江湛耸耸肩，还不是因为某人故意不理他。想起这茬，等到柏天衡再来这边的剧组时，江湛便故意挑事儿道：“是谁毕业了就开始不理人？”

柏天衡一身古装造型，披着长发，穿着宽袍。他侧目看着江湛，对这过了多少年的“秋后算账”有点无语。

江湛在只有他们两个人的角落里故作凶样：“说啊！”

柏天衡知道江湛是故意逗乐子的，好笑道：“别胡搅蛮缠。”

江湛戏精上身，压着声音道：“我胡搅蛮缠？之前不理人的是你，现在不解释的也是你，最后却变成了我胡搅蛮缠？”

柏天衡站在原地看着江湛的戏，淡定地配合道：“我可以解释。”

江湛捂着耳朵说：“我不听我不听我不听！”

柏天衡笑了，抬手要去收拾江湛。

江湛自己也笑了，挥开柏天衡的手，边退边道：“我的戏路是不是挺宽的？”

柏天衡：“才演了几天戏就开始当戏精了？”

两人在角落里笑闹了几个来回，点到为止，没再接着玩笑，毕竟是上班的地方，人多眼杂。柏天衡目光看着远处，眼底浮着笑。

这天夜里，江湛又突然醒了一次。他出来喝水，亮了灯，发现飘窗前静立着一瓶鲜花。

他喝完水，盯着那花看了一会儿。

他突然明白了。落地窗前的鲜花，是柏天衡印象里的江家。

两个月后。

张特助抽空向宋佑报告了扬帆娱乐和E-WIN的情况：“公司没倒闭，演出快开了。团员开始进行个人发展，但团体活动仍然每个月都有。江湛拍完《奔山向月》后，录了一期综艺节目，反响还不错，不过……他录综艺的时候，刚好赶上柏天衡那边杀青……”

宋佑处理着手里的文件，眼皮子都没抬：“被拍了？”

张特助道：“嗯。不过居老板那边说，原片都被买回来了。”

宋佑冷嗤：“被拍到了什么内容，还得砸钱买原片？”

张特助淡定道：“没什么，也就是一起吃饭，一起上车，一起从车里下来，一起回住的地方。”

宋佑怒了：“谁要听这么详细的？！”

张特助道：“好的，那就是被拍到私下同框了。”

宋佑心里暗骂柏天衡：杀青后就没别的活儿了吗？活该砸钱买原片。

宋佑道：“还有什么？”

张特助道：“江湛还拍了两个杂志封面，接了几个个人代言以及几个品牌支线推广，此外，有部戏扬帆那边挺看好的，想给他接洽看看，但被他拒绝了。杨总那边的意思是看老板你能不能劝劝，那部戏的确是个好资源。”

宋佑放下手里的活儿，抬头问：“什么戏？”

张特助道：“电视剧，谍战片，很稳的题材，可以申奖的那种。”

宋佑毫不在意地道：“江湛拒掉那部戏，肯定有他拒掉的理由，不接就不接吧。”

张特助道：“好。年末的演出，老板去吗？”

宋佑道："去。"

E-WIN 全体舞者最近很担心访谈——主要怕媒体问及江湛。

只要听到"江"或者"队"字，大伙儿脑内立刻警铃大作。

"E-WIN 队长前段时间录的综艺很火，你也去做飞行嘉宾了，感觉怎么样？"

"E-WIN 团的成员最近都有个人活动，江湛刚结束综艺录制就一个人回去排舞了，是吗？"

"队长私下和你们一起玩什么？听说江湛不会《吃鸡》，也不会《王者荣耀》，那他打游戏吗？和谁打？"

"之前你们都是住在一起，现在面临单人发展，你们还住在一起吗？有谁不住寝室吗？"

除了江湛，E-WIN 成员的内心活动是这样的——

感觉太"棒"了，天天在柏老师眼皮子底下，好像还在参加极舞一样。

一个人回去排舞？排舞是真的，一个人不可能。

玩什么？什么都玩啊。和谁玩？柏老师啊。

不住一起啊，大家各有通告，到处飞，不都住酒店吗？

E-WIN：心里想的和嘴里说的不同步，很难的好吗？！

幸好，演出快举办了，该停的行程都停了，E-WIN 全员聚首。

大型狗厂（11）。

祁宴："柏老师今天还去舞蹈室吗？我要哭了……"

彭星："这还用问？"

程晨："@江湛，哥，求你了哥，别让柏老师来了。在他面前跳舞，我们精神压力太大了！"

蒋大舟："跳着跳着，随时有可能被扔一张'F'卡。"

过了几天——大型狗厂（11）。

楚闵："柏老师今天会来的吧？"

吴皓："@江湛队长，我想吃那家五星级饭店的水晶虾饺，柏老师能再订一份吗？"

蒋大舟："柏老师今天不来，我今天就不上工。"

又过了几天——大型狗厂（11）。

彭星："柏天衡今天不来吗？他不来我们吃什么？"

再过了几天——大型狗厂和喂狗人（12）。

全员：“@柏天衡你到了吗？我们快饿死了。”

对这种靠投喂收买人心的办法，江湛心服口服，也总算见识了一个不靠流量的影视大咖的假期有多自由。柏天衡不需要上综艺，没有站台，没有推广，也没有通告。

众人问起来，他就说：“演员需要一段没有曝光的沉淀期，不能时时刻刻出现在公众眼前，曝光太多的话，容易固化自己在观众眼里的形象，不利于在影视剧里塑造角色。”

江湛道：“说人话。”

柏天衡道：“我就要在这儿。”

十二月，粉丝翘首以盼的 E-WIN“ELE+F”公益巡回演出拉开序幕。

而举办方一早便表示，本次巡回演出的门票收入将全部捐赠给当地“关爱行动公益基金会”，用于特殊儿童教育的救助。所以此次巡回演出，除了能看到 E-WIN 全员的精彩表演，观众还将跟随十一位成员一同了解当地基金会的相关救助政策。早前就有粉丝拍到 E-WIN 全员前往“A 市关爱行动公益基金会”参加活动。

不仅如此，在“ELE+F”公益巡演过程中，举办方联合当地基金会全程开通公益捐助通道，所得捐款也将直接用于特殊儿童教育的救助。

这件事在网上引起的很大反响，E-WIN 成员同时转发，曾经参加极舞的舞者们紧跟其后，纷纷发微博响应，极大程度地带动了粉丝和围观路人关注当地特殊儿童的教育事业。

柏天衡工作室及宋佑也发博表示将分别捐赠五十万给“A 市关爱行动公益基因会”，主要用于资助山区学生上学。

本次公益巡演在八个城市进行，总共有 14 场演出，根据出票数，预计的总观看人次将达 30 万，一票难求。

王泡泡在极舞之后便主动退出不再亲手负责江湛的粉丝后援事务。

这次江湛的粉丝内部搞了不少票，王泡泡以为凭着自己和后援团的关系，怎么也能搞到至少一场的票，结果因为票实在紧张，她刷脸也没能弄到，快要气炸了。

王泡泡：“我！王泡泡！混了这么多年！哪场我想看的演出没有追过现场？可现在，对，就是现在，我竟然连一场 E-WIN 首巡的票都没有抢到！一张都没有！”

P 图：“我有票，地址给我。”

王泡泡：“你有？你真的有？”

P 图：“我有。”

演出前几天，王泡泡收到了快递。她小心翼翼地撕开纸质快递袋的封口，揣着怦怦直跳的小心脏，手缓慢地伸进袋子里，慢慢地把东西摸出来——啊啊啊！票票票！等等，怎么是一沓？

王泡泡把票一张张扫过去，A 市的两场，S 市的两场，W 市的一场，N 市的一场……全部是内场 VIP 区的第一排。她惊恐地瞪大了双眼。

王泡泡："我认真地用我可以上头条的逻辑思维前后理了理，觉得有可能是这样的——"

王泡泡："你，P 图，就在极舞结束、E-WIN 成立的那段时间，被柏天衡用一碗豆腐脑和高薪挖到了娱乐公司。现在的你，很有可能在给 E-WIN 舞团专业修图。因为你已经成功打入了内部，所以才可以轻松地搞到票。"

王泡泡："也是因此，你才只给江湛修图，而不接别家的商图。"

王泡泡："是不是？你说是不是？"

王泡泡："你答啊！你回我啊！"

王泡泡："我告诉你，这次你休想给我装死！你要是敢给我装死，我立刻把你这套首巡的票挂上闲鱼拍卖！"

P 图："卖了记得分钱给我。"

王泡泡："？？？"

P 图："好好看演出吧，我去忙了。"

王泡泡："等等，P 神！我想问最后一个问题！"

P 图："嗯？"

王泡泡："你见过柏江同框吗？极舞结束之后。"

P 图："卖票吧。"

王泡泡："好吧，我撤回。"

王泡泡："你先忙，我去买机票，收拾行李啦。"

王泡泡不再纠结她家 P 神为什么能搞到首巡的套票——他都能和柏天衡一起吃豆腐脑了，还有什么是他搞不定的？她开开心心地买机票、订酒店去了，还特意注册了一个全新的小号，更新了微博。

@幸运女孩 123：学长，我来啦！

后面还配了一张照片，照片上是被摊开摆成扇形的"ELE+F"首巡演出门票。

评论区——

"我抢一场都费劲，你竟然有 14 场的票？！"

"我没瞎吧？14 场全是 VIP 第一排？"

"你是不是内部有人？"

“看出来了，博主是个富婆。”

“羡慕，真的羡慕了。”

“关注了，坐等第一排的现场视频。”

…………

王泡泡的新小号和她的大号一样优秀，发一条微博便吸粉无数，全是关注她、等着她发现场视频的粉丝。E-WIN 舞者团的团粉、各家唯粉纷纷给她发私信，想让她录视频、拍照片，还有不缺钱的人直接报价，想让她代拍。

王泡泡这个披着小号皮的老粉，很懂规矩地在小号上亮明了自己的粉籍：队长家的学妹粉兼 E-WIN 团粉，并表示自己会尽量多拍视频。

奔赴第一场演出的时候，王泡泡还特意用小号发了自己在机场候机的照片，配文：出发啦。

落地 S 市后，她又发了定位。住进离演出举办场地最近的酒店后，她又发了一条微博：到酒店啦，开开心心等明天！

评论区——

“实名羡慕，博主一定要拍第一排的角度，和我们分享呀。”

“我查了一下场地的区位表，博主不但在第一排，还正对舞台中间，这角度拍起来肯定爽死了。”

“博主！博主好人！求照片，求视频啊！”

…………

王泡泡坐在酒店房间里翻评论，一边翻一边乐，这种能和一大群人一起开心的感觉实在太好了。演出的前一晚，王泡泡洗澡，敷面膜，挑衣服，收拾包，准备以最好的状态去 VIP 区的第一排“瞻仰”学长。

她还特意在 QQ 上戳了 P 图：“怎么穿才能让学长一眼看到第一排的我？长发小清新，卷发御姐，还是双马尾小可爱？”

王泡泡：“帮我挑个口红色号。”

王泡泡：“到时候我是在脸上贴‘E-WIN’好，还是直接贴个爱心比较好？”

P 图：“……”

王泡泡：“啊，算了，问你也是白问。我都带着吧，明天入场后，我问问坐我旁边的小姐妹。”

王泡泡纯属兴奋过头，并不在意 P 图回复什么，自己说完就放下手机继续收拾。

过了一会儿，屏幕亮了。

P 图：“带纸巾和金嗓子喉宝。”

王泡泡：“嘁，我好歹也追过极舞，E-WIN 团的每一个人我都拍过好吗，怎么可能坐第一排看场演出就瞎叫唤。”

王泡泡：“知道了知道了，我带，行了吧。”

王泡泡心道：哪怕自己用不上，还能给旁边的姐妹。

次日下午，王泡泡收拾妥当，便去场馆排队，等候入场。

@幸运女孩123：来得早，准备进场啦。内场区有VIP通道，很快就能进去啦！

E-WIN的首巡首场演出是在室内场馆举办，场地很大，第一场的观看人数达到了两万。

因为人多，从中午开始，场馆附近就进入交通管制，场馆外的花墙摆了一排又一排，负责现场应援的摊位整整齐齐，秩序井然。

王泡泡来得早，把应援摊位全部逛了一遍，拍了很多照片，还领了免费的应援物。

负责现场应援的小姐姐告诉她：“E-WIN早上就来了，还走了一遍彩排。”

王泡泡：“开心到冒泡！”

入场后，王泡泡坐到令无数粉丝羡慕的VIP第一排——今天的泡是王者泡！

将手机、相机、充电器全部检查一遍后，王泡泡拿着镜子照起来，补补妆，深呼吸——啊啊啊，好开心！

后排刚好坐下几个女生，脸上贴着E-WIN的团标，手腕上系着队长的金色应援手带。

大家相视一笑，立刻认亲：“你也是学妹吗？我也是我也是！”

聊了一会儿，王泡泡才知道VIP内场的票不是一般地难搞，她身后的那几个女生，有人是花钱买的高价票，有人是刚好在品牌方做抽奖活动时抽到的内场票。

几个女生看向王泡泡：“你呢？”

王泡泡一脸正义道：“我哥给我搞的。”

女生们：“羡慕！”

王泡泡入场太早，便得等，从没多少人等到一大批人入场，从广场内没什么动静等到人声鼎沸。

六点不到，各家开始亮应援灯、喊口号，从舞台下往身后望去，一片片人影和应援色，到处都是灯的海洋。

王泡泡看得热血沸腾，想起自己以前追演出也是这么追的，扛着硕大的应援牌，只恨自己没有三头六臂。

VIP第一排的位子还没坐满，很多位子还是空的，她坐在这超好的位子上，忽然感觉不太适应，有种“丫头身子公主命”般的如坐针毡：来啊，来人啊，身旁没有姐妹是怎么回事！

后排有几个女生在叽叽喳喳地聊天——

“这么多空着的位子，是把内部票送人了吧？”

“肯定啊，送给高管亲戚，或者团里成员的家人、朋友。”

“有明星吗？”

“肯定有。”

“说不定会有极舞时的同期舞者。”

“哇，那太棒了吧！”

…………

突然有一个女生将声音压低，身旁没有人的王泡泡竖起耳朵。

女生道：“柏……来吗？”

另外几个女生激动兴奋得直跺脚，跺了两下，恢复理性道：“应该不会来。”

“是哦，极舞之后，两人就没同框过了，连共同的商业活动都没有。”

“唉，极舞限定款，只限极舞，极舞结束了，柏江也就结束了。”

突然被虐到的王泡泡：“……”

临近六点半，第一排终于快坐满了。

王泡泡眼尖，认出了扬帆娱乐的杨总。杨总似乎在等什么人，坐下后便伸着脖子看向某个方向。她跟着看过去，视线落在某道身影上，定睛一瞧，顿时惊了！

那人穿过第一排，走近。杨总特意站起来，跟那人聊了两句。杨总坐下，那身影继续往这边走。

王泡泡瞪大了眼睛，突然产生某个预感，她默默收回视线，心里念着：不会吧？

下一秒，宋佑便一屁股坐下——就坐在她的右手边。

王泡泡：“！”

宋佑看了她一眼，人向后靠坐，往舞台上看去。

王泡泡立刻缩起来，把手伸进包里掏出票根，反复确认自己的位置是对的：天杀的啊！她竟然和霸道总裁哥哥坐在一起！她不配在第一排和粉丝小姐妹一起看演出吗？不过霸道总裁哥哥真的好帅啊！和霸道总裁哥哥坐在一起，不就是间接和江湛坐在一起？

王泡泡缩着，闭眼埋首：太突然了，心脏受不了。

这 VIP 第一排是给幸运女孩的吗？不，是给全世界最幸福的女孩的。按着心口的王泡泡扪心自问：我配得上吗？我配不上吧？

突然，全场安静，工作人员提醒本场演出即将开始。

室内灯光暗下，现场两面巨屏亮起，闪着倒计时的数字。

全场大喊：“5、4、3……”

王泡泡咬了咬牙，也不顾霸道总裁哥哥就坐在自己旁边了，跟着全场女孩一起放声大喊：“2！”

旁边的宋佑吓了一跳。

王泡泡两眼放光地看着舞台，继续大喊：“1——”

舞美灯光亮起，升降台上升，伴奏乐中，E-WIN 全员亮相。

第一首歌是极舞主题曲《Show Me》。

全场：“啊啊啊！”

王泡泡：“啊啊啊！”

耳膜炸了的宋佑：“……”

王泡泡已经完全忘记自己身边坐着霸道总裁哥哥了，眼里、心里只有近在眼前的 E-WIN 团和江湛，她和身后无数女孩一起，跟着舞台调动情绪，跟着 E-WIN 一起唱副歌的几句歌词。

舞台上，一曲《Show Me》结束，E-WIN 舞者团站成一排，领舞者江湛带着全员一起打招呼。全场立马沸腾起来，大家默契呼喊着一声声“E-WIN！ E-WIN！ E-WIN！”

E-WIN 的团员们站在舞台上，朝着全场挥手，巨屏上一一闪过男生们的面孔。

王泡泡凭借地利和专业的拍摄手法，稳稳地端着手机录视频，录完视频后便开始拍照，一张张全是江湛，抓拍得又快又稳。

她身后的女生完全拍不过她，从后面看到她的手速后，顿时惊了，探头过来说：“姐妹！我要加你的微信！”

王泡泡往后靠，听到她说什么之后，边拍边道：“等换装的时候加吧。”

女生道：“好！”

舞台上，全员打完招呼，江湛举起话筒。

现场舞台和巨屏上都出现他的身影——江湛特意染了头发，没有弄刘海，头发梳上去，精致的造型和俊朗的眉眼一览无余，红唇亮眸，面带笑意。

全场又是一阵尖叫。

江湛爽朗笑着道：“来，我们先聊一下。”

全场：“好！”

江湛道：“今天天气有点凉，人多，排队入场的时间也比较久，辛苦大家了……”

全场：“不辛苦！”

江湛问：“冷吗？”

全场：“不冷！”

江湛笑了，E-WIN 全员都在笑：“谢谢大家来看 E-WIN 公益首巡的第一场演出……”

从舞台的视角看去，迎面的几个方向全是粉丝和灯牌，场面触动人心。

江湛站在舞台上，有种被全世界关注的感觉，支持与喜爱、兴奋和激动，所有的情绪都在这一方有限的天地中被无限地放大。他能清晰地感受到这些情绪，也被这些情绪调动着状态。太高兴，太兴奋了。

他的余光看向第一排——昨天晚上还在问自己扎什么头发的小姑娘一面举着手机，一面兴奋地看着台上。江湛在心底大笑：明明是短头发，还问马尾、长卷、扎不扎？信了你王泡泡嘴里的话！

台下的王泡泡：我学长瞄我了，瞄我了，瞄我了！

恰在这个时候，王泡泡盯到江湛那快速的一瞥，因为太快，她都没在意，继续举着手机边拍边看现场，还是身后的一声声惊呼让她往左转移了视线。

姗姗来迟、低调入场的柏天衡在她左手边坐下。

王泡泡心里想道，她这是坐了一个什么样的位置！瞪眼、提气、咬牙、绷紧全身，颤抖到无法呼吸！无法呼吸！

她侧头看去，柏天衡近在咫尺，那曾经让无数粉丝入迷的俊颜清晰可见。

大脑停止运转，血液逆流，她顿时面红耳赤，连端着的手机都拐偏了角度。

下一秒，她亲眼看到柏天衡对着台上笑了一下。

这已经不是这个位子她配不配坐的问题了！

王泡泡无所适从地趴了下去，默默伏在腿上整理心绪：泡你可以的，你可以！加油啊！

重新坐起来后，王泡泡扭了扭屁股，端坐好，举稳手机：现在开始，本泡就是钮祜禄·泡。

当天的首巡首场演出持续了3个多小时，除了《Show Me》以及EP里的六首歌，团队还跳了没有发片的三支舞。单人对决阶段，11个成员各自登台表演，台上台下互动，全场嗨翻。

王泡泡带了好几部手机，每个人的单人表演她都拍了，轮到江湛表演的时候，她只恨自己没有八只手，不能把所有的角度都拍到。她拍视频的时候，余光还瞥见柏天衡举起手机对着江湛拍了好几张。

钮祜禄·泡：啧，你有本事坐在台下拍照，你有本事上台啊。

钮祜禄·泡：不，不能上台，我家学长是最棒的爱豆！不要！

台上，江湛单人对决表演结束，摘掉麦，从台下接了一瓶水喝。现场镜头跟着他，巨屏的画面上始终是他的身影，拍到某个角度时，还刚好拍到了台下的柏天衡。

现场的人疯狂大喊。

要知道极舞比赛现场也不过千把人，决赛现场的场地稍微大一点，但到场的人也不超过两千人，喊起来的效果都能掀翻屋顶，更何况是人数高达两万的演出现场。那动静从内场的四面八方汇聚，传向舞台，再在内场回荡，震耳欲聋。

江湛回到舞台中央，被这动静惊了一下，还没反应过来，就听到台下某个方向传来整齐的喊声："柏天衡！"

江湛举起话筒，故作疑惑道："柏天衡？"

听到他嘴里说出"柏天衡"这三个字，全场疯狂大喊，现场镜头刚好给到台下，巨屏上出现坐在第一排的似笑非笑的柏天衡，于是喊声持续，地动山摇。

钮祜禄·泡：你们不是团粉吗？这是怎么回事？

江湛在台上清嗓子，控场道："好了。"

现场粉丝："没好！"

众人大笑。

江湛开始跟现场互动道："没好？那再让你们喊一会儿？"

现场粉丝："啊——"

江湛忍俊不禁。

他笑起来的样子是真的好看，俊朗阳光。当他一个人站在演出的舞台上，所有的光都聚集在他身上。半年时间过去，他的台风比在极舞时更稳，台下的人看他，能感觉他对于舞台已经十分熟悉了，哪怕一举一动都在镜头里，都在观众眼里，他也能做到完全收放自如。

他这么笑的时候，眸光闪亮，唇角微扬，没有什么所谓的羞赧，笑得很明朗，真要说有些什么别的，最多也只是有几分无奈，但饶是如此，他也由着粉丝喊，那神情如同在纵容地叹道："好吧。"

王泡泡一边举着手机一边捂嘴，看到江湛的这个表情，她差点哭出来：是我爱豆没错！哪怕是"营业"的，哪怕这只是表情管理，也能打个满分！我们湛湛就是这么棒！太爱了，太爱了！

喊叫声渐落，江湛才道："聊点什么呢？今天演出上台之前，官博收集了不少粉丝提出的问题，给我的那些问题，我都看了一遍。"

江湛接着道："我没有办法一个个地回答，就挑几个我印象深刻的问题聊一下吧。"

视线汇聚舞台，灯海逐渐安静。

江湛道："这半年以来，我过得非常充实，非常好。

"出了团综、团专，出了个人 EP，拍了电影、电视剧、杂志封面，还参加了很多公益活动，认识了很多人，接触了我以前从来没有接触过的这个行业的方方面面。

"很开心。团活动很充实，个人流程也是。还开了演出，开始'ELE+F'的首巡。

"大家知道'ELE+F'的'F'是什么意思吗？"

台下："Fan！"

江湛道："Eleven&Fan，团和粉丝。所以今天不只是你们在台下看我们，也是我们在台上看你们。"

粉丝动容。

江湛想了想，又道："嗯……还有一个问题……是关于直播。"

不提这个还好，一提这个，台下全是怨声——你还知道？你还知道？！E-WIN 全员就你不开直播，怎么也不开！

江湛说："我自己是没开，但团里其他人开的时候，我都有露面的。"

坐在第一排的王泡泡吊着嗓子脱口而出道："那也算？"说完反应过来，赶紧捂嘴。

宋佑"噗"了一声，柏天衡轻笑。

江湛扫了眼第一排，问现场粉丝："不算吗？"

粉丝："不算！"

江湛爽快道："好，那我以后会开的。"

江湛的粉丝：看看，你们别家都看一看，这是我家学长！学长有多宠粉，你们体会一下！

江湛道："下一个问题——架子鼓我一直在学，乐器都有学一些，程晨、从宇他们都有教我。游戏……游戏就算了，没时间，现在顶多玩一下魔方、掌机什么的。"说完赶紧加了一句，"是我自己买的掌机。"

台下粉丝："包邮吗？！"

全场了悟一般大笑。

王泡泡已经彻底淡定不了了，疯狂拿眼睛瞄左手边。

下一秒，她就听到身旁的柏天衡淡淡地道："包啊。"

王泡泡重新弯腰，埋首，抱腿，再次抬头时，她的一张脸憋得通红，心道：是他们逼我的！P 给的位置，江湛捧的碗，柏天衡递的筷！是他们逼我的！

台上，江湛默默地等着，等到现场安静下来后，他才继续说话。他神情放松，语调温和，在现场粉丝听来，真的就像是一个温柔的邻家哥哥在和她们聊天。

因为时间有限，江湛说的话并不多，但传递出来的内容很丰富，现场粉丝也都能感受到江湛没什么刻意的保留，是真的敞开了心扉在说话——

过去的半年里，他活动多、日程忙，很累，但是很开心；之后他还会坚持团活动；首巡之后，次年会看情况再决定要不要开演出。

比起拍戏，他更喜欢舞台；他推掉了很多影视剧的项目，不觉得可惜，因为会有比他更适合、更专业的人。他学了很多乐器，乐理也开始学了；大学学的专业课荒废了太多年，他也开始捡起来了；有机会的话，他还想继续念书，以后看情况调整。

没有什么台下台上的互动，也不嗨，就只是他一个人站在台上说。他说着，台下听着，如同朋友与朋友谈心。

江湛还提到了模型："这个我太喜欢了。可能因为我之前没提过，所以大家一直不知道——我有一个航母的模型，拼了大半年，还没拼完，因为没时间。"

柏天衡静静地注视着他。

"希望再过段时间能拼完。"江湛笑，"拼太久了，都快没耐心了，已经想买新的了。"

台下粉丝："买！我没钱吗？"

哄笑声四起，江湛忍俊不禁。

王泡泡咬着手指头：太喜欢这届粉丝了！大家太能接梗了！

江湛说："好好好，你们有钱。"

"最后——"江湛注视全场，认真鞠躬致谢，"E-WIN这半年，多谢大家了。"

单人对决阶段结束，欢快的现场伴奏乐响起，全场呼喊"江湛江湛"，江湛重新戴上耳麦，E-WIN全员上台。

金陆霄说："一首《Living》送给大家！"

《Living》是极舞比赛名曲，全场顿时兴奋了起来。

王泡泡已经完全顾不上左右两人了，跟着《Living》的调子哼，喊"江湛"，喊"E-WIN"，嗓子都要喊劈了。因为旁边没有小姐妹跟着喊，她恨不得去拽身边两个男人的胳膊：你们倒是跟着喊、跟着叫啊！你们这么平静，还看什么演出！

王泡泡在第一排疯狂扭起来，恢复了自己粉丝的本体，下定决心不能浪费这么好的票。

宋佑侧头看了她好几眼，柏天衡则十分淡定。不知道第几次对视时，王泡泡直接转头看右边："挥起你的手，躁起来啊哥哥！台上的人可是你弟！"

宋佑："？"

王泡泡举着手里的小灯牌，用力地挥着说："像我这样！"

宋佑："？"

王泡泡说："不要害羞，释放你自己！"

宋佑："……"

柏天衡在另外一边笑得肩膀直颤。

王泡泡感觉到了，立刻扭头。她的灵魂此刻正是激荡的时候，已经顾不上别的了："男神！你也一起啊！"说完她也不管左右两边了，两眼放光地盯着台上，随着《Living》的曲调摇摆起来。

这是她真情实感喜欢的爱豆，是她用心用力追过的舞团。E-WIN、湛湛、男孩们，冲！

当天晚上，王泡泡回到酒店，精神抖擞地整理自己拍到的素材，用小号发了不少微博。

因为她本人就在现场，所以看到 E-WIN 演出相关的头条时，她十分淡定。

E-WIN 演出好看？是啊。柏天衡去了现场看完整场？对啊。团魂精彩？嗯呢。

毕竟她王泡泡就是那个坐在柏天衡和霸道总裁哥哥中间的幸运女孩！

王泡泡临睡前发的最后一条微博，是入场时主办方派发的 E-WIN 首巡致谢礼包的照片。

礼包里有11个团员的印刷版单人签名照、团合照、团封面的小册子、暖宝宝、彩妆、香水、护手霜等。

王泡泡把东西一一摆放整齐，签名照呈扇形摆放，拍照发博。

发完又在QQ上给P图留言："谢谢P神的至尊无敌内场宝座，今天演出看得特别开心。"

王泡泡："顺便说一句，柏天衡也在现场！看在他本人帅得天理难容的分上，我就暂时不吐槽他了。"

王泡泡："最后再次叩谢 P 神给我这么棒的票，爱你哦！"

到了周六，王泡泡奔赴第二场演出。

有了第一场的经历，这一次她刚坐下就开始给自己洗脑：说不定还是"右霸左柏"呢？万一呢？可能呢？或许就是呢？可惜——霸道总裁哥哥没来。柏天衡依旧坐在她旁边。

王泡泡：今天的泡，依旧是王者泡！

这一场，她从容了很多，电子设备全程端得稳，喊劈了嗓子呛了一口咳嗽的时候，她怕断掉录像，还淡定地请旁边的柏天衡帮忙端了一会儿手机。拿回手机的时候，王泡泡撑起胆子搭话，自认沉稳大气，实则声音只有一丢丢，柏天衡让她重复了两遍，才听清她说了什么。

王泡泡问："柏老师，你下一场还来吗？"

柏天衡看着这位嗓门无比巨大的图单业务经纪人："嗯，来。"

王泡泡："！"

第三场、第四场、第五场、第六场……王泡泡挤出时间，拼了老命地全国追演出。哪怕同一个城市办两场，她也一场不落地照样看。每一场演出，她的身边坐着的都是柏天衡。

其实早在第四次演出的时候，头条就挂过"# 柏天衡追 E-WIN 演出 #"的头条了！

王泡泡如果不在现场，不是每场都坐在柏天衡身旁，估计还不会信。然而一场一场的演出看下来，一次一次地坐在柏天衡旁边，她越来越能够清晰地感受到柏天衡凝视舞台的专注。

巡回演出快结束的时候，王泡泡忽然有种错觉，觉得自己和柏天衡挺熟了。后来两人在第一排见到时，都能相互打招呼了。

王泡泡用闲聊的口气问：“最近是不是很得空？”

柏天衡：“正在休假。”

王泡泡：“快进组了吗？”

柏天衡：“是。”

最后一场演出开始前，王泡泡终于淡定地和柏天衡提起了一个人：P图。

柏天衡看看她。

王泡泡以为他不记得了，连忙道：“豆腐脑，还记得吗？你们一起吃过豆腐脑。”

柏天衡：“嗯。你们很熟？”

王泡泡没在意这是肯定句还是疑问句，自顾自道：“是啊，我和他认识很多年了，是很好的朋友。”

王泡泡叽叽喳喳的本性暴露，也是怕和眼前的男神聊几句就冷场，便继续道：“P真的超厉害。”她忍不住吹起了彩虹屁，“他的PS技能都是半路学的，学了一个多月就上手了，图片修得又快又好。”她继续道，“我和他挺有缘的，我们认识的时候，刚好是我们两个都特别缺钱的时候，既然大家都缺钱，就刚好一拍即合，决定搞钱——我想办法去找愿意花钱修图的粉丝，我拉活儿，他修图，然后分钱。说来也挺巧的——有一次，他修你的图，修出神图了，就出圈了，活儿都不用我去拉了，自己就能找上门来。你公司还找他修过很多商图，开价特别大方，我们私下里还开过玩笑，说柏天衡一个人养活了我们俩。后来看到你们一起吃豆腐脑，我真的超级为他开心啊，就是那种看着他以前默默无闻地修图，现在终于走到人前被认可的开心。”

王泡泡说着，看向舞台，有感而发地叹息道：“虽然修图不是什么特别光鲜的工作，P神也不像我学长那样能在舞台上无比亮眼，但他在我心里是特别棒的男生，脾气好，会沟通，效率高，可以随意聊天，还能开玩笑。有机会的话，嗯，等他不那么忙了，我也要见见他，请他吃豆腐脑。”

短发女生一聊起来就畅所欲言，话匣关不住，一连串说了很多。一旁的柏天衡默默地听着，眼神里是平静的温柔。他很高兴能从其他人的口中听到这些。这些话让他确定了那些他不在的岁月里，江湛的人生依旧是和他有关的。他也很庆幸，庆幸江湛咬牙坚持的那段日子里，有王泡泡这样的女孩陪伴着。

当天演出结束后，柏天衡给哭得稀里哗啦的王泡泡递纸巾，提醒她道：“礼包别忘了。”

王泡泡背着自己的包，拎着致谢礼包，一边擤鼻涕一边止眼泪道：“嗯，我拿了。”

柏天衡点了点头说：“再见。”

王泡泡："呜呜呜，再见。男神，如果 E-WIN 以后再开演出的话，你还会来吧？不知道那个时候我还能不能弄到第一排的票，呜呜呜。"

柏天衡哭笑不得道："会有的。"

王泡泡心道：怎么可能，我认识的是 P 图，又不是江湛。

当天晚上回去后，王泡泡整理了最后一场演出的照片、视频，挑了一些发在小号微博上。发江湛单人舞台照的时候，她盯着照片看了一会儿，默默地想：真好啊！

王泡泡最后才翻出致谢礼包，每场演出她都追了，拿过太多次礼包了，礼包内容大同小异，她隔着包摸一下都能知道里面有什么。

不过这是最后一个礼包，所以她还是要拍照发微博的，也算是给 @ 幸运女孩 123 的微博更新收尾了。

王泡泡拿出小礼物，一一在桌上摆好，又将签名照摆成扇形，忽然顿住——她抽出江湛的单人签名照，仔仔细细分辨了很多遍，终于确定左下角的签名不是印刷版，而是用签字笔写上去的。

王泡泡生怕是自己眼花看错了，还用指甲抠了两下，百分之百确认是真的亲笔签名后，她赶紧收手——妈呀！是真的签名！太幸运、太幸福了吧！

王泡泡捧着签名照，在原地转了几个圈圈。她正想着这最后一条微博不能随便发发，忽然，手里的签名照一翻转，她看到了照片反面的一行字：相识五年，感谢关照——P图。

这行字，是和江湛的签名完全相同的笔迹。江湛、P 图……P 图、江湛！

王泡泡呆呆地立在原地，傻了。三秒后，她拔腿飞奔回电脑前，打开 QQ，点开自己和 P 图的聊天记录，一页一页地翻起来，脑子跟着飞速运转，回忆所有关键的时间点，尤其是 P 图长时间不在线的时间段。

以前从未在意的细节纷纷明晰——

P 图回国的时间和江湛回国的时间一样。

P 图说最近有事要忙，极舞刚好开播。

P 图修图的时间永远是在晚上，从没有在白天。

只要是江湛比赛，P 图一定不在线。

江湛决赛那么关键的一天，一堆图等着要修，P 图还是不在线。

E-WIN 成团后，江湛忙，P 图则不在；江湛闲，P 图则在。

还有演出，她每次都能坐在第一排最好的位子，刚好坐在柏天衡的旁边……哪有那么多的巧合？还不是因为江湛就是 P 图！

王泡泡越翻聊天记录就越能确认，越是确认就越是心颤手抖。她脑子里一团乱，一会儿想起江湛在舞台上开开心心地跳舞，一会儿是几年前两人隔着网络相互吐槽缺钱缺疯了。还有极舞的时候，江湛站在舞台上红着眼眶看家人短片；两年前，P 图在某个晚上突然告诉她，他的至亲前几天去世了……

江湛就是曾经和她一起缺钱缺到疯，喘不过气来却还要努力生活的P图。P图就是在舞台上开开心心地跳舞、凭实力拿下第一、成为领舞者的江湛。这真是，这真是……

王泡泡觉得自己疯了，如果不是疯了，她怎么会一会儿哭，一会儿笑，明明笑得喘不过气来，却还在玩命地流眼泪呢？她趴在桌上，头埋在胳膊里，又笑又哭，好一会儿才止住眼泪，控住表情。她狠狠地用胳膊揩了两下脸，手放上键盘严肃地戳了P图。

王泡泡：“通过最近14场演出的近距离观察，本泡认真地替你考察过了——柏天衡这人当朋友还行，挺稳重的，坐得住，态度也认真。”

王泡泡：“14场演出，他一场不落，都追了，始终岿然不动地稳坐第一排，认真地看完了演出全程。”

王泡泡：“而且柏天衡有钱啊，别说掌机，飞机他都能给你买。”

P图：“我一时竟不知道该回复你什么。”

王泡泡：“别回了，真的，趁着演出结束后的假期好好休息。”

当天晚上，@幸运女孩123更新了最后一条演出微博，向关注她的粉丝们道别。

@幸运女孩123：是真的幸运。再见。

凌晨两点多，王泡泡大号更新微博，配图是江湛在最后一场演出舞台上的单人照。

@王泡泡：一路相伴，前程似锦。

演出结束后，江湛接到的第一个工作是某游戏的推广。

经纪人是这么说的：“就是换个古装，拍拍照，说几句话，再做个小采访就结束了，很轻松的。”

确实很“轻松”，光做造型就花了三个小时。造型做完后，江湛换上几套衣服，又拍了三个小时。拍的时候还好，没什么人，但休息期间，不停有游戏公司这边的员工跑过来拍照、要签名。

这倒不是游戏公司和经纪人没沟通好，而是拍摄地点就在游戏公司这边，厂商也没经验，准备不足，加上游戏公司的员工一方面好奇，一方面以为明星来了自家公司就能拍，于是不停有人举着手机跑来跑去。

江湛从换上第一套造型开始，不停遇到人，不停被拍，他自己倒还好，助理、经纪人却烦不胜烦，全都来火了，影棚这才彻底清静。

结果不等拍完，网上就曝光了江湛做推广的古装造型——一袭白衣，长发束冠，剑眉入鬓，眸若星辰。

粉丝——

“我学长，哦不，我家公子好帅啊！”

“这是什么？这不就是应了那句‘陌上人如玉，公子世无双’吗？！”

“湛湛这古装太有感觉了吧？啊！他为什么不拍古装戏，为什么不拍！”

网上提前曝光的图还都是没修过的生图，内容很杂，照片、视频都有，有些拍得很清楚，有些则很模糊，拍摄地点各不相同。

其中被夸得最多、流传最广的一个视频，是白衣长发的江湛在前面走，后面有人喊他的名字，他回过头，对着身后看了一下，那一眼简直可以说是回眸一笑的惊艳——额头、眉骨、鼻梁的线条，下颌的弧度，灿烂的眸光，无一不是完全贴合大众审美的玉树临风，再加上身高身形、走路仪态都很完美，正是“有匪君子，如切如磋，如琢如磨”。

“湛湛穿古装也太好看了吧！想嫁！”

“扬帆娱乐为之努力了这么久的‘不要倒闭’，是不是就要终结在江湛的古装上了？”

“队友都有戏拍，古装也不少，什么时候给我们湛湛安排上？”

“就这造型，就这堂堂样貌，竟然没人找江湛拍戏？哪怕是拍个古装偶像剧，江湛也够格了，求求制片方早日填补这个遗憾吧。”

“扬帆娱乐快给湛湛安排吧，就江湛这形象，这条件，完全可以胜任的，古装剧的项目赶紧安排一下吧，坐等。”

努力不倒闭的扬帆娱乐在苦心经营了一年之后，终于达成了圈内很多娱乐公司的心愿：扬帆娱乐，倒闭了。

杨总觉得自己心里苦死了。游戏推广难道是随便哪个爱豆都会有的吗？江湛做推广的这款手游有多火爆，你们要不要去查一查？你们知不知道游戏公司砸了多少钱找江湛推广？是公司不给资源、不让他拍戏的吗？明明是他自己推了。是他自己推的！

杨总的心都在滴血，杨总琢磨着是不是出个声明，解释一下江湛的影视资源问题，同事忽然告诉他：“不用了，大家现在已经不关心咱们公司倒闭不倒闭了。”

杨总问：“什么？”

同事打开一个视频链接，V站的页面跳出来，视频开始播放，伴随着古风音乐，黑衣劲装的柏天衡出现，他走上石阶，拾级而上，神色匆忙：“留步。”

下一秒，白衣束冠的江湛神色淡淡地回过头……

弹幕——

“啊啊啊啊，开始于这一刻！”

“UP主神人，给您跪了！”

“古装让人窒息！”

整个视频只有几分钟，主线剧情全是UP主自己瞎掰的，江湛的镜头全是游戏推广的生图或者视频素材，柏天衡的画面则是他拍过的影视剧里的场景剪辑，如今两人的镜头被剪到一起，内容是什么不重要，重要的是两人之间的那种感觉。

粉丝：太好看了！

看完视频的杨总：我是谁来着？我要干什么来着？

没多久，找江湛推广的那家手游公司就发了微博，把江湛的推广广告发了出来，V站也很快有了新的视频剪辑。

柏江的粉丝很快出现一种说法：知道江湛为什么不拍戏了吧？有UP主的存在，他哪怕不和柏天衡在一个剧组，最后也是要同框、同剧的。这部剧可以是古装戏、现代戏、未来科幻、谍战剧、大电影，而主角永远是江湛和柏天衡。

王泡泡发现柏江女孩突然又活跃起来，愣住了：等等，怎么又开始了？她带着疑惑，翻了翻超话，逛了逛V站。不久后，她的反应是这样的——这古装也太惊艳了吧！

王泡泡差点没控制住自己。她反复地斟酌了半天，才打开QQ，戳了P图。

王泡泡：“忙不忙？”

P图：“现在不忙。”

王泡泡：“有个事，不知当讲不当讲。”

P图：“如果是V站柏江古装大电影，那不用讲了，我已经看完了。”

王泡泡：“……”

王泡泡：“友情提示——大家在V站‘复燃’了。”

王泡泡：“再友情提示——你上次修的古装图，也被人拿去剪进大电影了。”

P图：“……”

江湛因为一套古装造型，差点又和柏天衡上头条。不仅如此，采访的时候，他又被“特别关照”了。

媒体：“你的古装造型很受欢迎啊！进娱乐圈这么久，你好像从来没拍过古装剧，是没有这方面的兴趣吗？”

媒体：“有古装剧的剧组和你接洽吗？”

媒体：“未来有拍一部古装剧的想法吗？”

媒体：“仙侠剧你会考虑吗？”

媒体：“会拍古装偶像剧吗？”

媒体：“团里的队友已经有人拍过古装剧了，你会想尝试一下吗？”

以上，都是容易回答的问题。

还有很多不容易回答的——

媒体：“你会和柏天衡一起拍古装剧吗？”

媒体：“你觉得是你的古装造型帅，还是柏天衡的古装造型好看？”

媒体：“如果你和柏天衡拍同一部古装剧，你想拍什么题材、什么类型的？”

…………

江湛：我只是接了一个游戏推广而已，衍生范围是不是太广了？

关于古装剧、个人行程等，他明确表示：目前不会接，E-WIN 期间会更多地专注于带团和团队日程。公司也建议他拍戏，是他自己不想拍，一方面是因为工作已经够多了，另一方面是因为他想有点假期，可以做自己想做的事。

不久后，柏天衡新剧杀青，同时刚好迎来他在极舞期间拍摄的《无路可追》的上映档期。虽然他不是主演，但毕竟投了些钱，主演傅泉舟又提前拜托过，因此他也需要帮忙宣传。杀青和电影宣传的日期无缝衔接，柏天衡马不停蹄地连飞两个城市。

众所周知，柏天衡的宣传期是各大媒体痛并快乐的时刻。

痛的点在于，你永远不知道柏影帝什么时候怼你、讽刺你、暗嘲你，你也永远跟不上他翻脸的速度，有时候采访都结束了，你才会觉得脸颊隐隐作痛，似是被人打过。快乐的点在于，每到这个时候，大家都知道，热点来啦，流量来啦，年度 KPI 又能如期完成啦，自己能顺利拿奖金啦！

这要是换了别家，粉丝肯定会怒其不争，瑟瑟发抖：你个傻孩子，胡说什么啊？管住你的嘴啊！可到了柏天衡的粉丝这里，大家的反应是：我们柏终于又开始怼媒体了，久违的宣传期啊，我们等了多久才重新等到这一天！媒体朋友们，忍一忍好吗？毕竟忍一时柏天衡还在，不用忍 KPI 完蛋，双赢啊宝贝们！

媒体：？

两天，柏天衡才出面宣传了两天，柏天衡相关的头条词就挂了六个。业内大大小小的主流媒体时隔两年，重新体验了一把被柏天衡的采访支配的胆战心惊。

有博主把柏天衡怼媒体的最新采访剪辑出来，说：柏天衡息影前黑料满天飞，多少怼媒体的视频被拿出来作为他不耐烦的证据，可是最近再看他怼人，不知道为什么，看着还挺开心的，毕竟娱乐圈里像他这样敢怼媒体的影帝，也就只此一家了。

没多久，又有博主剪辑了视频——把江湛接受采访的视频和柏天衡怼媒体的视频剪到了一起，并着重强调：请大家注意看柏天衡回答前扫麦标的眼神。

视频里，只要前一段是江湛被媒体问了不好答的问题，后一段就是柏天衡扫一眼麦标、怼一次媒体。

无论江湛是糊弄过去了还是圆过去了，又或是答得滴水不漏，柏天衡都没放过相关媒体，且还能做到内容前后呼应。而柏天衡在视频里扫麦标的眼神也是整个视频的“点睛之笔”。

评论区的人都要笑死了——

“是在护犊子没错了，瞄麦标就是在确认自己没有认错媒体。”

“哈哈哈，媒体怎么能想到采访了江湛之后，居然还有这个后续等着他们？整个视频里，麦标最无辜。”

“你们没看第五个视频吗？柏天衡瞄了一眼麦标，媒体赶紧说他们之前没采访过E-WIN，柏天衡竟然还回应了，说他知道，他就看看。”

“谢谢博主，我学到了。”

“#柏天衡扫麦标#”成功登顶头条。

江湛与柏天衡都在娱乐圈，都在工作期，哪怕毫无交集，也因此被影响到了。

单采流程中，有媒体把一个白板麦标递了过来，江湛接过，还奇怪地看了看，疑惑道：“麦标怎么是白的？这样没关系？”

媒体：“没关系，我们后期会把图案P上去的。”

江湛惊讶地眨眨眼。

媒体无辜道：“主要是我们怕被瞄。”

江湛一顿，反应过来，拿着麦标笑起来，笑完后看着镜头外的采访人道：“后期P上去了，别人还是能在视频里看到麦标呀。”被看到了，还不是得被瞄？

媒体愣住了：“那……那怎么办？”

江湛没说怎么办，坐在镜头前，拿着麦标笑。

随着《无路可追》的宣传铺开，柏天衡在电影中的角色剧照一一曝光。大家对他的关注终于转回了他作为演员的表现和业务上。

而从评价一部电影、一个演员的角度出发，柏天衡无疑是优秀的。他回国后拍的第一部电影，既没有挑大制作，也没有跟以前熟悉的班底合作，甚至在电影里连主角都不是，演的是他从未尝试过的一个全新角色：绑匪。

媒体采访他的时候，问他为什么接这样一个人设有所颠覆的配角。柏天衡直言不讳：“拍戏如果只是一味地往上走，那就太局限了。不是我今天演了男二，明天就要演男一，也不是我演过电视剧，下次就要尝试电影，更不是我拍了低成本的电影，下次就要和大导演合作。我的目标不是往上走，而是往广度、宽度上拓展，尝试演绎不同的故事和角色。”

媒体：“你现在会在意你接的片子主角不是自己吗？”

柏天衡道：“我更在意片子和角色本身。”

媒体：“听说《无路可追》一度因为资金问题而拍不下去，连傅泉舟都投钱了，你投了吗？”

柏天衡道：“投了一点。拍戏不能只讲情怀，毕竟拍电影的最终目标不是拍出来，而是拍出来之后能够上院线，让观众看见。从这一点来说，我拍的戏没钱了，我一定会投。”

媒体：“能简单聊聊绑匪这个角色带给你的一些感悟吗？”

柏天衡道：“人性里的恶是没有底线的……”

如果说之前的头条是供人谈笑的，那柏天衡作为演员的实力，毋庸置疑是给《无路可追》的宣传和口碑奠定了一个好的开端。而人言是个奇怪的东西，前一秒还在嘻嘻哈哈地玩笑，后一秒便能忽然化成锐利的刀锋，将之前的好与不好通通劈尽，给全新的捧场和夸赞留下足够的空间。

“三金影帝柏天衡，麻烦大家了解一下。”

“先不提流量，只说实力，那么同期的艺人里面，他也是最强的。他真的是拍什么都好看，和他情况差不多的只有方骆北，但方骆北比他大好多岁。”

“柏天衡不过是息影一年出个国，回来参加一点综艺、代一点言、走一点通告，和纯流量艺人还是有差别的。”

“我记得柏天衡是能担票房的，《无路可追》缺钱不怕，没了柏天衡才是真的要怕。”

“真的很奇怪，我明明觉得柏天衡不是流量艺人，可他只要一有宣传，他拍过的那些电影立刻就能登上视频网站的播放前列，他真的超红啊。”

“他以前的电影评分低过8分吗？他不只是资源好吧，挑本子的眼光也超级好，演得也超级好。”

“同情其他同期男艺人，没他红、没他流量高、没他帅、没他资源好、没他那个实力拿三金，还没他有话题度。”

随着宣传的进行，柏天衡的各种路透、生图、视频，雪花似的冒出来。

王泡泡作为P图的经纪人，第无数次被柏天衡的粉丝询问：“P图有时间吗？我们想让他修一修柏的照片。”

王泡泡：“不好意思啊，P图这段时间很忙，很久不接单子了。”

柏天衡的粉丝：“柏的照片他也不修吗？你要不要问问P神？毕竟他和柏还有一碗豆腐脑的交情哪。”

王泡泡：“他真的不接单。”

柏天衡的粉丝：“可P上周不是还给江湛修过个站的照片吗？”

王泡泡：“啊，这个……”

柏天衡的粉丝：‘柏P’没了，现在是‘湛P’了？

王泡泡差点一口水喷在电脑屏幕上，想了想，她还是戳了P图。

王泡泡：“柏天衡的单子，接吗？”

P图：“接。”

王泡泡：“我的哥，你今明两天要在电视台录综艺，后天要飞C市站台推广，大后天要飞回，然后去录音棚录歌，再大后天要拍杂志封面，之后还有单人采访、室外综艺……你要是接了单，打算什么时候修？做梦的时候吗？”

P图：“我可以熬夜。”

王泡泡："牛。"

江湛这会儿不能用电脑，收到图就先用手机看了，他一张张刷过去，看着各种路透、各种角度的柏天衡，就好像也跟着围观了柏天衡的路演现场，看到柏天衡穿了什么衣服，做了什么造型，说了什么话……

其中一张，拍摄的角度是在台下，柏天衡站在台上，单手插兜，目光看着远处，拿着话筒的那只手的手腕上，是一只银色的腕表。

江湛看到那只表，笑了一下。旁边的助理询问他怎么了，江湛摇摇头。

晚上视频时，江湛一边对着电脑修图，一边对视频那头的柏天衡道："你今天戴表了？"

柏天衡刚洗完澡，正在喝水："嗯。你怎么知道？"

江湛道："我看到了啊。"

柏天衡看了一眼手机上的视频画面——江湛正对镜头，眼睛看着旁边，鼠标的声音清脆响亮，似是在对着电脑忙着什么。他问道："你在修图？"

江湛道："是啊。"

柏天衡终于反应过来——江湛在修他的路透图，所以知道他今天戴了腕表。

他看看时间，皱眉道："都几点了，别修了，把那些图打包发给蟹总，他会找人修的。"

江湛哼哼几声，没说好，也没说不好。过了一会儿，他放下鼠标，看回镜头说："柏天衡。"

柏天衡在视频里回视他："嗯？"

江湛扬眉，一脸"馊主意正在输出"的表情："明天路演，你比个'耶'的剪刀手给我。"

柏天衡隔着视频看他，抿了抿唇，显然不想答应——什么比个剪刀手给他？他又不在台下，最后还不是当众比给台下的粉丝。而粉丝拍了生图，再转过几道手，传到他手上。

江湛大声叹道："唉！半个多月没见了。"

柏天衡幽幽道："别想扮猪吃老虎。"

江湛诚恳地看着镜头，继续叹道："我现在又是猪了？这个要求不过分吧？生活多艰难啊，见不到想见的人，白天都在忙，晚上陪人视频聊天，还要熬夜修图，人生可真是艰难哪！"

柏天衡："……"

次日，《无路可追》宣传，整个流程没有出现任何问题，最后全员合照时，柏天衡站在主演傅泉舟旁边，突然面无表情地抬起了左手，比了一个剪刀手。

台下粉丝：嗷嗷嗷？突然比"耶"是怎么回事？拍拍拍，赶紧拍！

傅泉舟听到台下的动静，莫名地转头看了柏天衡一眼，一脸茫然——这人怎么了，突然做这个动作是怎么回事？

柏天衡只当无事发生。

下台后，居家谢也疑惑，询问道："你刚刚干吗，合照比什么剪刀手？你想开了，终于觉得自己在合照时欠缺表情，准备开发一点拍照动作了？但你这个剪刀手比得太幼稚了吧，现在谁拍照还用这个动作啊？早就不流行了啊。"

柏天衡默默深呼吸。

居家谢问："怎么了？"

柏天衡撑："你以为猪这么好当的吗？"

居家谢："？"

工作结束后，柏天衡坐车回酒店，一路上刷着微博。他本以为会先刷到自己傻乎乎地比剪刀手的照片，却率先看到了江湛的。

江湛一大早去赶飞机，背着包，戴着一顶帽子，没戴口罩，在粉丝的镜头前笑着比了一个剪刀手。

这是当天的照片，拍照时间远在他路演之前。

柏天衡看着照片里粲然笑着的江湛，唇角禁不住地弯起。

微信群——大型狗厂（12）。

丛宇："@ 江湛、@ 柏天衡，剪刀手我也会啊。"

彭星："我当然也配拥有。"

蒋大舟："谁还没有啊？"

程晨："那我必须也有！"

费海："……"

……

很快，群里除江湛和柏天衡外的十人纷纷晒出自己的比 V 照片。

那边柏江双人剪刀手还没大范围流传，E-WIN 全员在各地比 V 的路透生图就被 E-WIN 全国后援会挂上了官博。

@E-WIN 全国后援会：今日份的团魂是剪刀手形状的哟！

评论区——

"哇，都是今天的路透图吗？这个团魂太可爱了，我真的爱了。"

"哈哈哈，哥哥弟弟们肯定有个群，都在群里说好了今天一起比 V。"

"就爱团魂。"

"11 个人的照片顺序是按照比 V 时间排列的吗？那我们队长又是带头的呀。"

…………

至于柏江那边——

“江湛的剪刀手是早上七点多在机场比的，柏天衡的剪刀手是下午一点在路演舞台上比的，第三个比剪刀手的人是丛宇，能扒出来的最早的时间是下午一点三十八分，然后是彭星、蒋大舟、程晨……来，小伙伴们，大声地告诉我，这叫什么？”

“啊啊啊啊，谢谢博主，我好了！”

第十二章　像光一样

七月初，《无路可追》上映。因为剧情扎实，节奏紧凑，笑点又足，口碑、票房大爆。

这部集合了傅泉舟、柏天衡两位影帝的小成本电影，不出预料地成了暑期档的黑马。第一日票房三千多万，两天票房过亿，第三天单日票房破亿。和电影相关的话题一直高高地挂在话题榜上，剧情内容、几位主演轮番上头条，连剧组没钱、电影差点停拍的事都被拿出来热议。

柏天衡的知名表情包又被翻出了——

导演：我们剧组缺资金。

柏天衡：我没钱吗？

玩笑归玩笑，《无路可追》却不是一部只有笑点的喜剧片，而是一部处处剖析着人性的公路片。绑架、勒索、追击、逃跑，从故事本身和题材来说，影片的基调是非常严肃的，哪怕是以不严肃的方式表达出来，其背后值得人深思的地方还是有很多。尤其是柏天衡饰演的绑匪，喜怒无常，放浪又阴暗，胆大心细地把“肉票”带在身边，一路上吃吃喝喝、游山玩水，用皮相掩饰着内心的卑劣。只看外表的话，他仿佛是个倜傥又有品位的男人，给人极大的迷惑，可等到被步步紧逼追上时，他又将人性的恶展现得淋漓尽致。

一部生死未卜的电影，一个显然不讨喜的角色，哪个大咖会演？柏天衡演了。

舆论再度扭成一股风势，把这位年轻的三金影帝夸得天上有，地下无。

江湛近日觉得很奇妙——他刷着微博，看着头条，修着图，能从各个地方、各个角度感受到柏天衡有多红，有多厉害。可一旦闲下来，两人视频聊天时，柏天衡给他的感觉不过就是一个上了一天班，回酒店喘口气的普通人。

这种在喧嚣里仰视，在静谧中亲近的感觉，混杂在江湛的心底，让江湛产生了一种微妙的心理：我朋友可真厉害！他这么厉害，可见我眼光有多好。这个念头让江湛想想就要笑。

恰在《无路可追》热映的这段时间，八月初上映的《奔山向月》也进入了映前宣传。江湛虽然只在《奔山向月》里跑了个龙套，台词都没几句，但他进组拍摄的时候，还是演了一个关键角色，所以映前宣传也把他加上了。

于是前面的工作刚完成，他还没来得及喘口气，又马不停蹄地开始跟着《奔山向月》剧组跑宣传。这样一来，他就得和负责电影采访的媒体近距离地面对面交谈。而这些媒体朋友不久前刚刚采访过《无路可追》剧组。

台下群采阶段，江湛和其他跑宣传的演员站在一起，手里捧着麦标，然而全程没人问他问题，仿佛他只是个摆设。

江湛淡定地捧着麦标，充当人形易拉宝。最后还是主演憋不住了提醒媒体，用眼神示意媒体看向江湛那边："你们不问一下吗？多少采访一下吧。你们就不怕过几天采访那个……咳咳……的时候，'咳咳'也捧着麦标一言不发吗？"

江湛凭他精湛的表情管理技能控住了面部神情，心里却是喷了。

在场的媒体们也在心里喷了。

《奔山向月》的另一位大咖演员笑道："许老师别这么说，这么说就像在黑'咳咳'一样。回头'咳咳'要私下里找你聊聊了。"

刚刚的演员："不会的，'咳咳'不会的。"

某家媒体反应迅速："我记得《奔山向月》拍摄的时候，'咳咳'刚好在隔壁剧组拍古装片吧？听你们刚刚的话，大家应该是很熟的，那么拍摄的时候，你们有相互串门吗？"

另外一家媒体跟上，直接问江湛："请问'咳咳'去过你们剧组吗？"

"《奔山向月》是你拍的第一部戏吧？'咳咳'有给你提什么建议吗？"

江湛还没来得及答，人群里幽幽地传来一声："又想被瞄麦了？"

现场静了一秒，忽然都笑了出来，江湛哭笑不得。笑完了，他举好手里的麦标，认真答道："是的，《奔山向月》是我拍的第一部戏。"

江湛一直在工作，基本没休息过，柏天衡拍戏、杀青、电影宣传连着来，也是全国各地到处飞，两人的联系全靠手机。

直到七月中旬，他们才意外地在同城同地同大楼有了相同的通告。因为通告是临时加的，江湛事先并不知道，因此到了电视台大楼，他才知道要做什么。

大家一起坐电梯上楼，电视台的工作人员在前面领路，穿过长廊，拐过一个弯，迎面碰上一行人。那行人正是《无路可追》剧组。

两边一打照面，熟悉的演员相互打招呼。江湛走在最后面，耳朵上挂着无线耳机，在和经纪人打电话，刚转弯，听到动静，他抬起视线，一眼看到了柏天衡。

柏天衡也在看他。江湛惊讶地一愣，电话都忘了打，耳边什么都听不到，也看不到对面别的演员，就只看到柏天衡。他看到柏天衡专注地望着他。

江湛回视柏天衡，跟在队伍末尾，径直往前走。两个剧组擦肩而过的时候，江湛伸手，柏天衡也伸手，两人掌心对掌心地握了一下。走过去之后，江湛垂眸笑了笑，却很快想起，两人近两个月没见过了。

走在剧组队伍前面的工作人员在催："请各位老师快一些，通告有些赶。"

耳机里，经纪人还在说着后面的工作，江湛转头——柏天衡刚好走到长廊拐角，也转头在看他。

那一瞬间，江湛心里冒出一个数字：56天。他们56天没见了。

电影频道要给暑期档的电影录制专栏节目，这才让《无路可追》和《奔山向月》碰到了一起，不过两个剧组是在不同的影棚录制。

江湛饰演的角色是配角，当天的宣传录制也没他什么事，刚好方便他在角落里偷摸打电话。

江湛问："你也是今天才到的？"

电话那头，柏天衡的声音同样压得很低："嗯，大清早坐飞机赶过来的，临时通知。你们几点结束？"

江湛道："下午四五点吧。"

柏天衡道："我这边也差不多。"

江湛问："你们录完了去哪儿？"

柏天衡道："录完就结束今天的工作了。"

他正说着，工作人员开始催。

柏天衡道："先不聊了。"

江湛道："嗯，有空了再说。"

挂了电话，江湛从影棚角落里走回去，神色沉着，心里在想：也不知道剧组这边录完后还有什么行程。

《奔山向月》的女主演之前就八卦过江湛和柏天衡，这会儿见江湛一副深思的样子，转头低声道："晚上约柏天衡那边的剧组一起吃个饭吧。"

江湛一愣，看向她，表情仿佛在问"真的吗"。

女主演笑着说："真的，刚刚他们还说呢。也不知道那边录得怎么样了，我倒是想问问，可是打电话过去不方便啊，发微信又怕对方看不到。"女主演说着看向江湛，"你现在刚好有空，要不你和他们说一下，下楼去问问那边剧组约不约？"

"行。"江湛说着准备转身，一副跑腿小弟的样子，"还有什么话要带的吗？"

女主演继续笑道："没啦，你去吧。好好说啊，说清楚，别急着回来，反正我们这里还要录好一会儿的。”

江湛承了这份情，笑着道：“谢谢秦姐。”

女主演：“去吧，记得刷脸。柏天衡在里面，他们会让你进去的。”

几分钟后，江湛出现在了《无路可追》剧组所在的录制棚。

剧组的人看到他，都发出“哟”的一声——彼此都认识，都不陌生。

傅泉舟还冲他招手道：“这边。”

江湛走过去，看到影棚的录制舞台上，柏天衡正坐在镜头前走录制流程。

旁边的傅泉舟低声道：“这段马上就录好了，你那边录完了？”

江湛道：“录完了。”

傅泉舟和他闲聊：“你们的电影是几号上映来着？”

江湛道：“下个月三号。”

傅泉舟点了点头说：“回头我去包个场。”

江湛的目光全程落在台上，他也说不清自己是怎么了，居然来了这边的影棚。看着台上，他又忍不住想，怎么还没结束。

终于，柏天衡录完了。他从台上下来，看着江湛问：“你怎么过来了？”

江湛也看着他说：“我们剧组的人想问你们晚上有没有时间一起吃个饭。”

柏天衡看向傅泉舟。

“没问题。”傅泉舟话锋一转，问江湛，“你刚才怎么不说？”

江湛道：“啊……”

“刚才说和现在说，有什么不一样？”柏天衡盯着傅泉舟，用警告的语气说，“你的问题不要这么多。”

“好好好，我不问了。”傅泉舟说着从江湛身边让开，“你们聊，你们聊。”

江湛默默看了柏天衡一眼，柏天衡不动声色地回视。

这会儿轮到其他主演录制了，两人便坐在影棚角落里说话。以旁人的目光来看，这两人没什么特别的，就是坐在一起聊天，看起来关系很好，一直有话聊。

电视台的工作人员还悄悄议论道：“他们在聊什么呀？”

“这谁知道。”

“他俩的关系还真好。”

“是啊，毕竟是老同学。”

“这两人坐在一起，可真养眼。”

“哎哎哎！看！快看！”

众人转头看去，只见并肩而坐的两人对视着笑起来，江湛笑得爽朗明亮，柏天衡的神情中带着几分无言以对，末了，柏天衡直接抬手，捏住江湛的后颈。

江湛声音不算高地喝了一声："柏天衡！"

柏天衡继续捏着他的后颈，凑近了和江湛说着什么。江湛微微缩着脖子，笑着侧眸回望他。

工作人员："……"

当天晚上，两个剧组的晚饭是在电视台吃的，吃完后，众人直接来到最近的电影院，包场看了《无路可追》。看完电影，两个剧组再一起去吃夜宵。

要不怎么说影视圈小呢，《无路可追》的男主演傅泉舟居然还和《奔山向月》的女主演合拍过一部爆红的电视剧。此外，两个剧组的演员也基本相互认识——柏天衡拍《无路可追》的时候，江湛探过班；江湛拍《奔山向月》的时候，柏天衡天天都去围观。

日式包厢里，傅泉舟举着小酒杯："来来来，干一杯。"

大家举起酒杯，有人道："什么说辞？"

傅泉舟："就祝我们的两部电影大卖，都大卖。"

众人："大卖，大卖。"

席上点的是甜酒，度数低，不醉人，加上今天心情很好，江湛忍不住就多喝了两杯，满口留香。榻榻米包厢里，大家吃吃喝喝，聊天玩笑。

柏天衡看着江湛又一次把酒盅举起来，便忍不住靠过去，抬手给他按了回去，低声道："度数再低的酒也是酒，别乱喝。"

江湛回头，眼睛亮亮的，一副有话要说的样子。

柏天衡又凑过去一些："嗯？"

江湛附耳低声道："想夸你。"

柏天衡侧眸，用余光看他。

江湛维持姿势，甜酒味的气息洒在柏天衡耳边："柏老师演得可真好。"

柏天衡哼笑。他们坐在一起，把周围的喧嚣屏蔽在两人之外。

柏天衡撑在榻榻米上的胳膊就挨在江湛身后，他略微倾身，哼笑着问江湛："已经醉了？"

江湛也侧身朝着柏天衡："没有。"

柏天衡用另外一只手握着江湛搁在桌上的小酒盅，把玩着，眸光含笑："没醉就夸，是有什么套路？"

江湛："夸你要什么套路？我以前不夸你吗？我不是经常夸你吗？"

柏天衡："你是不是忘了你夸完之后还有别的流程？"

江湛："有吗？"

柏天衡："没有吗？"

有当然是有。以前江湛夸完柏天衡，接着便是要损的，阴阳怪气、撑天撑地，如果两方心情都好，斗一斗嘴就结了，如果其中一方的心情不怎么样，则免不了一通翻脸。可那都是从前了，很早以前的从前。

江湛笑了笑，诚恳道："真的是在夸你，你演得特别好。"

柏天衡捏着手里的酒盅，也认真地问："真的没醉？"

江湛哭笑不得地道："我难道只有醉了才会好好夸你吗？你真的演得很好，特别好，非常好，好极了。"

柏天衡觉得今天的江湛有些反常，看着就跟酒劲上头似的，便忍不住问道："怎么了？"

江湛："没怎么，就是心情好。"能见面太好了，能一起看电影太好了，能一起吃饭太好了。真好。江湛想。

江湛一面理智地想，一面在桌下摸出手机。

微信群——大型狗厂（11）

江湛："@全员，谁这会儿直播？"

魏小飞："直播？"

江湛："嗯，和我连个麦。"

蒋大舟："我没直播。"

丛宇："我没有。"

费海："我也没有。"

祁宴："我们群是不是少了一个人？怎么变回11个人了？"

费海："柏老师退群了？发生了什么？！"

江湛："我踢的。@全员，直播连麦，谁来？"

彭星："我来，我来！直播嘛，那还不是想什么时候开就什么时候开？哥你等着，我来开直播。"

十分钟后，彭星的直播间——

"啊啊啊啊，星星开直播啦。"

"好晚了呀，怎么这个点开直播？"

"嗯？要连麦吗？"

"谁啊谁啊？"

"还能是谁？这种突然开的直播，连麦的人肯定是团员呗。"

又过了几分钟——

"啊啊啊！队长！是队长！江湛！"

江湛和包厢里的两个剧组打了招呼，把桌子稍微收了收，将手机摆上桌，连上耳机，打开了直播。

在直播间连上之前，柏天衡靠过来看了一眼，低声问道：“直播？”

江湛一边塞着耳机一边回答：“是啊。”

柏天衡点点头，转身继续和身旁的傅泉舟说话。江湛进入直播间，和彭星连上了麦。他的身影刚出现在直播视频里，左下角便开始疯狂刷动——

“队长！队长！”

“湛湛！湛湛！”

响应队长号召，特意开了直播的彭星：“你那边干吗呢，怎么有点吵？”

江湛：“在吃饭。”

彭星在镜头前撕开一包辣条说：“和剧组的人吗？”

江湛：“是啊，在吃夜宵。”

彭星：“我说呢，看着像是在什么包间里。”

两个剧组的人都在聊天，家长里短的，并不在意包厢里有人直播，该笑继续笑，该闹继续闹，嘈杂喧嚣。

耳机屏蔽了大部分杂音，谁知包厢里有人突然喊了一声：“柏天衡，柏老师。”

直播间——

“？？？”

“柏天衡？”

“柏天衡！没听错，是柏天衡！”

“啊啊啊啊啊啊！”

江湛淡定地坐在镜头前。

彭星的辣条直接卡在了喉咙里，狠狠地呛了一口，咳嗽起来。

江队长沉着道：“喝点水。”

直播间里，喝水压着咳嗽的彭星觉得有必要问一下：“你不是要参加剧组聚餐吗？”

江湛神态放松：“今天比较巧，赶通告时遇到了《无路可追》剧组，两个剧组就一起吃饭了。”

彭星恍然：“难怪。”

左下角——

“柏天衡！”

“柏天衡！”

“柏天衡！”

彭星很想无视，起初也确实是这么做的，但最后他还是没憋住，忍不住问：“柏老师在哥旁边哦？”

江湛随意地往左侧扫了一眼：“是啊。”

柏天衡虽然在和傅泉舟聊着，但因为觉得江湛今天有些反常，便一直在用余光关注，见江湛看过来，他马上跟着转头："怎么了？"

江湛用眼神示意没什么。柏天衡靠过来，往手机屏幕里看了一眼。

就这一眼的工夫，他挨着江湛的那一侧身体便很顺利地进入直播镜头内，而江湛仿佛浑然未觉，还侧头和身旁的人说了几句，声音通过有线耳机传入直播间。

柏天衡："彭星？"

江湛："嗯，是他。"

柏天衡："他这么晚还在直播？"

江湛："嗯，我们聊一会儿。"

柏天衡："要喝水吗？"

江湛："我杯子没水了。"

柏天衡："我给你倒。"

彭星默默地吃着辣条，坐在手机镜头前，一边看着直播间的画面，一边扫着屏幕左下角的留言。

"啊啊啊，今天是什么日子，我喜欢的两位居然同框了！"

"我的面膜！妈妈问我为什么傻笑！"

"啊啊啊啊，彭星我爱你，你的直播开得太好了！"

彭星继续直播连麦，有一搭没一搭地聊。江湛时不时喝口水，吃点菜，往周围看几眼，偶尔会和包厢里的其他人说几句话，十分随意。

于是江湛的直播画面里，柏天衡的声音时不时传出来，手、胳膊、肩膀也时不时地露一下，露得最多的一次，是包间里有人说了个笑话，大家都在笑，江湛没听到，柏天衡便倾身过来低声解释了一遍，镜头里，他的脸露了出来。

彭星和江湛的直播间人数越来越多，全是从微博上闻风而动过来的。

柏天衡没再和包间里的其他人闲聊，拿小号进直播间看了一会儿，退出App，而后在备忘录里打了一行字，举起来，在镜头外朝江湛示意。

柏天衡道：喝高了？

江湛一眼扫完那行字，抿着笑，看着他。

柏天衡道：醉了？

江湛摇摇头。他当然没醉，他只是好开心啊。

连麦直播持续了半个多小时，关掉直播后，江湛又喝了几杯。

柏天衡接了个电话，临时出去了，人不在。与江湛隔着一个座位的傅泉舟扫了眼江湛，出声提醒道："这酒有后劲，别喝多。"

江湛点头。傅泉舟继续和人聊天。

江湛又喝了几杯，等柏天衡回来时，他喝进肚子里的那些酒开始犯劲儿了，脸有些红，眼尾染着些醉意。他好像在想什么，凝神专注，桌上有人和他说话，他便看过去，浅笑着和人闲聊应酬。

他身上显出了柏天衡所熟悉的醉态，别人看不出来，只以为他是喝酒喝得脸有些红了，柏天衡却知道，那是江湛将醉未醉时的样子。果然，江湛和人说笑了几句，转过头看他的时候，眼尾除了醉意，还有微醺的潮热。

江湛笑着笑着，靠坐回来，喊了他一声："柏天衡。"

柏天衡坐在他身旁，不动声色地用胳膊和肩膀撑着他，侧耳低声道："你喝太多了。"

江湛看着他，摇摇头。柏天衡和他凑在一起说话："聊什么了？"

江湛："没注意听。"

柏天衡忍俊不禁，这人是真喝多了。

"怎么喝了这么多？"他就出去接了个电话的工夫。

江湛："高兴啊。"

柏天衡看看他，不解他到底在兴奋什么，忽然，榻榻米桌下，江湛踩了他一脚。柏天衡眸色渐深，不动声色地维持姿态，警告般低语："别动。"

江湛笑着看他，桌下的动作更加猖狂，面上还要装作无辜："什么？"

柏天衡好笑地轻哼。江湛装模作样地反问道："怎么了？"

柏天衡眯了眯眼，幽幽道："没什么。"

"哦。"江湛一副天真的样子，桌下的脚却还在继续动。

柏天衡一改刚刚的态度，伸手取了一壶新酒，倒了一杯："还喝吗？"

这次换成江湛诧异地看他。柏天衡把酒递给江湛："再喝点。"

江湛好笑地回视。

柏天衡凑近说："争取喝出上次的效果。"

江湛抿唇，捏着酒杯。

柏天衡笑了笑，用鼓励的口吻说："喝吧。"

江湛看着柏天衡，把酒送到嘴边，喝了，又在桌下踩了柏天衡一脚。

柏天衡："还喝？"

江湛挑眉道："喝！"

柏天衡怎么可能真的让他继续喝，接过酒杯，摆远了，替江湛倒了杯水，继续用肩膀、胳膊撑着他，低声道："等会儿就散了，今天不回酒店，嗯？"

江湛在微醺的状态下故作不解，表情里有几分天真烂漫："那去哪儿？"

柏天衡哼笑着摇头，本来不想继续闹了，却还是没忍住道："把你卖了。"

等饭局结束，很多人都看出江湛有些醉了。大家都很自觉，知道有柏天衡在，其他人不必多管。一行人往外走，柏天衡和江湛落在后面。

两人都没急着起身，其他人往外走时，他们还坐着，最后江湛干脆懒洋洋地往榻榻米上一躺。人声、动静远了，包厢一下静了，趁着服务员还没进来，柏天衡撑着胳膊往江湛旁边一靠，看着他："头晕？"

江湛睁开眼睛，不说话。他是真的醉了，眼睛半睁，眸色却是一片润亮，眼尾微红，明明是个开朗外向的人，却在此刻流露出几分温柔的破碎感。

柏天衡看着他这副样子，话都不说了，也不问了，就这么静静地看着。他看着江湛，江湛也看着他，沉静的眸色映着一片清亮的光。

许久，江湛轻叹一声，喊他："柏天衡。"

见面真好。

次日，江湛心情格外好。

这样的情绪延续到下午的宣传、采访，从内向外地展现，影响了江湛整个人的气质、气场乃至精神面貌——他在宣传期的造型一向偏保守，为了不抢主演的风头，着装一直是灰、白、黑三色，配饰也基本没有，人也站在偏角落的位置，虽引人注目，但不会喧宾夺主。

可这天的江湛无论站在哪里，那种浑然天成的自信和意气风发都令他像光一样闪耀。舞台上下的演员、媒体、主持人全都注意到了，江湛上台的时候，主持人还说："感觉你今天特别精神，是不是因为电影快上映了，所以心底很高兴？"

江湛举起话筒说："当然。"

围着舞台的媒体不停拍照，要将舞台上的这道光记录下来。到了媒体群访阶段，有人提到昨天晚上两个剧组聚餐的事，还提到了江湛和彭星的连麦直播，接着不怕死地问江湛："当时柏天衡是不是就坐在你旁边？"

这一次，江湛破天荒地没有绕开话题，直接道："是，他就坐在我旁边。"

媒体："听说你们是在电视台录节目的时候碰巧遇到的？"

江湛："嗯，对。"

媒体："那你们私下里也会经常联系，像昨天那样约出来聚会吃饭吗？"

江湛大大方方、理所当然地道："当然会。"

媒体赶忙道："是'当然会'经常联系，还是'当然会'聚会吃饭？"

江湛依旧大大方方地说："都会啊。"

扎堆的麦标和镜头瞬间向他聚拢。某家媒体的声音带着惊讶，不知道是在惊讶江湛回答了这个问题，还是在惊讶江湛和柏天衡两人私下会联系、吃饭。

接着有人问道："你们经常联系？"

江湛：“刚才是不是有人问过这个问题了？”

媒体：“那么有多经常？”

江湛：“不忙的时候，有空的时候，就可以约一下啊。”

媒体难得能从江湛这里挖出这么多关于柏天衡的内容，赶紧追问：“你们也会像昨天晚上那样约出来吃饭，是吗？”

江湛：“饭当然会吃，不过出来吃不怎么方便，一般都在家里吃。”

媒体：“谁家？”

江湛看向提这个问题的媒体，唇角勾起，眼神在麦标上扫过，没有回答，神色幽幽。

事后看到这段采访视频的粉丝——

“啊啊啊！江湛竟然回答了和柏天衡有关的问题！”

“以前碰上这种问题，湛湛不是都会绕过去的吗？今天怎么回事！”

“反常！”

“不光是这个采访反常，前一天晚上湛湛和彭星连麦直播的时候，我就觉得不对了——湛湛和柏天衡在极舞之后就没同框过吧。”

“他俩不同框，你们说可惜；他俩同框了，你们又说反常。你们这些假粉到底要怎么样？”

“划重点——‘经常联系’‘聚会吃饭’‘在家里’。”

“重点中的重点——江湛也瞄麦了。他那个表情像不像在说‘你是哪家媒体，居然敢这么问？柏老师在未来等着你’？”

“是造型的缘故吗？感觉今天的湛湛好帅、好自信啊，而且还特别开心，好像心情特别好。”

反观另外一边的柏天衡，他当天有些沉默，话很少，还有些严肃。等柏天衡看到江湛的那段采访视频，已经是一天半以后了——他飞去了其他城市，江湛也继续跑电影宣传。

柏天衡拿着手机看视频，看着江湛在镜头前磊落光明的样子，他的唇角就没有落下过。

正是从极舞结束一年后的这个暑假开始，仿佛某些话题得到了解封，江湛和柏天衡都不再回避谈论对方。媒体问及对方，两人就会答，大大方方地答，问多了、答多了，粉丝也就习惯了。

某一次走流程的时候，某家媒体没话找话地问柏天衡：“你拍《无路可追》的时候，江湛探过几次班？”

柏天衡想了想，回答道：“两次。”

媒体也愣了两次，第一次发愣是因为意识到自己问了废话——《无路可追》拍摄的时候，江湛正在录极舞，除了极舞探班的那次，还能有几次？第二次发愣，则是因为柏天衡回答“两次”。

媒体意外地反问道：“两次？”

柏天衡道：“嗯。”

除此之外，他并未再多言，媒体也再没有撬开他的嘴。后来这个问题就被媒体丢给了江湛，江湛听完这个“两次”，想了想，也没多言。

媒体追问：“是两次吗？”

江湛抿唇笑了笑：“是吧。”

媒体追问不到答案，极舞也过去了一年，江湛和柏天衡本人不说，谁能知道详情？

按道理来说，除了他们自己，以及他们身边可能知道内情的人，谁都不会清楚细节。然而早在一年多前，江湛就在高速服务区的星巴克被拍到了。

拍下照片的小姐姐在“两次探班”的说法出来之后，激动地翻出旧照，在微博发了出来：我找到这张照片的时候，手都在抖！当时我就知道我拍到的是江湛，我和我闺密还奇怪他怎么会在高速服务区，现在想来，原来是去柏天衡剧组探班，探班！时间是去年的 × 月 × 号，那个时候，柏天衡正好在影视城拍《无路可追》，而那个服务区也刚好离影视城特别近！

这条微博一发出来，柏江家很快有粉丝循着一年前的线索扒出了内情——江湛被拍的日期刚好是极舞给舞者放假的时间，柏天衡当时也的确在拍《无路可追》，被拍的地点确实是服务站的星巴克，也确实是离影视城最近的那个高速服务站。

而这段高速，刚好也是江湛跳舞摔伤膝盖后，柏天衡开了四个小时回来的那段高速公路！也就是说，柏天衡开了四个小时，江湛也开了四个小时。

一个从影视城去极舞，一个从极舞去影视城。

这消息瞬间引起了粉丝的轰动，因为时间线扒得太过清晰，内容又足够劲爆，直接把江湛送上了头条。头条词却不是和柏天衡当年一样的“# 四个小时 #”，而是“# 江湛和柏天衡 #”。

媒体自然都盯着两位当事人。柏天衡的采访一如既往地不好做，他不开口，谁也撬不开他的嘴。到了江湛这儿，媒体便开始兜圈子，都想从他嘴里挖点内容出来。

“探班是两次？”

“哪两次还记得吗？”

“第一次是你自己开车过去的吗？”

“影视城好玩儿吗？”

江湛蓦地就笑了。和圈中很多应付不来媒体、想要圆滑却总是不能做到前后一致的艺人不同，江湛理解力强，记忆力好，智商、情商都在线，也很会说话。

以前碰上和柏天衡有关的话题，他是基本不答的，经纪人也会替他筛选问题，而那次直播之后，他首次公开聊起了柏天衡，上头条之后也没避而不谈。他很坦然地面对了这些问题，公开的态度也很磊落：“那次是举办方放假，我刚好有时间，就过去了。没在影视城里玩儿，就去他们剧组转了转，那是我第一次参观片场。开车去？是啊，只能自己开车去——我那时候还没公司、没经纪人、没助理，只能自己开车。四个小时？嗯，差不多，从宿舍过去是要四个小时。”

对艺人来说，媒体越是挖坑，他们越是谨慎，问题可以问得不周全，回答却要滴水不漏。处在江湛如今的立场，避而不谈才是很多艺人和经纪公司的选择，但他还是回答了，以直视的平静的目光，用淡定的如常的口吻，仿佛对媒体没有半点警惕。

他的沉着诚恳，他的坦率磊落，现场人人看在眼里。他并不害怕，也没有试图蒙混过关。他展露了和他的气质完全相符的一面：挺拔的，向上的，像光一样。他笑着说道：“其实关于柏老师的问题，我真没有什么可回答的，我们私交很好，只是工作上没有交集。你们采访我的时候问及他，多半是问我和他在私下里如何相处，其实我们无非就是有空联系一下，时不时吃个饭、打个球。”

江湛把话说到这种程度，媒体再想问什么也不好问了。何况大家也都觉得，江湛能回答这么多，足够有诚意了，他们媒体是来做采访的，又不是来逼人的，穷追不舍弄得两边都不好看就没意思了。

这段采访视频很快上了头条，一度被粉丝当成艺人回应教科书：看到了吗，都看到了吗？这才是一个偶像该有的业务能力！有些爱豆面对采访时，连话都说不全，重点也抓不到，能不能多练练高中语文阅读理解？！

江湛又圈了一波粉。此外，就连支持他和柏老师同框的柏江粉也不禁夸赞起来。柏江粉的内心是这样的：江湛回答了媒体，直接说两人私交很好，真的好勇敢啊，没辜负柏天衡追的那14场演出，呜呜呜。

八月，《奔山向月》上映。

江湛拍摄的时候说了五句台词，正片保留了三句，镜头加起来总共是四分钟。他在电影里饰演的角色是女主角暗恋的学长——穿蓝白校服，长腿高个，蹬着自行车。

镜头里，风把他敞开的校服衣襟吹开，阳光落在男生干净纯洁的面孔上。无论江湛的角色有多“背景板”，只要他在电影里一出场，身影、面孔出现在巨幕上，影院里都会响起一片小范围的惊呼：好帅啊！

江湛不但帅，还完美契合了大部分女生在学生时代对学长、校草的幻想。用某八卦博主的话来说：江湛的帅不光胜在脸，关键是气质，那种开朗、阳光的少年感，太撩人了。真难想象他高中的时候有多受欢迎。

恰逢江湛的微博粉丝数凑了一个整数，按惯例，他是要发微博福利的。粉丝也不写别的留言，整齐地刷着：高中校服照！高中校服照！

江湛便发了两张。一张是他的单人照——他走在教室前的长廊上，迈着步子，偏头看着镜头，脸上有些傲气；一张是他坐在教室里，脚蹬着地，转身往后，人微微后仰，手里端着一个相机，正在拍后排的一个埋头写作业的男生。

第一张照片惊艳了无数粉丝，因为十几岁时的江湛少年感更足，气质更干净，脸上还有些锐利的傲气，看着比剧照更有感觉。第二张照片则引起了一阵尖叫——

"啊啊啊！那不是柏天衡吗？我是不是瞎了？！"

"就是柏天衡吧？这两人本来就是同学啊！"

"这一个低头写作业，一个扭头拍照的神仙画面不要太好看！"

"捂嘴尖叫！这高中同框也太美了！"

远在其他城市工作的柏天衡翻到了江湛的微博，点开大图仔仔细细看了一遍，扬起唇角。他在微信上问江湛："那么多照片，一定要把我发上去？"

江湛："没上班？"

柏天衡："这是什么时候拍的？高二？高三？"

江湛："休息了？"

柏天衡："你经纪人也没拦一下？"

江湛："我下周四到周日都有空，你下周四在哪儿？我过去找你。"

柏天衡："……"

江湛："？"

两人牛头不对马嘴地聊了一通，柏天衡诚恳地问："你是有多想休假？"

江湛："大家都是一个圈子的，装什么？说得好像你不想休假一样。"

柏天衡看着手机屏幕轻笑：想啊，怎么不想。

九月，江湛录了新歌，练了新舞——他拒绝了好几部校园剧，开始和魏小飞共用一个舞蹈老师，正儿八经地练舞。

拒掉影视资源的原因，他亲自向粉丝解释了一遍：没有那么多精力，要先把有限的事业做好，拍戏的话，短则两个月在剧组，长则需要六七个月，和他本职的舞者身份是矛盾的。何况他也要休息，还要看看书，不想太累。

江湛说到做到，真的没有接任何男主角剧，偶尔有同团队员的剧需要他去串一下戏份，他便会去打个酱油，除此之外，他继续参加公益活动，也一直在跳舞，专注舞台。

他的名气升得很快，是同期舞者中影响力提升最快的，各种综艺、电视台晚会，他都有参加，代言、推广接到手软，各家杂志也都邀请他拍了封面。

他展现给公众的始终是最好的面貌，舞蹈、舞台一直在进行，曝光多，物料多，业务能力极强。他在短期内塑造了最完美的爱豆偶像：高学历、高颜值，气质绝佳，唱跳技能不断精进，舞台业务和展现力极强，专注认真，是所在男团的领舞者和队长，且拥有积极正面的爱豆形象。

有粉丝说："我也要像我偶像一样考A大！无论是外在还是内在，我偶像都能做我人生的启明灯！"

十月，江湛突破自我，发布首张个人音乐专辑，数字专辑在音乐平台的总销量三天即破六千万，高居音乐销售榜榜首。

专辑名：《喜欢》。《喜欢》收录了四首歌，按照很多专辑的习惯，几首歌里一般会有一首是专辑同名主打曲，但江湛这四首歌里，并没有一首歌叫《喜欢》。

媒体蜂拥而上，又是一通追问。

江湛大大方方道："是啊，喜欢。"

"为什么给专辑取名《喜欢》？"

江湛道："因为我喜欢。"

"什么？"

江湛道："没什么。你问为什么，我就说为什么啊，因为我喜欢用'喜欢'作为专辑名，所以就叫《喜欢》。"

媒体："……"

《喜欢》从发行第三天开始，便一直蝉联周、月销售榜冠军，音乐平台的各种热榜、搜索榜中，都有《喜欢》里的四首歌。

江湛带着他的专辑宣传了半个月，全国各地到处飞，带着新歌上综艺，带着新歌上舞台，介绍完自己还要介绍一遍《喜欢》。

柏天衡被问到有没有听江湛的新专辑，他答："听了。"

媒体问："喜欢吗？"

柏天衡瞄了一眼麦标，幽幽道："喜欢。"

十月底，E-WIN录制新团综。

这次是由程晨领队，他一大早拿到举办方给的流程卡，便开始一个个给队友打电话。他先打给了江湛，电话一通，便问道："在哪儿呢？"

江湛："中医馆。"

程晨有些意外地说："病了？"

江湛："没有。你们柏老师最近不知道哪根筋抽了，天天养生、养生的，没病也要往医馆跑，还要把我叫过来。"

程晨在镜头前艰难地"嗯"了长长的一声，提醒道："哥，节目已经在录了……"

江湛顿了一下说："哦。"

程晨看了看镜头，又看了看镜头后的举办方工作人员，询问道："这段掐了吧。要掐的吧？"

江湛在电话那头听到了，隔着手机笑着说："掐什么？播，一定要播，让全国观众好好看看，有些男艺人是怎么三十不到就开始养生的。"

全队集合后，举办方要录制队员的开箱素材，江湛的行李箱又让众人大吃一惊。他轻装简行，总共就带了两个箱子，却有大半个箱子是装着熬制分装好的中药。

一群男生蹲在他的箱子旁边："这是什么啊？"

"药啊，中药。"

"哥你干吗了，要喝这么多药？"

"中药超苦啊，这么多，哥你得喝吐吧？"

大伙儿把装药的大袋子解开，却见一袋袋中药整齐地归置在一个有隔层的盒子里，不仅如此，每袋中药上还贴着一个手写标签，标签上清楚地标注着这袋药几号吃、是早上吃还是晚上吃。

费海一语道破："柏老师的字。"

话音刚落，众男生里有人迅速起身，有人摸了烫手山芋一般把中药放回去，有人轻叹着摇头，均是一副受不了的表情。

江湛自顾自笑着，把装中药的袋口重新扎紧。离他最近的丛宇看看他，再看看他手里的中药袋子，重重地发出了一声长叹："受不了！"

之后在坐大巴去机场的路上，祁宴悄悄问江湛："哥，你喝中药是因为身体不好吗？"

江湛道："没有，柏老师小题大做而已。"

祁宴露出疑惑的表情。

江湛笑笑，解释道："我不是一直爱流汗吗？他也不知道听了谁的话，觉得我身体不好，要中医养一养。"

祁宴认真地问："有用吗？"

江湛耸了耸肩说："这就不知道了——我才开始吃。先试试吧。"

祁宴点头，没再问。

旅行综艺的前两天，江湛都会按照标签的提示准时吃药，到了第三天早上，他从行李箱里摸了中药出来，晃进卫生间，默不作声地把黑漆漆的药汁往马桶里倒。他自以为倒得神不知，鬼不觉，却有一颗脑袋从旁边冒了出来，幽幽地问："队长，你不喝吗？"

江湛吓了一跳，扭过头，看见同寝的魏小飞站在他身后。魏小飞说完开始掏手机。

江湛反应极快，一把按住他的手："你干吗？"

魏小飞理所当然道："柏老师让我监督你喝药，说你要是敢倒了不喝，我就给他打电话。”

江湛惊了，没想到柏天衡还有这种操作！他一面惊讶，一面觉得好笑，几次张口，欲言又止，吞吞吐吐了半天，笑看魏小飞：“飞哥……”

魏小飞一脸坚定道：“这次我站柏老师。柏老师说得对，他都是为了你好，你把药倒了不喝，最后身体养不好，受苦的还是你自己。”

拎着半袋子中药站在马桶旁边的江湛：“……”

魏小飞：“这袋要不就别喝了，柏老师说知道你会倒，所以特意多备了一些，都在箱子里。”

江湛后来才知道，柏天衡在他们录制的第一天就拉了小群——群成员是十一个，单单把他除开在外，然后在群里叮嘱 E-WIN 的成员，让他们监督江湛喝药。

江湛后来也妥协了，一边嫌苦一边喝。也不知道是那药真的有用，还是因为他最近劳逸结合、每天都过得很开心，总之，他喝了一段时间后，汗多的情况的确改善了一些。

柏天衡得寸进尺，又开始盯他的体重和一日三餐，还特意请了个营养师。营养师跟在江湛团队里，天天不干别的，就专门负责敦促江湛的饮食：吃，多吃点，这个要吃，那个要吃，都要吃。

江湛问柏天衡：“吃吃吃，吃成个猪，我这爱豆还要当吗？”

柏天衡回他：“别做梦，你当不成猪。”

江湛：“我说的猪和你说的猪是一个意思吗？”

柏天衡：“我明天的高铁，过来亲自监督你。”

江湛：“不！拒绝！别来！我要工作！”

柏天衡：“不影响，你工作你的，我监督我的。”

江湛：“柏天衡你是人吗？”

柏天衡：“不是，谢谢。”

这年的冬天，柏天衡的工作日程里破天荒地出现了一个综艺。

综艺的名叫《心之桃源》，是一档生活纪实真人秀，没有固定 MC，每期会邀请几个艺人前往举办方安排的“世外桃源”生活一周。

这档综艺的录制过程很轻松，就是艺人们聊聊天、过过最朴素的吃吃喝喝的日子，在远离都市的慢节奏中敞开心扉，展示从未在镜头前流露的一面，聊些不被公众所知的话题。

与柏天衡录制同一期节目的男艺人还有两个，一个是傅泉舟，一个是方骆北。三个大男人在桃源小筑碰了头，都是一脸“果然如此”的神情。

傅泉舟自嘲道：“我就想嘛，举办方说嘉宾都是我的熟人，我能有几个熟人？还不就是你们几个。”

方骆北没说什么，视线落在桃源小筑的院子里，四处看了看。

柏天衡：“老中青三代？”

方骆北好笑地回头，傅泉舟则笑道：“去你的‘老中青’，你说谁老？”

桃源小筑依山而建，附近没有别的住户，前院是一片水田，后院视野开阔，远眺是大片的梯田。小筑是一栋平层建筑，虽说远离城市，但该有的现代化家电都有，不妨碍生活。

三个男人进屋，先各自分了卧室。放好行李出来，傅泉舟带头问：“谁会煮饭？我看外面有茶台，我刚好带了茶叶，可以负责煮煮茶，干点别的什么家务，但饭我是不会做的。”

换了衣服的方骆北从卧室里走出来：“我来吧。”

傅泉舟端着一副老好人的样子，笑眯眯地说：“那真是辛苦骆老师了。”

方骆北：“不辛苦，应该的。老中青三代嘛，中年人就该承担起上有老，下有小的生活责任。”

傅泉舟立刻喊道：“小柏！”

柏天衡从最靠里的卧室走出来，卷着袖子说：“我也来吧。”

傅泉舟惊讶道：“你现在连饭都会做了？为了节目特意去学的？你不是应该和我一样，平时要么去餐馆，要么点外卖吗？”

从餐厅绕去厨房的方骆北回头：“他什么情况，能和你一样吗？”

柏天衡唇角扬了扬，坦然地承下了这份揶揄。举办方心狠手辣——嘉宾大中午抵达目的地，举办方连碗饭都不给准备，还要嘉宾自己做。

三个男人凑在厨房，柏天衡和方骆北各忙各的，傅泉舟最自由，哪里需要就去哪里。很快，傅泉舟就发现其他两人不是吹牛，而是真的会做。

傅泉舟凑在方骆北旁边，一边帮着打下手，一边疑惑地看看他：“你什么时候会做饭了？新人设？”

方骆北：“小时候家里穷……”

“停！好的，我知道了。”傅泉舟凑到柏天衡旁边，“你又是什么时候学会做饭的？”

柏天衡：“我不吃，别人也不吃吗？”

傅泉舟：“……”

柏天衡：“你怎么不接着问了？”

傅泉舟：“……”

不远处，方骆北开口：“‘别人’是谁？”

柏天衡忙着手里的活儿，淡定道：“江湛啊。”

方骆北淡定地搭着话："他会吗？"

柏天衡："不会，有一个会就行了。"

方骆北点头："也是。"

傅泉舟："……"

《心之桃源》只有大纲剧本，没有人设和细节内容，此外，为了不给艺人录制压力，也为了保证展现出来的内容足够真实，除了扛机器的摄像老师，其他工作人员都尽可能地不出现。

而当三个男人靠在茶台旁喝茶聊天，度过一个什么事都没有的下午时，连摄像老师都撤走了。没事做，他们就坐着喝喝茶，闲谈一点工作上的事，再聊聊私下的生活。

傅泉舟问柏天衡："上次介绍给你的中医馆，你去了吗？"

柏天衡："嗯，去了。"

靠在窗下的方骆北翻着一本书，头也没抬，看得认真，仿佛没听他们在聊什么。

傅泉舟和柏天衡继续刚刚的话题："我说的那个中医医师还不错吧？"

柏天衡："还行。在他那里开了好几个疗程的药。"

傅泉舟："是吧，我就说他挺好的，我之前也在他那儿看过一段时间。那你什么情况？"

柏天衡在刷手机，闻言抬头："嗯？"

傅泉舟："把脉啊，把出什么了？哪里不太好？"

柏天衡低头继续刷手机："不是我。"

傅泉舟："不是你？"

方骆北抬起头，往他们那儿扫了一眼，而后低头继续看书。

柏天衡："是江湛。我带他去看了看。"

方骆北边看书边跟着问："他怎么了？"

柏天衡："医师说他是以前累到了，五脏六腑都虚，才导致汗多，要养。"

方骆北："现在好了吗？"

柏天衡："好了一点。"

方骆北翻过一页："嗯，那是得再养。"

《心之桃源》是个佛系综艺，佛到举办方觉得当天的内容素材足够了，晚上就会撤掉所有的工作人员，关掉所有的机器设备，留点私人空间给三位艺人。

夜深了，室外天高水阔，静谧无声，屋内的三个男人聊着聊着就会静下去，各自相安无事，静了一会儿又会聊起来。不知过了多久，柏天衡的手机忽然响了。

傅泉舟立刻道："接！公放！必须公放！"

柏天衡接通电话，将手机摆在茶台边，江湛爽朗的声音很快传来："在干吗？还在录节目？”

柏天衡：“没机位。”

江湛立刻换了口气，音调也跟着变高：“哎呀，柏老师，录个节目这么爽，连机位都没有吗？”

“临时关掉了。”柏天衡淡定地聊着，仿佛旁边没人，“到哪儿了？”

江湛：“今天有个推广站台，明天就回去了。”

柏天衡：“演出定了？”

江湛：“定了，明天回去开会。你录完这档综艺，会休息吗？”

柏天衡：“要拍代言。”

江湛惋惜地“啊”了一声：“那这次又是一个月啊。”

傅泉舟哭笑不得，灌了自己一口茶，转头看向方骆北，却见方骆北一脸沉思地看着柏天衡放在茶台边的手机。

傅泉舟用眼神询问：“干吗呢？”

方骆北挑了挑眉峰，摇头。

恰在这个时候，手机那头的江湛忽然道：“傅老师是不是在旁边？”

傅泉舟出声道：“小江。”

江湛声音爽朗地打招呼：“傅老师。”

傅泉舟也笑着打招呼：“我让柏天衡开的公放，我都没出声呢，你就猜到了？”

江湛：“超过五句话柏天衡还没撩我，我就知道他旁边肯定有人。骆老师也在？”

方骆北出声：“你好。”

江湛声音轻快地说：“骆老师你好。”

柏天衡默了半晌，终于道：“行了，都滚吧。”

江湛：“哎，柏天衡你客气点。”

“好。”柏天衡改了说辞，对在场的二位道，“你们去院子里透透气吧。”

江湛：“两位老师不好意思，你们就当听了个蛙叫。”

柏天衡：“呱呱呱。”

江湛也用“蛙言蛙语”聊起来：“呱呱，呱呱呱。”

傅泉舟笑死了，摇摇头起身，裹了大衣，和方骆北一起去院子里站着了。

屋内，江湛在和柏天衡讨论他那张被粉丝拍到的叼中药上工路透。

柏天衡：“你连这个都被拍到了？”

江湛淡定道：“没什么啊，不就是柏老师的爱心中药吗。”

柏天衡：“手写标签也没撕掉？”

江湛：“如果标签撕了，粉丝怎么知道中药和你有关。”

柏天衡："有粉丝看出来了？"

江湛笑："粉丝都是自带显微镜的，会有她们看不出来的细节吗？"

末了，江湛又叹道："一个月啊，一个月啊柏老师，人都见不着，很惨的。"

这语气……柏天衡想了想，低声道："等这边录制完，我抽两天时间去找你。"

江湛还是用不高兴的语气说："两天啊……就两天？一个月才见两天？"

柏天衡又想了想道："再多两天。"

江湛拖着音调说："那也只有四天。"

柏天衡忍俊不禁道："代言推掉？"

江湛恢复正常语气说："别，那都是钱。"

柏天衡："代言拍不了多久，拍完还有时间，等……"

江湛突然道："开门。"

柏天衡一顿，屋外的动静和手机里传出的声音忽然重叠在一起——

"啊，门开了，我进来了。"

柏天衡攥着手机迅速起身，随便套了双拖鞋，奔向屋外。院子里，傅泉舟和方骆北站在木门前，木门敞开着，门顶的圆灯泡锃亮，照着一道走进门的高瘦的身影，还有一张俊朗的带笑的面孔。

深夜抵达的江湛披着夜风与山间的露水，推着行李箱走进来，目光明亮。他笑着说："飞机晚点，来迟了。"

《心之桃源》没有固定嘉宾，每期的嘉宾都是不同的艺人，除了邀请主嘉宾，举办方还会安排飞行嘉宾。按照节目流程与合约，飞行嘉宾是由举办方自行安排的，主嘉宾可能会提前知道，也可能不知道。

江湛就是这期的飞行嘉宾。《心之桃源》和江湛这边接洽的时候，扬帆娱乐以江湛空不出行程为由，给直接拒了，是江湛自己要接的。

杨总当时慌得连夜开小会，但江湛还是接了——从艺人和经纪公司的关系来说，他在娱乐圈里并不算好带的艺人，再加上宋佑持股扬帆的缘故，他的自主性一向很强。

杨总更慌了，直言道："你这样高调，是要被拉进黑名单的好吗？"

江湛笑："我怎么高调了？《心之桃源》既然敢邀我，肯定是在录制、剪辑上有他们自己的安排，举办方都不怕，我怕什么。"

事实是，《心之桃源》只打算安排江湛录一天，和他有关的内容总时长会控制在 15 分钟之内。

举办方导演："我们并不想炒作什么，只是想呈现一个艺人在私下里的状态。整个节目的节奏会很慢，笑料、梗、话题度都不在举办方考虑范围内，细水长流和真实才是这个节目所需要的。"

江湛没想多久就同意了。他和柏天衡无法同台，不会演同一部电视剧，也不会参加同一个活动，他如果真的想要和柏天衡在一起工作，《心之桃源》比其他通告都要合适。所以他来了。

傅泉舟惊呆了，跟着江湛进门的工作人员还没说话，傅泉舟就问："这是江湛？你们找了个替身演员吧？"

"……"

工作人员解释："江湛是明天录制的飞行嘉宾，提前一晚到了，就先住过来。"

江湛打了个响指："对，飞行嘉宾。"

傅泉舟愣愣地说："你胆子也太大了吧？"

"傅老师，别这样，我们好歹也是熟人。"江湛说着转头看向一直在旁边默默看着他的方骆北，打招呼道，"骆老师。"

方骆北点头："辛苦了。"

不远处，柏天衡暂时没顾上江湛，正神色严肃地和工作人员低声交谈。说了两句后，工作人员拨了个号码，把手机交给他。

门口这边的几人都看到了，方骆北没说什么，傅泉舟啧啧道："聊，好好聊。"

江湛推着行李箱自来熟地往里走，也没管柏天衡："那我不客气了。"

方骆北和傅泉舟也跟着抬步，傅泉舟道："走走走，不管他，外面冷，先进屋。"

万向轮滚动，发出骨碌碌的声音，柏天衡捏着手机侧头。江湛自顾自走过去，经过他面前的时候抬手挥了挥。

柏天衡凝神听着电话那头，神色严肃，只在江湛挥手看他的时候弯了弯唇角。

电话里，导演一再保证："没问题的，你们放心录，江湛那边我们都已经沟通好了。"

柏天衡："我需要知道剪辑流程。"

导演："OK，没问题，等我们剪辑的时候，你来全程盯着好了。"

柏天衡："我经纪人明天会去后台。"

导演坦然道："好的，完全可以。明天江湛那边也会有人来盯。"

把手机还给工作人员后，柏天衡转身快步回屋内，一推门就看到玄关口江湛的鞋，他严肃的神情顿时松开，边脱鞋边抬头看向屋内。

餐厅里，江湛正从行李箱里拿出什么东西往桌上摆，傅泉舟和方骆北一副得救的表情。江湛边拿边道："我在坐车过来的路上刚好经过一个夜市，就买了一点吃的。还好，没凉，都是热的。"

柏天衡走过去一看，桌上全是大排档餐盒，有烧烤，有热菜，还有海鲜，连一次性纸杯都有。柏天衡抬眼看江湛："你别告诉我你还买了啤酒。"

江湛弯下腰，下一秒又起身，举起手里的大瓶可乐道："别多想，只有可乐没有酒。"

方骆北“啪啪啪”地开始鼓掌，傅泉舟跟着拍手，摇头叹道：“这顿夜宵简直救我老命！”

江湛放下可乐，合上行李箱说：“好了，就这么多。”

柏天衡很自然地越过方骆北和傅泉舟，接过江湛手里的行李箱：“只有三间卧室。”

傅泉舟无语地扭头看向柏天衡：“几间？”

方骆北在桌边坐下：“嗯，一二三四五,三间卧室。”

傅泉舟突然反应过来，柏天衡这是在忽悠江湛呢。

江湛笑道：“没事啊，三间卧室，我睡沙发。”

沙发？柏天衡侧头看看他。江湛冲他一笑。

傅泉舟和方骆北在旁边看着，觉得这两人的相处完全就是大男孩之间的相处模式。

桃源小筑总共有五间卧室，柏天衡住在最里面一间，他对门的那间还是空着的，江湛来了刚好可以住。

进门的时候，江湛下意识看了墙上的两个机位一眼，刚要问卧室的机器有没有关，门就被柏天衡锁上了。

柏天衡：“什么时候接的节目？”

江湛：“呃……”

柏天衡：“一直瞒着？”

“哎，这个……其实……”江湛扯开话题，“看这地方这么偏僻，我一开始还以为条件特别艰苦。”

柏天衡不闹他了，帮他把行李箱推到床边：“所以特意在路上买了大鱼大肉带过来？”

江湛挑眉道：“那是，怕你吃不好，怕你受累受苦。”

柏天衡：“录几天？”

江湛：“一天。”

两人没在屋内多待，很快去了客厅。

傅泉舟和方骆北已经不客气地先吃上了，见他们出来，傅泉舟故作惊讶道：“这么快？我以为你们要很久之后才会出来，我就先开动了。”

方骆北一口可乐抿在嘴里，憋着笑。

江湛没听懂，柏天衡边坐下边瞪了傅泉舟一眼：“别吃了，吐出来。”

傅泉舟：“哎，别别，要吃的，晚上那顿饭清汤寡水的，刚好吃点夜宵补一补。”

江湛突然道：“傅老师还没找到女朋友吗？”

傅泉舟：“啊？”

柏天衡接话道：“他找不到的，这辈子都不可能找到。”

傅泉舟："？？？"

方骆北彻底忍不住了，放声大笑。

傅泉舟连肉都吃不下了，放下手里的烤串，一脸无语地说："唉，我真是，得罪谁不好，得罪你们两个。"

江湛用安慰的语气说："会找到的。"

傅泉舟一喜。

柏天衡："七十岁的时候。"

傅泉舟："？？？"

方骆北靠着椅背，满脸是笑，笑得肩膀直颤。他的目光在江湛和柏天衡之间来回看了看，也不得不承认，傅泉舟羡慕他们是有道理的。

这顿夜宵被三位影帝当作给江湛接风的聚餐，众人举着可乐纸杯碰在一起。

傅泉舟："欢迎欢迎。"

方骆北："都是熟人，不要客气。"

柏天衡："嗯，对，就当自己家。"

江湛："谢谢三位老师。"

这顿夜宵吃得不紧不慢，反正这节目就是慢节奏的节目，第二天晚起都行，于是四人吃着烧烤聊着天，一晃到凌晨，众人才散场睡去。

次日，傅泉舟听到公鸡的打鸣声，起了床。他自认为起得早，拎着一壶茶在屋内晃荡。他去敲柏天衡的房门，结果没人应，再敲江湛的房门，也没人应。他推开门一看，两个房间都是空的，压根没人。

傅泉舟："人呢？"

方骆北："已经起来了吧。"

傅泉舟看时间："这才几点？起得也太早了吧。"说着，有工作人员进门，开机器，给他们戴麦。

傅泉舟问："柏天衡和江湛去哪儿了？"

工作人员："出门了，他俩六点就起来了。"

傅泉舟："那么早？他们出去干吗了？"

工作人员："晨跑。"

"还真是小年轻，精力旺盛。"傅泉舟说着看向方骆北，"不像我们中老年人……"

方骆北："别'我们'，只有你。"

傅泉舟翻了老大一个白眼。

没一会儿，江湛和柏天衡回来了，两人一进院子，就传来笑闹斗嘴的动静。

江湛："跑不过我就怪鞋？"

柏天衡："跟你学的。"

江湛："又怪我？和我有什么关系？我什么时候跑不过你就赖鞋了？"

柏天衡："仔细想想，好好想想，次数很多。"

江湛："没有，绝对没有。"

工作人员都退出去了，傅泉舟和方骆北在吃早饭，闻声抬头，就见江湛和柏天衡一前一后走进来。

两人是相仿的年纪，差不多高，都穿着长袖运动服，大清早出去跑步，都是一头热汗，满身朝气。尤其是江湛，这么穿着比昨天来的时候看着还年轻，不像二十多岁，倒像是十七八岁的大男孩，充满活力。

江湛进门后就不和柏天衡斗嘴了，跟傅泉舟、方骆北打过招呼，没回房间，先坐下吃早饭。傅泉舟问他们："你们平常没工作的时候，也会早起跑步？"

江湛："会啊。"

傅泉舟："哇。"

江湛："就是健身保养。"

傅泉舟："哦对，你还喝中药的，调理得怎么样了？"

江湛："还行吧，还在喝。"

提到中医养生，傅泉舟很有话聊："你把这几帖吃完，再去看看，要换药的，不能就盯着一副药吃，也别多吃，吃多了也不好，饮食方面也要多注意，还有工作别太累，也不能伤神——我们平常生活里的什么酸甜苦辣，还有情绪上的波动，对身体来说都是一种损伤。"

江湛一边吃着一边听，频频点头。

旁边的方骆北道："什么都不能吃，还不能有情绪的波动，工作还不能太多？"

傅泉舟："是啊。有问题？"

方骆北哼道："当一棵树还要扎根在地里吸水、吸肥、吸五毒，做个人却这不吃、那不干？"

"我不跟你争，我们理念不同。"傅泉舟说着看向江湛，"别听骆老师的，调养的药你该吃就吃。保养身体最重要的是什么？是坚定！"

江湛吃着早饭，朝旁边的柏天衡看了一眼："我其实想当树。"

柏天衡头都不抬地说："吃你的饭，别做梦，你就只能做个人，好好调理身体。"

江湛捧着粥碗："偶尔还是得做棵树，吸吸五毒吧？"

柏天衡："去马路上吸吸尾气。"

艺人的工作总是很忙碌，这里飞，那里飞，身边还要跟着经纪人、助理、保镖，总之周围全是人，哪怕艺人自己想慢下来，都会有人在旁边帮着催。

而这档综艺的节奏慢得出奇，工作人员基本不出现，艺人戴个麦就行，连妆容造型都不用管，要做什么、要去哪里，只要和举办方说一声就行，举办方顶多派几个工作人员跟着，对艺人没有任何要求，也不会中途打断。

于是吃完早饭，四人去了附近遛弯，走着走着，意外见到一个新建的小农场。农场里养了些家禽，种了些青菜，四人进去逛了逛，走到猪棚的时候，江湛示意柏天衡："看，猪。"

柏天衡往猪圈里扫了一眼，反问道："怎么没见到白菜？"

江湛"嗬"了一声。刚好猪圈里的猪发出几声猪叫，江湛冲着柏天衡学了两声，柏天衡回应似的，也跟着哼哼了几下。江湛大笑。

农场不大，动物也少，如果是"老中青三代"一起来，逛两圈觉得无聊就走了，江湛却很会找乐子。他学完猪叫，就去找了农场的负责人，问自己能不能喂猪。农场主给他找了一盆萝卜。

三个影帝加一个当红舞者，就这么站在猪圈外，看几只猪拱完了一盆萝卜。喂完猪，江湛又要喂小鸡，喂完鸡还要喂鱼、鸭、鹅、羊，连农场里的一条老狗都没放过，全程跑来跑去，喂完这个喂那个。

傅泉舟都惊了，问柏天衡："他不累吗？"

柏天衡见怪不怪地说："精力好，天生的。"

农场终于逛完了，傅泉舟决定回去躺躺，他原本以为江湛和柏天衡应该还要在外面逛逛，结果那两人也说回去，四人便一起回去了。

到家后，他们就往茶台旁的沙发、地毯上一躺，像四具尸体。

傅泉舟啧啧道："我想不出这节目到底能剪辑出多少内容，我这半天真是屁事也没干。"

方骆北边翻书边说："你就喝茶吧。"

"好，喝茶。"傅泉舟泡了太平猴魁，分给大家，方骆北继续靠在窗下看书，柏天衡和江湛都在刷手机。

傅泉舟扫了一眼道："骆老师显得特别有文化。"

方骆北把书举起来，露出封面上的书名：《逃跑甜妻：宝贝心肝甜甜圈》。

众人："？？？"

各自相安无事地坐了二十分钟，傅泉舟困得不行了，将眼镜一摘，在沙发上躺平，睡了。

方骆北还在看他那本言情小说，柏天衡低声问江湛："出去走走？"

江湛："去哪儿？"

“随便走走。”柏天衡起身，又问方骆北，“去吗？”

方骆北摇头。

柏天衡便和江湛一起走了，摄像老师不远不近地跟在后面。

山里没有人，除了天就是地，除了树就是草，一派自然风景。两人沿着小路一直往前走，一直往前走，闲适又放松。起先他们还聊几句，后来连聊天的工夫都省了，就这么隔着半个人的距离，并肩走着。

走了不知多久，柏天衡道：“走远了。”

江湛：“那回去吧。”

柏天衡：“嗯，回去。”

往回走的路上，江湛说：“柏天衡，我肚子饿了。”

柏天衡：“回去煮面？”

江湛：“可以啊。”

柏天衡：“还有什么想吃的？”

江湛转头笑着道：“想吃也没条件啊，就吃面吧。”

回到桃源小筑，方骆北已经在厨房忙碌了，傅泉舟在收拾茶台，柏天衡进门就去厨房，江湛去帮傅泉舟。

傅泉舟问江湛：“你真不会做饭？”

江湛：“不会。”

傅泉舟：“柏天衡以前就会做饭？”

江湛：“也不会，后来学的。”

傅泉舟用闲聊的口气说：“你们平时都是自己煮饭吃？”

江湛：“是啊，我会打下手，洗个碗、洗个菜什么的。”

傅泉舟不再问了。他觉得这两人的关系实在太好了。过了一会儿，他想到什么，又忍不住问：“你在家待得住？”精力旺盛的人不是该喜欢满世界乱跑吗？

江湛解释道：“以前我喜欢到处跑，现在不了，现在我就喜欢待在家里，哪儿都不去。”

傅泉舟：“在家干吗呢？不无聊吗？”

江湛：“不无聊啊，看书，打球，拼模型，一天就过去了，很快的。”

傅泉舟顿时有点嫉妒了，这种平淡又充实的生活，不正是他一直以来渴望的？

结果一转头，傅泉舟就发现自己想错了——

柏天衡亲口给江湛的说辞做了补充：“他看书都是开着一对一在线教学软件，上完一节课后还能八卦一下老师一个月赚多少钱、家里有几个孩子、有没有买学区房。打球？嗯，对，魏小飞他们都会来家里，一群人一起打，打完再游个泳。拼模型？现在模型都是我拼，他哪里有时间？可他还嫌我拼得慢。”

傅泉舟：这和自己脑补的内容也差太多了。

他还没细问，江湛又和柏天衡争起来：“叫魏小飞他们来家里打球，是因为我参加了篮球综艺，要提前找人练练手，这事儿你怎么不说？”

柏天衡：“你的模型也参加综艺了？”

江湛：“模型是你自己要接手去拼的，还拼得那么慢。”

柏天衡：“再慢也比你快。”

江湛：“我只是没时间。”

柏天衡：“模型还你。”

江湛：“还我就还我，你别拼了。”

傅泉舟茫然地问方骆北：“小年轻都是这样的？”这样聊着聊着就争起来的？

方骆北还在看他的言情小说，随口道：“嗯，小年轻都是这样的。”

后台，负责替江湛把关的张特助和负责替柏天衡把关的居家谢并肩坐在监控器前。

导演：“哎？吵起来了？”

张特助脸上挂着假笑：“是我们湛湛不懂事。”

居家谢脸上是同样的神情：“没有没有，是我们天衡不懂谦让。”

张特助询问居家谢：“这段能播吗？”

居家谢：“小打小闹，能播的。”

张特助微笑：“那就好。”

导演：倒也不必这么皮笑肉不笑。

江湛总共就录制一天，这一天很快过去，平淡而毫无波澜，根本不像一个综艺节目。

晚上，举办方照例把机器都关了，方骆北、傅泉舟下山去附近县城吃夜宵，留下柏天衡和江湛。两人裹着外套坐在后院的木栅栏上，天高月朗，远处梯田逶迤起伏，水田在月光下泛着一层细碎的光。

天地一片寂静，人的心也跟着静了。江湛眺望着远处说：“真快啊，一天就这么过去了。”

柏天衡：“明天早上走？”

江湛：“是啊，回去开会，要开演出了。”话音落下，又静了。

淡云移开，月光将梯田照成了一面面层叠起伏的镜子。

柏天衡转过头道：“为什么要来？”

江湛笑了笑，嚣张地道：“我来还用考虑为什么？想来就来了。”

两周后，这一期的《心之桃源》全网放送。

此时的《心之桃源》已经因为前几期扎实的内容得到不少关注，在视频平台上的点播量奇高。到了柏天衡这一期，举办方和视频平台没用江湛做噱头，连预告都没出现江湛的身影，直到正片放送，观众才知道江湛也在。江湛和柏天衡？！

正片里，江湛总共就出现了十几分钟，内容包括早起跑步、逛农场、吃午饭、喝下午茶、闲聊，还有一段他和柏天衡肩并肩往前走的画面。这一期的《心之桃源》预料之内又上了头条，不过头条词既没有柏天衡，也没有江湛，而是“# 一起走下去 #”。

相关头条话题下，有一条“会不会一起走下去”的话题投票微博，博主给出了三个选项——

A. 会的。

B. 不会。

C. 难说。

投票结果里，选 A 的高达百分之九十六。

热评：这两人的相处太自然了，我光看这两人喂猪就能重复播放看一天。

热评：这种温馨的感觉也太棒了吧？这两人的关系是真的好，太好了。

热评：他们是同学，是朋友，关系深厚，相处起来的那种开心快乐又自然的画面，真是太舒服、太暖心了。

热评：他们难道不应该去录《我和我的大兄弟》？

热评：什么温馨自然快乐？我只知道这是两人在极舞之后第一次参加同一个节目！

年底，E-WIN 演出开始了。

演出总共有六场，柏天衡依旧每场都在。

王泡泡依旧坐在柏天衡旁边，不过她这次淡定多了，淡定地要了签名、合照，还握了手：“不好意思啊，待会儿我可能会叫得比较大声，您多担待，多担待。”

柏天衡示意无妨。

最后一场演出上，也不知道是粉丝提前策划好的，还是兴奋过头没忍住，当江湛结束单人对决表演，身形随着升降台降下去时，一大群粉丝忽然齐声大喊：“一起走！一起走！一起走！”

王泡泡余光看着身旁，嗓子都喊哑了：“一起走！一起走！一起走！”

江湛的身形消失在台上，哭笑不得的声音从音响里传来：“走什么？等会儿我还要上台的。”

粉丝：“啊啊啊！”

耳膜发疼的宋佑：“……”

次年。

柏天衡依旧在拍戏，江湛依旧在带队。柏天衡的古装剧上星播放了，又立马进组拍电影。江湛接代言、出专辑、上综艺、带团去国外参加各种比赛。

四月，江湛成为某品牌中国区品牌大使。

和当初给柏天衡送尾戒一样，品牌方也给江湛送了一枚独一无二的尾戒。这次不用王泡泡发现，第一时间就有人贴出了那枚尾戒。铂金材质，金色十字纹。

可惜江湛只在出席品牌活动的时候戴了几次，其他时间并没有戴。

六月，扬帆娱乐开始筹备 E-WIN 告别演出。

演出还没开始，E-WIN 官博的评论区全是粉丝的留言：能不能再签两年？

E-WIN 官博在七月，也就是极舞决赛、E-WIN 出道的同一个日期，发布了一条微博，告诉所有粉丝：千里逢迎，高朋满座。

这条微博的意思就是欢迎大家来看告别演出——既然是告别演出，那就是要告别了。

很多粉丝在 E-WIN 告别之际，纷纷发表了自己追 E-WIN 团这两年来的感想，还有人剪辑了团队在这两年时间里一步步走过来的视频。

E-WIN 官博每天都会转发、点赞，仿佛 E-WIN 也看到了这些，感受到了粉丝的不舍。

演出前夕，全员录制了视频，感谢粉丝这两年来的喜欢与支持。

演出当天，场馆外的花墙、花篮都是 E-WIN 团的，没有单人。两万多人的场馆被坐满，灯牌都是 E-WIN 团的应援色。

内场 VIP 座的小姐姐们看到第一排中央的位置，全部习以为常：哦，那是柏天衡的位置。今天晚上注定是粉丝们要哭出来的一个晚上，王泡泡也是一脸的悲喜交加，看着空荡荡的舞台，一边期待，一边又有些伤心。

演出开始后，全场粉丝尖叫：“啊啊啊！”她们没办法不叫——E-WIN 十一人在告别演出上的出场造型，竟然是当初舞者团成立时的极舞制服！

舞台上，江湛站在领舞者的位置上，带着全员打招呼：“大家好，我们是 E-WIN！”

台下：“E-WIN！ E-WIN！ E-WIN！”

《Show Me》的伴奏跟着响起。出道曲一来，全场都兴奋了。明明是结束，却又仿佛在一瞬间回到了最初的起点。

是刚刚成团的时候，是各家粉丝支持自己喜欢的偶像的日子，是主持人宣布排名，念到团成员的名字，粉丝自己也开心得跳起来的那瞬间。是我们好喜欢你们，你们也没有让我们失望，相互陪伴的专属于 E-WIN 的两年。

出道舞曲结束，江湛拉了拉耳朵上的耳麦，看着台下道：“我刚刚好像看到有女生在哭。”

台下：“没有！”

从宇："有吧？我也看到了。"

台下："没有！"

魏小飞："如果真哭了，那得赶紧补妆啊小姐姐！"

台下哄笑。像这种告别演出，主办方为了整场演出的情绪到位，总会邀请主持人控场，但 E-WIN 这场没有。E-WIN 官博早在演出开始前就说了，这场演出的主旨就是要让大家都开心，连演出的名字都干脆叫"Happy"，也就是快乐的意思。

台上没有主持人，只有 E-WIN。

《Show Me》结束后，跟着便是团专辑中的一首歌。台上跳着，台下唱着，唱完一首，又是一首。

当天，E-WIN 不仅跳了出道曲《Show Me》，演出的后半段，他们还表演了极舞期间的比赛曲目，嗨翻全场。台下的粉丝一边感动，一边尖叫。

宋佑戴了降噪耳机，可还是阻隔不了那些热情的尖叫，他干脆拔掉耳机，问身边的王泡泡："你们到底在喊什么？又不是今天开完演出，明天就退休。"

王泡泡大喊："你不懂！你没有为他们付出过真感情，你当然不懂！啊啊啊！飞哥好帅！我爱你！"

宋佑："……"

视线越过王泡泡，宋佑看见与自己隔着一个位子的柏天衡淡定地坐着，比定海神珍还稳。

宋佑问他："你耳朵不疼吗？"

柏天衡回了一句："看球赛的时候，你嗓门比她们小？"

宋佑想了想自己看球赛时的状态，点头道："哦。"理解了。

王泡泡再次怂恿身边的两个男人："躁起来啊！都给老娘躁起来！"

极舞比赛舞台的经典曲目很多，不过有些曲目不适合全团一起表演，11 人便分了几个小组。跳前两支舞时，江湛都不在，到了第三支舞，他才上场。身穿黄色长外套的江湛一登台，耀眼夺目。

现场大屏给了江湛一个大特写，粉丝："啊啊啊，《Living》！是《Living》！"

同一时间，网络直播的弹幕上也是一片尖叫。然而两边尖叫的原因截然不同——

现场：是《Living》！江湛的第一次比赛曲目！

现场喊叫如潮，却不如弹幕激动，毕竟看直播的小伙伴们不但能看演出，还能把极舞重新翻出来"考古"。

告别演出的舞台上，江湛跳着《Living》，戴着戒指、手链；两年前的极舞比赛舞台上，江湛也跳着《Living》，戴着戒指、手链。

一首《Living》让两年前与两年后的场景交叠、重合。

一支舞的时间很快过去，《Living》结束。

为了让其他队员有充足的换装时间，几个男生跳完都留在了舞台上，听着台下粉丝的热烈呼喊。男生们都没说话，等台下喊够了，声音渐歇，丛宇才道："跳兴奋了。"

江湛若无其事地站在台上，就像两年前，他若无其事地戴着戒指走上比赛舞台一样。

费海没忍住张口道："我们队长今天的这身造型，和两年前一样，真的，一模一样，完全一样。"

费海话锋一转："大家看看，看我们队长是两年前帅，还是现在帅。"

台下 VIP 区的粉丝冲着台上大喊："'一起走'的时候最帅！"

现场顿时又是一阵尖叫。

这场告别演出，E-WIN 一首接一首地表演着，连换装等候的时间都没花多少。

出道曲跳了，团专里的舞也跳了，连极舞比赛曲目都表演了，可谓极尽诚意。就像 E-WIN 的官博说的，千里逢迎，高朋满座。来者都是座上宾，他们便要用百分百的诚意完成这场告别演出。

几个小时里，整个会场嗨翻，台上演出，台下尖叫，到最后一首歌的舞蹈时，很多粉丝都是哭着陪唱的。曲罢，台上无言，台下也跟着静下来。

11 个男生站在台上，凝望眼前的人潮和灯海。最后一次了，不会再有了。蒋大舟前一秒还在看灯牌，后一秒就嘴巴一撇，一副要哭的样子。程晨摘了麦，搂过他的肩膀，捏了捏。

蒋大舟摇头，也摘了麦说："没事，我没事。"

队友都围过来，结果蒋大舟没怎么着，丛宇先哭了出来，边哭边摘掉麦，解释道："喜极而泣，我这是喜极而泣。"

楚闵："你喜什么？"

丛宇恶狠狠道："当然是喜过了今天我就能拍拍屁股走人了！你以为我乐意时不时看到你们吗？！"

大家围在一起，丛宇说着这么嚣张的话，却没像平日里那样引来嬉笑打闹，丛宇更难受了，背对台下，低着头，抬手挡住脸。魏小飞掐着他的肩膀安慰着。

现场粉丝也很有意思——E-WIN 在台上开开心心唱歌的时候，她们哭；等台上气氛不对了，女孩子们顿时都不哭了，反而冲着台上喊"别哭，不要哭""宇哥加油！"

江湛去舞台边找工作人员要了纸巾，走回来，边分纸巾边用只有他们 11 人能听到的声音说："要不要一起哭？哭得整齐一点，还能多上几个头条。"

丛宇边擦眼泪边说："谁要上头条啊？只有你想上头条，还有费海！"

给祁宴擦眼泪的费海说："我能不能不躺枪？"

丛宇笑起来，却笑得比哭还难看："好想打你啊。"

费海开始给祁宴擦鼻涕：“还是别了吧，那真要上头条了。”

见台上的动静有些异常，粉丝开始齐声喊“E-WIN”。男生们不再说悄悄话，擦干了眼泪，重新在舞台上站好。

现场巨屏上切过男生们凝望观众席的一张张面孔，粉丝的喊声都化作了尖叫。没有舞曲了，所有的表演都结束了，仅剩的时间里，也只能由每个队员各自说几句。可好像说什么都不足以表达，在这千万粉丝面前，连语言都显得苍白匮乏。

江湛按住颊边的麦，缓缓清唱道：“感谢你给我的光荣……”

其他男生跟着唱起来：“我要对你，深深地鞠躬……”

无法言说，那就唱吧——

这个少年曾经多普通

是你让我把梦做到最巅峰

这是属于我们的光荣

我已经知道我该何去何从

这是送给你的欢乐颂

每一个你是我伟大的英雄

…………

舞台灯光亮起，花雨纷纷落下，告别的时刻终于来到。

11 个男生挥着手向场馆内的粉丝道别，全场的尖叫声、哭喊声混杂在一起。

有粉丝开始喊：“不说再见！不说再见！”

那声音越来越大，到后来全场都在喊“不说再见”。

队员们都应下：“好，不说再见，我们不说。”

王泡泡已经哭得趴下来抱住了腿，满脸都是眼泪，旁边的宋佑一边递纸巾一边说：“可以了，可以了。”

王泡泡身子还趴着，侧头道：“不可以！”

宋佑把纸巾糊上她的脸说：“好好好，不可以。”

升降台缓缓下落，全场动静更大，满场喊叫，很多人都是哭着在喊，喊着喊着，声音又齐了：“E-WIN！ E-WIN！ E-WIN！”

随着升降台逐渐下落的男生们始终挥着手，直到身影彻底消失在台上。

场馆内，“E-WIN”的呼喊声久久持续。

王泡泡一直趴着哭，眼泪始终停不下来，身后的几个女生也在痛哭，边哭边道：“结束了吗？要散场了吗？不！我不走！ E-WIN 没了！”

听到这段对话的宋佑彻底破功，笑得直颤。他转头去看柏天衡，视线越过趴着的王泡泡，笑着问道：“他们还要出场的吧？”

柏天衡淡定道：“嗯。”

王泡泡一下子坐直了，两眼冒光地看着柏天衡说：“还没结束？”

柏天衡也看着她说：“如果散场，会有人通知大家有序退场的。”

对哦。王泡泡立刻扭头冲身后的女生们大喊：“姐妹们，还没结束！他们还会出场的！”

附近顿时一片骚动。

“真的假的？”

“假的吧？”

“不可能吧。”

“不是已经道别了吗？”

王泡泡祭出撒手锏：“你们看！柏天衡还在！”

姐妹们立刻都信了。宋佑惊叹地看着王泡泡，差点鼓掌——王泡泡这抓重点、说服人的能力，要是干销售，绝对是奇才。

于是“E-WIN、E-WIN”的呼喊声久久不停，在没有工作人员提示大家有序离开的前提下，粉丝们坚信 E-WIN 还会重回舞台。

一分钟、两分钟、三分钟……

王泡泡双手合十地面朝柏天衡道：“会出场的吧？一定会出场的吧？你不是和我开玩笑的吧？”

柏天衡又不当人了：“我不清楚。”

王泡泡：“？”

王泡泡扭头看宋佑，满脸焦虑地说：“他，他……”

宋佑同仇敌忾地瞪柏天衡：“无耻。”

王泡泡面无表情地看着宋佑道：“你不能这么说他。”

宋佑：“？”

王泡泡：“要是你们关系不好，江湛怎么办？”

宋佑：嗬，女人。

这时，舞台灯熄灭。

工作人员的声音传来：“好的，本场演出到此结束，感谢粉丝的支持。现在请大家从自己所在区域的最近出口有序离场，注意脚下，注意安全。”

满场惊呼：“啊？”

结束了？是真的结束了？E-WIN 不会再登台了？那刚刚是谁说的会重新登台？

粉丝不甘心，再次齐喊：“E-WIN！ E-WIN！ E-WIN！”舞台黑着。

“E-WIN！ E-WIN！ E-WIN！”E-WIN 依旧黑着。

“E-WIN！”突然，舞台灯光大亮，升降台重新升起，11个男生换装后重登舞台，手持话筒，笑着和粉丝打招呼。

全场尖叫声此起彼伏。

现场伴奏的老师当场来了首欢快的背景乐，是逢年过节时超市、商场会一遍遍播放的那首《恭喜恭喜》。

“恭喜恭喜恭喜你呀，恭喜恭喜恭喜你！”

升降台停稳，男生们走到台前，和四面八方的粉丝打招呼：“五分钟没见，你们还好吗？”

台下粉丝：“好个屁！”

江湛道：“重新登台，请允许我们重新介绍一下自己。”

金陆霄：“大家好，我是金陆霄。”

楚闵：“大家好，我是楚闵。”

……

程晨：“大家好，我是程晨。”

江湛：“大家好，我是江湛。”

他们不再以“E-WIN”作为前缀，而是以个人的身份重回舞台，重新认识大家。不是再见，而是一场新的相识。粉丝被这样的安排感动得不行，原本她们还为最后的告别怅然若失，此刻只觉得整颗心都被填满了。

E-WIN不再有，这11个男生却会一直在。

“小飞！”

“江湛！”

“丛宇！”

“祁宴！”

粉丝们喊着他们的名字。

江湛不再是领舞者，他换了衣服造型，沉着地站在台上。他举着话筒自我介绍的时候，画面切到他，他用左手握着话筒，而左手的小拇指上是一枚铂金尾戒。

当天的告别演出圆满落幕，两万多粉丝自发合唱《Show Me》，与E-WIN告别。

演出结束后，E-WIN官博发了一张合照，是原团11人在演出应援花墙前的合照。附言：不说再见。

11个男生也很快在各自的微博发布了告别感言。

江湛的告别感言发得最晚，在他发出来之前，粉丝焦虑得头都秃了。用她们的话来说：搞不好E-WIN团一解散，湛湛就要退圈去考研了，这谁受得了啊？

江湛没退圈，也没考研，他的感言在凌晨发布，不长不短，内容精练，回忆了极舞阶段的点点滴滴，回想了 E-WIN 两年来的成长，感谢了公司、粉丝和喜欢他们的所有人。

粉丝留言点赞，表示会继续支持，也感谢他以队长身份在这两年里对团队的付出。

以上当然是场面话。

次日，江湛把微博名也改了，因为两年期满，按照合约来说，E-WIN 的前缀不能再用，必须删掉，而 @江湛 这个微博 ID 早被别人占用了，他也不能用，这么一来，新 ID 就只能是名字加点别的内容。

江湛加了，加完后变成了——@ 江湛 2516.

一周后。

在“2516”引发的热议终于快要过去的时候，江湛休假，去了柏天衡剧组。此时的剧组刚好在招待负责购片事宜的电视台领导，见江湛来了，便邀请江湛一同吃饭。

饭局上，柏天衡大方地介绍：“这是我朋友，江湛。”

两周后，江湛闲得慌，便联系了住得不远的几个大学同学，约了一起聚餐。

小群里，有人问江湛：“就你一个人来吗？”

江湛反应过来，直接道：“是想问柏天衡？”

大学同学：“嗯，他来吗？”

江湛：“不知道，我问问。”

群里立刻骚动起来。“来，让他来！我老婆做梦都想要他的签名！”

三周后。柏天衡在剧组拍戏时受凉了，感冒发烧。好在这天没有他的戏份，他就没去上工，待在家里。

江湛给他测耳温，给他倒水拿药，还撕了一片退热贴，贴在他的额头上。额头上凉飕飕的，柏天衡直皱眉。

江湛“啧啧”两声：“猪猪小可怜哦。”

柏天衡幽幽地看着他。

柏天衡将放在毯子里的手伸出来，撕掉了额头上的退热贴，淡定道：“我就算烧到 42 摄氏度，也一样……”

江湛把他按回去：“行了，躺着吧你。”

柏天衡躺回去。躺了两秒，他眼睛合上，虚弱地说：“烧得有点晕。”

江湛冷笑。

柏天衡闭眼躺了一会儿，没听到动静，又睁开眼睛。

江湛抱着胳膊，看着他。

柏天衡目光逡巡，自觉地寻找刚刚被自己撕掉的退热贴：“扔哪儿了？”

江湛：“喏。”

柏天衡："真的晕。"

江湛一巴掌呼过去，把退热贴给他重新贴上。

四周后。

江湛结束休假，离开剧组，回到公司。他的经纪约依旧在扬帆娱乐，不过在 E-WIN 两年期满后，扬帆为他组建了工作室。

江湛是工作室的老板，而工作室的主要负责人也就是江湛的经纪人——居家谢。

外界暂时还不知道江湛和柏天衡共用一个经纪人，但居家谢的心已经从原公司飞到了江湛这边。

居家谢：大展拳脚的时候到了！

五周后。

江湛在 E-WIN 告别演出结束后，接受了第一个正式采访。

采访的人很有水平，一上来没问别的，而是问他："你现在开心吗？"

江湛笑着回："开心啊，特别开心。"

三个月后。

有人在使用"天眼查"看公司股权结构的时候，无意中看到了柏天衡公司的股权变更。除了江湛个人出资认缴了柏天衡公司 5% 的股份，江湛百分之百持股的工作室也占据了柏天衡公司 23% 的股份。

此次股份变更，一度让柏江粉丝在网络上横着走。

一年后，江湛又出了新专辑，取名《天衡》。

宋佑这次彻底不高兴了，第一时间打电话问江湛："我就不配在你的专辑里拥有姓名？你还有首歌叫《泡泡》呢，我呢？"

江湛："有的，那首《GOD》。"

宋佑："我是说名字！名字！"

江湛想了想，笑着道："叫《大孙子》吗？有点难听啊。"

宋佑翻着白眼挂了电话。

两年后的某日。

江湛回 A 大给教授送伴手礼，顺便向教授要了份书单。

告别教授后，江湛和柏天衡在快要打烊收摊的豆腐脑小店里吃豆腐脑，刚好被人拍到了。

粉丝：哦，江湛回 A 大，刚好遇到了在附近夜跑的柏天衡，老同学久别重逢，就一起吃了顿豆腐脑。大家也知道的，柏天衡这人就这样，嘴里说着'我没钱吗'，实际行动上却是'我没钱'。

同年，江湛参加综艺，综艺中有一个环节是要求嘉宾畅想十年后的自己会是什么样。

江湛说："那时候我应该已经结婚了，工作也没那么多了，会继续做公益活动，一年的大部分时间会在家，还会养一只叫'小白菜'的小猪，如果还有精力，我就再去念点书，上上学，放学了爱人会来接我，然后我们一起在学校外面吃点东西，再一起回家。"

也是这一年，江湛的舅舅韦光阔生病住院，江湛特意调了档期，过来照顾。

舅甥俩闲聊的时候，江湛道："今年冬天有时间的话，我应该会和柏老师一起去趟温哥华。"

韦光阔惊诧不已道："你……"

江湛想了想说："可能是那些不好的事过去太久了，我都不太记得了。最近有段时间，我总想起她给我弹《天空之城》。"

韦光阔眼角湿润，多的话也说不出口，便一直道："好，好，好。"

又过了一年。

柏天衡在拍一部古装权谋戏，拍了近半年，江湛时常来剧组探班。

宋佑："你可真够闲的。"

江湛："去年的行程存货多，综艺也多，还不都是我凭自己本事攒的假期。"

宋佑："可你整天待在剧组，到底是在干吗？"

江湛："修图啊。"

宋佑："……"

宋佑："你就是不肯走是吧？你不见柏天衡就会死吗？"

"何必发出这种质问。"江湛顿了顿，大惊小怪道，"嗯，你今年还是单身？不会吧？"

宋佑：再见！

拍完收工，工作人员喊："柏老师收工了，辛苦辛苦。"

柏天衡卸了妆，和江湛一起离开，两人边聊边走，说说笑笑。

江湛不用上工，很轻松，神色也总是爽朗明亮，说到高兴的地方，他还会转过身面朝柏天衡，继续边走边说。

剧组的人悄悄议论：

"江湛性格真好。"

"是啊，像光一样。"

"两人的关系也真好。"

番外一　过去

多年前，温哥华。

江湛刚回住所，就听到QQ提示音，打开电脑，王泡泡十万火急道："P哥！我亲哥！又有单子啦！后面是各种卖萌的表情包。"

江湛坐下，回复："发邮箱。"

王泡泡："OK！"

王泡泡："这次主要是星光年度走红毯的路透。"

王泡泡："都知道你修图好，这次全找过来了。"

王泡泡："有两家急着要的，我都在邮件里帮你标注了。"

王泡泡："辛苦啦，有点多，你可能要熬夜了。"

江湛回复"收到"，然后点开邮件。

这是他带母亲来温哥华看病的第二年，比起最初的手足无措，如今都已适应：母亲住在医院，病情稳定，他在医院旁租了一间小公寓。房东是个年逾七十的独身华人，知道他们母子的难处后，房租减半，还不收水电费。江湛照顾母亲之余，便会帮房东做点事，余下的时间就在修图赚外快。

房东也疑惑过，奇怪他忙于照顾生病的母亲，负担也重，平常也不打工，怎么解决经济问题。江湛就给他看电脑里修过的明星路透图，告诉房东，他在赚钱。

"这样也能赚钱？"房东惊叹，"太神奇了！我一直以为追星就是花钱，没想到还能赚钱。"

江湛笑着说："我以前也是这么想的。"

直到接触了粉圈，直到他成了"P图"，认识了王泡泡，他的人生有了不同。人生可能就是如此，再难再辛苦，夹缝里也能透光。

江湛通过网络接触了圈子，认识了很多人，也靠着这份兼职赚到了生活费，物质和精神上都找到了短暂的停靠站，人生得以喘息。他有活儿的时候就修修图，闲的时候在群里和女孩们聊聊天，看一群小姑娘叽叽喳喳，再时不时地听点明星八卦。

那么多明星里，江湛只认识柏天衡。

于是母亲精神好的时候，江湛便拿柏天衡的那些八卦当谈资。

母亲总是惊讶道："天衡现在这么厉害了？谈恋爱了？真的吗？"

江湛也不知道真的假的，便答道："回头我问问他。"

母亲以为他们一直有联系，点头道："是要问问。你要让他多注意，私生活不要暴露太多。"

江湛道："好。"

可事实上，他们早没联系了，那些八卦也都是从王泡泡那儿听来的，他们如今唯一的交集就是群——

江湛打开名为"星光年度红毯"的邮件，下载压缩包，在几份照片文件夹里看到了柏天衡——华贵、夺目，镜头的焦点。

江湛看着一张张照片上的柏天衡，轻笑着低叹道：真是越混越好了。恰在这个时候，王泡泡又冒了出来："P，我跟你讲个八卦。"

江湛："谁的？"

王泡泡："柏天衡。"

江湛兴致高昂："来来来。"

王泡泡："好像是前几天，有人看到柏天衡去一个私立初中门口接人放学。接的是一个女生！据说还是个混血！现在群里都在猜那个女生是谁。"

混血？女生？接放学？

江湛一下子想到，那不是柏天衡他堂妹吗？！

电脑屏幕上，王泡泡："我掐指一算，这应该不是女儿。"

江湛喷了一口水。

王泡泡："难道是女朋友的女儿？"

江湛差点没笑死。晚上江湛搬着电脑去医院陪床，还和母亲提起了这个八卦。

母亲笑着说："那不是小雨吗？上次见她，她还戴着红领巾，一转眼都上初中了。"

江湛把电脑摆在床尾，坐在一个小板凳上，边修图边说道："她上小学的时候成绩不好，还让我辅导作业，也不知道现在成绩怎么样了。"

近十五个时差的国内。

柏小雨问："你会不会啊？"

柏天衡的叔叔婶婶最近忙生意，频繁出差，家里没人照看孩子，柏小雨就成了柏天衡的“拖油瓶”。上学送，放学接，还要负责课后作业。

作业对柏小雨来说是个大难题——这位柏家大小姐从小鬼机灵，智商、情商都用在了和家人斗智斗勇上，成绩差得一塌糊涂，小学还能勉强混个中下游，到了初中，门门垫底，简直侮辱了她智商奇高的爹妈。

这两天，柏小雨的功课都是由柏天衡督促的，兄妹俩差点为此反目成仇。

柏天衡说：“这都不会，蠢不蠢？”

柏小雨道：“是你不会讲题！你不会教！”

柏天衡道：“我这么教，你养的狗都能学会！”

柏小雨道：“那你适合教狗！不适合教人！”

柏天衡不惯着她，柏小雨最后也很崩溃地说：“我不要你教了！我要江湛哥教！你只会演戏！江湛才是真学霸！”

柏小雨开始作天作地要江湛，放学回来吵着要，在学校就给柏天衡发消息：我要学霸哥！不要你！

柏天衡头疼死了。

彼时，居家谢还不知道江湛是谁，劝柏天衡：“她要学霸，你就给她找过来好了。人家学霸肯定比你会教，你还能刚好轻松一点。”

柏天衡没说什么。

下一次柏小雨再吵的时候，柏天衡冷声道：“你江湛哥是学霸，就要给你辅导初中作业？他不用上学念书吗，非要围着你转？”

柏小雨才不怕她这个堂哥，吐舌头，心里哼道：你不给我找，我自己联系！她联系的是很早以前加的江湛的QQ号——当年她是小学生，家里不肯给手机，她就用电脑挂QQ，和谁交朋友都加QQ。

QQ很快有了回复。

柏小雨惊喜道：“你在啊！”

江湛：“在。”

柏小雨立刻告状：“学霸哥！我哥欺负我！我哥骂我蠢！还说狗都比我学得快！”

江湛：“哪道题不会？发给我看看。”

柏小雨：“我拍照发给你！”

这一年，江湛在温哥华，赚钱看病，照顾母亲；柏天衡在国内，当着明星，拍戏拿奖。

柏小雨有题不会，再也不找柏天衡，自己拿手机拍照发给江湛。她做题规矩了，作业也能按时完成，没让人再操心。

柏天衡看她自己对着手机解题，特意看过那个给她解题的人的QQ。对方的QQ被柏小雨备注成了“专解各种疑难杂题”。头像是个白底黑字的图，图上写着“修图战斗机，不接受差评，返工请耐心，价格好商量”。

柏天衡：“？”

柏天衡问柏小雨：“你找的是付费网络教师？”

柏小雨道：“要你管？又不花你的钱！”

这一年，因为江湛那广告似的头像，柏天衡没认出他。

这一年，柏小雨做题之余，坚决不和江湛多聊她哥，义正词严道：我和他兄妹情断！他的堂妹是狗，不是我！她也不和柏天衡说教她功课的就是江湛。

这一年，柏小雨的成绩突飞猛进，特意强调是网络家庭老师的功劳，还对柏天衡说：“你都不意思一下？”

柏天衡想到那个广告头像，笑着问道：“多少钱？”

柏小雨道：“谈钱多没意思。”

这一年，江湛点开柏小雨闪烁的头像，点开语音，听到了柏天衡低沉的嗓音：“麻烦老师了，辛苦了。”

江湛对着屏幕愣了一下，忽然笑起来。不麻烦，不辛苦。他就知道柏天衡什么都不清楚，也不知道QQ这头就是他。想了想，他边笑着边发过去一句：“客气了，辅导费麻烦结一下。”

番外二　小剧场

01

江湛这些年一直不太会做饭，偶尔休假的时候，他就想动手证明一下自己不是不会，而是没机会发挥，但凡他动手，再认真钻研一下，绝对能烧一大桌好菜。

这日，闲着也是闲着，他突发奇想，决定做顿饭，犒劳一下在剧组拍戏的柏老师。

而深秋时节最肥美的应季菜，正是南方池塘里的螃蟹。江湛决定了，先从容易的菜做起，就先蒸一屉螃蟹吧。

结果他把螃蟹送到水龙头下面，正用小刷子刷洗的时候，一不留神就被一只螃蟹夹到了手指，挺疼，还流血了。

这下，柏天衡螃蟹没吃上，还得拿药水料理“伤号”。

“伤号”忍不住嘟囔：“迟早有一天我能正儿八经地做上一顿饭，我还就不信了。”

柏天衡边涂药水边抬眼问：“两个人中有一个人会就行了，我做不是一样？”他又语气淡定地嗔怪道，“现成的不吃，偏要自己动手，这就是下场。”

不说还好，一说江湛就当场顶了回去：“你那一手菜是烧得不错，我也确实天天在捡现成的吃，但你不看看我最近的体重吗？”他都快吃成猪了！

柏天衡耐心十足地给他擦药水，闻言抬眼，故作腔调地反问道：“胖了？有吗？”

江湛的白眼翻上了天。学什么做饭烧菜？还是先减肥吧！

然而等江湛开始减肥了，柏天衡卷起袖子往厨房灶台前一站，问他：“今天想吃什么？”

江湛站在跑步机上，咽了咽口水，迟疑了。

柏天衡提议道：“小龙虾？”

江湛反应过来，捂脸哀号：“别做了！”做什么饭？做你的影帝吧！放过我这个靠脸吃饭的打工人，OK？

02

E-WIN 解散后，曾经的队友们还在一个群里，大家有机会就聚，哪怕只是在工作间隙短暂地会一面，喝一杯咖啡也好。

其中，以费海和江湛小聚的次数最多，基本每周都会见，柏老师有时间也会陪江湛赴约。而只要柏天衡也在，费海就习惯性地当鹌鹑，总是埋头喝茶，一口一口又一口，一口一口接一口。

等小聚结束，他满肚子都是水，厕所都跑不及。

费海的经纪人总是感慨："海啊，见一见曾经的大老师和队长而已，有必要渴成这样吗？"

费海心道：可不就是渴吗。

03

后来的后来，行业里新人辈出，后浪扑前浪，前浪就算没过气，工作和曝光机会也逐渐变少了。这是每个人都会经历的过程，很正常。

江湛也因此有了更多的时间打篮球，拼模型，柏天衡也恢复了从前的休假三部曲：喝茶、钓鱼、打牌。

江湛为此鄙夷过柏天衡的"老年人爱好"，直到有一天，他自己也上了牌桌。

柏天衡出牌："二筒。"

宋佑："八万。"

傅泉舟："四条。"

江湛推牌："和了！"

04

王泡泡最近深感自己年纪大了，追星追不动了，于是在 QQ 上私聊 P 图。

王泡泡："我感觉我要退了。"

P 图："退什么？"

王泡泡："退圈啊，就是我……"

她的字还没打完，江湛就发过来一张截图，图上是 E-WIN 解散三年后的重聚演出企划。

王泡泡当即改口："退圈是不可能的！我就算七老八十坐轮椅了，腿上盖的也是应援手幅！"

王泡泡接着又打字："演出什么时候举办啊？下半年，还是明年？记得给我前排 VIP

座位！柏老师旁边的专属位，我配！”

05

柏天衡因为要拍戏，受伤和住院都是家常便饭，江湛心惊胆战了好几年，如今还是深感“受不住”，什么都能听，就是不能听人说柏老师在什么时候因为什么事又在剧组受伤了，一听就头疼。

所以只要有机会，江湛就会陪柏天衡待在剧组，尤其是柏天衡要拍一些吊威亚和武斗的戏份，他必定在旁边紧盯，可即便如此，柏天衡还是在他眼皮子底下受了几回小伤。这些伤不轻不重，柏天衡倒是没什么感觉，江湛却难受不已。每每这个时候，他都会劝柏天衡：“退休吧，转幕后吧。”

柏天衡特意将他的话录下来，还设置成了手机开机音。

至于退休……柏天衡问江湛：“我要是真退休了，你会怎么办？”

江湛认真思考了三秒说：“别做梦了，只有你受伤的时候，我才会动这个‘恻隐之心’。”他顿了顿，耸肩，“我先退休还差不多。”

番外三　后来

铁打的娱乐圈，流水的红人。

E-WIN 解散后第八年，江湛逐渐淡出舞台，柏天衡也不怎么拍戏了。

这一年，圈中顶流是个拿奖拿到手软、十八岁就成了亚洲影帝的年轻演员，简临。

江湛在考 A 大的研究生，准备回去上学。

柏天衡闲着也是闲着，开了一个演技提升班，请来的老师要么是影视学院已经退休的老教师，要么是最近没拍戏的老演员，偶尔请一些大咖开讲座。

辅导班设在一个两层的独栋办公楼，楼下是教室，楼上是办公室、会议间，江湛有时过来，就在二楼复习看书，还会用柏天衡的笔记本挂 QQ 修图。

辅导班的学生里，有江湛的粉丝、柏天衡的粉丝，也有两人共同的粉丝。年轻孩子总是围聚在一起，激动兴奋，叽叽喳喳。

教导主任王泡泡板着严厉的面孔说：“你们是来干吗的？追星吗？你们交钱是来学表演的！”

学生无视她，看到柏天衡、江湛从教室门口走过去，捏着嗓子尖叫：“啊啊啊！”

王泡泡：“……”

江湛走过去又走回来，探身进教室里，笑着说：“别叫了，好好上课。”

学生们：“啊啊啊！”

门外伸进来一只手，把江湛拉走了。

学生们：“柏老师！是柏老师！”

江湛在 A 大附近买了套房子，柏天衡的辅导班也离 A 大不远，两人办了证件，时常在 A 大进进出出。

江湛认识的教授、辅导员，柏天衡也都认识了，还有了交情，一起吃饭，一起打球。

教授们说最近哪只股票可以买，柏天衡就会跟着买，赚了钱就请教授们吃饭，还给教授亲戚家的孩子带明星签名。有的教授偶尔在课堂上跟学生吹牛，说柏天衡最近刚请自己吃饭。

学生很懂地说：“那不是看江湛的面子吗？”

教授道：“我！是我！我没面子吗？”

次年，江湛考上了研究生。

柏天衡开始拿江湛的饭卡在食堂里吃来吃去，吃得 A 大学子们看到他都见怪不怪了。他还蹭过图书馆、教室，听了一些老师的课。

A 大论坛上有人质疑柏天衡来了也根本听不懂课程，柏天衡拿江湛的学号登录内网，亲自上阵反驳：你听得懂？你今天上课了吗？没逃课？

江湛上了一学期课，寒假和几个师兄、师姐一起，随导师出国考察项目。柏天衡自费随行。

师兄、师姐们非常喜欢随行的这位，毕竟他钱多大方还绅士，买什么都会主动掏卡。

于是项目进行期间，柏天衡也如常地跟着。

国外的对接方起先疑惑他的身份，不想让与项目无关的人在场。柏天衡也不用导师替他解释，自称和项目有关。

柏天衡道：“我和钱有关。”

师兄、师姐们憋笑都快憋死了，江湛抬手扶额。

回国后，柏天衡组团队写了一个高校题材的电影剧本，自己投资自己拍，请了当红的简临主演。

电影隔年上映，票房大卖，柏天衡把自己分账的一半捐给了江湛导师的实验项目。导师眼含热泪，在实验室里挂上了柏天衡的照片。

江湛站在照片前，举着手机拍，拍的是柏天衡名字后的括弧，括弧里是柏天衡的出生年，外加一个破折号，破折号后面是空白。他把照片发给柏天衡：“像不像高中墙上的爱因斯坦挂画？等你死了，破折号后面就是你的卒年。”

柏天衡：“……”

江湛把自己的大笑录下来，发给柏天衡听，足足十三秒。他研究生毕业的那年，柏天衡也穿着学士服拍了照片，还在台下学生们的起哄声里，上台找校长拨穗子。

穗子是不可能乱拨的，柏天衡就和校长肩并肩拍了一张合照。拍完就上了头条——“#柏天衡蹭学位 #”。

在这条头条下，还有一张江湛发的自己与柏天衡的合照。照片上，他穿着学士服，戴着学士帽，柏天衡穿着黑衣白裤，站在他旁边。

柏天衡陪江湛拍毕业合照，陪他自习上课，陪他看书写论文，曾经分离的那些年，最终得以弥补。

下一个头条是："# 江湛保博 #"。

博士生江湛每天在学校里进进出出，而柏天衡也经常来看望他。

后来，柏天衡将演技班转让给了朋友打理，他半年无休，无缝进组，拍了两部高质量的电影。再后来，江湛留校任教。

柏天衡宣传新片、接受采访的时候，媒体问他，江湛最终考博留校，如今尘埃落定，之前进娱乐圈像不像是一场意外。

柏天衡道："对你来说是意外，是他来说，是人生。"

这段人生，不是意外，是低谷后的转折。他在舞台上锋芒毕现，耀眼夺目，在人生里同样璀璨亮眼，光芒四射。他是江湛。

舞台和讲台于他来说，没什么不同。他那么聪明，那么专注，做什么都会成功。

或许某天，他又要离开学校，开始另外一段崭新的人生。

到那个时候，柏天衡想，自己依旧会与他共进退。